PROTEGGERE WREN

ARMI & AMORI: ALLEANZA
LIBRO 2

SUSAN STOKER

Titolo originale: *Protecting Wren*

Traduzione dall'inglese di Patrizia Zecchin per One More Chapter Translations

Editing di Mimma Maio

In cerca di Caryn
In cerca di Finley
In cerca di Heather
In cerca di Khloe

Silverstone
Fidarsi di Skylar
Fidarsi di Taylor
Fidarsi di Molly
Fidarsi di Cassidy

Forze Speciali alle Hawaii
Trovare Elodie
Trovare Lexie
Trovare Kenna
Trovare Monica
Trovare Carly
Trovare Ashlyn
Trovare Jodelle

Delta Duo
La forza di Gillian
La forza di Kinley
La forza di Aspen
La forza di Jayme
La forza di Riley
La forza di Devyn
La forza di Ember
La forza di Sierra

Armi & Amori: verso il futuro

Soccorrere Caite
Soccorrere Brenae
Soccorrere Sidney
Soccorrere Piper
Soccorrere Zoey
Soccorrere Avery
Soccorrere Kalee
Soccorrere Jane

Mercenari di Montagna
Difendere Allye
Difendere Chloe
Difendere Morgan
Difendere Harlow
Difendere Everly
Difendere Zara
Difendere Raven

Delta Force Heroes
Salvare Rayne
Salvare Emily
Salvare Harley
Il Matrimonio di Emily
Salvare Kassie
Salvare Bryn
Salvare Casey
Salvare Sadie
Salvare Wendy
Salvare Mary
Salvare Macie
Salvare Annie

CAPITOLO UNO

Wren Defranco si svegliò all'improvviso. Un attimo prima dormiva profondamente, e quello successivo era vigile. Era sempre stato così. La sua infanzia l'aveva resa una necessità. E proprio come quando era bambina, non aprì immediatamente gli occhi e si mise a sedere. No, valutò la situazione con gli altri sensi.

Niente di quello che sentiva le sembrava familiare.

Il suo appartamento era silenzioso. L'aveva scelto di proposito perché era lontano da strade trafficate e in una zona abbastanza sicura della città, dato che aveva bisogno di una casa affidabile dove poter abbassare la guardia. Per gran parte della sua vita si era sentita in pericolo, tesa. Aveva voluto un posto in cui potersi rilassare completamente quando rientrava alla fine della giornata.

Le cose che percepiva in quel momento non erano certo i rumori che sentiva di solito quando si svegliava. Dall'esterno provenivano delle risate di... bambini? Uno sferragliare ritmico. Musica.

Quando fece un respiro profondo, sempre senza aprire gli occhi, sentì profumo di... caffè. Davvero buono, non come la schifezza che di solito prendeva al Corner Mart mentre andava al lavoro.

Wren socchiuse appena gli occhi. Non voleva dare l'impressione di essere sveglia a chiunque la stesse guardando. Un'altra cosa che aveva imparato da bambina.

La stanza era illuminata dalla luce del sole che filtrava dalla tenda chiara della finestra sulla parete opposta. Non era mattina presto, il che era sorprendente, perché normalmente si alzava prima dell'alba. Inoltre, quella camera le era completamente sconosciuta.

Si alzò lentamente a sedere guardandosi intorno, e vide che era sola. Si trovava su un letto a una piazza e mezza, coperta da una trapunta che sembrava fatta a mano. Aveva motivi fogliacei cuciti su tutta la superfice e colori vivaci e allegri. Ai lati del letto c'erano due comodini, un tappeto blu sul pavimento, un piccolo cassettone sulla parete di fronte a lei e un quadro di un paesaggio montano su quella alla sua sinistra. Aveva un aspetto... accogliente.

Ma lei non si rilassò. Proprio per niente. L'apparenza poteva ingannare. Lo sapeva meglio di chiunque altro.

La stanza aveva una sola porta, quindi non c'era un bagno annesso. Ciò significava nessun posto dove nascondersi. L'unica via di fuga era la finestra. Non aveva idea di quanto potesse essere alta da terra, ma se avesse avuto bisogno di scappare da un rapitore, sarebbe uscita da lì, a prescindere dal piano in cui si trovava.

Deglutendo a fatica, Wren fece del suo meglio per capire

cosa fosse successo e come fosse finita in quella che sembrava la camera da letto di una nonna. E come se fosse scattato un interruttore, i ricordi le inondarono il cervello.

L'Aces Bar and Grill. L'irritazione provata per l'appuntamento. L'uomo che le aveva portato da bere. La sensazione di stordimento. E poi...

Niente.

Figlio di puttana, l'aveva drogata!

Allarmata, Wren gettò via le coperte e provò sollievo quando vide che indossava ancora i pantaloni e la bella maglia a collo alto che aveva messo per l'incontro. Piegò le gambe e si cinse le ginocchia, e fu ancora più sollevata di non sentire alcun dolore tra le cosce.

Però era confusa. Se il tipo dell'appuntamento l'aveva drogata e portata nel suo appartamento, perché l'aveva semplicemente messa a letto? Stava aspettando che si svegliasse per aggredirla? Alcuni uomini si eccitavano davanti al dolore e alla paura della vittima. Forse lui era uno di quelli?

Poi un'altra cosa attirò la sua attenzione. Sul comodino accanto a lei c'era una bottiglia d'acqua. Chiusa. E anche un biglietto.

Si guardò intorno chiedendosi se fosse osservata, e prese lentamente il pezzo di carta.

Si aspettava che da un momento all'altro la porta si spalancasse e che qualcuno entrasse e cominciasse a farle del male. Ricordi del passato minacciarono di sopraffarla, ma li scacciò via. Non era più una bambina. Non era indifesa.

Fece un respiro profondo e lesse il biglietto.

. . .

Sei al sicuro. Mi hai chiesto di aiutarti e ti ho portata a casa mia. Se vuoi andartene, esci dalla camera e gira a sinistra. La porta in fondo al corridoio conduce al garage. In fondo alla strada c'è una fermata dell'autobus. Ho lasciato dei soldi sotto il tuo telefono.

Lo sguardo di Wren andò ancora una volta al comodino. Dietro la bottiglia d'acqua c'era il suo telefono e, come promesso, una banconota da venti dollari che prima le era sfuggita. Tornò a guardare il biglietto che aveva in mano e continuò a leggere.

In alternativa, se giri a destra nel corridoio c'è un bagno accanto alla tua stanza. E mi piacerebbe prepararti la colazione e assicurarmi che tu stia bene. Posso riaccompagnarti all'Aces o a casa tua, o in qualsiasi altro luogo desideri andare. Mi dispiace che tu abbia vissuto quella situazione ieri sera, ma ti do la mia parola che qui sei al sicuro. -Bo

Le sembrava di avere la testa ovattata. Erano anni che non provava quella sensazione post-droga, eppure la ricordava come se l'ultima volta fosse stata il giorno prima.

Ma mai, nemmeno una volta tra le tante, si era svegliata sentendosi... al sicuro.

L'uomo che aveva scritto il biglietto aveva usato quelle parole due volte. *Al sicuro.*

Per una donna che aveva trascorso la sua infanzia sentendosi sempre in pericolo, diffidando di tutti, chiedendosi quali fossero le motivazioni nascoste di chiunque, in quel momento si ritrovò a non avere la minima preoccupazione.

Prese la bottiglia d'acqua dal comodino, ruppe il sigillo del tappo e se la portò alle labbra. Ne tranguiò almeno la metà senza fermarsi a prendere fiato. Poteva comunque essere drogata anche quella, esistevano dei modi per alterare l'acqua senza rompere il sigillo, ma se l'uomo che l'aveva aiutata la sera precedente avesse voluto farle del male, aveva avuto tutto il tempo per farlo.

Nella mente le balenò un vago ricordo dell'Aces pieno di bellissimi Navy SEAL. Forse uno di loro aveva visto il suo accompagnatore drogarle il drink e aveva deciso di intervenire? Non aveva idea di cosa fosse successo dopo che Matt, l'uomo che aveva enormemente sottovalutato e che pensava fosse un nerd, aveva messo qualcosa nella sua limonata. Ma per qualche motivo, non era in preda al panico.

Avrebbe dovuto fare esattamente ciò che le aveva detto il suo salvatore: uscire dalla porta e andare alla fermata dell'autobus. Ma quando Wren portò le gambe giù dal materasso e prese il telefono per mettarselo in tasca, sapeva che non era quello che avrebbe fatto.

Lasciò i soldi sul comodino e si diresse verso la porta. Era un po' instabile, ma determinata a scoprire cos'era successo la sera prima. Dopo averla aperta, guardò a sinistra. Il corridoio non era niente di speciale; pavimento in legno e dei quadri di paesaggi alle pareti. C'era una porta in fondo a sinistra, come era scritto nel biglietto.

Fece un altro respiro profondo, entrò nel corridoio... e andò a destra.

Forse se ne sarebbe pentita, ma non poteva andarsene senza sapere cos'era successo e senza scoprire chi fosse quel Bo e perché l'avesse aiutata.

CAPITOLO DUE

Bo "Safe" Cyders era appoggiato al bancone della cucina e fissava il vuoto. Erano le dieci del mattino e si sentiva ansioso ed eccitato come prima di una missione. Non aveva dormito più di un paio d'ore, ma non si sentiva affatto stanco. La sera precedente era stata... intensa. E aveva dubitato della sua decisione ogni minuto da quando aveva lasciato l'Aces Bar and Grill con la bella ragazza che gli aveva chiesto aiuto.

Era pienamente consapevole che l'unica ragione per cui l'aveva chiesto a *lui*, era perché si era trovato in quel corridoio nello stesso momento, ma la disperazione e la paura che aveva visto nei suoi occhi lo tormentavano ancora. E se lui *non* fosse stato lì? E se qualcuno senza scrupoli avesse incrociato la sua strada? E se quello stronzo del suo accompagnatore l'avesse seguita e fatta uscire dalla porta sul retro?

Erano ipotesi terribili da immaginare, soprattutto dopo aver visto quanto era stata vulnerabile quella donna.

Così l'aveva portata a casa sua, messa a letto nella stanza

degli ospiti, aveva usato la sua preparazione medica per darle una rapida controllata... e lei non aveva fatto il minimo movimento.

L'aveva sorvegliata durante la notte. Era andato nella sua stanza ogni trenta minuti circa, e si era assicurato che respirasse. Non si era mai mossa. Il pensiero che qualcuno avrebbe potuto farle del male mentre era incosciente gli faceva accapponare la pelle.

L'ultima volta che era andato a controllarla, la sua ansia era diminuita un po'; aveva avuto intenzione di chiamare un'ambulanza, visto che lei era *letteralmente* immobile da dieci ore, ma finalmente aveva notato i primi segni di risveglio. Era uscito rapidamente dalla stanza, non volendo che lei aprisse gli occhi e si trovasse davanti un uomo che non conosceva, ed era andato in cucina ad aspettare di vedere cos'avrebbe fatto.

Voleva parlarle. Assicurarsi che stesse bene. Ma se lei voleva andarsene, non l'avrebbe ostacolata. Doveva essere confusa. Spaventata. E Safe non aveva idea se avrebbe ricordato qualcosa della notte precedente, quindi tutto ciò che poteva fare era assicurarsi che avesse dell'acqua, il telefono, un po' di soldi, e lasciarle prendere le sue decisioni.

Bevve un sorso del caffè gourmet di cui era dipendente e continuò ad aspettare.

Sentì lo scricchiolio della porta della stanza degli ospiti e trattenne il respiro fissando il corridoio, desiderando che lei apparisse. Che non sgattaiolasse via come un ladro nella notte... ehm, nel mattino. Il quartiere in cui abitava non era dei migliori, ma i suoi vicini erano tutte brave persone, che faticavano con l'attuale economia, ma che non avrebbero fatto del male a quella donna se l'avessero vista camminare sul marciapiede.

La sua vicina di casa, Abigail, era uscita qualche ora prima per andare a lavorare al negozio di alimentari in fondo alla strada. La madre, Carleigh, era lì a fare da babysitter. Abigail era una donna single in difficoltà e aveva tre figli: Albert, di quattro anni, Adam, di tre, e Adley, la bambina, di due. Per fortuna la nonna poteva badare a loro mentre lei era al lavoro. I ragazzini non erano molto silenziosi. Al momento erano nel loro giardino a ridere e a strillare, mentre giocavano sull'altalena che Safe aveva dato una mano a montare.

Quel suono lo fece sorridere. Ascoltare dei bambini felici era molto meglio che sentire le urla terrorizzate di quelli che spesso incontrava all'estero durante le missioni.

Poteva udire anche la musica proveniente dalla casa di fronte. Tutto intorno si sentivano i rumori di un quartiere attivo, ed erano diventati una seconda natura per lui. Ma al momento riusciva solo a concentrarsi sui passi della donna che aveva occupato gran parte del suo spazio mentale nelle ultime dodici ore circa.

Con suo immenso sollievo, si stavano dirigendo verso di lui, anziché allontanarsi.

Costringendosi a sembrare il più rilassato possibile, Safe fissò il corridoio. Quando la donna apparve, gli ci volle ogni grammo di disciplina che possedeva per non fare un passo verso di lei. Per rimanere dov'era, appoggiato al bancone come se non avesse una preoccupazione al mondo.

Era pallida, i suoi capelli neri e corti erano scompigliati, e aveva le occhiaie. I suoi vestiti erano stropicciati, e mentre era ferma all'ingresso del soggiorno, si stringeva nervosamente le mani.

«Buongiorno» le disse con dolcezza.

«Dove mi trovo?» chiese lei senza giri di parole.

Approvò che avesse fatto quella domanda. «A circa cinque chilometri dall'Aces. A casa mia. Ti ho portata qui dopo che mi hai chiesto aiuto al bar. Sei svenuta subito dopo.»

«Mi ha drogata» dichiarò. Non si era mossa, ma la sua casa non era enorme, non aveva problemi a sentirla attraverso due stanze. Così anche lui rimase dov'era.

Era guardinga, giustamente. Non voleva fare nulla che potesse farla sentire più insicura di quanto già non fosse. «Sì» confermò.

«E poi, cosa?»

«Ti ho portata qui. Ti ho messa nella stanza degli ospiti, sono venuto a controllarti periodicamente durante la notte per assicurarmi che respirassi ancora... ed eccoci qui.»

Lei inclinò la testa e lo fissò, come se lo stesse valutando.

«Sono Bo. Bo Cyders. I miei amici mi chiamano Safe.»

«Safe?» chiese, aggrottando la fronte.

Le sue labbra ebbero un guizzo. «Già. Il rischio dell'essere un militare. Tutti hanno un soprannome.»

«Che cosa significa?»

Le sue domande erano brevi e andavano dritte al punto. Qualcosa che trovava... adorabile. No, non era corretto pensare così. Era spaventata e preoccupata per la propria sicurezza, non stava cercando di flirtare o di essere carina. Voleva semplicemente ottenere informazioni.

Un atteggiamento che trovava coraggioso e ammirevole.

«In realtà al campo di addestramento sono stato soprannominato Cyborg, per via del mio cognome. Uno dei miei sergenti istruttori pensava di essere divertente chiamandomi così. Ma quando mi sono unito per la prima volta a un team SEAL, un giorno stavamo giocando a softball per allenamento e ho rubato la casa base... sai come funziona, se lo fai sei "safe", salvo, altrimenti sei "out", eliminato. Quando sono scivolato in casa base, il ricevitore ha urlato: "Safe! Safe!". È scoppiata un'enorme discussione, con la mia squadra che insisteva che ero salvo e l'altra che ero eliminato. L'arbitro ha fischiato forte con le dita e ha gridato: "È safe! Capito? Safe!". E da quel momento in poi mi hanno chiamato così. Ma mi si addice anche perché per me è importante tenere al "sicuro" gli altri.»

Quando le spuntò sulle labbra un piccolo sorriso, ebbe la sensazione di aver oltrepassato un ostacolo importante.

«Io sono Wren. Wren Defranco.»

«Piacere di conoscerti, Wren Defranco.»

«È un piacere anche per me, Bo Cyders.»

Per un attimo nessuno dei due si mosse. Poi Safe si raddrizzò e le chiese indicando con la testa la macchina: «Caffè?»

Wren distolse lo sguardo da lui per la prima volta. Come prevedeva, spalancò gli occhi sorpresa.

«Lo so, lo so» disse, prima che lei potesse chiederlo. «È un po' esagerata. Ma amo il buon caffè. Quando sono in missione spesso dobbiamo bere una melma ignobile che spacciano per tale. È disgustosa, ma se voglio la caffeina in circolo, non ho scelta. Così, quando sono a casa, mi vizio preparando la cosa migliore possibile.»

«Wow» mormorò, con un'aria molto impressionata.

Safe ridacchiò. «C'era una caffetteria che è fallita. Ho comprato questo gioiellino da loro. Fa l'espresso, il cappuccino e qualsiasi altro tipo di bevanda particolare che ti venga in mente. Ma io cambio. A volte bevo la roba semplice. Ok, è una bugia. Non è semplice. Stamattina è al doppio cioccolato.

Domani potrei scegliere quello alla ciliegia del Michigan. Mi piace mischiare le cose.»

Mentre parlava aveva preso una tazza. E non una qualsiasi, gli piacevano quelle giganti. Pensando che se quella mattina c'era qualcuno che aveva bisogno di un caffè grande, quella era Wren, la riempì quasi fino al bordo e la fece scivolare sul bancone verso di lei. Poi indietreggiò, lasciandole spazio.

Lei attraversò lentamente il soggiorno per entrare in cucina, come se fosse un cane selvatico che diffidava del soccorritore che lanciava bocconcini per farlo avvicinare. Wren chiuse la mano attorno al manico – sembrava minuscola accanto alla grande tazza – e fece qualche passo indietro portandosi la bevanda alle labbra.

Esitò per un attimo e alzò lo sguardo per incontrare il suo. Nei suoi occhi era tornata la diffidenza, cosa che Safe odiò.

«È a posto» le disse con dolcezza. «Sei al sicuro qui. Sto bevendo il tuo stesso caffè.»

«Lo sono?» chiese.

«Sì.»

«Pensavo che fossi *tu* al sicuro.»

Gli ci volle un attimo per capire che lo stava prendendo in giro per il suo soprannome, e la sua ammirazione per lei aumentò ancora di più.

Non conosceva quella donna. Non aveva mai avuto alcun tipo di conversazione con lei fino a quella mattina... eppure, di fronte alla sua dolcezza, al suo sguardo diretto, sentì un rimescolamento poco familiare dentro di sé. Una brama di qualcosa che aveva sempre creduto fuori dalla sua portata: il desiderio di avere un legame profondo con un altro essere umano.

Scrollandosi di dosso quell'improvvisa sensazione, si costrinse a riappoggiarsi al bancone.

Wren alla fine bevve un sorso di caffè, e Safe la osservò con soddisfazione chiudere gli occhi e fare un piccolo gemito. «Porca miseria» esclamò, riaprendoli per guardarlo.

«Buono?»

«No» disse, scuotendo leggermente la testa. «Non è solo buono, è incredibile. Mi hai rovinato per sempre. Non potrò mai più andare dal povero Pablo al Corner Mart perché il suo caffè fa schifo, anche se è un bravo ragazzo che si sforza di renderlo appetibile.»

Safe fece una risatina bassa e tranquilla. «Sono uno snob del caffè. Lo ammetto» affermò senza un briciolo di rimorso.

Wren gli sorrise un attimo, poi la sua espressione cambiò. «Ho delle cose da chiederti, posso?»

«Puoi chiedermi quello che vuoi» rispose, facendosi serio.

«Hai chiamato la polizia? Perché mi hai portata qui? Hai affrontato il mio accompagnatore? Hai la mia borsa?»

Ovvio che avesse delle domande. «Ti dirò tutto... a colazione. Hai bisogno di nutrienti, e il cibo ti aiuterà a eliminare i residui di qualsiasi cosa ti abbia dato quello stronzo. Posso preparare delle omelette o dei pancake. Forse ho del pane qui in giro che non è ammuffito.»

«Hai dei cereali?» gli chiese.

Safe rimase sorpreso. «Cereali?»

«Sì. So che è stupido. Ma è quello che mangio di solito al mattino.»

«Non è stupido» ribatté. «Mi hai solo sorpreso. E sì, ho dei cereali, ma non so se sono quelli che ti piacciono.»

«Probabilmente no» borbottò lei sottovoce. Poi, più forte, disse: «Mi va bene qualsiasi cosa tu abbia.»

Sentendo le guance infiammarsi, Safe si girò verso la dispensa per nascondere l'imbarazzo. Non si vergognava dei suoi vizi, come la macchina del caffè, ma era abbastanza certo che le sue scelte in fatto di cereali non corrispondessero esattamente alla sua immagine di Navy SEAL letale. «Ho gli Apple Jacks, i Fruit Loops, i Frosted Flakes e i Frosted Krispies» elencò a Wren, desiderando di avere almeno una scatola di qualcosa di seminutriente. Se magicamente in quel momento si fosse manifestata una confezione di Wheat Chex o di Bran Flakes nella sua dispensa, l'avrebbe apprezzato.

«Davvero?»

Si voltò con riluttanza verso l'inaspettata ospite e scrollò le spalle. «Sì. Non mi aspettavo compagnia, altrimenti avrei preso qualcosa di più appropriato. Quando ho qualcuno a casa, il che non accade spesso, di solito preparo roba più per adulti. Vorrei poter dare la colpa delle mie scelte in fatto di cereali ai figli della mia vicina, che a volte invito qui per dare una tregua alla loro mamma quando la nonna non può tenerli, ma cosa posso dire? Mi piacciono le "schifezze" dolci.»

Stava farfugliando, ma non riusciva a fermarsi. Era imbarazzatissimo che tutto ciò che aveva da offrire a quella donna, che aveva vissuto un'esperienza orribile, fossero cereali per bambini.

«I miei preferiti sono i Lucky Charms, ma i Fruit Loops sono al secondo posto. La cosa migliore è bere il latte quando i cereali sono finiti. È zucchero puro, ma è così buono.»

Safe la fissò per un attimo, pensando che lo stesse prendendo in giro, ma quando lei fece una piccola scrollata di spalle e un sorrisetto, capì che era seria.

Gli tornò quella strana sensazione nella pancia. Quante possibilità c'erano che la donna che aveva salvato da un probabile destino orribile, non solo apprezzasse il suo caffè aromatizzato, ma fosse anche una fan dei cereali super zuccherati?

Ignorando la vocina nella sua testa che gli diceva di tenersela stretta e non lasciarla più andare, Safe prese le scatole di Fruit Loops e Apple Jacks. Le posò sul tavolo della piccola sala da pranzo che si trovava accanto alla cucina, poi andò al frigorifero per tirare fuori il latte. Una volta portate anche le due scodelle, ovviamente di grandi dimensioni, e i cucchiai, tirò fuori una sedia per Wren e poi si sedette sul lato opposto.

Lei si avvicinò lentamente al tavolo e si accomodò. Facendo un altro piccolo sorriso posò la tazza di caffè e prese i Fruit Loops. Mangiarono i cereali in silenzio, l'unico suono era lo scricchiolio che facevano.

Quando entrambi finirono anche il latte rimasto, Safe si alzò.

Non gli sfuggì il modo in cui Wren trasalì a quel movimento improvviso, e maledicendosi per averla spaventata si fermò. «Vado a mettere le scodelle nel lavandino. Se vuoi andare a sederti sul divano e metterti comoda, io arriverò tra un attimo e ti racconterò di ieri sera.»

«Va bene» disse, spingendo la sedia indietro e alzandosi rapidamente.

Safe prese le stoviglie che avevano sporcato e andò in cucina. Con la coda dell'occhio la vide entrare nel soggiorno e scegliere di sedersi sulla sua poltrona reclinabile, e Safe non poté fare a meno di pensare che sembrava minuscola su quel mobile troppo grande. Non era un gigante con il suo metro e ottantacinque, ma non era nemmeno piccolo. Wren era una donna di altezza media, intorno al metro sessantacinque, sessantasette, ma era snella e aveva un aspetto quasi fragile.

Quando piegò le gambe sotto di sé, Safe sorrise. Non

aveva esitato a mettersi comoda, e il fatto che non fosse seduta sul bordo della poltrona, pronta a scappare, gli fece capire che per qualche motivo si fidava di lui. Almeno un po'.

E fu quel piccolo atto di fiducia a fargli giurare tra sé e sé di fare tutto il necessario per assicurarsi che quella donna si sentisse al sicuro dopo quello che era successo la sera prima *e* con lui. Non sapeva chi fosse il suo accompagnatore, ma l'avrebbe trovato, e con l'aiuto della sua squadra gli avrebbe insegnato cosa succede quando ci si approfitta di donne innocenti.

Quel pensiero lo faceva sembrare assetato di sangue, soprattutto perché l'aveva appena conosciuta, ma non poteva farne a meno. Dopo averla sorvegliata tutta la notte, dopo che lei gli aveva chiesto aiuto al bar, si sentiva protettivo nei suoi confronti.

Finito di sistemare la roba della colazione, portò il bricco di caffè in soggiorno. «Ne vuoi ancora?» le chiese.

«Sì, grazie» rispose, porgendogli la tazza.

Safe gliela riempì, sentendosi ridicolmente felice che le piacesse il suo caffè, poi riempì la propria e si sedette sul divano dall'altra parte della stanza rispetto alla poltrona, e non esitò a dirle ciò che voleva sapere.

«Ti ho vista all'Aces con quel ragazzo. Non mi piaceva il suo aspetto. No, non è vero: non mi piaceva il modo in cui ti guardava quando eri girata.»

«Come mi guardava?» chiese Wren.

«Come un leone osserva la sua preda» le spiegò.

Lei fece una smorfia. «Sembrava innocuo. L'ho conosciuto online. Abbiamo parlato in chat diverse volte. Mi ha detto di essere un contabile e che gli piace giocare a scacchi nel tempo libero. Sono proprio una stupida» disse con un sospiro.

«Non è vero» affermò lui.

«Cos'è successo dopo?»

Odiava che lei la pensasse così di sé stessa. Incontrare persone da potenzialmente frequentare era complicato. E internet per certi versi lo rendeva più facile, ma molto più difficile per altri. Le persone potevano nascondere la loro vera natura finché non era troppo tardi.

«Bo?»

Sentirle pronunciare il suo nome gli provocò ancora una volta quella strana sensazione dentro, ma Safe la scacciò di nuovo. «Scusa. Allora, ti ho vista al tavolo con quello stronzo, ma siccome due sconosciuti che bevevano qualcosa non erano affari miei, non ci ho più pensato. Un po' di tempo dopo, avevo appena usato il bagno e stavo tornando al bar, quando sei apparsa nel corridoio. Non avevi un bell'aspetto. Incespicavi e parlavi biascicando. Hai chiesto il mio aiuto e poi sei svenuta. Il mio primo pensiero è stato quello di portarti via da lì. Probabilmente avrei dovuto portarti nell'ufficio di Jessyka, la proprietaria del locale, invece ho seguito il mio istinto. Sono uscito dalla porta sul retro e sono andato dritto alla mia macchina. Ho guidato fino a qui, mi sono assicurato che tu fossi a posto fisicamente – ho un certo addestramento medico dato che sono un SEAL – e poi ho chiamato Jessyka.»

«Non la polizia?» gli chiese.

Fece una smorfia. «Sì, avrei dovuto chiamarla» ammise.

«No! Cioè, forse. Ma non sono una fan della polizia.»

Safe avrebbe voluto chiederle subito il motivo. Voleva sapere tutto di quella donna. Ma quando lei non si offrì volontariamente di spiegare, continuò: «Come ho detto, ho chiamato l'Aces e ho parlato con Jessyka. Le ho detto cos'era successo, che eri al sicuro qui con me, ma volevo assicurarmi che sapesse che il tuo accompagnatore era un poco di buono e di chiedere a qualcuno dei ragazzi di trattenerlo.»

Wren si raddrizzò. «L'hanno fatto?»

«Purtroppo no. Se n'era già andato. Ma dopo aver informato Jessyka di quello che hai passato, ho pensato che avresti voluto vedere tu stessa cos'è successo.» Tirò fuori il telefono e trovò il video che lei gli aveva inviato un paio d'ore prima. Si alzò, si avvicinò alla poltrona e le passò il cellulare. «Clicca su play quando sei pronta. Ho già alzato il volume.»

Niente di ciò che le era successo era divertente... ma Safe adorava quello che era accaduto dopo che se n'erano andati.

Mentre lei guardava il video, Safe ascoltò l'audio sapendo cosa stava vedendo; Jessyka che aveva spento la musica, acceso alla massima potenza tutte le luci del bar, che di solito teneva fioche, ed era salita sul bancone per fare un annuncio.

«Attenzione! Mi è stato riferito che qualcuno che era qui stasera ha drogato il drink di una donna. Per favore, tutte le donne presenti posino immediatamente quello che stanno bevendo. Non bevete un altro sorso! Vi sostituirò le bevande gratuitamente. La ragazza che è stata drogata è stata portata in un luogo sicuro, ma se vi sentite male o deboli, per favore fatelo sapere a me o a uno dei miei collaboratori.»

Wren mise in pausa il video e guardò Safe. «Ma se l'uomo con cui stavo era sparito, perché l'ha fatto? Deve esserle costato un sacco di soldi.»

«Jessyka prende sul serio il suo ruolo di proprietaria del bar. Non avrebbe mai potuto starsene con le mani in mano dopo aver saputo quello che ti è successo. Prende ancora *più* sul serio la sicurezza dei suoi clienti. E si è arrabbiata perché sei stata drogata proprio sotto il suo naso, nel *suo* locale. Da quello che ho capito, le luci sono rimaste completamente accese per più di un'ora, la musica non è più ripartita, ma nessuno si è lamentato.»

«Wow.»

«Ma è molto arrabbiata perché non hanno preso il tizio. Ha un sacco di telecamere sparse per il locale e nel parcheggio. Ha visionato le registrazioni e ha trovato il pezzo che mostra il tuo accompagnatore al bancone che mette la droga nel tuo drink, subito dopo che il barista gli ha voltato le spalle. Ha il filmato dove ci sei tu che vai nel corridoio del bagno, che mi parli, e io che ti porto fuori dal retro. Un'altra telecamera mi ha ripreso mentre ti portavo alla mia auto. E poi c'è quello del tuo accompagnatore che si alza e se ne va quando non sei tornata al tavolo. Ma a quanto pare non aveva messo l'auto nel parcheggio dell'Aces. Si è allontanato con nonchalance come se stesse facendo una tranquilla passeggiata notturna.»

«Quindi nessuna targa da segnalare» concluse Wren.

«Esatto.»

«Mi ha detto di chiamarsi Matt. Matt Smith.»

Safe storse la bocca.

Lei annuì. «Già. Probabilmente è inventato. Ma dovremmo essere in grado di rintracciarlo attraverso l'app, giusto?» chiese, sporgendosi in avanti e tirando fuori il telefono dalla tasca.

«Forse. Conosco un tizio che era un SEAL e sa fare praticamente tutto con un computer.»

«Oh no!» esclamò Wren, guardando lo schermo con la fronte aggrottata.

«Cosa? Che problema c'è?» le chiese.

«Li ha cancellati.»

«Cosa?»

«I nostri messaggi! Abbiamo comunicato tramite l'app perché non volevo dargli il mio numero di telefono. Ce ne saremo scambiati due centinaia mentre ci conoscevamo, e sono spariti.»

«Il suo profilo è ancora attivo?»

Wren sospirò e lasciò cadere sulle gambe la mano con il cellulare. «No. La farà franca. Chissà a quante altre donne ha fatto questo genere di cose... a quante altre lo *farà*.»

«Non escludere ancora il mio amico. È piuttosto... meticoloso.» Stava per dire subdolo, ma decise che forse non era la parola migliore da usare in quel momento per rassicurarla.

«Non importa. Sono riuscita a scappare, grazie a te.» Guardò l'orologio. «E ti ho rubato già abbastanza tempo. Sono sicura che stamattina hai di meglio da fare che farmi da babysitter. Apprezzo il tuo aiuto. Se mi dai la mia borsa posso pagarti per il disturbo. Poi mi tolgo dai piedi e vado a casa.»

Safe la guardò con la fronte aggrottata. «La tua borsa?»

Wren si accigliò a sua volta. «Oh, già. Immagino che non l'avessi con me quando ti ho visto nel corridoio. Allora probabilmente è ancora al bar.»

Safe non aveva un buon presentimento. E in quanto Navy SEAL, non ignorava le sue sensazioni. Si alzò e disse: «Posso riavere il mio telefono?»

«Oh! Sì, scusa.» Glielo porse con un piccolo sorriso.

Senza dire una parola, lo prese e compose il numero di Jessyka, che come lui aveva fatto le ore piccole, ma era abbastanza sicuro che si sarebbe svegliata, poi lo mise in vivavoce in modo che Wren potesse sentire la conversazione.

«Safe, sta bene?»

«Wren sta bene» la rassicurò.

«Wren! Che bel nome.»

Lo pensava anche lui, ma aveva cose più importanti a cui pensare. «Per caso hai trovato la sua borsa al bar ieri sera, al tavolo dov'era seduta?»

«La sua borsa? No, non credo ci fosse nulla nel tavolo all'angolo. Oh, merda... l'ha presa quello stronzo?»

Safe incontrò lo sguardo di Wren e capì che era preoccupata quanto lui per quella nuova svolta. «A quanto pare» disse con un sospiro.

«Che bastardo!» sbottò Jessyka. «Vado subito al bar a vedere se è stata riportata. Chiamerò non appena saprò qualcosa, in un caso o nell'altro. Ma, Safe, se ha la sua borsa sa dove vive... e probabilmente ha anche le chiavi di casa sua, a meno che lei non le avesse con sé.»

Non stava dicendo nulla che lui non avesse già pensato. Ma dall'espressione di Wren, lei doveva essersi resa conto solo in quel momento di quanto fosse peggiorata la situazione.

«Lo so. Fammi sapere se salta fuori la borsa» le disse. «Devo andare.»

«Ok. Ma per favore di' a Wren che siamo tutti contenti che stia bene, e che di solito queste cose non succedono nel mio bar. Faremo tutti un lavoro migliore nel cercare di tenere d'occhio le donne. Mi rendo conto che non è tutta colpa mia, ma devo fare qualcosa. Ho pensato di creare una sezione speciale per i primi appuntamenti, in modo che le donne si sentano più sicure. Tipo mettere dei tavoli più vicini al bancone e rendere obbligatorio che i drink vengano portati direttamente alle coppie da un barista. E aggiungeremo altre telecamere. Naturalmente ciò non significa che qualcuno debba sedersi lì per forza se non vuole, ma almeno ci sarà l'opzione. Lo pubblicizzeremo e faremo in modo che tutte sappiano che se vogliono incontrare qualcuno per la prima volta all'Aces, saranno il più protette possibile.»

«Sono sicuro che sarà apprezzato. Ci sentiamo più tardi.»

«Ok. Safe?»

«Sì, Jess?»

«È stata davvero fortunata a trovarti lì nel momento giusto.»

Sapeva a cosa si riferiva. A Jessyka e alle sue amiche erano successe molte cose brutte, ma erano state tutte abbastanza fortunate da avere un Navy SEAL disponibile ad aiutare quando c'erano stati problemi.

«Già» disse dopo un attimo.

«Benny ha già contattato Tex per vedere se riesce a scoprire dov'è andato quello stronzo dopo aver lasciato l'Aces. Quindi sta controllando le telecamere stradali per vedere dove ha parcheggiato e magari individuare il suo numero di targa. Se c'è qualcuno che può beccarlo, quello è Tex.»

«Non posso che essere d'accordo. Ora devo proprio andare, Jess. Salutami Benny e ci sentiamo presto.»

«Va bene. A presto.»

Safe chiuse la chiamata e aprì la bocca per dire qualcosa di rassicurante a Wren, ma nel momento in cui spense il telefono, lei si alzò dalla sedia e iniziò a camminare per il soggiorno.

«Merda! Ha le chiavi della mia auto e del mio appartamento. I miei documenti, il mio indirizzo. Sa dove abito!»

Non sopportava di vederla così spaventata, così la fermò mettendole le mani sulle spalle. «Fai un bel respiro, Wren.»

«Non posso!» disse, ma obbedì comunque. «Ora ricordo di aver lasciato la borsa al tavolo. Avevo solo bisogno di allontanarmi da lui! Sapevo che mi aveva drogato e non volevo svenire lì.»

«Lo so.»

Wren chiuse gli occhi e fece un altro respiro profondo. Poi raddrizzò le spalle e lo guardò. «Apprezzo tutto quello che hai fatto, molte persone non si sarebbero comportate così. Grazie per la colazione. Chiamerò un taxi dal mio telefono.»

«Aspetta... cosa?» le chiese con la fronte aggrottata.

«Avrai delle cose da fare. Sei un SEAL, giusto? Probabilmente devi andare a lavorare. Salvare il mondo, cose del genere.»

«Ho salvato il mondo la settimana scorsa. Questa sono libero» affermò, scherzando solo a metà. Erano appena tornati da una missione e aveva qualche giorno libero, motivo per cui la sera prima erano tutti al bar.

Lei fece uno sbuffo accompagnato da una risatina. «Ovvio. Comunque, grazie ancora.»

«Wren, aspetta» le disse, stringendo la presa sulle sue spalle. Non era sua intenzione spaventarla, ma l'ultima cosa che voleva era che se ne andasse. Non ne sapeva abbastanza di lei. E anche se non l'avrebbe tenuta in ostaggio, non pensava che fosse una cosa intelligente tornare a casa. Non con Matt, o come si chiamava, là fuori, con tutte le sue informazioni a portata di mano.

«Non è sicuro per te tornare a casa. Ha il tuo indirizzo e le chiavi. Lascia che Tex faccia la sua magia. Che faccia il possibile per trovare quello stronzo, così potrai sporgere denuncia. Jessyka ha il video di quando ti droga il drink. Nel frattempo, dobbiamo solo accertarci che sia sicuro tornare a casa. Inoltre, possiamo cambiare le serrature in modo che non possa entrare, organizzare dei turni di scorta così che tu possa andare e venire senza essere molestata da lui.»

Wren lo fissò con un'espressione strana.

«Che c'è?» le chiese, temendo che volesse semplicemente ringraziarlo di nuovo e cercare di andarsene.

Aveva la strana sensazione che se lei l'avesse fatto, avrebbe perso la cosa migliore che gli fosse mai capitata. Era una cosa sdolcinata e totalmente folle... ma era quello che gli diceva l'istinto, e lui non aveva mai ignorato un presentimento. E non aveva intenzione di iniziare adesso.

«Non ho un posto dove stare mentre passa questo lasso di tempo variabile» gli disse a occhi spalancati.

«Puoi rimanere qui» sbottò. Non aveva previsto di invitarla a trasferirsi lì, ma ora che l'aveva fatto non poteva dire di essere turbato dall'idea.

«Ehm, *come, scusa?*»

«Puoi fidarti di me. Puoi stare nella stessa stanza in cui hai dormito stanotte. Hai la mia parola che non proverò a fare niente di strano. Ti comprerò anche i Lucky Charms, così per colazione potrai mangiare quello che ti piace.»

«Ma non ho vestiti o altre cose» continuò incredula.

Felice che non avesse rifiutato subito, gridando che era uno psicopatico e allontanandosi da lui, Safe insistette. «Possiamo andare a casa tua e prendere quello che ti serve per qualche giorno.»

«Pensavo avessi detto che non era una buona idea tornare lì.»

«Be', penso di poter usare alcune delle mie abilità di SEAL per entrare e uscire senza essere scoperto» la stuzzicò.

«Non ti lascerò frugare tra le mie cose e fare la valigia al posto mio» gli disse un po' accigliata. «Aspetta, ma cosa sto dicendo?» chiese, più a sé stessa che a lui. «Sto davvero prendendo in considerazione questa possibilità?»

«Sì» rispose per lei. «Qui sarai al sicuro. Da me *e* dagli stronzi che potrebbero volerti fare del male. Posso darti i numeri dei miei amici, che garantiranno per me.»

«*Ovvio* che parleranno bene di te» replicò, alzando gli occhi al cielo.

«Giusto. Allora ti darò i numeri delle amiche di Jessyka. Mogli di militari. Hanno sposato tutte degli ex SEAL, e ti prometto che non ci gireranno intorno riguardo a me. Te lo diranno chiaro e tondo. Aspetta... però forse non voglio che spettegolino su di me.»

Con suo grande stupore, Wren sorrise. Poi tornò subito seria. «Davvero, non voglio essere una seccatura.»

«Non lo sarai. Non lo sei.»

«Bo, ho passato troppi anni a farmi ospitare, a sentirmi come se mi stessi approfittando delle persone. Ho giurato di non farlo mai più.»

A Safe non piacque affatto sentire quelle cose. Il pensiero che non avesse avuto una casa propria e si fosse affidata alla generosità degli altri per avere un posto in cui dormire la notte, gli diede un senso... di inquietudine. E moriva dalla voglia di conoscere la sua storia. Tutto di lei.

«Non ti approfitti di me se sono io che te lo offro» le disse dopo un attimo. «E per la cronaca, non mi aspetto che tu faccia un bel niente. Niente cucinare, niente pulizie. Niente. Sei qui come ospite. Non devi ripagarmi pensando di dover essere la mia cameriera o altro.»

«Meno male, perché sono una pessima domestica» replicò. «E comunque ho appena trovato un nuovo lavoro, non sarò molto presente.»

Sembrava che fosse propensa a rimanere con lui. Era assurdo, l'aveva appena conosciuta, eppure desiderava che lo facesse più di quanto avesse desiderato qualsiasi altra cosa da molto tempo. «Quindi resterai?»

«Solo per qualche giorno. Finché non mi cambieranno le serrature e sapremo che Matt non gironzolerà nei paraggi.»

Poteva accettarlo. «Ok.»

«Ok» ripeté lei.

Rimasero a fissarsi per un attimo prima che Wren sospirasse. «Allora... organizziamo questa missione di recupero della mia roba o no?»

Se c'era una cosa in cui Safe era bravo, era pianificare le missioni. «Sì, signora» rispose sorridendo.

CAPITOLO TRE

WREN SI CHIESE per la centesima volta cosa fare. Doveva rimanere? Nella casa di uno sconosciuto? Era una follia. Ridicolo. Stupido.

Eppure, non poteva negare che essere lì, nella piccola casa di Bo, la faceva sentire... al sicuro.

A quello quasi sbuffò. Ovvio che il suo soprannome avesse quel significato e che lui la facesse sentire esattamente in quel modo. Ma era vero. Quando si era svegliata e aveva capito di non sapere dove si trovasse, inizialmente era andata nel panico, ma si era calmata dopo aver visto il biglietto che lui le aveva lasciato. Le aveva dato la possibilità di scegliere, ed era una cosa che non era successa molto nella sua vita mentre cresceva.

E poi la storia dei cereali l'aveva ulteriormente rilassata. Qualsiasi uomo che avesse una dispensa piena di quella roba zuccherosa e a cui piaceva mangiarla, era qualcuno che voleva conoscere.

Il suo fascino era evidente. Era alto, di sicuro più di un metro e ottanta. Aveva folti capelli castano chiaro che gli restavano dritti sulla testa quando ci passava le dita, barba e baffi ben tagliati, occhi castano chiaro che erano penetranti quando si concentravano su di lei. E aveva un tatuaggio. Lei non era il tipo da farsene, ma non poteva negare che l'immagine del serpente sul suo braccio destro fosse sexy.

Sì, era sicuro dire – si sforzò di non sbuffare a quella parola – che era attratta da Bo. Ma l'apparenza poteva ingannare. Lo aveva imparato a sue spese. Anche sua madre era molto attraente; alta, snella, bella... e una stronza subdola, bugiarda e depravata. E gli uomini che aveva portato in casa loro erano stati altrettanto malvagi.

Quindi sapeva di non doversi fidare di qualcuno in base al suo aspetto. Voleva sapere tutto quello che poteva su Bo Cyders. Com'era stata la sua infanzia, cosa faceva nel tempo libero, come interagiva con i suoi amici. Erano quelle le cose che le avrebbero detto molto su di lui come persona.

Pensava di aver studiato bene Matt Smith, ma si era sbagliata, e *di grosso*. Quindi, dopotutto, forse le cose che pensava di dover sapere su qualcuno non erano in realtà dei parametri molto validi per capire che tipo di persona fosse.

«Sei accigliata. Cosa c'è che non va?» le chiese Bo.

Erano tornati al tavolo da pranzo per pianificare la "missione" nel suo appartamento. Quando aveva tirato fuori dei fogli e iniziato a disegnare le strade intorno al suo condominio e a spiegare come si sarebbero avvicinati all'edificio, Wren aveva pensato che fosse piuttosto adorabile.

«Niente.»

«Non fare così» le disse, posando la penna e portando quegli occhi castano dorato su di lei. «Se credi che una cosa che ti sto suggerendo non possa funzionare, dillo chiaramente.»

«Non si tratta di questo. È solo che... stavo pensando che ero convinta di essere un buon giudice del carattere di una persona, ma a quanto pare non è così.»

A quel punto, Bo prese il telefono e compose un numero, mise di nuovo il vivavoce e lo posò sul tavolo. Wren stava per chiedere cosa stesse facendo quando qualcuno rispose.

«Ehi. Safe. Come va? Tutto bene?»

«Ehi, Preacher. Ho bisogno di aiuto.»

«Chiedi pure.»

Quelle due parole le fecero riempire gli occhi di lacrime. Era una sciocchezza, ma sentire una prova così semplice e immediata dell'amicizia tra Bo e l'uomo al telefono, qualcuno che chiaramente avrebbe fatto *qualsiasi cosa* senza nemmeno sapere cosa gli sarebbe stato chiesto, era qualcosa che non aveva mai sperimentato. E faceva male.

«Prima di tutto ho bisogno che tu parli con Wren. Devi dirle tutte le cose brutte che sai su di me.»

«Wren?»

«La donna del bar di ieri sera.»

«Ah. Sta bene?»

«Sì. Ma non è sicura di potersi fidare di me.»

«Non è...» Wren cercò di interromperlo per dirgli che non era ciò che aveva inteso con la sua precedente affermazione, ma l'uomo al telefono le parlò sopra.

«È successo qualcosa?»

«No. Le ho detto che può stare qui da me finché ne ha bisogno, perché siamo abbastanza sicuri che il bastardo che ieri sera le ha drogato il drink abbia la sua borsa, ma dopo quello che è successo crede di non essere più brava a inquadrare gli stronzi.»

«Ah, ho capito. *Merda*. Quindi sa dove abita e può entrare in casa sua.»

«Esatto.»

«Va bene. Sarò felice di spettegolare su di te.»

«Roba utile, Preacher» lo avvertì.

L'uomo al telefono ridacchiò.

Bo si girò verso di lei e disse: «Fagli pure le domande che vuoi. Io sarò fuori.» Si alzò e si diresse verso la porta scorrevole che dava sul cortile senza dire un'altra parola.

«Aspetta...» Ma lui si stava già chiudendo la porta alle spalle.

«Wren?» la chiamò Preacher.

Lei si voltò di nuovo verso il telefono appoggiato sul tavolo. «Ehm... sì. Ciao.»

«Stai davvero bene? Non hai nessun effetto collaterale della roba che quello stronzo ti ha messo nel drink?»

«No. Sto bene. Ho un po' di mal di testa, ma passerà in poche ore, ne sono certa.»

«Mi dispiace che non lo abbiamo preso.»

Era un momento così surreale essere lì a parlare con qualcuno che non conosceva di qualcosa di orribile che le era successo. Era più abituata a tenere segrete quel genere di cose, a non menzionarle più. «Non importa.»

«Sì che importa. Safe era arrabbiato ieri sera. Dopo aver raccontato a Jessyka l'accaduto, ha chiamato Kevlar per chiedergli dei consigli.»

«Chi?»

«Kevlar. È il nostro leader, il primo a cui ci rivolgiamo se abbiamo problemi.»

«Oh. Consigli su cosa?» chiese Wren.

«Riguardo a te. Stava riconsiderando la decisione di averti portata a casa sua, e voleva il suo parere, vista tutta la storia con Remi.»

«Remi?»

«Merda. Ma Safe non ti ha detto niente?»

Non le piacque il tono di rimprovero di Preacher. «Mi sono svegliata circa un'ora fa. Abbiamo fatto colazione, parlato di quello che è successo dopo che sono svenuta ieri sera, e poi abbiamo iniziato a fare dei piani per infiltrarci nel mio appartamento usando le tecniche super segrete dei SEAL, quindi scusa tanto se Bo non ha avuto il tempo di informarmi su tutta la storia della sua vita.»

Si pentì subito di aver usato un tono stizzoso, ma con sua grande sorpresa, Preacher ridacchiò.

«Giusto. Scusa. Allora... sai che Safe è un Navy SEAL.»

«Sì. E che è appena tornato da una missione per salvare il mondo e ha qualche giorno di riposo.»

«Già. Sono uno dei membri del suo team. Siamo in sei... no, scusa, sette. Ti ho accennato di Kevlar. Ci sono anche MacGyver, Flash, Smiley e Blink, che è il nostro nuovo compagno di squadra. Comunque, Kevlar era in vacanza alle Hawaii ed è stato abbandonato nell'oceano durante un'immersione. Oltre a lui c'era anche una donna, Remi Stephenson. Sono stati salvati, sono tornati in California, si sono messi insieme e poi è successo *davvero* un disastro.»

Wren si piegò in avanti sulla sedia. «Che cos'è successo?»

«C'era un altro uomo nella nostra squadra, Howler. Ha frequentato l'addestramento con Kevlar. Erano grandi amici. Erano nella stessa squadra da anni. Alla fine si è scoperto che era gelosissimo di lui e che è stato la persona che ha fatto sì che venisse abbandonato nell'oceano.»

Wren ansimò. «Davvero?»

«Già. E questa non è la parte peggiore. Ha rapito Remi. L'ha portata sulle colline, dove aveva già scavato una fossa. Aveva pianificato di seppellirla viva e poi "aiutare" le squadre di ricerca a trovare il suo cadavere.»

«Perché? Perché avrebbe dovuto fare una cosa del genere alla ragazza del suo migliore amico?» chiese, completamente affascinata dalla storia.

«Per gelosia. Voleva il posto di leader del team. Invece di comportarsi da uomo e andare dal nostro comandante per parlargli della possibilità di guidare un'altra squadra, ha cercato di uccidere Remi, sapendo che avrebbe distrutto Kevlar emotivamente. Ha pensato di poter assumere il comando della nostra missione in Ciad una volta che Kevlar fosse stato fuori gioco.»

«Porca miseria» sussurrò Wren.

«Già.»

«Immagino che visto che mi stai raccontando questa storia, il suo piano sia fallito.»

«Sì. Blink, che ora è il nuovo membro della nostra squadra, è riuscito a convincere Howler di essere dalla sua parte, e quando si è presentata l'occasione lo ha fatto fuori e ha salvato Remi.»

Wren credeva di sapere cosa intendesse con "fatto fuori", ma la cosa la sconvolse comunque.

«Quindi, pensi di non essere brava a giudicare la gente? Credimi quando ti dico che *chiunque* può nascondere il suo vero io al mondo. Anche alle persone che li conoscono meglio. Pensi che Kevlar non si sia sentito in colpa per non aver capito che il suo migliore amico è stato verde d'invidia per anni? Pensi che non siamo tutti arrabbiati per non aver visto la follia che c'era in Howler, un uomo con cui abbiamo passato migliaia di ore? Per non aver capito che era stato lui a far abbandonare Kevlar nell'oceano e che potesse arrivare a rapire la sua ragazza per ucciderla?

Eri al *primo appuntamento*. Non capire che quello stronzo ti ha gettato fumo negli occhi e che voleva drogarti non ti definisce. Ma definisce lui come un subdolo predatore.»

La sua mente era un turbinio di pensieri. «È un'ottima osservazione» disse.

L'uomo al telefono ridacchiò. «Mi fa piacere che la pensi così.»

«Come sta Remi?» chiese. «Non dev'essere stata un'esperienza divertente.»

Preacher non disse nulla per un lungo momento, e Wren si innervosì. «Scusa, non dovevo chiederlo?»

«No, stavo solo pensando a quanto sei perfetta. La maggior parte della gente sarebbe andata fuori di testa per la storia del tentato omicidio e per il fatto che un membro della nostra squadra ha cercato di uccidere delle persone, per ben due volte. E invece ti preoccupi di Remi.»

«Non sono perfetta. Tutt'altro» replicò. «Ed è piuttosto difficile che io vada fuori di testa.»

«Immagino che ci sia un motivo.»

«C'è.» Ma non approfondì.

Preacher non sembrava aspettarsi che lo facesse, perché continuò. «Bene, Allora... Safe. Ti ha detto come ha avuto quel soprannome?»

«Sì.»

«Be', non scherzava su quella storia, ma il suo soprannome

gli si addice in ogni senso. È quello che si preoccupa per tutti noi quando siamo in missione. Non che non ci guardiamo le spalle a vicenda, ma Safe cerca sempre di proteggere *tutti*. Anche i civili che incontriamo. Vuole che portiamo a termine la missione, ma anche che nessuno corra rischi. Quindi, chiedergli aiuto ieri sera? Hai scelto proprio la persona giusta.»

«In realtà non l'ho scelto. È capitato che lui fosse in quel corridoio.»

«Mi stai dicendo che non hai incrociato nessun altro mentre andavi lì?»

«Non ricordo» gli disse con sincerità.

«L'hai fatto» disse il compagno di squadra di Bo. «Ho visto il video. Hai oltrepassato altri tre uomini che avrebbero potuto aiutarti. Ma hai aspettato di essere con Safe.»

Avrebbe voluto continuare a obiettare. Dire qualcosa sul fatto che probabilmente voleva essere il più lontana possibile da Matt prima di chiedere aiuto, ma non ne ebbe la possibilità perché Preacher continuò.

«Safe mi ha chiesto di raccontarti tutte le cose brutte su di lui, così che tu sappia a cosa vai incontro. Vediamo...»

«No» lo interruppe. «Non voglio sentirle.»

«Ma sei preoccupata di non essere brava a giudicare le persone...» Lasciò la frase in sospeso.

Wren ridacchiò. «Avete organizzato tutto, vero?»

Preacher suonò più serio che mai quando disse: «No. Assolutamente no. Ascolta, Safe non è un santo, nessuno di noi lo è, nemmeno io che faccio Preacher come soprannome. Ma sul serio, non avresti potuto scegliere un uomo migliore come protettore. Permettigli di aiutarti, Wren. Permetti a tutti noi di farlo. Non c'è niente che ci faccia incazzare di più di un uomo che fa del male a una donna. E quello stronzo di ieri sera è in cima alla nostra lista nera. Lo troveremo e ci assicureremo che abbia ciò che si merita.»

«Non lo ucciderete, vero?» chiese in un sussurro.

Preacher rise. Forte. Quando riprese il controllo, rispose: «No. Ora, cos'è questa storia dei piani per infiltrarsi nel tuo appartamento usando le tecniche super segrete dei SEAL?»

Wren si rese conto che si era ricordato parola per parola quello che lei aveva detto prima, e gli spiegò brevemente i piani di Bo per andare a casa sua a prendere le sue cose.

«Digli che ci sto. Come il resto dei ragazzi. Sarà divertente.»

«Divertente?»

«Eh, sì. Nessuno di noi sa gestire molto bene il tempo libero.»

«Be', ehm... ok.»

«Scusa. A volte sono un po' troppo entusiasta. Ma sul serio, digli che se ha bisogno di aiuto, chiunque di noi è più che disposto a coprirti le spalle mentre vai dentro.»

«Glielo farò sapere.»

«Bene. Wren?»

«Sì?»

«Sono felice che tu stia bene. Nessuna donna dovrebbe preoccuparsi di queste cose quando incontra qualcuno per la prima volta.»

«Grazie. Sono d'accordo.»

«So che Jessyka probabilmente vuole rimediare all'accaduto. Per favore, non lasciare che questo incidente ti impedisca di tornare all'Aces.»

«Ha detto a Bo che vuole creare dei tavoli speciali per le persone al primo appuntamento... dove possano sentirsi al sicuro.»

«Sembra una cosa da lei. Lascia che Safe si prenda cura di te per qualche giorno. Non te ne pentirai.»

Wren avrebbe voluto dirgli che non era il tipo di donna che aveva bisogno che qualcuno si prendesse cura di lei, che lo aveva fatto da sola da quando aveva circa sei anni, ma non ne ebbe l'occasione perché lui chiuse la chiamata.

Rimase seduta al tavolo per un paio di minuti, ripassando nella testa tutto ciò che aveva appena appreso, poi spinse indietro la sedia e andò alla porta scorrevole.

Guardando fuori vide Bo vicino alla recinzione del cortile, con le mani in tasca, intento a osservare due scoiattoli che mangiavano delle noci raccolte da terra.

Quando aprì la porta, lui si girò ma non le si avvicinò. «Tutto bene?» le chiese.

Wren annuì. All'improvviso si sentì in imbarazzo.

Bo le andò incontro così rapidamente che lei fece un passo indietro, tanto che lui si fermò subito.

«Se vuoi andartene, ti capisco. Posso accompagnarti ovunque tu voglia, ma ti sconsiglio di tornare nel tuo appartamento finché io e i miei amici non avremo cambiato le serrature.»

«Se volessi andarmene, le cambierete comunque?»

«Sì.»

«Devi sapere che Preacher non mi ha detto nulla. Cioè, l'ha fatto, ma non su di te.»

Bo sembrò un po' irritato. «Avrebbe dovuto dirti tutte le cose negative, in modo che tu potessi fidarti.»

Wren rise, non riuscì a farne a meno. «Come potrebbero delle cose negative portarmi a fidarmi di te?»

Lui aggrottò la fronte. «Ehm...non lo so. Mi era sembrata una buona idea in quel momento.»

«Be', non mi ha raccontato niente, ma io mi fido comunque. Ero incosciente, avresti potuto fare di me quello che volevi... e non l'hai fatto. Avrei potuto essere l'ennesima storia triste di un cadavere che viene trasportato a riva, invece mi sono svegliata al caldo e al sicuro, ho fatto una colazione perfetta e ora mi sento meglio riguardo ai prossimi giorni rispetto a un paio d'ore fa, nonostante sappia che Matt probabilmente ha le chiavi del mio appartamento. Oh, e Preacher mi ha detto di dirti che se hai bisogno di aiuto per la tua missione SEAL super segreta per entrare nel mio appartamento, lui è disponibile.»

«Gliene hai parlato?»

«Sì.»

«Va bene. Vuoi tornare dentro e continuare con i nostri piani?»

Lo fissò. «Tutto ciò è strano.»

«Già» concordò lui.

Wren prese una decisione d'impulso, cosa che non aveva mai fatto in vita sua; era una pianificatrice, non le piaceva prendere decisioni senza riflettere su tutto ciò che avrebbe potuto andare storto. «Se l'offerta è ancora valida, vorrei restare qui. Con te. Almeno finché non riusciremo a capire chi è Matt e se può essere un problema.»

«Bene.»

«Oggi sono libera, visto che è domenica, ma domani devo andare al lavoro.»

«Posso chiederti dove lavori?»

Si rese conto in quel momento che pur non conoscendo quell'uomo, che a sua volta non conosceva lei, si sentiva a suo agio con lui come non era successo con nessun altro da molto tempo.

«Certo. Dopo che avremo pianificato la nostra missione per entrare nel mio appartamento.»

Bo sorrise. «Ci sto.» Le indicò la portafinestra. «Dopo di te.»

Mentre Wren tornava al tavolo, la sua mente ripercorse tutto ciò che era successo nelle ultime sedici ore. Era stata a un primo appuntamento, era stata drogata, era svenuta, si era risvegliata in casa di uno sconosciuto, aveva scoperto che l'uomo che l'aveva salvata da quella che avrebbe potuto essere un'esperienza orribile condivideva con lei l'amore per i cereali molto zuccherati, aveva parlato con un suo amico che le aveva rivelato alcuni dettagli personali su Bo – e sul resto della sua squadra – e ora stavano cercando di capire come entrare nel suo appartamento senza che nessuno se ne accorgesse.

Quando aveva accettato il nuovo lavoro lì a Riverton, in California, non avrebbe mai immaginato che la sua vita sarebbe stata così piena di avvenimenti. Ma la cosa buffa era che... non ne era turbata. La sua vita da adulta era stata una pesante routine; era viva ma non viveva.

L'incontro con Bo era stato eccitante. Non le piacevano le circostanze in cui era successo, ma doveva ammettere che passare del tempo con lui era una delle cose migliori che le fossero capitate nella vita fino a quel momento.

CAPITOLO QUATTRO

«NON SONO MOLTO sicura di questo piano» disse Wren con la fronte un po' aggrottata.

Erano circa le tre del pomeriggio e Safe era seduto sul divano, mentre lei era di nuovo sulla poltrona reclinabile. Qualche ora prima avevano sentito Jessyka, la quale aveva confermato che la sua borsa *era* stata ritrovata al bar, ma mancavano le chiavi e la sua patente. La cosa era molto inquietante, e Safe riusciva a immaginarsi il tizio frugare nella borsa proprio alla ricerca di quei due particolari oggetti. Le sue azioni avevano un risvolto minaccioso che gli dava i brividi.

Wren gli aveva fornito tutti i dettagli possibili sul suo condominio, così lo aveva cercato su un programma di mappe satellitari che usava per la Marina. Aveva individuato le strade circostanti e capito qual era il modo migliore per avvicinarsi all'appartamento senza dover arrivare all'edificio dalla strada principale. Non aveva idea se Matt stesse aspettando il suo ritorno, ma non aveva intenzione di correre rischi.

Certo, farlo uscire allo scoperto avrebbe reso più facile capire chi fosse realmente, ma non avrebbe mai usato Wren come esca. Era sicuro che Tex avrebbe scoperto il suo vero nome e dato le informazioni alla polizia in modo che lei potesse sporgere denuncia. L'ultima cosa che voleva era che Wren dovesse affrontare lo stronzo quel giorno, quando ciò che era successo era ancora così fresco nella sua mente.

Ora si stavano rilassando, o ci stavano provando, mentre aspettavano che calasse la notte per poter andare all'appartamento. A quanto pareva Preacher aveva parlato con Kevlar, perché lo aveva chiamato per informarlo che sarebbe andato con loro a casa sua. Era felice di avere dei rinforzi. Non gli serviva l'intera squadra, che avrebbe dato più nell'occhio, ma l'assistenza del suo leader gli faceva comodo.

«Di cosa non sei sicura?» le chiese.

«Ehm... di tutto? Bo, ti comporti come se ci fossero dei malvagi Matt che bazzicano in ogni angolo e sotto ogni cespuglio. Vuoi davvero *arrampicarti* fino al mio balcone al secondo piano ed entrare dalla portafinestra? È... una follia!»

«Se quel Matt è nei dintorni, l'ultima cosa che voglio è che ti veda» replicò con calma.

«Ma se ci sei anche tu è impossibile che faccia qualcosa.»

«In realtà vedermi con te potrebbe davvero farlo arrabbiare. Ieri sera il suo grande piano non è andato come voleva. Non voglio che faccia qualcosa di avventato.»

«Tipo salire sul mio balcone e fare irruzione?» borbottò.

Safe pensava che stesse scherzando, invece capì che era sinceramente preoccupata. Si chinò in avanti. «So che posso essere difficile da gestire» le disse serio. «A volte mi eccito un po' troppo per le cose. Dovresti vedermi durante le vacanze di Natale con i figli di mia sorella. Esagero ogni anno; compro troppi regali, vado a casa loro a mezzanotte e marcio in giro per il giardino con gli scarponi... accidenti, ho persino comprato della cacca di renna su internet e l'ho sparsa in vari punti del loro giardino e sul tetto.»

Sulle labbra di Wren spuntò un sorriso. «Fammi indovinare, il tuo addestramento da SEAL ti ha aiutato a non farti mai beccare.»

«Ovvio. E anche se questo piano potrebbe sembrare un po' esagerato...»

Lei sollevò un sopracciglio e lui scrollò le spalle.

«Ok, forse *è* esagerato. Quel Matt potrebbe aver rubato le cose dalla tua borsa solo per terrorizzarti. Per sradicarti dalla tua vita e costringerti ad andartene dal tuo appartamento o addirittura a cambiare città, mentre lui magari non è nemmeno più qui in giro. Ma... se non fosse così?»

Wren cancellò l'espressione divertita dal suo viso.

«Voglio solo che tu sia al sicuro. Non sopporto l'idea che tu entri nell'appartamento e quello stronzo ti metta le mani addosso.»

«Perché? Non mi conosci» gli chiese in tono calmo.

«Sinceramente?»

«Sempre.»

«Hai ragione, non ti conosco. Ma c'è qualcosa in te. So che sembra un luogo comune, ma non lo è. In parte è dovuto al fatto che sei venuta a chiedere aiuto a *me*, perché c'ero *io* in quel corridoio quando avevi bisogno di assistenza. Ma c'è di più. Ho frequentato la mia buona dose di donne, e sai quante di loro hanno pensato che la mia scelta di cereali per la colazione fosse appropriata?» Non le diede la possibilità di rispondere. «Nessuna.»

«Non sono sicura che condividere l'amore per i cereali zuccherati sia un motivo per darsi così da fare per me» disse Wren scuotendo la testa.

«Non è solo questo. È perché hai parlato con il mio compagno di squadra per ben venti minuti e non hai pensato che fosse strano. È per il fatto che io ho esagerato con questa cosa di infiltrarsi nel tuo appartamento e tu non sei uscita da quella porta. È perché non ti sei spaventata dopo esserti svegliata in casa di un estraneo questa mattina e mi hai concesso il beneficio del dubbio. È semplicemente parlare con te. È la tua schietta onestà e il modo in cui vai dritta al punto. Sei... interessante. È una parola un po' banale, ma per il momento dovrà bastare.

Oggi non c'è stato un solo secondo in cui abbia messo in dubbio quello che stavo facendo, in cui abbia desiderato rimangiarmi l'invito di farti stare qui per un po'. Mi sembra di conoscerti da anni, mi si rimescola la pancia ogni volta che mi sorridi. Sembro un ragazzino alla prima cotta, e... be'...*mi piaci*, Wren.»

Safe avrebbe voluto prendersi a calci. Aveva detto troppo, e troppo presto. Suonava come uno psicopatico. Ma non le avrebbe mentito. C'era qualcosa in lei che aveva catturato la sua attenzione fin dall'inizio. E averla intorno quel giorno non aveva minimamente smorzato il suo interesse. Lo aveva fatto solo aumentare.

E ancora non sapeva un bel niente di lei.

Era normale? No.

Gli importava? Ancora no.

«Io non sono normale» gli disse Wren con un'espressione totalmente seria.

Safe non riuscì a trattenersi e rise. L'uso di quella particolare parola gli fece capire che erano sulla stessa lunghezza d'onda.

Vedendo il suo sguardo ferito, anche se cercò subito di nasconderlo, le disse: «Non sto ridendo di te. Davvero. È solo che... nemmeno io sono normale. Oggi ho passato ore a pianificare un'infiltrazione nel tuo appartamento come se fosse una questione di vita o di morte nel mezzo di un territorio nemico... e mi sono divertito. Non *voglio* la normalità, Wren. Voglio... compagnia. Divertimento. Qualcuno che mi permetta di essere strano, ma che sappia anche quando dirmi di darmi una calmata. Voglio lealtà, sostegno e una donna che sia orgogliosa di avermi come uomo. Così come lo sono io di avere lei.»

Ok, quella conversazione era diventata troppo profonda e ora si sentiva un idiota. Era troppo presto. Davvero troppo presto.

«È solo che... non ho avuto una bella infanzia» ammise Wren. «E l'adolescenza non è stata molto meglio. Ho quasi trent'anni e non ho ancora trovato una persona di cui riesca a fidarmi senza riserve. È per questo motivo che nella gente cerco costantemente le cose negative prima di quelle positive, eppure sono abbastanza stupida da non imparare la lezione e ricascarci, anche quando vengo fregata. Non sono una su cui puntare, Bo. E tu sembri il tipo di bravo ragazzo che merita una donna che non sia... distrutta.»

Safe avrebbe voluto prenderla tra le braccia più di ogni altra cosa, ma non voleva nemmeno spaventarla. «Mia sorella Susie è stata drogata e violentata da tre uomini al college.»

Chiuse gli occhi e fece un respiro profondo. Gesù. Meno male che non voleva spaventarla.

Li riaprì e incontrò il suo sguardo, non sorpreso di vedervi shock e preoccupazione.

«Era devastata. Io ero incazzato. Più che incazzato. Le ci è voluto molto tempo per superare l'accaduto. Ha sporto denuncia e gli uomini sono stati dichiarati colpevoli... grazie al video che uno di loro ha girato dell'intera violenza. Era sul suo telefono e l'aveva cancellato, ma era ancora nel cloud. Guardare quel video in tribunale è stata la cosa più difficile che abbia mai fatto in vita mia. E ciò include ogni singola missione a cui ho partecipato. Vedere quegli stronzi violare mia sorella mentre era incosciente mi ha fatto venire voglia di ucciderli *tutti*. Sul serio, li ho quasi aggrediti in tribunale. Ma non l'ho fatto... perché Susie avrebbe sofferto ancora di più se suo fratello fosse andato in prigione.

Ora è sposata e ha i due bambini più adorabili del pianeta. Il punto è che non è stato facile per lei. Non riusciva a fidarsi di nessuno. Da allora ha sempre cercato il male negli uomini. Eppure... oggi è felicemente sposata e ha una famiglia. A volte è ancora difficile. Non le piace uscire dopo il tramonto. Non può e non vuole fare i festeggiamenti di Halloween con i suoi figli, perché ciò richiede uscire con il buio e perché gli adulti mascherati le danno i brividi. Incontrare nuove persone è ancora difficoltoso per lei, soprattutto uomini. E non va più nei bar. Non riesce a stare vicino a tanti uomini che bevono. Eppure è una delle persone più forti che conosca. Le nostre esperienze ci plasmano. Ci trasformano in ciò che siamo oggi. Tu, Wren, non saresti la donna che voglio conoscere meglio se non avessi sperimentato ciò che hai passato. Non so cosa ti sia successo, ma spero che un giorno riuscirò a guadagnarmi la tua fiducia tanto che vorrai dirmelo. In ogni caso, non ho dubbi che quelle cose ti abbiano fatta diventare la donna forte che vedo ora davanti a me. Nonostante la tua difficoltà a fidarti degli altri, non sei stata chiusa in casa a commiserarti. Hai cercato di incontrare delle persone, di trovare qualcuno che potesse essere il tuo compagno di vita, come facciamo tutti. E quando quell'appuntamento è andato storto, non sei rimasta seduta al tavolo dell'Aces ad accettare il tuo destino. Hai lottato per ricevere aiuto.

Non ti sto chiedendo di sposarmi, solo di permettermi di aiutarti. Di conoscerti meglio. È facile che vorrai tagliare i ponti molto prima di quanto potrei volerlo fare io. Per ora, se ti va, possiamo essere semplicemente amici. Tutto qui. Se riesci a sopportare le mie stranezze, ti darò un posto sicuro dove stare mentre i miei uomini trovano quello stronzo di Matt. Poi tornerai al tuo appartamento e, spero, resteremo in contatto e vedremo come andrà. Ok?»

Safe sapeva di aver detto troppo. Aveva blaterato ininterrottamente. Ma era per qualcosa di importante. Se lo sentiva fin nel profondo.

«Come si chiamano i tuoi nipoti?»

La fissò. Dopo tutte le parole che aveva vomitato, era quella la sua domanda? «Anders, che ha cinque anni, e Inez, che ne ha tre.»

«Oh, sono dei nomi unici» disse Wren.

«Strani, vorrai dire» replicò con un piccolo sorriso. «E non preoccuparti, mia sorella sarebbe d'accordo con me. Ma voleva che i suoi figli avessero dei nomi che si distinguessero. Sono bambini fantastici. Felici, sani e curiosi da morire.»

«Vivono qui nel sud della California?»

«No, in Ohio. Vorrei che fossero più vicini, ma sfrutto al massimo il tempo che riesco a passare con loro quando posso.»

Wren si leccò le labbra, poi annuì. «Ok.»

«Ok, cosa?» le domandò.

«Mi piacerebbe che fossimo amici. Rimanere qui per un po' e... vediamo come andrà.»

Il suo viso si illuminò. «Fantastico.»

«E, Bo?»

«Sì?»

«Anche se ti ho rimproverato di aver esagerato con la pianificazione della missione per entrare nel mio appartamento, devo ammettere che... sembra tutto piuttosto divertente. Dobbiamo metterci indumenti scuri e sporcarci la faccia di trucco nero per mimetizzarci nel buio?»

Safe rise. «Vestiti scuri, sì. Il resto no perché si fa fatica a toglierlo; è veramente duro.»

«Disse la ragazza» mormorò Wren sottovoce.

Per un attimo si chiese se avesse sentito bene, e quando lei arrossì e lo guardò, capì che era così, e non riuscì a non scoppiare a ridere.

Che donna... non aveva idea di cosa avesse passato nella vita, non dubitava che fosse stato qualcosa di brutto, ma non era distrutta. Era resiliente, proprio come sua sorella. E nulla di ciò che avrebbe potuto dire o fare in quel momento avrebbe potuto attrarlo ancora di più di quanto già non facesse. Voleva una donna forte. Una che non si sarebbe spezzata alla minima avversità che la vita le avrebbe gettato addosso.

«Scusa, non è stato appropriato» disse.

«È stato esilarante» ribatté. «Sentirai cose ben peggiori dai miei amici. Cercano di fare i bravi, ma siamo militari che frequentano altri militari e abbiamo a che fare con cose piuttosto brutte. Tendiamo a dire tutto quello che ci viene in mente, che non è sempre appropriato. Forza, devo trovarti qualcosa da indossare al posto dei tuoi bei vestiti.»

Wren gli fece un piccolo sorriso e le sue guance si infiammarono di nuovo. Safe pensò che non avesse ricevuto abbastanza complimenti, se erano bastate quelle parole a metterla in imbarazzo. Si ripromise di rimediare.

Si alzò, andò alla poltrona e le tese la mano. Lei fece un sorriso più ampio e gliela prese, facendosi aiutare a tirarsi su. Tenerle la mano nella sua gli sembrò... giusto. Ma dato che non voleva metterla a disagio, gliela lasciò andare non appena fu in piedi.

Rimasero lì a fissarsi per un attimo. Ci volle tutta la disciplina che gli era stata inculcata per non chinarsi a baciarla, ma avevano appena deciso di essere solo amici. Non poteva rovinare tutto subito.

Si voltò e disse: «Dai, seguimi, ti darò una delle mie magliette. Sarà troppo grande, ma possiamo legarla in vita o qualcosa del genere. I pantaloni potrebbero essere un problema, ma forse Susie ha lasciato qui qualcosa che può andare bene. Quando viene a trovarmi dimentica sempre dei vestiti nella stanza degli ospiti.»

«Bo?»

«Sì?»

«Se dopo dovessi dimenticarmi di dirtelo, grazie. Per tutto.»

«Non devi ringraziarmi per aver fatto la cosa giusta.»

«In realtà, devo. Perché la maggior parte delle persone non si spingerebbe a tanto per aiutare un estraneo.»

«Non siamo più estranei, ricordi?» le disse.

«Giusto. Amici.»

«Esatto» concordò. Anche se voleva di più, si sarebbe accontentato di essere solo un amico per lei... per ora.

CAPITOLO CINQUE

WREN NON RIUSCIVA A SMETTERE di sorridere. Bo era... adorabile. Era completamente preso da quella situazione. Non capiva perché non potessero semplicemente andare alla porta d'ingresso, ma tutta quella esagerata segretezza meritava solo per il fatto di vedere lui e il suo amico in modalità SEAL.

Kevlar era un po' più basso, ma non meno intimidatorio... o bello. Anche se preferiva il fisico più snello di Bo rispetto ai muscoli dell'altro. Una volta usciti di casa erano andati fino al centro commerciale non lontano dal suo condominio e si erano fermati accanto a una Crosstrek. Si era irrigidita quando dal veicolo era sceso un uomo, ma poi Bo lo aveva salutato calorosamente facendole capire che era il suo amico.

Dopo essere stata salutata con un cenno del mento, un gesto virile e serio che l'aveva fatta sorridere, i due si erano messi a parlare del piano.

Lei e Bo sarebbero passati tra gli alberi e i cespugli sul retro del condominio, mentre Kevlar avrebbe fatto il giro sul davanti per controllare il parcheggio e assicurarsi che Matt non fosse lì. Ovviamente nessuno di loro sapeva che tipo di auto guidasse, quindi quella parte del piano era problematica.

Mentre il compagno di squadra di Bo sorvegliava il davanti, lui si sarebbe arrampicato fino al suo balcone, avrebbe aiutato a salire anche lei – non aveva ancora ben chiaro come sarebbe andata esattamente, ma avrebbe seguito l'onda – poi Bo avrebbe forzato la serratura della finestra e sarebbero entrati a prendere ciò che le serviva per sopravvivere a casa sua per qualche giorno. Sembrava abbastanza facile, ma lui l'aveva avvertita che molte volte anche i piani meglio organizzati potevano fallire.

Si chiese quante volte gli fosse successo mentre era in missione, ma non ebbe modo di chiederlo. Più stava vicino a quell'uomo, più cose voleva sapere di lui. Il che era un cambiamento per lei. Di solito più conosceva qualcuno più rimaneva delusa. Scopriva che non amavano gli animali, che gli anziani li spaventavano o che masticavano rumorosamente quando mangiavano. Era ridicolo quanto fosse diventata critica, ma sapeva che era un modo per tenere le persone a distanza. Ci stava lavorando, motivo per cui aveva deciso di uscire con Matt.

Sbuffò. Aveva visto com'era andata a finire.

«Stai bene? Puoi restare qui se vuoi» le disse Bo, avendo ovviamente sentito il suo piccolo sbuffo.

«No, tutto a posto. Tanto non sapresti cosa mettere in valigia. Probabilmente torneresti con tutte le magliette ma nessun pantalone o qualcosa del genere» lo prese in giro.

«Hai messo l'auricolare?» Kevlar chiese a Bo.

Lui annuì e si toccò l'orecchio. Wren prima li aveva visti provare le piccole radio che avevano nelle orecchie.

«Ok, ti faccio sapere se vedo qualcosa di sospetto» disse l'amico.

«Ricevuto. Dieci minuti. Questo è l'obiettivo. Non di più» gli confermò Bo.

«Ci ritroviamo alla macchina tra quindici minuti. Dammene cinque per controllare sul davanti, poi ti darò il segnale per fare la tua mossa.»

Bo annuì di nuovo e poi Kevlar se ne andò. Come se fosse scomparso nel nulla. Wren ne fu impressionata. Per la prima volta si sentì un po' nervosa. Inizialmente le era sembrato tutto esagerato e divertente, ma ora che dovevano muoversi furtivamente nel buio e fare irruzione in casa sua, era tutto molto reale.

«Respira, Wren» le disse Bo. Era accanto a lei. Non la toccava, ma era abbastanza vicino da farle sentire il calore del suo corpo. Sollevò lo sguardo su di lui e deglutì a fatica. Era tutto vestito di nero; maglietta, pantaloni cargo e anfibi. L'unica cosa non nera erano i capelli.

Sentì un fremito di eccitazione nel profondo. Bo era davvero *sexy*. Non era mai stata il tipo da sentirsi attratta da un uomo in uniforme, ma ora ne capiva il fascino.

«Wren?» la chiamò sommessamente, con evidente preoccupazione nella voce.

«Sto bene» rispose subito.

«Sei sicura?»

«Sì. È solo che... credo sia il buio a rendermi nervosa.»

«Ti starò sempre accanto. Be', tranne quando mi arrampicherò sul tuo balcone, ma ti terrò d'occhio in ogni momento. Stai tranquilla.»

Wren annuì e si asciugò i palmi improvvisamente sudati sulle cosce. La maglietta nera che lui le aveva dato era enorme sul suo fisico esile. L'aveva annodata sul fianco, così ora le aderiva al corpo. Bo aveva trovato anche un paio di leggings della sorella nel cassettone della stanza degli ospiti. Era ovviamente più alta di lei, e sebbene le arrivassero morbidi alle caviglie, le stavano abbastanza bene. Per le scarpe era stato più problematico dato che non poteva indossare quelle di Bo, quindi aveva dovuto mettere i sandali neri che portava all'appuntamento con Matt. Non appena fossero entrati nel suo appartamento, sarebbe passata alle scarpe da ginnastica.

Si incamminarono verso il margine del parcheggio, e prima di addentrarsi tra gli alberi Bo si girò verso di lei. «Sei pronta?»

Wren annuì, aveva la bocca troppo secca per parlare. Lo stava davvero facendo? Agire come se fosse in una sorta di commando? E se la vicina ficcanaso li avesse visti e avesse chiamato la polizia? E se avesse combinato qualche guaio? E se Bo fosse caduto mentre si arrampicava sul balcone? E se non fosse riuscito a forzare la serratura? Le tornarono in mente tutte le ipotesi di cui avevano già discusso, tutte le cose che avrebbero potuto andare storte.

«Smettila di rimuginarci» la rimproverò. «Ce la faremo.» Poi le prese la mano. «Ce la faremo» ripeté, stringendole le dita.

Incredibilmente, il suo tocco la calmò, permettendole di fare un lungo e lento respiro e di annuire.

Bo annuì a sua volta, poi si addentrò tra gli alberi. Fortunatamente non le lasciò la mano. Avere quel legame con lui e vedere la sua sicurezza la fece sentire molto meglio.

Un minuto più tardi erano sotto il suo balcone e guardavano verso l'alto.

«Kevlar ha dato il via libera» le disse. «Facciamolo. Conosci il piano. Mi arrampico e poi ti aiuto.»

Annuì. Quella era la parte che non aspettava con ansia, dato che non era esattamente un tipo atletico.

Bo le strinse di nuovo la mano, poi la lasciò andare e prese la corda arrotolata che aveva attaccato al fianco. La circondò con le braccia e lei fece un respiro profondo. Aveva un profumo incredibile: muschiato, terroso, virile. Le legò la corda intorno alla vita, poi le rivolse un piccolo sorriso di scusa prima di farla passare tra le sue gambe e intorno alle cosce.

Wren si sostenne con una mano sulla sua spalla mentre lui si inginocchiava e le legava l'imbracatura improvvisata. Sentire le sue mani sul corpo la fece rabbrividire... in senso positivo. Erano anni che non veniva toccata con tanta delicatezza.

Prima che lei fosse pronta, Bo si alzò. Aveva un'estremità della corda in una mano, mentre l'altra era legata intorno a lei in una sorta di nodo da esperti. «Dammi due minuti e inizierò ad aiutarti a salire.» Si aggrappò alla colonna di sostegno e si sollevò come se per lavoro si arrampicasse sui pali... e suppose che probabilmente lo facesse.

Dopo essersi spinto oltre la ringhiera, guardò giù. «Pronta?» sussurrò.

Wren annuì e si avvicinò alla colonna che lui aveva appena scalato. Cercò di avvolgervi le mani intorno mentre sentiva la corda stringerle la vita.

La verità era che non fu affatto d'aiuto per salire i circa quattro metri che la separavano dal balcone. Fu tutto merito di Bo. Ci provò, ci provò davvero, ma dopo alcuni goffi tentativi di manovrare le braccia e le gambe intorno alla colonna, si lasciò semplicemente tirare su.

Prima di rendersene conto, si ritrovò oltre la ringhiera e abbracciata a lui.

Lo strinse forte. Non era esattamente spaventata, ma non era la sensazione più confortevole del mondo essere sospesa a mezz'aria.

«Terremo addosso l'imbracatura, così potrò calarti giù quando avremo finito qui.» Mentre parlava, arrotolò la corda e se la agganciò all'altezza della vita.

«Sei sicuro che non possiamo uscire dalla porta d'ingresso?» gli chiese.

«È meglio tornare da dove siamo venuti. Per sicurezza. Ma se proprio non vuoi, sento Kevlar per vedere cosa ne pensa.»

«No, va bene. È solo che... ok» disse.

Bo la studiò per un attimo, poi annuì prima di fare un passo indietro e infilare una mano in una delle tasche dei pantaloni cargo. Tirò fuori quelli che aveva chiamato i suoi attrezzi da scasso e si chinò sulla porta finestra.

Non avrebbe dovuto sorprendersi che fosse stato così rapido ad aprirla, ma non poté farne a meno.

«Dopo di te» le disse con un sorriso soddisfatto.

Wren entrò nel suo appartamento, e senza pensarci andò con la mano all'interruttore della luce.

Ma lui gliela afferrò, fermandola. «Niente luci» la avvertì.

«Giusto, scusa. Me n'ero dimenticata.»

Con sua sorpresa, non le lasciò la mano, né si mosse. Rimase semplicemente immobile accanto alla porta a vetri scorrevole.

«Bo?»

«Immagino che tu non abbia lasciato la casa in questo stato.»

«Non vedo nulla» ammise. «Cosa c'è che non va?»

Lui non parlò, ma accese una torcia che aveva portato con sé e che faceva una luce rossa anziché bianca, e la fece scorrere per la stanza.

Wren ansimò.

Era tutta a soqquadro. Il divano aveva dei grossi squarci nei cuscini e l'imbottitura era dappertutto. I pochi soprammobili che aveva erano stati gettati a terra e frantumati. Il cibo dentro al frigorifero era stato tirato fuori e gettato su ogni superficie. I bicchieri e i piatti che si trovavano negli armadietti erano a pezzi sul pavimento e alcuni conficcati nel tappeto. Persino il televisore era stato rovesciato.

Per un attimo non riuscì a respirare. «Chi... quando...» le mancò la voce per lo shock.

«Credo che sappiamo chi è stato, e il quando è probabilmente ieri sera» disse Bo.

Grata che non le avesse lasciato la mano, Wren gliela strinse come se fosse l'unica cosa che le dava la forza di non crollare. E probabilmente era così.

«Non lo conosco nemmeno... perché avrebbe dovuto farlo?»

«Perché è uno stronzo. Perché era arrabbiato per non aver ottenuto ciò che voleva.»

Wren chiuse gli occhi, e un senso di disperazione la travolse. Aveva appena finito di sistemare l'appartamento dopo essersi trasferita lì. Aveva speso i pochi soldi che aveva per cercare di renderlo accogliente e confortevole. E ora... era tutto rovinato. Non aveva abbastanza risparmi per sostituire tutte quelle cose. Stupidamente, non aveva nemmeno un'assicurazione.

Senza dire una parola, Bo la strinse di nuovo tra le braccia. Wren glielo lasciò fare, e sprofondò il naso contro il suo petto, conficcandogli le unghie nella schiena mentre si aggrappava a lui cercando di non andare in mille pezzi. Quella era solo un'altra delle tante cose di merda che le capitavano nella sua vita di merda.

«Shhh, ci penso io» mormorò lui.

Le mancava il fiato, e le servì ogni grammo di forza che aveva per non scoppiare a piangere. Ci vollero alcuni minuti, ma alla fine riuscì a controllare le sue emozioni. Fece per allontanarsi da Bo, ma lui non glielo permise.

«Guardami» le ordinò.

Non voleva, ma sollevò il mento per incontrare il suo sguardo. Riuscì a malapena a distinguere i suoi lineamenti nella stanza buia, ma vide comunque l'emozione che turbinava nei suoi occhi. Sentì la tensione delle sue braccia intorno a lei. Aveva la sensazione che se non l'avesse sorretta si sarebbe accasciata sul pavimento senza essere più in grado di rialzarsi.

«Sei al sicuro. Puoi stare con me per tutto il tempo che ti serve. Capito?»

Non si meritava quell'uomo. Ma non era abbastanza forte per dissentire. Per dirgli che poteva andare in un albergo. Che sarebbe stata bene. Anche se in quel momento le sembrava che non sarebbe più stata bene. Così fece l'unica cosa che poteva fare: annuì.

Lui la studiò per un attimo, e lei lo fece a sua volta. «Bene, prendiamo le tue cose e andiamocene da qui. Domani chiameremo la polizia e faremo la denuncia. D'accordo?»

«Ok» disse sommessamente.

Bo la girò, ma le tenne un braccio intorno alla vita mentre la conduceva con cautela verso la sua camera da letto. Conosceva la pianta dell'appartamento perché lei gli aveva fatto un disegno quando stavano pianificando quella piccola missione, pensando naturalmente che fosse un'esagerazione... ma almeno ora sapeva esattamente come muoversi.

Entrarono in camera, che sembrava essere in condizioni peggiori rispetto alla zona giorno. Le ante dell'armadio erano aperte e, per quanto poteva dire, ogni capo d'abbigliamento che aveva appeso era stato rimosso, tagliato e distrutto. Anche gli indumenti dentro il cassettone avevano fatto la stessa fine.

Ma non la biancheria intima. Ne vide un mucchio al centro del letto. Il materasso era stato tagliato, ma la pila di mutandine era stata chiaramente sistemata con cura.

Wren si sarebbe sentita in imbarazzo per non avere della lingerie sexy, era più una ragazza da roba confortevole, ma era troppo preoccupata per ciò che vide sopra quella piccola pila. «È quello che penso che sia?» sussurrò a disagio.

«Speriamo.»

Lei alzò la testa di scatto e fissò Bo. «Cosa? *Speri* che sia sperma?» chiese inorridita.

«DNA» replicò conciso.

Wren sospirò. Aveva ragione. Matt che si faceva una sega sulla sua biancheria intima era disgustoso, perverso, ma sarebbe stato perfetto per denunciarlo.

«Resta qui» le ordinò.

«No, io...»

«Per favore» la interruppe.

Wren pensò alla sua richiesta per una frazione di secondo. Voleva davvero avvicinarsi a quella che probabilmente era la cosa più disgustosa che avesse mai visto in vita sua? No, assolutamente no. Così annuì.

«Grazie. Non muoverti.»

Non aveva alcuna intenzione di spostarsi dalla porta, e osservò Bo andare verso il letto, chinarsi in avanti, studiare il mucchio di biancheria intima, poi alzarsi. Guardò intorno alla stanza e si diresse verso il piccolo bagno annesso. La luce rossa della torcia scomparve per un attimo, e stranamente all'improvviso si sentì molto sola.

Ma lui tornò pochi secondi dopo, andando verso di lei con un passo veloce, quasi innaturale.

«Cosa...»

«Sotto il letto. Subito» le ordinò.

La prese per il braccio e la condusse verso il letto distrutto. Si mise in ginocchio e le tirò la mano, incoraggiandola a fare lo stesso.

«Bo?»

«Ho sentito Kevlar. Ha visto qualcuno che corrisponde alla descrizione di Matt salire le scale. Sappiamo che ha una chiave, quindi ho bisogno che tu stia nascosta mentre io vado a intercettarlo quando apre la porta d'ingresso.»

Le sue parole la fecero paralizzare dal terrore. «Non posso» sussurrò.

«Devi» replicò lui, tirandole più forte la mano e mettendole l'altra sulla schiena per cercare di farla abbassare.

«No, non capisci! Non posso!» ripeté. «Quando ero piccola dovevo stare sotto il letto per nascondermi dagli uomini che mamma portava a casa e che pensavano fosse normale fare sesso con una bambina di otto anni! Avevo il terrore che mi trovassero e mi facessero del male. Non posso andare lì sotto! I ricordi...»

Mentre lasciava in sospeso la frase, Bo si alzò e le cinse la vita con un braccio, scrutando la stanza, ovviamente cercando un altro posto dove farla nascondere.

Wren respirava troppo velocemente. Si sentiva stordita. Doveva essere una cosa divertente, quindi aveva assecondato Bo. Ma pur sapendo che il suo accompagnatore aveva preso la sua patente e le chiavi, non avrebbe mai pensato, nemmeno in un milione di anni, che sarebbe *davvero* entrato in casa sua. Ora però non c'era nulla di divertente. Era terrorizzata.

Afferrò Bo per la maglia e lo fissò, senza curarsi del fatto che il suo terrore stava prendendo il sopravvento sul suo buonsenso. «Ti prego! Non lasciarmi qui da sola!»

Lui si bloccò per un attimo, e sentirono il rumore della chiave che girava nella serratura all'ingresso. Così si voltò portandola con sé e andò rapidamente dietro la porta della camera da letto. Spense la torcia e la attirò contro il suo corpo, avvolgendola con un braccio e stringendola così forte che riusciva a malapena a respirare.

Ma non le importava. Wren fece del suo meglio per appiattirsi ancora di più contro di lui. Il loro nascondiglio faceva schifo. Se chiunque stava entrando nel suo appartamento – quasi certamente Matt – avesse acceso la luce, li avrebbe visti subito. Tuttavia, non aveva dubbi che l'uomo che la teneva contro di sé non avrebbe permesso a nessuno di farle del male. Era un pensiero spaventoso e allo stesso tempo un sollievo.

Nei suoi ventinove anni di vita non aveva mai avuto nessuno che si mettesse tra lei e il pericolo. Di certo non sua madre, né il padre che non aveva mai conosciuto, gli insegnanti o i tanti genitori e fratelli affidatari con cui aveva vissuto.

Ma quell'uomo, conosciuto neanche ventiquattro ore prima, lo stava facendo.

Finalmente capì perché la gente faceva cose folli in nome

dell'amore. Non amava Bo, ma poteva vedere sé stessa inna-
morarsi di lui.

Sentirono la porta d'ingresso aprirsi cigolando e tutti i
muscoli di Bo si tesero, come se si stesse preparando ad
affrontare chiunque stava entrando.

Ma prima che potesse muoversi, sentirono delle voci. Poi
delle urla. Poi dei passi che scendevano le scale allontanandosi
dall'appartamento.

«Merda! Cazzo! Maledizione!»

Wren sollevò la testa dal petto di Bo. Era la voce di Kevlar.

«È successo qualcosa!» esclamò. «Vai a controllare!» esortò Bo,
spingendolo. Ora che il suo accompagnatore era ovviamente
scappato, trovò la forza che le era mancata pochi secondi
prima.

«Calmati, Wren. È tutto a posto.»

«Non mi sembra proprio» insistette, mentre Kevlar continuava a imprecare.

«Lo stronzo gli ha spruzzato qualcosa negli occhi. Fa male,
ma starà bene. Resta qui ancora un po' finché non si accerta
che sia sicuro.»

Rimase confusa per un momento, ma poi si rese conto che
Bo doveva aver sentito tutto quello che era successo attraverso il piccolo ricevitore che aveva nell'orecchio.

Dopo quella che sembrò un'eternità, ma che probabilmente erano stati solo una trentina di secondi, lui si mosse.
Con sua grande sorpresa, invece di insistere perché restasse
ferma lì, le afferrò la mano e se la tirò dietro mentre usciva
dalla camera da letto e percorreva il breve corridoio.

Kevlar era in cucina con la testa chinata sul lavello, aveva
acceso le luci sotto gli armadietti e si stava spruzzando l'acqua
sul viso con la doccetta.

«Quello stronzo è scappato» disse, mentre faceva del suo meglio per togliersi quella roba dalla faccia. «Stavo per inseguirlo, ma non volevo rischiare che avesse un amico o qualcun altro che poteva venire a cercarla.»

Wren si bloccò. Due. Negli ultimi cinque minuti due uomini si erano fatti in quattro per proteggerla. E conosceva *Kevlar* solo da dieci minuti. La cosa la confondeva tantissimo. L'esperienza le aveva dimostrato che lei non era degna di avere qualcuno che si dava da fare per lei, ma quegli uomini stavano distruggendo ciò che pensava di sé.

«Mi sa che passiamo al piano B» disse Bo con una risata poco divertita.

«Dal suono di queste sirene, direi di sì.»

A quello le sentì anche lei. «Dobbiamo andarcene? Cosa facciamo? Cosa diciamo?»

«Smettila di farti prendere dal panico» le ordinò Bo. «Domani avremmo comunque chiamato la polizia. Ciò che è successo ha solo accelerato le cose. Non abbiamo fatto nulla di male.»

«Bo! Siamo entrati facendo un'effrazione! Ci siamo arrampicati sul balcone!»

«Non è effrazione se è il tuo appartamento. Respira, Wren. Andrà tutto bene.»

«Se finirete nei guai, non me lo perdonerò mai.»

«Non finiremo nei guai» disse Kevlar.

«Devo togliermi questa imbracatura di corda?»

«Wren, guardami» le disse Bo, invece di rispondere alla sua domanda.

Lo fece.

«È tutto a posto. Sei tu la vittima qui. *Respira*.»

«Non mi piace la polizia. Quando parlo con loro le cose non finiscono bene per me.»

Bo le prese il viso tra le mani e le inclinò la testa indietro in modo che non avesse altra scelta che guardarlo. Lei gli posò le mani sul petto, facendo del suo meglio per non andare nel panico.

«Ora le cose sono diverse» disse con fermezza. «Ci siamo io e Kevlar qui. È tutto ok.»

Wren cercò di calmarsi. Ci provò davvero, ma lui non capiva. Non sapeva quante volte si era fidata del fatto che le autorità l'avrebbero protetta, per poi rimanere delusa.

«Vieni qui» le sussurrò, poi la attirò di nuovo a sé. Wren andò volentieri. Si sentiva al sicuro tra le sue braccia e con il suo profumo nelle narici, e si strinse a lui tremante.

«La situazione nella sua camera da letto è uguale a qui?» domandò Kevlar.

«Sì. Dopo aver distrutto la casa il bastardo ha ammucchiato la sua biancheria intima sul letto. Poi ci ha buttato sopra del balsamo per farlo sembrare... sai...»

«Balsamo? Ne sei sicuro? Perché mai avrebbe dovuto farlo?» chiese Wren contro il suo petto, senza muoversi.

«Perché è una testa di cazzo» rispose Kevlar.

Incredibilmente, quello la fece sorridere. Alzò la testa e si girò a guardare l'altro uomo. Aveva chiuso l'acqua, ma era inzuppato dal petto fino ai piedi. Aveva gli occhi rossi e sembrava estremamente incazzato. Ma Wren non aveva paura. Non di lui. Era ovvio a chi fosse rivolta la sua ira, e non era a lei.

«Accendo altre luci» li avvertì Kevlar.

La mano di Bo sulla nuca la incoraggiò ad appoggiarsi di nuovo al suo petto. Lo fece di buon grado e chiuse gli occhi.

Sentì Kevlar inspirare profondamente per quello che vide una
volta accese quelle sul soffitto. E il corpo di Bo si irrigidì
ancora una volta.

Non voleva guardare, ma doveva farlo. Era la sua vita.
Erano le sue cose.

Le sirene ora erano più forti, come se la polizia fosse
entrata nel suo parcheggio. Era solo questione di minuti
prima che gli agenti arrivassero alla porta. Poteva scommet-
tere che era stata la vicina ficcanaso a chiamarli, quando
Kevlar era stato aggredito. Per la prima volta non si sentì irritata con la signora anziana. Supponeva che non fosse una cosa
negativa avere qualcuno così... coinvolto nella vita delle
persone del vicinato.

Si guardò intorno nella cucina e trasalì. Al buio la distru-
zione le era sembrata brutta, ma alla luce era molto peggio.
Non c'era un solo piatto o bicchiere che non fosse rotto. Non
c'era un centimetro di tappeto che non fosse stato ricoperto
di cibo o di cocci. Non c'era nulla di salvabile.

Avrebbe dovuto ricominciare da capo. Di nuovo.

Sentì le braccia di Bo stringerla in modo rassicurante.

Ma la differenza era che ora non sarebbe stata sola. Non
aveva dubbi che quell'uomo e i suoi amici l'avrebbero aiutata.

Raddrizzò la schiena. Se Matt, o qualunque fosse il suo
nome, pensava che sarebbe stata devastata da ciò che aveva
fatto, si sbagliava. Le capitavano cose brutte da tutta la vita.
Sarebbe sopravvissuta, come aveva fatto con tutto il resto.
Fanculo a lui.

Fece un respiro profondo e si staccò dall'abbraccio di Bo.
Per quanto fosse bello, doveva affrontare la polizia da sola.
Matt non l'avrebbe passata liscia per aver distrutto le sue cose
e ferito Kevlar. Avrebbe sporto denuncia e sperato che venisse

trovato e che pagasse per essere stato una testa di cazzo. Le piaceva quell'espressione. Si ripromise di usarla più spesso.

«Wren?» chiese Bo.

«Sto bene» rispose, sentendosi sorprendentemente così.

«Faremo dare una ripulita. Ricompreremo tutto» le disse.

«È tutto a posto. Erano solo oggetti. I negozi dell'usato hanno sempre cose carine. Davvero, Bo. Sto bene. Promesso. In realtà sono solo arrabbiata. Ho pensato che tutta questa storia fosse un po' troppo esagerata, non credevo che Matt avrebbe fatto qualcosa. Ma mi sbagliavo. Tutto questo... lui, dev'essere fermato.»

«Sì, è così» concordò Bo.

«Julie, la moglie del comandante Hurt, non ha un negozio di articoli di seconda mano?» chiese Kevlar a Bo.

«Sì. Credo si chiami My Sister's Closet. Caroline e le altre amano fare acquisti lì. Scommetto che ha un sacco di cose a prezzi accessibili» disse.

«Sono sicuro che Remi sarebbe felice di fare shopping con te.»

«Per non parlare di Caroline, Alabama, Fiona e le altre. Soprattutto dopo che Jessyka avrà raccontato loro quello che è successo all'Aces» concordò Bo.

«Prima di tutto» protestò Wren, «dobbiamo decidere cosa dire ai poliziotti che saranno qui tra un minuto o poco più. Non preoccuparci dello shopping.»

«Di' loro la verità» le disse Kevlar in tono tranquillo.

«Cioè che siamo entrati di nascosto dalla finestra del balcone?» chiese incredula, non ancora sicura che fosse l'idea migliore.

«Sì. Perché quando dirai loro che l'hai ritenuto necessario perché temevi che l'uomo che ti ha drogata e che aveva il tuo indirizzo e le tue chiavi fosse qui, non creeranno problemi» sostenne Bo.

«Se lo dici tu.»

«Ne sono certo. Ricorda che ci siamo noi qui. Nessuno ti tratterà male, Wren. Nessuno.»

Con le parole di Bo che le risuonavano nelle orecchie, si voltò verso la porta d'ingresso quando sentì una voce molto dura e forte urlare: «Mettete le mani in alto dove possiamo vederle!»

CAPITOLO SEI

SAFE ERA ESAUSTO. Non aveva dormito molto la notte precedente, e ora non sembrava andare molto meglio. Ma era anche agitato. La serata non era andata come previsto. Sì, aveva pianificato tutta la faccenda dell'appartamento di Wren come se fosse stata una missione SEAL, ma aveva imparato a sue spese che non ci si poteva fidare del fatto che le persone si comportassero nel modo giusto. E sfortunatamente quella sera aveva avuto ragione.

L'uomo che lei conosceva come Matt, non solo era stato in casa sua e aveva distrutto tutto, ma era ritornato, appostandosi in attesa che lei arrivasse.

La polizia aveva raccolto la deposizione di Wren, consigliandole di stare lontana dall'appartamento fino a quando non fossero riusciti a capire chi fosse quel tizio e, si sperava, a trovarlo. Né Safe né Kevlar avevano accennato che c'era già qualcuno che stava facendo ricerche e che aveva maggiori possibilità di risolvere il mistero prima dei poliziotti; Tex poteva scovarlo e poi avvisare le autorità.

E non dubitava che, una volta trovato, l'ex SEAL avrebbe usato le sue abilità informatiche per assicurarsi di distruggere la vita di quell'uomo. Era incredibile quanto l'esistenza di tutti fosse collegata ai computer al giorno d'oggi, anche quando si cercava di tenere un basso profilo. E Matt lo avrebbe scoperto nel modo peggiore. Sarebbe stato rovinato dopo che Tex avesse messo le mani sulla sua traccia elettronica.

Per quanto fosse incazzato con quel tipo, al momento era più preoccupato per la donna sul suo divano. Non riusciva a togliersi dalla testa alcune delle cose che aveva detto quella sera. Quando le aveva chiesto di nascondersi sotto il letto era stata davvero spaventata. Il respiro accelerato, le pupille dilatate e il corpo come paralizzato avevano dimostrato che stava provando un terrore profondo.

Quelle parole gli risuonavano nella testa...

Quando ero piccola dovevo stare sotto il letto per nascondermi dagli uomini che mamma portava a casa e che pensavano fosse normale fare sesso con una bambina di otto anni! Avevo il terrore che mi trovassero e mi facessero del male.

Il pensiero che un qualsiasi bambino dovesse nascondersi sotto il letto da mostri reali, piuttosto che da quelli immaginari, lo faceva infuriare. Non era ingenuo, conosceva meglio di molti altri quel tipo di malvagità, ma l'idea che Wren avesse sofferto... lo addolorava in un modo che non riusciva a spiegarsi.

Inoltre, c'era il suo evidente disagio nei confronti della polizia. Sì, le cose erano state tese quando erano arrivati gli agenti, quando non sapevano se lui, Kevlar e Wren fossero i buoni o i cattivi. Ma anche una volta chiarita la situazione, aveva continuato a essere a disagio.

Era stata così anche con lui quando si era svegliata in casa sua; un po' timida e molto diffidente, il che era del tutto normale viste le circostanze, anche se si era rilassata abbastanza rapidamente. Ma non era successo con la polizia, e si era sorpreso che non si fosse lasciata andare nemmeno un po' con gli agenti. Era ben cosciente che c'erano poliziotti di merda, uomini e donne che rovinavano la reputazione del distintivo che portavano, ma dopo un'effrazione la maggior parte delle persone si sentiva sollevata di vedere le forze dell'ordine.

Non Wren.

Ricordava bene il suo commento sul fatto che le cose non finivano bene per lei quando parlava con loro. Quella frase, insieme ad altre cose che aveva detto, gli fecero pensare che nessuno si fosse dato da fare per aiutarla a sfuggire a una vita familiare chiaramente spiacevole. Ed era orribile.

Safe era seduto sulla poltrona reclinabile con un turbinio di pensieri nella mente, mentre Wren dormiva sul divano. Non aveva voluto rimanere sola quando erano tornati a casa, così le aveva suggerito di dormire lì, e lei non aveva accettato finché non l'aveva rassicurata che anche lui sarebbe rimasto lì, sulla poltrona.

Si mise a osservarla. I suoi corti capelli neri erano sparati dappertutto, e ciò gli fece venire voglia di passarci la mano per lisciarli. Non era truccata, ma le sue ciglia erano lunghe e le labbra sembravano naturalmente turgide. Raggomitolata su un fianco sembrava più vulnerabile del solito.

Che cos'aveva quella donna? Perché gli era entrata così rapidamente nel cuore? Era forse perché aveva bisogno che lui facesse la parte del cavaliere dall'armatura scintillante? Pensava di no. Certo, aveva avuto bisogno di aiuto all'Aces, ma aveva la sensazione che non fosse il tipo di donna che si affidava molto agli altri. Era stata persino pratica riguardo al fatto che tutti i suoi averi erano andati distrutti.

No, non era quello. Era... *lei*, semplicemente.

Wren lo intrigava. Voleva conoscere tutto della donna che aveva avuto un'infanzia apparentemente orribile, ma che era ancora abbastanza coraggiosa da provare a conoscere nuove persone. Voleva sapere come fosse riuscita a sopravvivere crescendo in una famiglia dove nascondersi sotto il letto era un evento regolare.

Accidenti, ancora non sapeva nemmeno da dove si era trasferita o quale fosse il suo impiego. Sapeva solo che l'indomani mattina doveva andare a lavorare. Non conoscendo nemmeno le cose più basilari, avrebbe voluto svegliarla per parlare. Ma era l'ultima cosa di cui lei aveva bisogno.

Così si sistemò sulla poltrona e tenne lo sguardo fisso sulla donna che lo aveva affascinato senza nemmeno provarci.

Alla fine si addormentò, ma non prima di aver giurato di trattarla bene. Le avrebbe dimostrato che non tutti volevano farle del male.

———

Wren si svegliò e per un attimo si irrigidì, chiedendosi dove fosse. Poi ricordò. L'appuntamento all'Aces con Matt, di essere stata drogata, della colazione con Bo, di essere andata nel suo appartamento la sera prima, della polizia...

Era troppo. Anche per lei.

Era abituata allo schifo che la vita le gettava addosso, ma

gli ultimi due giorni erano stati un po' eccessivi. Girò la testa e vide Bo addormentato sulla poltrona. Da sotto la coperta spuntava una gamba, e anche il petto era visibile. Indossava i pantaloni della tuta e una maglietta, e Wren ebbe l'improvviso desiderio che non indossasse nulla, per poter osservare meglio il suo corpo muscoloso.

Quel pensiero la sconvolse. Non era pudica e nemmeno vergine, ma quella era la prima volta in vita sua che era attratta da qualcuno in quel modo. Non si trattava solo del suo corpo, anche se non era di certo sgradevole, ma anche perché lui era semplicemente... *buono*.

Era un po' triste che fosse attratta da un uomo solo per la sua bontà, ma era così. Aveva imparato, grazie al modo in cui era cresciuta, a distinguere negli altri la finta gentilezza dalla genuina preoccupazione e generosità. E Bo era un uomo buono dalla testa ai piedi. Anche Kevlar era così. Presumeva che lo fossero anche il resto degli uomini della squadra SEAL.

Purtroppo sapeva quanto fosse raro. Aveva imparato a sue spese che le persone erano generalmente egoiste. Facevano qualcosa di gentile solo per sembrare brava gente, e non perché fosse la cosa giusta da fare. E se c'era di mezzo il denaro, facevano di tutto per metterci le mani o per fare il meno possibile così da non doverlo *spendere*.

Era un modo orribile di vedere la vita, ma era l'unico che lei conosceva.

Mentre lo fissava, lui si mosse. Aprì gli occhi e la prima cosa che fece fu rivolgere lo sguardo verso di lei.

«Buongiorno» le disse con voce roca.

Le vennero i brividi sulle braccia. La sua voce era più profonda del solito, e il primo pensiero che le balzò nella mente fu quanto fosse intimo vederlo appena sveglio.

«Ciao» gli rispose, sentendosi improvvisamente timida.

«Che ora è?» le chiese.

«Non ne ho idea.»

«A che ora devi essere al lavoro?»

Il lavoro. Merda! Se n'era dimenticata! Se non fosse stata appena assunta, si sarebbe data malata. Ma non poteva. Stavano organizzando un importante viaggio all'estero di cui lei era un elemento importante, quindi non poteva perdere nemmeno un giorno. «Alle otto.»

Bo si alzò a sedere, si allungò sul tavolino accanto alla poltrona e prese il telefono. «Sei e quarantacinque. A che ora devi partire per arrivare in tempo?»

«Ehm... direi alle sette e mezza.»

«Merda. Allora probabilmente devi iniziare a prepararti. Vuoi i cereali stamattina? O preferisci che ti faccia qualcosa di diverso?»

Wren lo fissò. «Ho tutto il tempo per prepararmi» gli disse.

Lo sguardo di Bo si concentrò su di lei. «Ah sì?»

«Sono sicura che te ne sarai accorto, ma i miei capelli sono corti. Non mi ci vuole molto per fare la doccia e passarci la spazzola. Non mi servono ore, al massimo un quarto d'ora.»

Non riuscì a interpretare il suo sguardo. Poi capì e sorrise. «Mi stavi giudicando in base a uno stereotipo, vero? Hai pensato che dato che sono una donna, mi ci volesse almeno un'ora per fare la doccia e prepararmi per la giornata.»

Aveva un'aria un po' imbarazzata. «Sì, immagino di sì. Scusa.»

Quella era una novità. Un uomo che si scusava dopo aver sbagliato.

Wren sospirò e scosse la testa tra sé e sé. Non era giusto. Ora era *lei* che si basava sugli stereotipi. Lo sapeva, ma era difficile cambiare il modo di pensare quando era stata delusa tantissime volte dagli uomini. Be'... anche dalle donne. «Non preoccuparti. Lo facciamo tutti ogni tanto. E i cereali vanno bene. È quello che mangio ogni mattina.»

«Posso chiederti una cosa?»

Era piuttosto piacevole stare sdraiata sotto le coperte calde, senza dover saltare fuori dal letto e correre in giro. Svegliarsi insieme a Bo e poi parlare tranquillamente. «Certo.»

«Non c'è problema se non vuoi dirmelo, ma mi chiedevo dove lavori, che cosa fai.»

«Oh! È strano. Mi sembra che ci conosciamo da sempre, ma immagino che non sappiamo nemmeno le cose più basilari l'una dell'altro, eh?»

«Più o meno, sì.»

«Non è un segreto. Mi sono trasferita qui da New York il mese scorso. Lavoro alla BT Energy. Fa parte del settore delle condutture. La loro specialità sono i gasdotti. Sono l'addetta alle pubbliche relazioni. Hai mai visto *Criminal Minds*? Sono un po' come JJ, la ragazza che faceva da collegamento tra la BAU e i media.»

Bo si raddrizzò, abbassò il poggiapiedi della poltrona reclinabile e si sporse in avanti. «Davvero?»

«Sì.»

«È... forte. Cioè, è una posizione importante. So che ci affidiamo a persone come te quando abbiamo missioni di alta visibilità e dobbiamo diffondere informazioni alla popolazione, pur dovendo mantenere alcune cose riservate.»

«Sì. Sto ancora conoscendo l'azienda, ma per ora mi piace. Stiamo installando un nuovo gasdotto in Africa e, credimi, c'è molto interesse e informazioni da far circolare.»

«In Africa?» chiese Bo accigliato.

«Sì. Sarà una grande spinta per l'economia locale e dovrebbe portare anche molti posti di lavoro, cosa di cui hanno bisogno.»

«In quale parte dell'Africa?»

Wren aggrottò le sopracciglia. La voce assonnata di Bo era sparita, sostituita da un tono severo e autoritario. «Nel Sudan Meridionale.»

«Sudan» ripeté.

«Nel Sudan del Sud. È diverso. Hanno ottenuto l'indipendenza nel 2011.»

«Lo so.»

Lei si affrettò a continuare. «So che ultimamente il Paese ha avuto qualche problema, ma le persone con cui ho interagito per organizzare il viaggio sono state gentili» disse un po' sulla difensiva.

«Aspetta, *cosa*? Quale viaggio?»

«Il viaggio per la campagna mediatica, quando faremo l'annuncio del gasdotto e parleremo della logistica dell'installazione» gli disse con un po' di diffidenza. Non era sicura che quel lato di Bo le piacesse. Quella sensazione le ricordò che in realtà non lo conosceva, e solo perché l'aveva aiutata – due volte – non significava che non nascondesse un carattere irascibile e che non le avrebbe fatto del male se avesse detto o fatto qualcosa che non gli piaceva.

«Mi stai prendendo per il culo?» Quella domanda fu ancora più spaventosa a causa del tono basso e controllato con cui l'aveva posta.

«Ehm... no?»

«Non puoi andare nel cazzo di Sudan del Sud!» esclamò, a voce più alta. Poi si alzò in piedi, e quel movimento brusco la fece trasalire. Ma non le si avvicinò, iniziò semplicemente a camminare avanti e indietro per la stanza. «C'è un avviso di livello quattro di non viaggiare in quel Paese! Ciò significa che l'ambasciata degli Stati Uniti ha sospeso le sue operazioni! Il Dipartimento di Stato ha ordinato a tutti i dipendenti e ai familiari americani di andarsene. Il nostro governo non può offrire servizi consolari di routine o di emergenza ai cittadini statunitensi presenti nel Paese a causa di quanto sta accadendo. E tu ci vai? Volontariamente? Per un *lavoro*?»

Wren si alzò a sedere e si strinse le braccia intorno alle ginocchia, come per proteggersi. Bo non le stava dicendo nulla che non sapesse già. Si era preoccupata quando aveva saputo che sarebbe andata lì con il suo nuovo capo e alcuni dei suoi migliori dirigenti. Aveva fatto delle ricerche online e non le era piaciuto quello che aveva letto. Ma quando aveva fatto presente i problemi di sicurezza al suo datore di lavoro, lui li aveva snobbati dicendo che la situazione non era così grave come la dipingevano i media.

«Saremo nella parte meridionale, a Juba, la capitale. È da lì che partirà il gasdotto, nelle montagne a sud. Alla fine attraverserà il Paese, il Sudan, e finirà sulla costa, ma inizieremo con una conferenza stampa a Juba per presentare il tutto. Hanno bisogno di soldi, c'è molta carestia, mancanza di cibo e acqua. Questo *aiuterà*.»

Ma Bo stava scuotendo la testa. «Non posso crederci.»

Wren deglutì a fatica.

«Il Sudan. Cazzo!» esclamò. Si girò verso di lei. «Abbiamo appena terminato una missione in Ciad. È a ovest del Sudan e del Sudan Meridionale. È orribile. La gente laggiù... sta soffrendo. È disperata. E le persone disperate fanno cose che normalmente non farebbero. Cazzo, non dovrei dirti nulla di tutto questo, ma fidati quando ti dico che *non* puoi andare nel Sudan.»

«Del Sud» lo corresse senza pensarci.

«Non mi stai ascoltando!» urlò Bo.

E a quello la paura e il disagio scomparvero, e dentro di lei montò la rabbia. La stava trattando da idiota, come se lei non fosse a conoscenza dei pericoli a cui si andava incontro a viaggiare in un paese per cui il Dipartimento di Stato aveva diramato l'avviso di non entrare. Invece li conosceva. Era già spaventata e non aveva bisogno di essere giudicata da lui oltre a tutto lo stress che stava vivendo in quel momento.

La stava fissando male, e lei si alzò in piedi e gli si avvicinò. Lo colpì al petto con un dito. «Lo so» disse a denti stretti. Poi lo ripeté mentre continuava a colpirlo. «*So* che la situazione laggiù è brutta, ma questo è ciò per cui sono stata assunta, viaggiare con il team quando si reca in vari paesi per fare da tramite tra i dirigenti e i media. Non sapevo che ci fosse in programma il Sudan del Sud quando ho ottenuto il lavoro, ma onestamente non ha molta importanza. Non ho scelta. Potresti andare dal tuo capo, comandante, o chi per lui, e dirgli che non vuoi andare in Ciad? No, non puoi. Fai ciò che ti viene detto perché è il tuo *lavoro*!»

«Il mio lavoro e il tuo non sono la stessa cosa» protestò, afferrandole il dito in modo che non potesse più colpirlo. Ma non glielo strinse. Non la spinse via. Glielo tenne semplicemente con delicatezza.

«No, non lo sono. Ma l'ho appena trovato e mi piace davvero. Adoro parlare con gli abitanti dei luoghi in cui vado, incoraggiarli a vedere il lato positivo di ciò che fa la mia azienda. Mi rendo conto che alcuni penseranno che stiamo sfruttando delle risorse naturali, ma credo davvero che i posti di lavoro che creeremo e i soldi che porteremo nella zona saranno utili. Non ho letteralmente altra scelta se non quella di andare, Bo. L'appartamento non è economico e ora devo sostituire ogni singolo oggetto che possiedo, come ben sai! I soldi non pioveranno dal cielo riempiendomi le tasche. Devo lavorare. Ho bisogno di questo impiego più che mai. E in questo momento avrei bisogno del tuo sostegno. Anche della tua esperienza su cosa devo o non devo fare se qualcosa va storto. Ma non delle tue lezioni, dei tuoi giudizi e della tua rabbia.»

Wren ansimava quando finì e stava anche tremando. Per la frustrazione, la paura e la preoccupazione.

Bo le lasciò il dito, poi le passò un braccio intorno alla vita e la attirò a sé.

Si stava abituando a sentirsi avvolta da lui in quel modo. Appiattita a lui, con il naso affondato nel suo petto.

«Scusami» disse calmo. «È solo che... *cazzo*, Wren. Ci sono stato nel Sudan Meridionale. Non è... un posto per una come te.»

«Una come me?» borbottò contro di lui.

«Sì.»

Ma non approfondì, e lei non era sicura di volere che lo facesse.

«C'è la possibilità che questo viaggio non avvenga come previsto?»

Lei scrollò le spalle.

«Quando dovresti partire?»

«Tra poco più di due settimane.»

«*Merda*. Guardami» le ordinò.

Wren non voleva. Voleva chiudere gli occhi ed evitare la

realtà ancora per un po'. Ma la vita sembrava sempre riuscire a prenderla a calci nel sedere, così alzò la testa.

«Parla con il tuo capo. So che sei nuova, ma digli che conosci delle persone, una squadra di SEAL, disposte a venire a parlare con il gruppo che si recherà nel Sudan Meridionale. Possiamo darvi dei consigli su come comportarvi se la situazione dovesse precipitare e vi ritrovaste ad avere a che fare con violenza, minacce, rapimenti.»

Wren si irrigidì. «Come, scusa?»

«Possiamo venire nei vostri uffici. Incontrare il gruppo. Rispondere alle domande. Dare consigli.»

«Lo faresti davvero? Anche se pensi che sia un'idea orribile andarci?»

«È decisamente un'idea orribile, ma capisco che tu non abbia scelta. Voglio che tu sia al sicuro. Per quanto si *possa* esserlo date le circostanze. Se devi andare, voglio che tu abbia il maggior numero di informazioni possibili su cosa fare se le cose non vanno per il verso giusto. L'informazione è potere, e io sono nella posizione di averne molte sulla zona in cui andrete.»

Gli occhi di Wren si riempirono di lacrime.

«Non piangere. Ti prego, non farlo» la implorò.

«Non posso farci niente» disse, abbassando la fronte sul suo petto. Sentì la sua mano infilarsi tra i capelli e avvolgerle la testa, mentre le premeva l'altra sulla schiena per tenerla contro di sé.

«Non è così che avevo immaginato che andasse» mormorò Bo.

«Che andasse cosa?» chiese sommessamente.

«Il corteggiamento.»

Wren inclinò la testa all'indietro, ma lui non tolse la mano dai suoi capelli. «Corteggiamento?» domandò, con la fronte un po' aggrottata.

«Sì. Di solito quando qualcuno incontra una persona che gli interessa, la porta fuori per un caffè. Poi magari a una cena o due. Ci sono baci per salutarsi alla porta. Magari organizza una serata in casa per guardare un film, dove si può limonare un po' sul divano. Poi un'altra cena, questa volta più romantica, in un ristorante di lusso con fiori e candele e, se è fortunato, la porta a casa sua e lei gli permette di fare l'amore per tutta la notte. Poi altri appuntamenti, tanto amore... e alla fine vanno a vivere insieme, lui le chiede di sposarlo e lo fanno. Magari hanno uno o due figli e vivono per sempre felici e contenti.»

Wren sentì il cuore in gola alle sue parole. Non aveva mai immaginato *nulla* di tutto ciò per sé stessa. Si era sempre sentita troppo... distrutta. Il "vissero per sempre felici e contenti" non era mai stato nelle sue visioni sul futuro. Sì, qualche bel momento qua e là, ma non aveva mai pensato che qualcuno sarebbe stato in grado di sopportare le sue piccole manie a lungo termine.

Non sapeva cosa dirgli, ma lui non sembrava aspettarsi una risposta, perché continuò.

«Invece ti ho portata a casa mia mentre eri svenuta, dove ti sei svegliata in un luogo sconosciuto con un uomo che non hai mai incontrato. Ti ho sollevata con una corda fino al balcone, ho fatto irruzione nel tuo appartamento per scoprire che era stato distrutto da uno psicopatico, e ti ho riportata a casa mia invece che in un albergo. Hai dormito sul mio divano invece che su un letto, e la mattina dopo ti ho urlato contro per qualcosa su cui non hai alcun controllo.»

«A essere sincera tutto questo sembra più appropriato per la mia vita» gli disse.

Invece di sorridere alla sua battuta, Bo si accigliò. «Non so molto di te, Wren Defranco, ma quello che *so* è che sei una donna davvero forte. Gli ultimi due giorni lo hanno dimostrato chiaramente. E se mi perdoni e mi permetti di ricominciare, voglio corteggiarti come si deve. Nel modo più consono possibile, considerando che abbiamo saltato qualche passaggio e che stiamo già vivendo insieme.»

Wren non poté fare a meno di ridacchiare. «Solo finché non prendono Matt.»

«Giusto.»

Dal suo tono ironico non capì se fosse d'accordo o meno con lei, ma suppose che non avesse importanza. «Probabilmente ora devo davvero iniziare a prepararmi per il lavoro. Anche se non mi ci vuole tutto il giorno per fare la doccia e cambiarmi, credo che faticherò ad arrivare in orario.»

«Ho lavato i tuoi vestiti di ieri, sono già in bagno. Ti preparo una ciotola di cereali per quando esci. Ti porto al lavoro e ti vengo a prendere quando hai finito. Se mi dai la tua taglia, posso passare da My Sister's Closet e vedere se Julie può trovare qualcosa per te finché non avrai tempo di fare acquisti tu stessa.»

Wren era senza parole. «Vuoi andare a prendere dei vestiti per me?»

«Be', sì. Possiamo continuare a lavare ogni sera quelli che hai addosso, ma immagino che tu non voglia mettere sempre la stessa cosa per i prossimi giorni.»

Non era proprio quello che aveva inteso dire, ma non si sbagliava. «Posso fermarmi al centro commerciale e comprarmi qualcosa» gli disse.

«Oppure posso fermarmi io al negozio della mia amica e trovarti della roba decente. Non sarà nuova, ma sarà comunque bella.»

«Ok» disse sommessamente. Era quasi sopraffatta dall'emozione. Non perché Bo le avrebbe comprato dei vestiti, ma perché aveva fatto in modo che quello che stava facendo non sembrasse una cosa importante. Per lei, invece, era *molto* importante. Sua madre non si era mai minimamente sforzata di fare qualcosa per la figlia. Di certo non si era mai preoccupata di quello che indossava.

«Parla con il tuo capo» le ricordò, facendole capire che il suo viaggio era ancora nei suoi pensieri.

«Lo farò.»

Si tirò leggermente indietro, spostò la mano dai capelli alla nuca, e la fissò per un lungo momento.

«Che c'è?» gli chiese.

«Vorrei baciarti.»

Il suo cuore mancò un battito, e si leccò le labbra. Lo sguardo di Bo seguì quel gesto prima di incontrare nuovamente il suo.

«Sì» replicò con un piccolo cenno del capo.

Le sorrise, poi abbassò la testa. Le sfiorò la bocca con la sua in un bacio casto e dolce. Poi la guardò negli occhi e riabbassò la testa. E *non* fu dolce. Fu elettrizzante.

Le leccò le labbra, chiedendo il permesso di entrare, permesso che Wren gli concesse subito.

Dominò il bacio, ma non in modo prepotente e autoritario, ed emise un basso ringhio, facendole capire che era altrettanto travolto dalla loro istantanea attrazione. Lei gli afferrò la maglia strizzando la stoffa, avendo bisogno di qualcosa a cui aggrapparsi mentre lui prendeva possesso della sua bocca.

Strinse le dita sulla sua nuca e si baciarono per un tempo che sembrò infinito. Si sentiva circondata da lui. Al sicuro.

Sì, si sentiva al sicuro con lui. Non c'era nessun altro posto in cui avrebbe preferito essere se non lì, tra le sue braccia, con la lingua che duellava con la sua... il suo sapore sulle labbra.

Quando lui si tirò indietro, entrambi ansimavano.

Bo si leccò la bocca e le sorrise con dolcezza, poi le passò il pollice sul labbro inferiore. «Forse non ci stiamo comportando in modo convenzionale, ma ti corteggerò comunque. Nel caso non lo sapessi.»

«Per me va bene.»

«Ottimo.»

Lasciò cadere le mani e fece un passo indietro. «Vai a fare la doccia, Wren. Troverai la colazione e il caffè pronti.»

Lei deglutì a fatica e annuì. Poi indietreggiò, non volendo perdere il contatto visivo con lui. Si voltò all'ultimo momento e si diresse lungo il corridoio verso il bagno.

Era pazzesco quanto la sua vita fosse cambiata negli ultimi due giorni. Era andata a un primo appuntamento e aveva finito per andare a vivere con un altro uomo la sera stessa. Ma non poteva fare a meno di pensare di aver vinto la lotteria.

Bo Cyders era un brav'uomo. Forse le cose tra loro non avrebbero funzionato a lungo termine, ma lei si sarebbe goduta il viaggio finché fosse durato.

CAPITOLO SETTE

A WREN SEMBRAVA di avere di nuovo otto anni e di essere stata convocata nell'ufficio del preside. Certo, allora nessuno le credeva quando raccontava quello che succedeva a casa sua, ma lei non era più quella bambina spaventata. Era una donna adulta, perfettamente in grado di farsi valere.

Forse.

Ok, forse no.

Colby Johnson la intimoriva. Il suo capo era alto, grosso e muscoloso. Era abbastanza sicura che gli piacesse usare la sua stazza per incombere minaccioso sulle persone. Come se il semplice fatto di essere un uomo imponente lo rendesse in qualche modo migliore degli altri.

Aveva i capelli castani, gli occhi marroni e quello che sembrava essere un perenne cipiglio sul viso. Non l'aveva mai visto con qualcosa di diverso da abiti firmati. Colby aveva anche il vizio di parlare a voce altissima; quasi tutti in ufficio potevano sentirlo quando dimenticava di chiudere la porta.

Non che fosse un cattivo capo. Per niente. Aveva un modo
tutto suo per convincere i suoi dipendenti a fare quel qualcosa
in più, a offrirsi di fare gli straordinari quando c'era un
progetto importante in ballo. Era audace, sfacciato e aveva
avviato da solo la BT Energy.

Era anche generoso. E quello era il motivo per cui Wren
aveva accettato il lavoro. Vivere in California era costoso, e il
suo stipendio lo rispecchiava. Stava guadagnando più lì
rispetto a qualsiasi altro posto in cui aveva lavorato. Certo, i
soldi non erano tutto, ma durante i colloqui Wren aveva
apprezzato anche ciò che aveva visto e sentito. E le sue
ricerche avevano dimostrato che l'azienda aveva molto
successo.

Anche se era lì da un mese, avere un incontro con il capo
era ancora intimidatorio per lei. Soprattutto quando aveva la
sensazione di sapere quale sarebbe stato l'esito. Ma Bo era
stato molto generoso a proporre di incontrare il gruppo che
sarebbe andato nel Sudan Meridionale, e dato che era impossibile che venisse annullato il viaggio, pensò che forse Colby
avrebbe colto al volo l'occasione di ottenere qualche informazione dai Navy SEAL.

«Buongiorno, Wren. Cosa posso fare per te?» tuonò
l'uomo seduto dietro la sua scrivania, che era molto grande e
occupava quasi metà stanza. Sopra c'era un computer con
tre schermi su un lato, e fogli sparsi sul resto della superficie. Erano solo le dieci del mattino, ma lui sembrava affan-
nato e stressato, il che le fece pensare che quello non fosse il
momento migliore per parlare. Ma dato che sarebbero
partiti per il continente africano entro un paio di settimane
o poco più, non aveva altra scelta che farlo il prima
possibile.

«Buongiorno, Colby. Volevo parlarti del nostro imminente viaggio.»

«Non cercherai di nuovo di dissuadermi, vero?» le chiese. La sua voce era calma, ma sentì una certa irritazione dietro alle sue parole. Non era stato contento quando lei aveva sollevato il problema della sicurezza.

«No, signore. Ho accennato del viaggio a un amico, è un Navy SEAL, e si è offerto di far venire il suo team per parlare di sicurezza a quelli che ci andranno. Per spiegare le cose che dovremmo e non dovremmo fare e come comportarci se ci dovesse succedere qualcosa.» Wren parlò velocemente e cercando il più possibile di non mostrare emozioni, sapendo che l'uomo di fronte a lei lo avrebbe apprezzato, visto che era sempre molto impegnato.

«Non sarà necessario. La mia squadra di sicurezza sta preparando un opuscolo, e comunque sarà presente se dovessero sorgere problemi. C'è altro?»

Wren avrebbe voluto protestare. Dirgli che uno stupido opuscolo non l'avrebbe fatta sentire più sicura, cosa che invece *avrebbero fatto* i consigli un gruppo di SEAL che era stato in innumerevoli paesi pericolosi. Ma riconosceva un rifiuto quando ne sentiva uno. «No, era solo questo.»

«Wren, siamo tutti contenti che tu sia qui. Sei brava con i media, hai un approccio più morbido rispetto al resto di noi, ma sei stata assunta per essere il volto della BT Energy, non per prendere le decisioni importanti necessarie, e non lo dico per fare lo stronzo. Credimi, non farò nulla che possa mettere a rischio questo accordo o danneggiare la mia azienda. Andrà tutto bene. Andremo in Africa, faremo una conferenza stampa, incontreremo un paio di pezzi grossi, parteciperemo a qualche servizio fotografico, e poi ce ne andremo più ricchi di milioni di dollari. Questo gasdotto ci porterà sulla scena mondiale. Devi solo fidarti di me.»

Sì, certo. Non sarebbe successo, lei non si fidava facilmente.

Ma, diligentemente, disse: «Sì, signore.»

«Ti ho mandato degli appunti su alcuni degli uomini che incontreremo. Ti ho anche inviato per mail alcune statistiche sul Sudan Meridionale e sulle loro usanze. Assicurati di leggere tutto con attenzione, l'ultima cosa di cui abbiamo bisogno è che il nostro addetto alle pubbliche relazioni violi un tabù davanti alla telecamera.»

Lei annuì e si girò verso la porta, ma all'ultimo momento si voltò. «Posso chiedere agli altri se vogliono parlare con il mio amico e i suoi compagni di squadra insieme a me?» Non sapeva dove avesse trovato il coraggio di chiederlo, ma per quanto la riguardava, se dopo il viaggio avesse scoperto che una delle persone che erano andate in Africa aveva il tipo di conoscenze che aveva lei senza però chiederle di partecipare a una riunione sulla sicurezza, si sarebbe arrabbiata.

«Non credo sia necessario, ma se proprio vuoi, sentiti libera di farlo. Ma non durante l'orario di lavoro e non qui in ufficio. L'ultima cosa che voglio è che si sappia che abbiamo assunto membri della Marina come consulenti. Potrebbe sembrare che non ci fidiamo del Paese che ci ospiterà.»

Annuì e uscì dall'ufficio. Fece un sospiro che era un misto di sollievo e frustrazione. Essere attenti alla sicurezza non aveva nulla a che fare con la diffidenza verso le persone che avrebbero incontrato in Africa. Era semplicemente una cosa intelligente da fare quando si andava in un paese non proprio stabile.

Wren tornò nel suo cubicolo e consultò le informazioni

che Colby le aveva inviato. Ci mise un po' per leggerle tutte. Il popolo del Sudan Meridionale era generalmente stoico e riservato riguardo alle proprie emozioni. La norma culturale era quella di nascondere il dolore e le fatiche. Ammiravano la resilienza, l'autocontrollo e il coraggio fisico.

Tutto ciò non era una sorpresa per lei. In un paese che per anni aveva convissuto con la violenza, quelle diventavano praticamente caratteristiche normali, in modo che le famiglie potessero cercare di non attirare l'attenzione di chi avrebbe voluto far loro del male.

Il materiale che il suo capo le aveva fornito era interessante, ma non c'era nulla che potesse aiutarla nel suo lavoro mentre era lì. Una cosa di cui era già stata avvertita era che i media avevano scarsa libertà. Doveva fare molta attenzione a tutto ciò che avrebbe detto alla conferenza stampa. Non doveva dire nulla di negativo; tutto doveva essere messo in una luce positiva.

Sospirando si raddrizzò e inarcò leggermente la schiena, cercando di sciogliere i nodi causati dall'essere stata chinata sul computer per così tanto tempo. Sobbalzò sorpresa quando il cellulare vibrò sulla scrivania accanto al blocco note, poi rise di sé. Non riceveva molte chiamate, dato che non conosceva molte persone, soprattutto lì in California dove viveva da poco più di un mese.

Pensando che potesse essere Bo, che aveva insistito per avere il suo numero quando l'aveva accompagnata quella mattina, Wren guardò lo schermo. Rimase molto delusa quando invece vide la scritta "Sconosciuto". Non era dell'umore giusto per parlare con un truffatore o un operatore di telemarketing, quindi non rispose. Pensò che se fosse stata una cosa importante avrebbero lasciato un messaggio.

«Ehi, Wren.»

Trasalì, tanto che le sembrò di aver fatto un balzo di mezzo metro sulla sedia, si girò e trovò Luke dietro al suo cubicolo. Aveva un sorrisetto, come se gli piacesse l'idea di averla spaventata. Era il più giovane dei ragazzi con cui sarebbe andata in viaggio. Aveva venticinque anni e sembrava pensare di essere ancora all'università. Usciva spesso e si ubriacava durante la settimana lavorativa, e lo aveva sentito più di una volta vantarsi delle varie donne che aveva rimorchiato nei bar.

Ma era anche divertente, di bell'aspetto, ed era stato sincero quando le aveva dato il benvenuto in azienda.

«Quante volte ti ho detto di non farlo?» lo rimproverò. «Ti comprerò un campanaccio da mettere al collo, così saprò che stai arrivando dietro di me.»

Lui rise, poi disse: «Muuu.»

Wren non poté fare a meno di ridere.

«Anche tu hai il documento di quaranta pagine sulla cultura che dovremmo memorizzare?» chiese.

Wren fece una smorfia. «Sì, è corposo, questo è certo.»

«Sono sicuro che sarà fantastico. Dobbiamo solo essere educati, non guardare le persone negli occhi troppo a lungo, e io devo fare attenzione a non toccare la spalla di nessuna donna, altrimenti mi ritroverò a essere portato in una capanna a sposarmi.»

Lei alzò gli occhi al cielo. «Questo non è vero.»

«Va bene, non è vero, ma tutte quelle regole mi rendono comunque un po' nervoso.»

Wren pensò che quello fosse il momento perfetto per parlare dell'offerta di Bo. «Ehi, conosco un ragazzo, è un Navy SEAL, e quando gli ho detto del viaggio si è preoccupato perché laggiù stanno succedendo un sacco di cose, così si è offerto di incontrare chiunque altro voglia oltre a me, per esaminare delle procedure di sicurezza. Sai, tipo cosa fare se succede qualcosa di particolare e come proteggerci. Ti va di fare un incontro con il suo team?»

Per un attimo pensò che Luke stesse per accettare, ma poi si irrigidì un attimo prima che qualcuno si fermasse accanto a lui.

«Hai paura, Wren?» Era Archie, il più vecchio del gruppo che avrebbe fatto il viaggio. Aveva cinquantadue anni e pensava di sapere tutto di qualsiasi cosa, e per qualche motivo Luke lo ammirava.

L'uomo gli diede una pacca sulla spalla e ridacchiò. «La piccola donna ha paura dell'uomo nero.»

Wren si acciglò. «Io non...»

Ma non ebbe modo di finire la frase perché Archie disse: «Luke, mi servirebbe una seconda opinione sulle specifiche del gasdotto a sud di Juba. Penso che dovremo spostarlo di circa un chilometro e mezzo verso ovest, dato che è una zona in cui si verificano inondazioni e di conseguenza il terreno diventa paludoso.»

«Certo. Nessun problema, Arch.»

Gli uomini si voltarono per andarsene, ma poi Luke si girò e scrollò le spalle. «Andrà tutto bene, Wren. Non succederà nulla. Colby porterà una squadra per farci da scorta. Inoltre, sarai sempre circondata da noi uomini. È tutto a posto. Ma un giorno o l'altro voglio sapere la storia di come sei arrivata a metterti con un Navy SEAL» disse, muovendo su e giù le sopracciglia in modo suggestivo.

Non poté fare a meno di alzare gli occhi al cielo di fronte

alla ridicolaggine del suo collega. Era sempre a caccia di prede.

Quando fu di nuovo sola nel suo cubicolo, sospirò. Se Archie avesse parlato agli altri ragazzi del gruppo prima di lei, probabilmente avrebbero rifiutato anche loro la sua offerta.

Magari era paranoica, ma non credeva fosse così, soprattutto se ripensava alla reazione di Bo quando era venuto a conoscenza di dove l'avrebbe mandata la sua azienda. Se il fatto che sarebbe andata in un determinato paese impensieriva e spaventava un Navy SEAL, chi era lei per ignorare le sue preoccupazioni?

Si rimise al computer e decise che avrebbe esteso l'invito a incontrare Bo e la sua squadra inviando una mail ad Aaron, Dallas e Oliver. Se avessero rifiutato, non c'era problema. In ogni caso, lei era ansiosa di sentire cos'avevano da dire i SEAL.

Stava per finire di scrivere il testo quando il suo telefono vibrò di nuovo. Abbassò lo sguardo e vide che il chiamante era di nuovo "Sconosciuto". Per la prima volta provò un po' di preoccupazione.

Di certo Matt non l'avrebbe chiamata... vero?

Non gli aveva dato il suo numero. Ma ciò non significava che lui non potesse averlo trovato; era stato nel suo appartamento, di sicuro non gli era stato difficile trovare qualcosa che lo contenesse.

Fissò il telefono mordendosi le labbra. Smise di squillare, ma in ogni caso chiunque fosse non lasciò alcun messaggio.

Probabilmente era un operatore di telemarketing, non Matt. Perché avrebbe dovuto telefonarle?

Prese la decisione di rispondere all'eventuale successiva

chiamata del numero sconosciuto, e tornò al computer e alla mail che stava scrivendo ai suoi colleghi.

———

«Yo!»

«Era ora che arrivassi.»

«Che succede?»

Safe sorrise mentre andava verso i suoi amici e compagni di squadra. Anche se avevano qualche giorno di riposo, avevano programmato di incontrarsi in spiaggia per allenarsi. Era un po' in ritardo, dato che aveva accompagnato Wren al lavoro.

«Ehi» disse, avvicinandosi a loro. Blink stava facendo dei sit up insieme a Flash. Smiley e MacGyver facevano i burpees. Kevlar era in piedi accanto a Preacher e lo stava osservando mentre si avvicinava.

«Come ti senti?» chiese Safe al suo leader.

«Ho ancora gli occhi arrossati, ma sto bene.»

Tutti smisero di fare esercizio e si alzarono in piedi, spazzolandosi via la sabbia.

«Allora? Che cazzo sta succedendo?» chiese Flash. «Stamattina Smiley mi ha chiamato per dirmi che Kevlar è stato aggredito con lo spray irritante mentre era insieme a te a casa di una ragazza.» Indicò il loro leader. «Ma ha detto che non ne avrebbe parlato finché non fossi arrivato tu.»

«Già. Sono successe un po' di cose dall'ultima volta che ci siamo visti all'Aces» disse Safe.

«Non l'avevamo capito, guarda» replicò MacGyver. «Inizia a parlare.»

«Possiamo farlo mentre corriamo» li informò Kevlar, indicando la spiaggia.

Safe annuì e i sette uomini iniziarono a correre a un ritmo veloce.

«Bene. Allora, Wren, la donna che è stata drogata all'Aces, ha passato la notte a casa mia. Abbiamo scoperto che il coglione con cui era uscita le ha rubato i documenti e le chiavi dalla borsa.»

«Merda. Quindi sa dove vive» rifletté Smiley.

«Esatto. Le ho offerto di stare a casa mia per qualche notte in attesa di cambiare le serrature e tutto il resto, ma dato che aveva bisogno di vestiti e di altre cose, e non mi sembrava una buona idea andare fino al suo appartamento come niente fosse, siamo entrati dalla portafinestra sul retro» spiegò.

«La portafinestra del balcone al secondo piano» aggiunse Kevlar.

«Ma dai, amico. Perché non ci hai chiamati così ci divertivamo un po' anche noi?» brontolò Smiley.

«Ho pensato che sette uomini appostati tra i cespugli avrebbero attirato un po' troppo l'attenzione» rispose con una risatina.

«Probabilmente hai ragione. Va bene, vai avanti» disse MacGyver.

«Allora, siamo entrati, ma il posto era distrutto. Lo stronzo si è mosso in fretta. Probabilmente è andato lì subito dopo aver lasciato il bar. E quando dico distrutto, intendo *devastato*. Tutti i vestiti tagliati, i piatti rotti, i mobili rigati e rovesciati. Un disastro.»

«Digli della biancheria e del balsamo» incalzò Kevlar.

«Ci sto arrivando. Accidenti» si lamentò Safe. «Lo stronzo ha anche tirato fuori dal cassetto tutta la sua biancheria intima, l'ha ammucchiata sul letto e ci ha versato sopra un po' del suo balsamo. *Bianco*.»

«Che schifo.»

«Bleah.»

«Questa è roba da malati.»

Safe era d'accordo con i suoi amici. «Già. Ovviamente è stato abbastanza furbo da non farsi davvero una sega su di loro per via del DNA, ma intanto... il fatto che volesse far credere a Wren che si trattava di quello indica che questo tizio non è un normale strambo.»

«Ti prego, dimmi che hai coinvolto Tex» disse Flash.

«Certo» rispose Kevlar al suo posto. «Ma c'è poco da fare. Questo tizio è furbo. Non ha parcheggiato nei posti davanti all'Aces. È arrivato al bar a piedi. Tex ha cercato di rintracciarlo con le telecamere del traffico, ma l'ha perso dopo pochi isolati, quando è entrato in un quartiere. Ed è andato a piedi fino all'appartamento di Wren. Non è apparso su nessuna telecamera. Quindi non abbiamo in mano nulla.»

«Ha già fatto il tracciamento anche di ieri sera?» chiese Safe a Kevlar.

«Sì. Quando ha saputo cos'è successo a casa di Wren, si è incazzato. Ha detto che ne avrebbe fatto la sua priorità.»

«Lei sta bene?» chiese Blink.

Safe lanciò un'occhiata al nuovo membro del team. Quell'uomo aveva avuto un'esperienza orribile in una missione dove alcuni dei suoi precedenti compagni di squadra erano stati uccisi, mentre gli altri erano stati feriti in modo così grave da essere stati congedati dalla Marina. Lui era in licenza di convalescenza quando Remi, la ragazza di Kevlar, era stata rapita. Se non si fosse trovato nel posto giusto al momento giusto, e non si fosse comportato in modo così convincente, Remi ora non sarebbe più con loro.

Kevlar aveva chiesto che Blink fosse assegnato alla loro squadra, e lui aveva accettato. Avevano tutti un enorme debito di gratitudine verso di lui. Se Remi fosse stata ferita o uccisa, Kevlar non sarebbe stato più lo stesso. Probabilmente non lo avrebbero più avuto come compagno di squadra.

Blink non era un tipo molto loquace, ma quando parlava, di solito era per una buona ragione.

«Sta bene» rispose Safe. «Sta tenendo duro. Ho fatto tardi perché l'ho accompagnata al lavoro.»

«Accidenti, è una tosta se ha voluto andare a lavorare dopo tutto quello che le è successo» disse Smiley.

«Lo è» concordò.

«Allora, com'è che Kevlar è stato aggredito?» domandò Flash.

«Mentre eravamo nel suo appartamento, cercando di capire se potevamo recuperare qualcosa, è tornato l'uomo con cui era uscita. Probabilmente per nascondersi in casa sua e aspettarla. O per vedere quali altre cose poteva fare per terrorizzarla. Ho cercato di convincerla a nascondersi sotto il letto mentre io andavo ad aiutare Kevlar a sottomettere il tizio, ma lei si è come pietrificata. E intendo proprio che è rimasta paralizzata. È andata completamente nel panico.» Non stava esitando a raccontare l'accaduto ai suoi amici, perché avrebbe affidato la sua vita a loro. Il che significava che avrebbe affidato loro anche quella di *Wren*, ed era qualcosa di enorme.

«Perché?» chiese Blink.

«Non lo so. È troppo presto per sperare che si apra con me... ma si è lasciata sfuggire un paio di cose sulla sua infanzia, che non è stata bella. Credo che sua madre la maltrattasse e che sia stata delusa spesso dalle autorità. Il fatto di nascondersi sotto il letto le ha fatto tornare in mente che lo faceva da bambina... si nascondeva dai fidanzati di sua madre.»

«*Cazzo*.»

L'imprecazione veemente di MacGyver riassumeva bene la situazione.

«Già. Comunque, non potevo lasciarla in quello stato di panico, quindi mi sono nascosto con lei dietro la porta della sua camera da letto, e Kevlar ha affrontato il tizio. Lo stronzo aveva lo spray pronto e lo ha sorpreso. Così, invece di inseguirlo mentre scappava, è rimasto di guardia alla porta.»

«Visto? Avresti dovuto chiamare anche noi» disse Smiley.

Safe annuì. «Col senno di poi, avrei dovuto farlo.»

«Allora, che si fa adesso?» chiese Flash.

«Dato che una vicina ficcanaso ha sentito il baccano, ha chiamato la polizia. Sono arrivati gli agenti, hanno scritto un rapporto e suggerito a Wren di non tornare nel suo appartamento per un po', finché non avranno indagato e capito chi ha distrutto la casa.»

«Se non lo trova Tex, non lo troveranno nemmeno loro» sostenne Blink.

Safe era d'accordo. «Quindi, per il momento resterà da me. Ho chiamato Julie prima di arrivare qui e lei ha acconsentito a mettere insieme alcune cose per Wren che le possano servire per superare questo periodo.»

«Remi sarebbe felice di conoscerla e aiutarla a trovare ciò di cui ha bisogno» offrì Kevlar.

«Lo apprezzo molto. Voglio dire, probabilmente possiamo comprare molte cose online, ma alla fine dovrà sostituire letteralmente tutto. Piatti, cuscini, biancheria da letto, ogni mobile.» Safe sospirò. «Maledetto bastardo.»

«Quindi? Lei si è trasferita da te e farete la coppia felice per un po'? E poi...?» domandò Smiley.

Safe guardò il suo amico. Aveva i capelli neri e un aspetto cupo e pensieroso... accompagnati da una sorta di aura tenebrosa. Non c'era da stupirsi che suonasse un po' cinico. «Non lo so. Stiamo affrontando le cose giorno per giorno. Ma ti dirò... lei mi piace. Molto.»

«Oh, merda» disse Flash con un sorriso. «Prima Kevlar e ora tu.»

Invece di offendersi, Safe si limitò a scrollare le spalle. «Se pensi che mi metta sulla difensiva e ti dica che non ne uscirà mai niente di serio, ti sbagli. Wren è... diversa. Vulnerabile, eppure forte e determinata. Credo che qualunque cosa sia successa nel suo passato le abbia insegnato di non avere altra scelta se non difendersi da sola. Non ha idea di cosa significhi avere qualcuno che le copra le spalle.»

«E tu vuoi mostrarglielo» disse Smiley.

«Sì, voglio mostrarglielo» concordò.

«È decisamente diversa» disse Kevlar. «Non so di preciso cosa sia, ma come ha detto Safe, ho sentito il bisogno di proteggerla e allo stesso tempo volevo stare in disparte a guardarla cavarsela da sola. È una dicotomia interessante.»

«Be', merda. Ora voglio conoscerla» disse MacGyver.

«Anch'io» concordò Flash.

«Ho un'idea» sostenne Kevlar.

Safe si preparò, non sapendo cosa stesse per suggerire il suo amico. Era un ottimo leader, ma a volte aveva anche idee un po' strampalate.

«Eccolo» mormorò Preacher.

Safe ridacchiò.

«Penso che dovremmo mostrare a Wren come ci si sente

ad avere persone che le stanno accanto senza riserve. So che Remi non avrà problemi ad aiutarla, ma se coinvolgessimo anche Caroline e le altre? Hai già parlato con Julie, e se tirassimo dentro Alabama, Fiona e Summer? E sappiamo che Jessyka parteciperà; è talmente incazzata che Wren sia stata drogata nel suo bar che ha già tirato fuori i forconi.»

«E Tex è già coinvolto» disse MacGyver. «L'idea mi piace. Possiamo parlare anche con Wolf e gli altri. Quando non ci siamo noi, possono fungere loro da scorta, se necessario.»

Safe deglutì a fatica, improvvisamente sopraffatto dall'emozione. Quegli uomini non conoscevano Wren. Oltre a sapere che lei gli piaceva e che ne era rimasto colpito, per loro era un'estranea. Eppure, erano comunque disposti a farsi in quattro per dimostrarle che non era sola.

Si ricordò che voleva parlare con loro di un'altra cosa.

«Grazie. Penso che sia un'ottima idea. C'è qualcos'altro che potete fare per me.»

«Faremo qualsiasi cosa, lo sai» replicò Kevlar.

«Si è appena trasferita qui in California e ha iniziato un nuovo lavoro. È l'addetta alle pubbliche relazioni della BT Energy.»

Preacher fece un fischio lungo e basso. «Impressionante.»

«Vero? Be', è previsto un viaggio importante. Hanno intenzione di installare un nuovo gasdotto... nel Sudan del Sud.»

«Mi prendi in giro?»

«Ma che cazzo?»

«Non puoi dire sul serio.»

«Aspetta... cosa?» chiese Kevlar, fermandosi di botto. Tutti smisero di correre e fissarono Safe.

Lui strinse le labbra e annuì. «Credetemi, lei sa esattamente come la penso sul fatto che debba andare lì. Mi sono comportato un po' da stronzo al riguardo, ma non ha scelta. Si è trasferita qui da poco, ha appena ottenuto il lavoro. Probabilmente in parte grazie a questo viaggio. Non può dire di no.»

«È assurdo che qualcuno pensi sia una buona idea andare laggiù. E portare degli operai nel Paese per costruire un gasdotto è la ricetta perfetta per un disastro, visto come vanno le cose lì ora. Non dico che non miglioreranno in futuro, ma quel Paese è estremamente instabile in questo momento» sostenne Flash.

«Lo so. E lo sa anche lei. Credo sia terrorizzata, ma cerchi di mostrarsi coraggiosa. Le ho detto che sarei stato felice di andare a parlare con il suo capo, e con tutti quelli che ci andranno, di sicurezza, di cosa devono stare attenti e di cosa fare nel caso la situazione si metta male.»

«Il suo capo sa che gli stranieri hanno più probabilità di essere rapiti e tenuti in ostaggio rispetto alla gente del posto, vero?» chiese Smiley.

Safe scrollò le spalle. «Presumo di sì.»

«E che la violenza sulle donne è cosa comune» aggiunse Flash.

Annuì cupo.

«Cazzo. Si preannuncia un disastro di proporzioni bibliche» mormorò Kevlar.

Safe non poteva che essere d'accordo. «Posso solo sperare che nelle prossime due settimane succeda qualcosa che renda impossibile il viaggio. Mi sento uno stronzo a dirlo, ma è così.»

I suoi amici annuirono.

«Cosa vuoi che facciamo?» domandò Blink.

«Se il suo capo è d'accordo, verreste con me a parlare con il gruppo?»

«Certo.»

«Non serve nemmeno chiederlo.»

Ecco perché amava e rispettava tanto quegli uomini.

«A proposito di Africa...» disse Kevlar.

Tutti gemettero.

«Avevamo già la sensazione che sarebbe successo, e stamattina ho ricevuto la notizia ufficiale... anche se abbiamo raggiunto in nostro scopo in Ciad, le cose non si sono sistemate. Anzi, sono peggiorate con il nuovo tizio che è subentrato. O... *non* nuovo tizio. Comunque sia, ci rimanderanno lì.»

«Cazzo» mormorò MacGyver. «Quando?»

«La maggior parte delle ricerche che abbiamo fatto per l'ultima missione rimangono buone. Non ho ancora i dettagli, ma probabilmente partiremo tra dieci o dodici giorni.»

L'ansia fece rimescolare la pancia a Safe. A quanto pareva, quando Wren sarebbe partita lui sarebbe stato già via. Era ironico, sarebbero stati nello stesso continente e in paesi vicini, ma non avrebbe potuto tenersi in contatto con lei.

«Le parleremo, le diremo tutto quello che deve sapere per stare al sicuro» lo rassicurò Kevlar, come se potesse leggere le emozioni tumultuose che turbinavano nel suo cervello.

«Ok» replicò.

Ma dentro di sé aveva un brutto presentimento. E nessun SEAL degno del suo Tridente poteva ignorare quelle sensazioni.

«Inoltre, scommetto che anche alcuni uomini della squadra di Wolf sarebbero felici di venire» disse Preacher.

Safe annuì. Era grato ai suoi amici e agli altri SEAL, ma

nulla poteva placare la sensazione di inquietudine che sentiva dentro.

«Safe» disse Kevlar, avvicinandosi a lui per mettergli una mano sulla spalla. «Di' cosa pensi.»

«È solo che...sto pensando a tante cose. Ho appena conosciuto questa donna e non so perché mi sento così... coinvolto.»

«So come ti senti. Ho provato la stessa cosa per Remi. C'era qualcosa in lei che mi ha fatto *capire* che era diversa. Speciale. E avevo ragione. Non ignorare i tuoi sentimenti. C'è un modo per convincerla a rinunciare a questo viaggio?»

Strinse le labbra e scosse la testa, ricordando la conversazione di quella mattina.

«In tal caso ci assicureremo che abbia tutti gli strumenti – in senso figurato e letterale – di cui ha bisogno per superare qualsiasi situazione. Strumenti che possono sfuggire a una verifica da parte di gente comune.»

«Oh, sarà divertente» disse Smiley entusiasta. Poi smorzò i toni. «Cioè, è brutto che Wren possa trovarsi in una situazione potenzialmente pericolosa, ma inventare modi per nascondere gli strumenti di sopravvivenza su di lei sarà una sfida interessante.»

Per la prima volta Safe cominciò a sentirsi un po' meglio riguardo all'imminente viaggio di Wren. Continuava a non volere che lei partisse, ma capiva più di molti altri che non aveva davvero scelta. E se doveva proprio andare, almeno lui e i suoi amici potevano assicurarsi che lei e le persone che avrebbero affrontato quel viaggio avessero i mezzi necessari per uscire da qualsiasi brutta situazione. Perché la verità era che c'era un'alta probabilità che le cose si mettessero male.

Sudan del Sud. *Merda*. Il suo capo doveva essere pazzo.

«Bene, allora che ne dite di pensare a come equipaggiare la donna di Safe mentre ci alleniamo?» disse Kevlar con la voce da "sono il capo".

Tutti risero, ma ripresero subito a correre.

La mente di Safe lavorava a mille mentre i suoi amici chiacchieravano tra loro. Aveva molte cose da fare se doveva partire entro meno di due settimane. Aiutare a capire chi fosse quel Matt e rendere sicuro l'appartamento di Wren, darle una mano a sostituire le sue cose, conoscerla meglio, dimostrarle che non era più sola, che aveva lui e i suoi amici al suo fianco, insegnarle come essere al sicuro in un paese instabile e aiutare Kevlar e gli altri a pianificare la missione in Ciad.

Non c'era abbastanza tempo per fare tutto, soprattutto dato che lui e Wren lavorano a tempo pieno.

Ma l'avrebbe fatto. Doveva. Aveva la sensazione che se non avesse trovato il modo di incastrare tutto, ciò lo avrebbe perseguitato per il resto della vita.

CAPITOLO OTTO

Wʀᴇɴ sᴛᴀᴠᴀ ᴀsᴘᴇᴛᴛᴀɴᴅᴏ Bo all'interno dello stabile in cui si trovava il suo ufficio. Le aveva mandato un messaggio chiedendole di non andare fuori, ma di rimanere nell'atrio finché non fosse arrivato. Naturalmente ciò la fece di nuovo preoccupare. Il suo telefono aveva squillato ancora una volta nel pomeriggio con un numero sconosciuto, ma aveva evitato di rispondere, non volendo avere a che fare né con un truffatore né con Matt; doveva sperare che se era stato lui a chiamare, alla fine si sarebbe stancato di tormentarla e sarebbe semplicemente sparito.

Ma dal momento che quell'uomo era stato nel suo appartamento, dove aveva spezzato a metà il suo badge mentre distruggeva tutto il resto, ovviamente sapeva dove si trovava il suo ufficio. E l'ultima cosa che voleva era avere un confronto con lui sul marciapiede. Quindi non aveva problemi ad aspettare dentro l'arrivo di Bo.

Una volta sostituite le chiavi dell'auto, sarebbe tornata a

guidare da sola per andare e tornare dal lavoro, ma per il momento le andava benissimo che Bo le facesse da autista.

I loro piani per la serata prevedevano di andare in quel negozio di cui le avevano parlato lui e il suo amico, il My Sister's Closet, per vedere se poteva trovare qualcosa di appropriato da indossare al lavoro. Doveva avere un aspetto curato e professionale, e il pensiero che tutti i vestiti che aveva scelto faticosamente erano stracciati sul fondo dell'armadio, le faceva male al cuore.

Inoltre, aveva bisogno anche di indumenti per tutti i giorni: jeans, magliette, pantaloni comodi, biancheria intima. Il pensiero di dover scegliere le mutandine e i reggiseni con Bo accanto la fece arrossire. Non avrebbe dovuto, era un'adulta dopotutto. Ma non poteva fare a meno di essere imbarazzata. Non era ben "dotata" e aveva sempre fatto fatica a mantenere il peso forma. La maggior parte delle donne avrebbe voluto essere come lei, ma dopo una vita passata a sentirsi dire che era piatta come una tavola, troppo magra, non formosa come invece doveva essere una vera donna, era difficile considerarsi sexy.

Ehm... perché stava pensando a *quelle* cose? Avrebbe dovuto pensare solo all'enorme casino che era la sua vita in quel momento. Al potenziale stalker che voleva farle chissà cosa, che era entrato nel suo appartamento e aveva distrutto tutto, al fatto che stava ancora imparando a conoscere i dettagli del nuovo lavoro e che sarebbe andata in un paese che il Dipartimento di Stato aveva ritenuto troppo pericoloso da visitare. Non avrebbe dovuto pensare all'uomo che l'aveva presa sotto la sua ala disinteressatamente e le aveva fornito un rifugio quando la sua vita era andata a rotoli.

Ma non poteva farne a meno. Bo era... diverso. Diverso

dagli uomini che aveva conosciuto in passato. Era onorevole. Sì, era una parola un po' antiquata, ma era la realtà. Wren non era abituata a sentirsi al sicuro con gli uomini, ma con Bo... era stato così fin dal momento in cui si erano incontrati.

Il suono della notifica di un messaggio arrivò nello stesso momento in cui vide la Jeep Wrangler fermarsi accanto al marciapiede. Salutò con la mano la guardia di sicurezza di turno, poi andò verso le porte. Bo saltò fuori e corse intorno all'auto per aprirle la portiera.

Wren gli sorrise e salì. Lui tirò e le porse la cintura di sicurezza prima di chiudere la portiera e correre di nuovo al lato del guidatore.

«Com'è andata la giornata?» le chiese.

Lei scrollò le spalle. «Bene.»

Bo le toccò brevemente il braccio, costringendola a guardarlo. «Non te l'ho chiesto per educazione. Voglio davvero saperlo. Dev'essere stato difficile tornare subito dopo la nostra conversazione e quello che è successo all'Aces e nel tuo appartamento. E non volevo metterti più preoccupazioni in testa di quelle che probabilmente hai già per il tuo imminente viaggio. Allora... com'è andata la giornata?»

Che uomo.

Wren deglutì a fatica, cercando di ricomporsi. In passato aveva sempre pensato che le persone non fossero interessate a sapere la verità quando facevano domande del genere. Se le chiedevano come stava, lei rispondeva sempre semplicemente "bene". Ma sembrava che lui volesse davvero sapere della sua giornata.

«È stata... un po' dura. Non riuscivo a smettere di pensare a tutte le cose che dovevo fare. A tutte le cose che devo sostituire. Ho anche parlato con Colby, il mio capo. Non è interessato all'incontro con voi. Mi dispiace.»

Bo strinse le labbra e si allontanò dal marciapiede. «Che altro?»

«Be', gli ho chiesto se io e gli altri ragazzi che parteciperanno possiamo incontravi per parlare di sicurezza, e ha detto che va bene, purché non venga fatto durante l'orario di lavoro.»

«Magnanimo da parte sua» mormorò Bo.

«So che sembra un idiota, ma in realtà è un buon capo» disse Wren, desiderosa di difendere Colby. «Questo contratto porterà la BT Energy ad alti livelli, ed è davvero importante.»

«Così importante da far rischiare la vita a lui stesso e ai suoi dipendenti?»

Lei abbassò lo sguardo. Aveva ragione. Sebbene si trattasse di un contratto importante, non valeva il rischio che qualcuno si facesse male.

«Scusa. Mi dispiace» disse Bo, scuotendo la testa. «Sto ancora cercando di accettare che tu vada in quel maledetto posto. Allora, quando ci incontriamo con gli altri?»

«Ehm... non ci incontriamo.»

«Cosa? Perché?»

«Non sono interessati. Credo che probabilmente avrei potuto convincerne alcuni, ma Archie è arrivato prima di me. Mi ha fatta passare come una patetica ragazzina che ha paura di viaggiare in un paese straniero.»

«Idioti.»

Wren scrollò le spalle. In realtà le piacevano i suoi colleghi, ma doveva convenire che affrontare una situazione senza avere tutte le informazioni possibili non era esattamente intelligente.

«Bene. Ti diremo tutto quello che c'è da sapere, e se la situazione dovesse mettersi male potrai dire loro cosa fare.»

«Davvero?»

«Sì. Si rivolgeranno a te perché avrai gli strumenti e le conoscenze per tirarli fuori da qualsiasi spiacevole circostanza si presenti.»

«Ehm... no, non lo faranno. Già scartano molte delle cose che dico, e se dovesse succedere qualcosa, *sicuramente* non si rivolgeranno a me per avere risposte o aiuto.»

Bo sospirò. «Ok. Allora io e la mia squadra ci concentreremo sulla tua sicurezza. Se potrai aiutare gli altri, sempre se ti permetteranno di farlo, bene, altrimenti saprai come prenderti cura di te stessa.»

«Grazie.»

La guardò. «Non devi ringraziarmi. Sono un egoista. Voglio che tu torni a casa sana e salva. Inoltre, se pensi di fare un solo passo fuori da questo Paese senza che io ti tormenti su cosa fare e non fare, sei pazza come il tuo capo.»

Per qualche motivo Wren rise.

«Sono serio» la avvertì.

«Lo so. E lo apprezzo molto. Più di quanto tu possa immaginare. Prometto di ascoltare tutto ciò che avrai da dire.»

«Non solo io. Tutta la squadra.»

«Cosa?»

«Faremo un incontro e ci saremo tutti. Ti diremo quello che sappiamo. Parleremo di diversi scenari. È così che pianifichiamo le nostre missioni; discutiamo le cose positive, le negative e le peggiori, e dei vari modi in cui si può reagire a una determinata situazione. Faremo lo stesso con te.»

«Non voglio essere una seccatura» mormorò.

«Non potresti mai esserlo. Oh, e devo dirti che potrebbero esserci anche uno o due dei nostri amici ex SEAL. Non sono sicuro di chi possa venire. Dipende da quando lo organizzeremo. E probabilmente anche Tex vorrà collegarsi via video o telefono.»

«Io... Bo, non credo sia necessario fare tutto questo solo per me.»

«Ti sbagli. Chiamerei chiunque ritenessi utile per assicurarmi che tu abbia tutte le conoscenze e gli strumenti necessari per proteggerti. Ti ho già detto che mi piaci, e stare lontano da te nelle ultime otto ore non ha cambiato i miei sentimenti. Voglio vedere dove possono arrivare le cose tra noi, e ciò non può accadere se tu sparisci nelle terre selvagge dell'Africa.»

«Sparire?» disse con voce strozzata.

«Sì.»

Wren deglutì a fatica. Sapeva cosa intendeva. I rapimenti di stranieri erano in aumento nel Sudan Meridionale. L'ultima cosa che voleva era essere una delle persone sfortunate di quella lista. «Ok, visto che hai avuto il coraggio di dirlo, posso ammettere di provare lo stesso sentimento. Anche tu mi piaci, Bo.»

«Bene. Organizzo l'incontro con i ragazzi. Hai fame?»

Mille pensieri le turbinavano in testa. Com'erano passati dal parlare della possibilità che fosse rapita, al piacersi, al cibo? «Sì.»

«Ti piace il messicano?»

«Ehm... a chi *non* piace il messicano?» replicò.

Le sue labbra ebbero un guizzo. «Giusto. Allora ci fermiamo da My Sister's Closet a prendere le cose che Julie ha messo da parte per fartele provare, poi andiamo a mangiare. Va bene?»

«Quali cose?»

«Non ne ho idea. Stamattina le ho raccontato un po' la tua situazione, e le ho dato la tua taglia. Ha detto che avrebbe visto cosa poteva mettere insieme. Prima che venissi a prenderti mi ha mandato un messaggio che diceva che la roba era pronta.»

«Mi ricordi chi è Julie?»

«È la moglie dell'ex comandante. La inviterei a venire al nostro incontro, ma onestamente non se l'è passata bene quando è stata rapita in Messico. Quindi probabilmente non è la persona migliore con cui parlare. Ma, prima che ti preoccupi, ora sta bene.»

«Aspetta, *cosa*? È stata rapita?»

«È una lunga storia per un'altra volta. Ma ti prometto che ti racconterò tutto dell'esperienza vissuta da lei e Fiona nelle mani dei trafficanti di sesso, e di come sono state salvate da Cookie e dalla sua squadra. Insieme alle storie di Caroline, Summer, Cheyenne e Jessyka. A pensarci bene, anche la faccenda dello stalker della moglie di Tex potrebbe essere utile.»

«Stai scherzando, vero?»

«Purtroppo no. Ma ora stanno tutte benissimo. Sono felici, sposate e si sono fatte una famiglia.»

«Porca miseria.»

Bo sorrise.

Il My Sister's Closet si rivelò essere un piccolo e grazioso negozio nascosto nel cuore del centro storico di Riverton. Bo trovò un parcheggio sulla strada e poi le prese la mano mentre si dirigevano verso la porta.

Quel contatto le sembrò una cosa naturale e giusta. Wren si era tenuta per mano anche con altri uomini, ma con lui era come se l'avessero fatto ogni giorno negli ultimi dieci anni. Lo aveva appena conosciuto, era un mistero che si sentisse così a suo agio con lui dopo tutto quello che era successo, ma per una volta si rifiutò di metterlo in discussione. La sua vita era un po' fuori controllo al momento, e aveva imparato da tempo a seguire la corrente e a fare quello che poteva per tenersi a galla.

Quando Bo aprì la porta un campanello tintinnò, e Wren entrò in un piccolo e adorabile negozio. C'erano stand di vestiti ovunque, e l'ambiente era luminoso e allegro. Non assomigliava a nessun negozio dell'usato in cui era stata. Si era aspettata di sentire odore di muffa e che gli articoli fossero impilati in modo disordinato o ammucchiati sugli scaffali. Ma il My Sister's Closet sembrava una boutique di alta moda femminile. Non che ne avesse viste molte di persona, ma comunque...

«Safe!» esclamò una donna, uscendo da una stanza sul retro.

«È un piacere vederti, Julie» disse lui, allontanandosi da Wren per salutarla con un bacio sulla guancia e poi tornare al suo fianco e riprenderle la mano.

Julie era più bassa di lei e più esile. Era proprio minuscola, in realtà, ma sembrava avere una personalità enorme.

«E tu devi essere Wren!» esclamò.

«Esatto» replicò.

«Sei proprio bella come ha affermato Safe. Ha anche detto che io e te abbiamo più o meno la stessa corporatura, solo che tu sei più alta, il che non mi sorprende visto che praticamente *tutti* sono più alti di me. Spero che non ti dispiaccia, ma mi ha anche informata che sei una responsabile delle pubbliche relazioni, e che quindi avevi bisogno di abiti di classe che non solo ti stessero bene, ma che facessero bella figura in TV e nelle foto. Così ho cercato tra le cose che avevamo e credo di aver trovato qualcosa di bello. La roba è nel retro, mando Safe a prenderla. Portati tutto a casa e vedi cos'è appropriato e cosa no. Puoi riportare indietro tutto ciò che non vuoi o che non ti sta bene.»

«Oh, grazie» disse Wren sorpresa. «Posso dare un'occhiata qui...»

«No, no, no. Porta tutto con te, prenditi il tuo tempo. A volte le cose hanno un aspetto e una sensazione diversa in un negozio rispetto a quando si è a casa. Non è un grosso problema, davvero.»

Sì che lo era, e Wren non sapeva cosa dire. Era scioccata dalla sua gentilezza.

«Hai messo qualcosa di casual oltre agli abiti per il lavoro?» chiese Bo, impedendole di dire qualcosa. Non che potesse farlo, visto il suo improvviso stato emotivo.

«Sì. I jeans sono più difficili da scegliere senza provarli, ma ne ho messo qualche paio. Insieme a magliette, pantaloni e pantaloncini da relax. E probabilmente ho esagerato, ma dopo che Safe mi ha raccontato cos'è successo al tuo appartamento, ho pensato che avessi bisogno anche di un po' di biancheria intima. In pausa pranzo sono andata al negozio di lingerie in fondo alla strada e ho comprato delle mutandine e qualche reggiseno. Ne ho presi due sportivi, perché sono più facili da regolare, ma anche uno di quelli senza cuciture. Io ne ho un paio e sono comodissimi.»

«Grazie, Julie» disse Bo.

«Figurati! Se vuoi andare a prendere le borse nel retro, ti aspetto qui con Wren. Sono quelle a destra della porta.»

«Vado subito.» Le strinse un attimo la mano, poi si avviò verso la porta da cui era apparsa Julie.

Wren non sapeva bene cosa dire. Quella donna si era data un sacco da fare per una sconosciuta. In vita sua non le era capitato molto spesso di essere la destinataria di tanta generosità. «Grazie mille per tutto» riuscì a dire.

«Figurati» ripeté Julie. «Questo e altro per un'amica di Safe. È un ragazzo fantastico. Come tutti i suoi amici. Patrick, mio marito, parla sempre di loro. Ora è in pensione, ma so che a volte sente la mancanza di quel cameratismo. Una volta che sei SEAL, rimani SEAL. Wolf e la sua squadra mi hanno salvato la vita, anche se sono stata una perfetta stronza con loro. Sono grata che mi abbiano dato la possibilità di scusarmi per il mio comportamento. Da allora la mia missione nella vita è ricambiare la gentilezza. Non solo verso di loro, ma con chiunque sia sfortunato. Voglio dire, ti avrei aiutata anche se non ti avessero distrutto l'appartamento, ma... cavolo! Lo sto dicendo nel modo sbagliato» borbottò, sembrando improvvisamente triste.

«Non è così» disse subito Wren. «Capisco.» Si guardò intorno cercando di trovare qualcos'altro da dire per metterla a suo agio. Individuò un poster sulla parete. «Oh, doni gli abiti alle liceali che non hanno nulla da indossare per i balli?»

«Sì! È fantastico. Non hai idea di come si illuminano gli occhi delle ragazze quando si vedono con un vestito che altrimenti non potrebbero permettersi.»

«In realtà, ce l'ho. Mi sarebbe servita una cosa del genere quando ero al liceo» ammise.

«Ah sì?»

«Ero nel programma di affidamento, e la famiglia con cui vivevo in quel periodo non poteva permettersi di comprare abiti per far partecipare i suoi figli affidatari a grandi eventi come quello.»

«Sei riuscita ad andare a un ballo?» le chiese.

Lei scrollò le spalle. Non aveva pensato fino in fondo quando aveva sollevato l'argomento. «Ci sono andata. Con l'abito malridotto di una delle figlie che si era diplomata cinque anni prima.»

Julie fece una smorfia. «Ahia.»

«Già. Non è stato il massimo.» Era un eufemismo, ma Julie non aveva bisogno di sentire la storia del suo accompagnatore che l'aveva mollata al ballo per andare a bere con i suoi amici perché si vergognava di farsi vedere con lei.

«Be', questo è uno dei motivi per cui ho aperto il mio negozio. Per aiutare le ragazze. Ma è diventato molto di più. Accetto solo abiti firmati usati tenuti bene e oggetti utili per la casa. Non le cianfrusaglie di cui la gente vuole sbarazzarsi quando trasloca e si chiede perché mai le abbia comprate.»

Entrambe le donne risero proprio mentre Bo tornava. Aveva tra le braccia almeno cinque o sei borse della spesa.

«Oh merda» esclamò Wren vedendole così strapiene di vestiti.

«So che ti servono molte più cose, ma ti darò la priorità non appena avrò altre donazioni della tua taglia» disse Julie, interpretando male la sua esclamazione.

«Torno a prendere le altre borse dopo aver messo queste nella Jeep» la informò Bo.

«Ce ne sono altre?» ansimò stupita.

«Solo qualcuna» rispose Julie. «Volevo assicurarmi che avessi l'imbarazzo della scelta e che non dovessi accontentarti di qualcosa che non ti piace.»

Wren era letteralmente senza parole. Pensava che le avesse

trovato qualche vestito, ma vedendo le borse traboccanti, ne aveva messi abbastanza da sostituire completamente tutto il suo armadio, e anche di più.

«Torno subito» disse Bo uscendo dalla porta.

«Vuoi uno snack?» le chiese Julie. «Ho qualcosa nel retro. Tengo a portata di mano degli stuzzichini per le persone che potrebbero avere fame mentre fanno acquisti.»

«Io e Bo andiamo a mangiare fuori appena usciamo da qui.»

«Oh, bene.»

Non sapeva cos'altro dire. Non era brava a chiacchierare. Ma per fortuna non ebbe molto tempo per stressarsi perché Bo rientrò, le sorrise, poi si diresse verso la stanza sul retro. Ritornò molto più velocemente di prima portando solo un paio di borse. Andò da Wren e le prese la mano. «Grazie ancora, Julie. Mi hai salvato la vita.»

«Se hai bisogno di qualcos'altro, fammelo sapere. Vedrò cosa posso fare.»

«Lo apprezzo molto» ribatté prima che potesse farlo Bo.

Julie sorrise. «Spero di rivederti. Magari a uno dei barbecue sulla spiaggia dei SEAL. Sono grandiosi.»

«Forse» disse un po' incerta.

«Mi assicurerò di portarla al prossimo» confermò Bo. Poi la tirò verso la porta. «Dobbiamo andare. Sto morendo di fame.»

L'altra donna rise. L'ultima cosa che vide quando si voltò indietro prima che la porta si chiudesse, fu Julie che sorrideva mentre digitava qualcosa sul suo telefono.

«Sta mandando un messaggio a Caroline e alle altre» le disse.

«Perché?»

«Per vantarsi del fatto di essere stata la prima a incontrarti.»

«Ehm... non sono sicura che sia una cosa di cui valga la pena vantarsi.»

«Certo che lo è» replicò con un sorriso. «Sa che sei speciale per me. E vuole diffondere il pettegolezzo che ho una ragazza.»

«Hai una ragazza?» ripeté Wren, sentendosi come ai confini della realtà.

«Già. Pensi che io tenga per mano *ogni* donna che incontro in un bar, che la porti a casa, che mi infiltri in segreto nel suo appartamento e che la inviti a vivere con me per un futuro indeterminato?»

Wren non poté fare a meno di sorridere. «Ehm... spero di sì?»

Bo ridacchiò. «Sì, ok, detto così ad alta voce lo spero anch'io, ma credimi se ti dico che di solito non faccio nessuna di queste cose. Quindi sei speciale, e Julie lo sa. E presto lo sapranno anche tutte le altre. Andiamo, ho davvero fame. Oggi Kevlar ci ha spaccato in spiaggia, e poi ho fatto qualche ricerca sulle cose che potresti portare con te durante il viaggio.»

Wren non riuscì a trattenere un piccolo sorriso mentre Bo la trascinava verso la sua Jeep. La sua vita aveva preso una piega stranissima, ma di certo non le faceva schifo.

CAPITOLO NOVE

«SONO PIENISSIMA» si lamentò Wren sedendosi sul divano di Safe.

Le sorrise. Lo era anche lui, ma ne era valsa la pena. Avevano parlato per ore mentre mangiavano patatine con la salsa e divoravano tacos. Aveva appreso qualcosa di più sulla donna seduta accanto a lui, ma voleva sapere dell'altro. Gli aveva raccontato soprattutto dei suoi lavori passati e di come era finita ad accettare il posto lì in California.

L'unica parte negativa della serata era stato quando le era squillato il telefono. Si era aspettato che rispondesse, ma lei aveva guardato lo schermo, aggrottato la fronte, si era leggermente irrigidita e l'aveva ignorato dicendo che si trattava di un altro numero sconosciuto, probabilmente un operatore di telemarketing. Eppure, per qualche motivo, la sua reazione aveva mostrato troppa preoccupazione per una semplice telefonata commerciale. Ma poi lei gli aveva chiesto com'era arrivato a interessarsi della Marina e a diventare un SEAL, e lui aveva messo da parte la faccenda.

Ora erano a casa, spaparanzati sul divano, cercando di riprendersi dopo aver mangiato troppo.

«Adoro il cibo messicano, ma non lo mangio spesso perché non riesco a controllarmi» disse Safe.

Wren ridacchiò. «Vero? Solo un miscredente può avanzare delle patatine e la salsa.»

Non parlarono per un po', ma fu un silenzio confortevole. Safe non si sentiva così a suo agio con un'altra persona, a parte il suo team SEAL, da molto tempo.

«Bo?»

«Sì?»

«Grazie.»

«Per cosa?»

«Per tutto. Per avermi aiutata all'Aces. Per avermi fatta sentire il più al sicuro possibile quando mi sono svegliata in un posto sconosciuto. Per avermi accompagnata al mio appartamento a prendere le mie cose. Per non avermi fatta sentire strana quando sono andata nel panico all'idea di infilarmi sotto il letto. Per aver parlato con me alla polizia. Per avermi portata al lavoro e per essere venuto a prendermi. Per avermi procurato dei vestiti. Per esserti offerto di insegnarmi cose sulla sicurezza. Per *tutto*.»

Safe avrebbe voluto dirle che tutto ciò che aveva appena elencato erano cose che qualsiasi persona normale e rispettabile avrebbe fatto, ma persino lui sapeva che non era vero. Così, invece, si limitò a dire: «Non c'è di che.»

«Ti va di raccontarmi qualcosa di più su tua sorella?»

«Susie?» chiese sorpreso.

«A meno che tu non ne abbia un'altra.»

Ridacchiò e si sistemò meglio sul divano; appoggiò la testa sul cuscino dietro di lui, distese le gambe e si posò le mani sulla pancia. «No, Suz è l'unica sorella che ho. Grazie al cielo. È una spina nel fianco.»

«Davvero?» chiese sorpresa.

«No, non proprio. Ma credo che tutti i fratelli debbano pensarla così. È una regola o qualcosa del genere.»

«Ho sempre voluto un fratello o una sorella» disse Wren in tono malinconico.

Safe desiderava saperne di più, ma non insistette. «È più giovane di me di quattro anni. Ne ha ventotto.»

«E ha due figli?»

«Mm-mm. È stata aggredita al primo anno. Era andata a una festa e un tizio le ha messo qualcosa nel drink. Poi l'ha portata di sopra nella sua stanza, seguito da due amici. Come ti ho già detto, sono stati catturati perché uno di loro ha filmato tutto.» Safe fece un respiro profondo. Anche solo pensare a quello che aveva passato sua sorella lo faceva ancora infuriare.

«È stata determinata a proseguire con la denuncia e si è rivelato estremamente difficile per lei. Ha lasciato la scuola e ha trovato un lavoro vicino a casa. Per un po' non eravamo sicuri che ce l'avrebbe fatta. Ma l'abbiamo sottovalutata. Sì, ha dei problemi ancora oggi. Ti ho detto che ha paura del buio e che non si sente a suo agio quando incontra persone nuove. Ma è molto simpatica, la mamma migliore che esista e, in qualche modo, ha ancora quella dolcezza e innocenza che ha sempre avuto.»

«Vorrei chiedere una cosa, ma non vorrei essere offensiva» disse Wren con calma.

«Chiedi pure» la incoraggiò.

Lei annuì, ma non disse nulla per un po', così lui ne approfittò per studiarla. Era rannicchiata all'altra estremità del divano, appoggiata al bracciolo. Aveva un cuscino stretto in grembo e fissava il vuoto. I suoi corti capelli neri erano un po' scompigliati e gli occhi marroni contenevano un'abbondanza di emozioni che Safe non riusciva a interpretare.

«Il figlio più grande ha cinque anni, giusto?» chiese infine.

«Sì, Anders. La figlia, Inez, ne ha tre.»

«Quindi significa che lo ha avuto quando ne aveva ventitré... e l'ha concepito a ventidue. Hai detto che è stata aggredita quando era una matricola. Quindi probabilmente aveva quanto, diciotto anni? Diciannove?»

«Sì.»

Wren lo guardò. «Quindi... ha superato quello che le è successo in circa tre anni?»

Safe non si offese per la sua domanda. Anche lui sarebbe stato curioso se non avesse conosciuto così bene sua sorella e Tomas, suo cognato. «Non l'ha superata. Non come si potrebbe pensare. Quello che è successo farà sempre parte di lei. L'ha cambiata in un modo che mi rende incredibilmente triste. Ma era determinata a non lasciare che quegli uomini le impedissero di vivere la sua vita.

Ha conosciuto Tomas quando lavorava nel supermercato della nostra città. Lei riforniva gli scaffali e lui era il direttore. Si sono piaciuti praticamente subito. È stato paziente con lei. Non le ha fatto pressioni per ottenere qualcosa che non era pronta a dare. Ci è voluto un po' di tempo prima che Susie accettasse di uscire con lui e, a suo merito, Tomas non ha battuto ciglio quando il loro primo appuntamento si è svolto a casa dei miei genitori, con la presenza non solo di mamma e papà, ma anche la mia.»

«C'eri anche tu?» chiese Wren.

«Sì. Ero di stanza in Virginia, ma non potevo assolutamente non esserci per Susie. Mi ha chiesto se potevo avere un permesso per incontrare l'uomo con cui pensava di voler uscire. Ovvio che ci sarei stato.»

Wren lo guardò in un modo che lui non capì.

«A cosa stai pensando?» le chiese.

«Io... sinceramente non capisco affatto. Voglio dire, c'erano i tuoi genitori. Perché avresti dovuto spendere dei soldi e prenderti un permesso solo per andare a casa per una cena?»

«Perché me l'ha chiesto Susie. E perché sapevo che era un passo importante per lei e che era terrorizzata. Prima di tutto, doveva incontrarlo in un luogo sicuro per lei, che era la casa in cui era cresciuta. Con tutta la famiglia intorno Tomas non avrebbe potuto fare nulla, tipo drogare il suo drink. E credo che volesse essere rassicurata da noi sul fatto che lui fosse un bravo ragazzo come sperava.»

«Mmmm.»

Safe non sapeva cosa significasse quel mormorio, ma continuò. «Tomas è stato fantastico, non ha battuto ciglio di fronte a quella modalità. È stato un assoluto gentiluomo, e anche i quattro appuntamenti successivi sono avvenuti in presenza dei miei genitori. Mio cognato è perfetto per Susie. Si completano a vicenda. Lei è una pessima cuoca e lui ama passare ore a preparare pasti deliziosi. A lui non piace guidare, mentre a lei piace la libertà che porta. Sono entrambi piuttosto tranquilli e senza pretese, e quando lei ha delle giornate no − e sì, certo che ne ha − lui fa il possibile per aiutarla a superarle. Anders è stata una sorpresa per entrambi, ma comunque molto apprezzata. Si sono sposati solo dopo la sua nascita.»

«Sono felice che abbia trovato Tomas.»

«Anch'io» concordò.

Poteva dire che Wren aveva in mente qualcos'altro, ma non insistette. La donna accanto a lui esteriormente si mostrava forte e stoica, ma aveva la sensazione che dentro di lei si agitassero molte emozioni.

Capì di avere ragione quando sentì le sue parole successive, che scatenarono di nuovo la rabbia profonda che aveva provato al processo di sua sorella.

«Il fatto che la sua casa, la *tua* casa, sia un luogo sicuro... anche quella è una cosa che non capisco. La mia era la casa degli orrori, e posso solo sperare che sia stata distrutta da tempo. Bruciata, rasa al suolo, o in qualsiasi altro modo.»

Safe si raddrizzò. Era una conversazione pesante per due persone che si erano appena incontrate, ma più conosceva Wren, meno strano gli sembrava il loro legame. «Se vuoi parlarne, sono disposto ad ascoltarti» le disse.

«Non è una bella storia» lo avvertì. «Probabilmente non è qualcosa di cui dovrebbero parlare due persone che si sono appena conosciute e che si piacciono.»

«Al diavolo» disse Safe con foga. «Credo che il nostro incontro sia stato tutt'altro che normale.»

«Vero.»

Quando lei non parlò, lui si alzò, andò in cucina e mise un bricco d'acqua nel microonde. Mentre si riscaldava, prese una tazza dal mobile e la riempì di cioccolato in polvere. Una volta che l'acqua fu bollente, la tolse dal microonde e la versò sulla miscela. Dopo aver mescolato la bevanda, spense la luce e tornò sul divano. La stanza sembrava più confortevole in penombra. Meno intimidatoria, forse? Safe sapeva solo che voleva far sentire Wren a suo agio.

«Come mai l'hai fatta?» gli chiese dopo averne bevuto un piccolo sorso.

«Se c'è una cosa che ho imparato da mia sorella e da mia madre, è che il cioccolato aiuta quasi in ogni situazione.»

Le sue labbra si curvarono in un piccolo sorriso. «Penso che non abbiano torto.»

«Non sono qui per giudicarti, Wren. Posso aver avuto una bella infanzia, dei genitori fantastici, ma ciò non significa che non sia consapevole delle brutte cose che succedono alle persone. Ho visto la mia parte di situazioni orribili durante le missioni. Bambini che chiedono l'elemosina per strada. Donne abusate. Sofferenza. Denutrizione. Aiuto quando posso, ma ogni volta che vedo qualcosa del genere mi fa male il cuore.»

Passò un altro attimo, poi Wren parlò. Guardò la tazza di cioccolata calda invece che lui, e non c'era niente che Safe volesse di più che prenderla tra le braccia, ma le avrebbe dato tutto lo spazio che le serviva per dire quello che doveva.

«Non so chi sia mio padre. Credo di aver avuto circa quattro o cinque anni quando mia madre mi ha detto che era un ragazzo che aveva incontrato in un bar. Se l'era scopato, e poi gli aveva rubato il portafoglio mentre lui dormiva nel motel in cui erano andati. Mi ha detto che era un poco di buono, che era stato in prigione per omicidio e che ero fortunata che si fosse accorta di essere incinta solo quando ormai era troppo tardi per abortire.»

«Cazzo, Wren.»

«Ci sono stati momenti in cui avrei voluto che lo avesse fatto. Liberarsi di me, intendo. Lei non mi amava. Nemmeno un po'. Ero sempre un peso, me lo ripeteva in continuazione. Mi diceva che ero stupida quando non capivo i compiti, che non sopportava di dover spendere soldi per darmi da mangiare. E soprattutto odiava il fatto che avermi intorno a volte le impediva di poter fare sesso. Usciva e trovava un uomo a caso, lo portava a casa e se lo scopava tutta la notte. Se lui sapeva usare bene il cazzo, lo teneva con sé il più a lungo possibile, facendo la parte della povera madre single. Mi mostrava quando le conveniva, ma il più delle volte mi obbligava a stare in camera mia.»

Al diavolo non toccarla. Si avvicinò e le prese una mano, grato quando lei non la tirò via, e gliela strinse mentre continuava a parlare.

«Ho riconosciuto la sensazione di essere drogata quando ero all'Aces perché mia madre me lo faceva sempre. Mi metteva della roba nel bicchiere o nel cibo. Voleva che stessi fuori dai piedi, che rimanessi in silenzio e non fossi in grado di dire a nessuno quello che faceva. Andavo in camera mia, mi sdraiavo sul letto e avevo l'impressione che la stanza girasse. Per molto tempo non ho capito come mai provavo quelle sensazioni, ma quando alla fine ho compreso che mi sentivo così solo dopo che mia madre aveva cucinato, ho smesso di mangiare le cose che mi faceva lei e ho cominciato a prepararmi la cena da sola, assicurandomi di usare solo prodotti sigillati.»

Safe aveva la nausea. Ed era indignato per Wren. «Quanti anni avevi?»

Lei scrollò le spalle. «Sei? Sette, forse?»

Il cibo messicano che aveva mangiato prima minacciò di tornare su. «E la storia di nasconderti sotto il letto?»

«Quando avevo circa otto anni, alcuni degli uomini che

portava a casa cominciarono a... manifestare interesse per me. Si sedevano accanto a me sul divano e mi mettevano la mano sulla coscia, o giocavano con i miei capelli. Mia madre pensava che fosse *divertente*. Una sera mi ha fatto sedere per dirmi che agli uomini interessava solo una cosa e che avrebbero pagato bene per averla. Mi ha spiegato cos'era il sesso, informandomi che stava arrivando il momento in cui si aspettava che contribuissi alle spese di casa. Ha detto che avrei potuto iniziare con i pompini. Sembrava quasi eccitata all'idea di quanti soldi avrebbe potuto guadagnare facendo prostituire la propria figlia.»

«Mi stai prendendo per il culo?» La domanda fu brutale, anche se riuscì a mantenere il tono per lo più calmo.

«No. Voleva che la sua bambina di otto anni facesse sesso con gli uomini che portava a casa perché sapeva che quei pervertiti avrebbero pagato bene. Io, ovviamente, non volevo farlo. I tizi che frequentavano la nostra casa erano disgustosi. Sovrappeso, senza qualche dente o puzzolenti. Ho iniziato a passare più tempo possibile a scuola. Mi sono iscritta ai programmi del doposcuola falsificando la firma di mia madre. Facevo più cose che potevo... ma alla fine dovevo comunque tornare a casa. È stato allora che ho iniziato a nascondermi sotto il letto, cercando di stare lontano da chiunque mamma si scopava ogni sera.»

Safe si avvicinò di più a Wren. «Hanno...» Si interruppe. Non riusciva nemmeno a pensare a quello che lei poteva aver subito.

«No. Sono andata prima dalla mia insegnante e le ho detto cosa stava succedendo, ma credo che lei abbia pensato che mi stessi inventando tutto. Chi crederebbe mai che una mamma possa fare una cosa del genere alla propria figlia? Poi un giorno ho chiamato il numero per gli abusi sui minori. La polizia è venuta a parlare con la mamma. Lei ha sfoderato il suo fascino e le hanno creduto quando si è inventata una storia sul fatto che mentivo continuamente per attirare l'attenzione. Ha mostrato loro la casa, che era abbastanza pulita, e la mia stanza dev'essere sembrata loro quella di una ragazza normale.

I poliziotti mi hanno fatto un discorsetto mettendomi in guardia sulle bugie, sul fatto che sarei potuta andare in prigione per aver mentito. Poi se ne sono andati. Quella sera... mamma era molto arrabbiata. Ha messo qualcosa in un bicchiere d'acqua e mi ha costretta a berlo. Si è letteralmente seduta su di me per versarmela in gola. Sapevo che per me era la fine. Se fossi rimasta lì, avrebbe lasciato che un uomo facesse quello che voleva. Così sono scappata.»

«Quanti anni avevi?»

«Dieci. All'inizio non sono andata molto lontano. Sono svenuta sotto un cespuglio in un parco, a circa un chilometro da casa nostra. Mi sono svegliata il giorno dopo, disorientata e stordita. Ma ero ancora sotto quel cespuglio. C'era un uccellino che mi fissava quando ho alzato lo sguardo verso i rami. Ho deciso allora che non sarei mai più tornata in quella casa. Sapevo cosa sarebbe successo se l'avessi fatto. Così ho camminato per chilometri. Non sapevo dove stavo andando o cos'avrei fatto, volevo solo allontanarmi. È stato spaventoso, ma avevo più paura che mia madre mi trovasse che della gente per strada.

Sono rimasta per qualche notte da una donna con problemi mentali, che in realtà era molto gentile. Ha condiviso con me il poco cibo che aveva e sono rimasta nella sua tenda. Ma poi è scomparsa e mi sono ritrovata di nuovo da sola. Alla fine, un paio di senzatetto con cui passavo il tempo hanno deciso che ero troppo giovane per stare per strada e mi hanno portata alla stazione di polizia.

Ho detto loro che mi chiamavo Wren Defranco; Wren, *scricciolo*, come l'uccellino che c'era sul cespuglio sotto cui mi sono svegliata, anche se non ho idea se lo fosse davvero, e Defranco era il cognome della donna da cui sono stata le prime notti. Non potevo dire il mio vero nome, altrimenti avrebbero chiamato mia madre perché venisse a prendermi. Quando non hanno trovato nessuna traccia di me e nessuna denuncia di scomparsa, mi hanno inserita nel sistema degli affidi... è tutto.»

Safe era sinceramente sbalordito. Quella donna... era... *cazzo*, non riusciva nemmeno a pensare.

«A essere sincera, la mia vita in affidamento è stata molto migliore rispetto a prima. Avevo sempre un tetto sopra la testa, non dovevo preoccuparmi di venire drogata, e la maggior parte dei posti erano decenti. Il motivo per cui prima ti ho fatto quella domanda su tua sorella è perché mi ci è voluto molto per provare il desiderio di stare con un ragazzo. Anni e anni. Ho cominciato a pensarci molto più tardi rispetto alla maggior parte delle adolescenti. Le cose che mia madre mi aveva detto sul sesso mi avevano spaventata e mi erano rimaste in testa. Ero un'adolescente strana e me ne stavo per conto mio. Di certo non frequentavo nessuno. Non riesco a immaginare come abbia fatto Susie ad affrontare quell'esperienza e poi avere una relazione così presto dopo... sai.»

Safe non sapeva bene cosa dire. In quel momento era alle prese con emozioni piuttosto estreme. Furia nei confronti di sua madre. Incredulità per il fatto che una bambina di dieci anni vivesse per strada. Stupore per l'eccezionale forza e resilienza di Wren.

«Non ti ho raccontato tutto questo perché fossi dispiaciuto per me. Sto bene. L'ho superato. Non sono *affatto* come mia madre. Ho trovato un lavoro per mantenermi, ho frequentato un'università pubblica e mi sono fatta il culo per arrivare dove sono oggi.»

Safe le strinse la mano. «Sono davvero impressionato. Sei straordinaria.»

Ma lei scosse la testa. «No, sono stata in modalità sopravvivenza per così tanto tempo che ho fatto qualsiasi cosa fosse necessaria per continuare a mettere un piede davanti all'altro.»

«Giusto... il che ti rende straordinaria. L'hai più sentita?»

Sapeva di chi stava parlando. «No. E non voglio. Non mi interessa dove sia o cosa stia facendo.»

Un sacco di pensieri turbinarono nella sua testa; ottenere il nome di quella donna e far sì che Tex la trovasse, per poi andare da quella stronza e assicurarsi che sapesse che era una merda e che sua figlia era eccezionale, nonostante la brutta infanzia.

Ma li scartò rapidamente. Se lei non voleva più avere a che fare con sua madre, l'avrebbe rispettato.

«Wren?»

«Sì?»

«Vorrei abbracciarti. Se non è un problema.»

Lei lo guardò attraverso le ciglia, poi si voltò e posò la tazza ormai vuota sul tavolo accanto a dov'era seduta, e si chinò verso di lui.

Safe chiuse gli occhi quando Wren lo cinse con le braccia. Lui la strinse a sua volta e nascose la testa nell'incavo tra il suo collo e la spalla. Fece un respiro profondo. Poi un altro.

La sua vita era cambiata nel momento in cui quella donna era caduta tra le sue braccia in quel corridoio dell'Aces Bar and Grill. E adesso era cambiata di nuovo. Molte delle piccole cose che aveva detto avevano un senso ora. Wren aveva vissuto delle esperienze orribili e, incredibilmente, ne era uscita. Ammaccata e malconcia, ma integra. Si ripromise di essere il tipo d'uomo, di amico, su cui lei potesse contare.

Quando si scostò un po' da lui, Safe allentò immediatamente la presa. «Grazie per avermi ascoltata. Per non avermi giudicata.»

«Le nostre esperienze ci rendono ciò che siamo» le disse. «Prendiamo Blink, per esempio. Non parla molto, ma quando lo fa le sue parole hanno uno scopo. E Susie. Porta le cicatrici di quello che è successo, ma non ha permesso che ciò le impedisse di aprire il suo cuore. I miei genitori ora sono iperprotettivi, anche se lei era adulta quando è stata aggredita. E tu, Wren Defranco, sei un bellissimo esempio di resilienza. Ti rispetto moltissimo.»

Lei arrossì e abbassò lo sguardo.

«Guardami, per favore.»

Sollevò gli occhi su di lui.

«Mi dispiace di essere stato prepotente stamattina, riguardo al tuo lavoro e all'imminente viaggio.»

Ma Wren scosse la testa. «Non esserlo. Le cose che hai detto hanno avvalorato le preoccupazioni che già avevo. I miei colleghi si comportano come se non fosse un grosso problema, e io stavo iniziando a mettere in dubbio i miei timori per il viaggio. Il tuo atteggiamento da macho protettivo mi ha fatto capire che non sono pazza.»

«Non lo sei. Ma non spettava a me insistere perché non andassi. Come hai detto tu, è il tuo lavoro. E io vado in un sacco di posti in cui non vorrei andare, ma devo farlo perché è quello che mi è stato ordinato. Io e la mia squadra faremo tutto ciò che è in nostro potere per assicurarci che tu abbia le conoscenze necessarie per affrontarlo. Va bene?»

Lei annuì. «Lo apprezzo molto. Anche se i miei colleghi pensano che sia una cosa stupida ed eccessiva, voglio sapere tutto quello che hai da consigliarmi.»

«Potrebbe significare alcune lunghe notti per entrambi, tra il mio lavoro e il tuo. Ci stiamo preparando per partire di nuovo, come ti ho detto a cena, quindi non so come sarà il nostro programma. E non ho nemmeno intenzione di dimenticarmi di quello psicopatico di Matt. Domani ti darò una copia della chiave di casa mia e penseremo al mezzo di trasporto. Potremmo procurarci una nuova chiave per la tua macchina, ma mi permetteresti di organizzare in modo che i miei amici vengano a prenderti al lavoro? Posso accompagnarti la maggior parte delle mattine, ma è impossibile sapere fino a che ora lavorerò mentre ci prepariamo per la missione.»

«Non devi...»

«Lo so. Ma voglio farlo. Ti prego, lascia che mi assicuri che tu arrivi a casa sana e salva. Non dovrai mai più essere l'unica responsabile della tua sicurezza se posso evitarlo.»

I suoi occhi si riempirono di lacrime.

«No! Non piangere! Non sopporto quando le donne piangono. Mi lacera dentro.»

Wren ridacchiò. «Scusa.»

Quando cadde una lacrima, Safe le asciugò delicatamente la guancia con il pollice. Poi si chinò lentamente in avanti, dandole il tempo di obiettare, e le baciò la fronte. «La tua vita è cambiata quando mi hai chiesto aiuto, Wren. In meglio. So che sembra un'affermazione presuntuosa, ma farò tutto ciò che è in mio potere per compensare i tuoi primi anni di vita dandoti tutto ciò di cui hai bisogno.»

«Non serve che tu mi dia nulla» gli disse. «Ho solo bisogno di qualcuno di cui mi possa fidare. Che non mi deluda.»

«Vorrei poterti promettere che sarò sempre io quella persona, ma non sono perfetto. Prima o poi farò qualcosa di stupido che sicuramente ti deluderà. Ma *posso* prometterti che puoi fidarti di me. Se sbaglierò devi dirmelo, anche se probabilmente ne sarò già cosciente. Dammi la possibilità di dimostrarti che non tutti sono come quelle teste di cazzo che hai conosciuto da piccola.»

Wren sorrise a quell'espressione. «Erano *sicuramente* delle teste di cazzo.»

«E io non lo sono. Ora... è tardi. Sei stanca. Ho messo le borse che Julie ha preparato per te nella stanza degli ospiti. Potrai controllarle domattina per trovare qualcosa da indossare. Se ti va bene.»

«Certo. Non posso provare nulla stasera con tutte le patatine e la salsa che ho in pancia.»

Safe sorrise, felice che la conversazione fosse diventata meno intensa. Ma non poté fare a meno di dire un'altra cosa. «I miei genitori e mia sorella ti adoreranno. E Anders e Inez ti avranno in pugno in men che non si dica.»

«Vuoi che conosca la tua famiglia?» gli chiese scioccata.

«Certo che sì. Presto conoscerai l'altra mia famiglia, il mio team SEAL e quelli in pensione e le loro mogli. È tutto incluso, tesoro. Se stai con me, avrai anche loro. E credimi, può sembrare un bell'affare, ma vedrai presto che anche la mia famiglia può essere una spina nel fianco.»

In risposta, Wren si sporse di nuovo in avanti e lo abbracciò forte.

E lui ricambiò di nuovo. Sembrò come una promessa. Un nuovo inizio. Gli dava una sensazione piacevole il fatto che si fosse aperta con lui. All'inizio era già stato impressionato da lei, ma dopo aver saputo della sua infanzia, lo era ancora di più.

«Non ho avuto molta fortuna con le famiglie, ma voglio piacere alla tua.»

«Ti ameranno» la rassicurò.

Desiderava quella donna. La voleva nel suo letto, tra le braccia, nella sua vita. Ma le cose erano state molto intense per entrambi nei pochi giorni da quando si conoscevano. Doveva andarci piano. Dimostrarle che era una persona di cui poteva fidarsi. La serata era stata un buon inizio; si era aperta con lui e gli aveva raccontato della sua infanzia. Non le avrebbe mancato di rispetto provandoci con lei. Per quanto lo desiderasse.

«Forza» le disse. Sciolse l'abbraccio, si alzò in piedi e le tese la mano. «Potrei stare qui a parlare con te tutta la notte, ma Kevlar mi prenderebbe a calci nel sedere se domattina facessi tardi, e probabilmente anche il tuo capo non sarebbe contento.»

Lei mise la mano nella sua e si alzò. Safe non riuscì proprio a lasciarla andare, così si incamminò lungo il corridoio verso la sua stanza senza mollarla.

«Dovrei mettere la mia tazza nel lavello» protestò lei.

«Lo farò io dopo.» Quando raggiunse la porta della camera degli ospiti le prese il viso tra le mani. «Qui sei al sicuro» le disse, volendo essere certo che lo capisse davvero. «La mia porta rimarrà aperta nel caso avessi bisogno di qualcosa. Se vuoi alzarti e fare uno spuntino, sentiti libera di farlo. La mia casa è la tua casa. Mi rendo conto che hai ancora bisogno di molte cose per sostituire tutto ciò che quello stronzo ha distrutto, e ce ne occuperemo. Nel frattempo, fai quello che vuoi, quando vuoi. Non sono il tuo capo, Wren. Sei tu il capo di te stessa.»

Lei gli sorrise. «Grazie.»

«Cerca di dormire. Ci vediamo domattina. Sempre cereali?»

«Ovvio.»

Le sorrise a sua volta, poi non riuscì a trattenersi dal chinarsi e baciarle di nuovo la fronte. «Buonanotte.»

«Notte.»

Safe lasciò cadere le mani e fece del suo meglio per sembrare disinvolto mentre si allontanava da lei. Voleva voltarsi, vedere se lo stava guardando. Guardarla ancora anche lui, ma resistette all'impulso.

Piccoli passi. Desiderava ciò che aveva sua sorella. Ciò che avevano i suoi genitori. Ciò che aveva Kevlar. E lo voleva con quella donna.

CAPITOLO DIECI

I GIORNI successivi furono normali e allo stesso tempo surreali per Wren. La parte del lavoro era quella normale; continuavano i preparativi per il viaggio in Africa, si facevano molte riunioni, c'erano tanti documenti da rivedere, e un sacco di nomi da memorizzare perché doveva essere in grado di riconoscere e conversare sia con importanti rappresentanti dei media sia con funzionari governativi.

La parte surreale era il tempo trascorso al di fuori dal lavoro. Matt non era ancora stato trovato. Le telefonate dal numero sconosciuto continuavano e ogni volta la sua preoccupazione aumentava. Era consapevole che probabilmente avrebbe dovuto parlarne alla polizia o a Bo, ma lui era immerso nei preparativi per la missione e non aveva bisogno di ulteriore stress. Aveva già fatto molto per lei, più di quanto chiunque altro avesse mai fatto, e le telefonate fastidiose erano l'ultima cosa che voleva lui dovesse affrontare oltre a tutto il resto.

Inoltre, aveva già fatto in modo che qualcuno la andasse a prendere al lavoro ogni giorno, così era riuscita a mettere in secondo piano le preoccupazioni per Matt. Una volta era andata una donna di nome Alabama. Aveva un modo di parlare calmo, ed era simpatica. Il giorno dopo era toccato a Jessyka, la proprietaria dell'Aces Bar and Grill. Si era scusata profusamente per quello che le era successo, rassicurandola che stava facendo tutto il possibile per evitare che accadesse a qualcun altro.

Quel giorno era stato il turno di una donna di nome Caroline e di un uomo grande e minaccioso che si era presentato come Wolf, suo marito. L'avevano portata a cena alla base della Marina.

All'inizio era stata intimidita, sia dal servizio di sicurezza per entrare nella base sia da Wolf. Ma una volta finito di mangiare era rilassata. Caroline era una persona semplice e davvero aperta. Aveva parlato molto dei SEAL in generale, spiegandole che suo marito era in pensione, ma che lui e i suoi ex compagni di squadra ora facevano da consulenti e aiutavano i nuovi team SEAL che si alternavano in zona.

Wolf si era unito alla conversazione di tanto in tanto, ma per lo più era sembrato contento di lasciare che fosse la moglie a parlare.

Ora, mentre stavano aspettando il conto, lui appoggiò i gomiti sul tavolo e disse: «Non potevi trovare nessuno migliore di Safe.»

Wren arrossì per chissà quale motivo.

«Sto cercando di non fare il ficcanaso pettegolo, ma quando mi ha chiamato per chiedermi se ero disposto a venire a prenderti oggi, sono rimasto sorpreso. Non tanto per la richiesta, quanto perché non si è mai fatto in quattro per aiutare una donna com'è successo con te.»

«Oh, è una brutta cosa?»

«Niente affatto. È positivo. Molto positivo. Ma volevo assicurarmi che tu sapessi che da uomini come Safe... ci si aspetta molto. Viene chiesto loro di andare in situazioni pericolose da cui la maggior parte della gente *scappa*. Sperimentano molte cose brutte, seguono gli ordini e non possono parlare di ciò che fanno e vedono. Le relazioni con gli operatori delle forze speciali sono difficili. Molto spesso gli uomini in quelle posizioni faticano a mantenere un legame con persone diverse dai loro compagni di squadra.»

«Okaaay» disse Wren, non gradendo la piega che stava prendendo la conversazione.

«La stai spaventando» lo rimproverò Caroline. «Quello che mio marito sta cercando di dire, è che Safe non è mai sembrato preso da *nessuno* come lo è da te. E questo significa che tu sei diversa. Importante. Sappiamo che questa cosa tra voi due è nuova e che hai dei problemi seri con quello stronzo che ha cercato di farti del male, ma non pensare nemmeno per un secondo che Safe non sia completamente coinvolto con te.»

«Probabilmente aiuterebbe chiunque si trovasse nella mia situazione» sostenne Wren.

«Sì e no» ribatté Wolf. «Aiuterebbe chiunque gli chiedesse assistenza, ma non lo inviterebbe a vivere a casa sua, e non coinvolgerebbe nemmeno i suoi amici come ha fatto per te.»

«Oh.»

«Già, *oh*» concordò Caroline con un sorriso. «È un brav'uomo. Uno dei migliori. Onestamente non potresti trovare di meglio.»

«Davvero?» le chiese il marito con un sopracciglio alzato.

Lei rise. «Presenti esclusi, ovviamente» ribatté, facendogli l'occhiolino.

«Pronta ad andare?» domandò lui.

«Non appena la cameriera porterà la cena che ho ordinato per Bo» rispose Wren.

«Ha bisogno di una persona come te» disse Wolf. «È così abituato a prendersi cura degli altri che ha bisogno di qualcuno come te che gli restituisca il favore. Ho sentito che presto ti incontrerai con il suo team per parlare del tuo prossimo viaggio.»

«Sì, Bo si sta stressando. Credo tema di dover partire per la sua missione prima di riuscire a farlo.»

«Se succederà, li sostituiremo io e la mia squadra.»

Wren cominciava a capire che le cose tra Bo e i suoi amici funzionavano così. Era un concetto totalmente estraneo per lei, ma scoprì che le piaceva. Molto. Era felice di sapere che nella sua vita lui aveva il tipo di persone che gli sarebbero state accanto a prescindere. E dato che stava ricevendo quel tipo di considerazione semplicemente stando con lui, era doppiamente grata.

«Grazie» gli disse.

Wolf ignorò i suoi ringraziamenti, il che non era più una sorpresa visto che tutti quelli che l'avevano aiutata di recente avevano fatto la stessa cosa.

Dopo che la cameriera ebbe posato la borsa di cibo da asporto sul tavolo, Caroline si alzò. «Dobbiamo andare.»

«Abbiamo fretta?» chiese Wren.

«Più o meno. Dobbiamo incontrare una persona a casa di Safe» rispose.

Si accigliò. «Dobbiamo, noi?»

«Be', *tu* sì.»

«Chi?»

«Remi.»

Lei aggrottò le sopracciglia, confusa. «Perché?»

«Da quello che mi ha detto, non vede l'ora di conoscerti. Ha sentito parlare molto di te da Kevlar, e si è lamentata del fatto che non ne poteva più di aspettare il suo turno per venirti a prendere al lavoro. Così ha detto a Safe che sarebbe venuta a farti compagnia mentre i ragazzi sono in riunione. Inoltre, ha accennato che ti avrebbe aiutata con tutti i vestiti che ti ha dato Julie.»

«Oh.»

«Ho sentito che ha esagerato e che non hai ancora avuto il tempo di esaminare tutto.»

Wren avrebbe dovuto sentirsi in imbarazzo per il fatto che così tante persone sembravano conoscere i suoi affari, invece era una bellissima sensazione. «Non ci sono ancora riuscita» ammise. «Di solito sono stanca quando torno a casa, e quando rientra Bo voglio passare il tempo a parlare con lui.»

Caroline le sorrise raggiante mentre si dirigevano verso il grande SUV nero di Wolf. Notò che anche lui aveva un sorrisetto sul volto.

Se da un lato non vedeva l'ora di incontrare Remi, dall'altro era un po' nervosa all'idea. Bo le aveva parlato spesso di lei, e il fatto che fosse una famosa cartonista la rendeva ancora più ansiosa. Non se la cavava bene nelle situazioni sociali, e voleva davvero fare una buona impressione su una delle migliori amiche di Bo.

«Non preoccuparti, Remi ti piacerà e lei ti amerà» disse Caroline, come se potesse leggerle nella mente.

Il viaggio di ritorno passò in fretta, e quando entrarono

nel vialetto e una Honda Civic azzurra si fermò subito accanto a loro, la sua ansia aumentò. «Entrate anche voi?» chiese a Caroline e Wolf.

«No, dobbiamo tornare a casa. Jessyka ci porta i suoi figli così lei e Benny possono andare a cena fuori. Andrà tutto bene, Wren, promesso.»

Annuì. «Grazie per il passaggio.»

«Non c'è di che. E non preoccuparti, la storia con quello stronzo finirà presto. Me lo sento» le disse Caroline con fermezza.

«Lo spero. Arrivederci.»

«Ciao!» La salutò con la mano prima che lei chiudesse la portiera.

Facendo un respiro profondo, Wren si voltò verso la donna che scendeva dalla Civic. Era più alta di lei di qualche centimetro e i suoi capelli castano rossicci erano legati in uno chignon disordinato sulla nuca. Aveva delle ciocche intorno alla testa che sembrava si rifiutassero di essere bloccate dal fermaglio.

«Ciao! Sono Remi» le disse la donna senza spostarsi dalla macchina. «Ti sembra strano che io sia qui? Se non ti va posso andarmene. Volevo solo conoscerti perché ho sentito parlare molto bene di te da Vincent. È il vero nome di Kevlar. So che la faccenda dei due nomi può confondere. Ho appena finito alcune vignette che dovevo consegnare, e prima di iniziare un nuovo progetto ho pensato che forse potevo venire qui a passare un po' di tempo insieme a te. Ma se non vuoi, o sei troppo stanca, ti capisco.»

Aveva parlato in fretta, e il nervosismo dell'altra donna aveva in qualche modo attenuato il suo. «Non c'è problema. Anch'io ho sentito parlare molto di te e sono felice di conoscerti. E devo dire che adoro la tua striscia. Pecky il taco viaggiatore è fantastico.»

«Grazie.»

«Voglio dire, come si può non amare un taco parlante?» Fece un piccolo sorriso.

«Vero? È quello che ho pensato quando ho iniziato a disegnare.»

«Forse è meglio se metto la roba per Bo in frigo» disse Wren, indicando la borsa del cibo da asporto che aveva in mano.

«Bo? Oh, scusa. Safe. Giusto. Ho pensato che avrei potuto aiutarti a esaminare le cose che hai portato a casa dal My Sister's Closet. Julie mi ha detto che probabilmente ha esagerato con gli indumenti da farti provare.»

Wren sorrise mentre risaliva il vialetto d'ingresso verso la porta. «È vero. Ma apprezzo di cuore il suo gesto.»

«Be', non sono un'esperta di moda, di solito sto a casa a disegnare in tuta e maglietta, ma forse posso aiutarti a organizzare gli indumenti mentre tu li esamini.»

«Apprezzo qualsiasi tipo di aiuto. E stare a casa in tuta sembra il paradiso» disse, mentre apriva la porta ed entrava.

«Sì e no. Voglio dire, c'è stata quella volta che ho aperto al postino perché dovevo firmare la consegna di un pacco, ed erano due giorni che non mi facevo la doccia perché, sai... scadenza... i miei capelli probabilmente sembravano quelli di medusa – diventano super crespi, soprattutto quando è umido – e avevo una macchia di caffè sulla maglia dal mattino, e non mi ero preoccupata di cambiarmi perché ero concentrata sul mio disegno, e avevo due calzini di colore diverso. Dovevo sembrare una barbona.»

«Ma scommetto che eri comoda. Prova a indossare scarpe

con il tacco per mostrarti più alta di quanto tu sia in realtà, perché l'altezza in un certo senso equivale ad avere autorità, un vestito altrettanto scomodo e...» Wren fece una pausa e rabbrividì esageratamente, «i collant.»

«Oh, orrore!» gridò Remi, appoggiando il dorso della mano sulla fronte fingendo uno svenimento.

Entrambe ridacchiarono. In quel momento capì che loro due sarebbero andate d'accordissimo. Si precipitò in cucina per mettere il cibo in frigo e mandò un rapido messaggio a Bo per fargli sapere che aveva la cena pronta, che Remi era in visita e che avrebbero esaminato i vestiti che Julie aveva scelto.

Ricevette subito una risposta che diceva che sarebbe tornato a casa entro un'ora e la ringraziava per il cibo.

Sorridendo si voltò verso Remi, che stava osservando con curiosità la zona giorno. «Non sono mai stata qui prima» le disse quando si accorse che aveva finito di scrivere. «È bello.»

Wren pensava fosse più che bello. Non era grande, ma era accogliente. Intimo. Cose che aveva sperimentato raramente prima. «Lo è» concordò. «Vuoi che prenda le borse e le porti qui o andiamo in camera mia?»

«No, non fare la fatica di trascinare tutto qui, andiamo in camera tua. Magari possiamo stendere la roba sul letto e puoi decidere subito cosa non ti interessa proprio. Poi potrai provare le cose che ti piacciono e io ti darò la mia opinione... ma attenzione che vale poco.»

Wren rise. «Ne dubito. Se potessi vivere in pantaloni comodi lo farei, ma purtroppo ho bisogno di abiti professionali per il mio lavoro. E credo che l'opinione di un'altra donna sia preziosa. La maggior parte delle volte vado un po' a caso quando scelgo degli indumenti professionali nei negozi dell'usato.»

«Fai acquisti nei negozi dell'usato? Anch'io, li adoro! Magari possiamo andarci insieme qualche volta.»

Le sembrava di vivere un'esperienza extracorporea. Non si sarebbe mai aspettata di trovare qualcuno che volesse davvero fare acquisti in un negozio di seconda mano. Soprattutto in California. Ok, era terribilmente critico da parte sua pensare una cosa del genere prima ancora di aver conosciuto qualcuno che viveva in quello Stato, ma lasciò correre. «Sì, mi piacerebbe.»

E senza neanche rendersene conto, si ritrovarono sommerse nella roba scelta da Julie. Wren non aveva mai visto così tanti abiti firmati in un unico posto. Non aveva idea del loro normale costo, ma sapeva che doveva trattarsi di migliaia di dollari.

«Dovrebbero bastarmi due o tre completi» rifletté, sentendosi sopraffatta. «Posso combinarli e abbinarli con camicie diverse sotto le giacche.»

«Non lo so. Se il tuo lavoro consiste nel parlare con i media, non vorrai essere vista troppo spesso con la stessa cosa» ragionò Remi.

Aveva ragione, lo sapeva, ma non riusciva a immaginare quanto sarebbero costati tutti gli indumenti che c'erano sul letto e sul pavimento.

L'ora successiva passò in fretta e Wren si rese conto che si stava divertendo. Remi era andata a sedersi in salotto mentre lei provava ogni outfit e passeggiava fino all'altra stanza come se fosse a una sfilata di moda. L'altra faceva mormorii di apprezzamento, poi decidevano insieme se l'abito andava bene o no.

Alcuni vestiti non le calzavano, altri erano scomodi, ma le piacquero molti più capi di quanto avrebbe pensato. Julie aveva fatto un lavoro straordinario nel capire cosa poteva starle bene... tutto partendo da una taglia e dalla descrizione che Bo aveva fatto di lei. E la biancheria intima che si era prodigata a comprarle era tra le più comode che avesse mai indossato.

Era arrivata all'ultimo capo dell'ultima borsa: un vestitino nero. Sarebbe stato inappropriato per qualsiasi attività lavorativa, perché era un po' troppo corto e scollato.

E nel momento in cui lo indossò, desiderò tenerlo.

Aveva trascorso la maggior parte della vita cercando di rimanere a galla, di tenere gli uomini a distanza. Ma quando si infilò il vestito e chiuse la cerniera, si sentì *sexy*.

Eppure...

«Questo non sono sicura» urlò da in fondo al corridoio, riluttante a uscire per mostrarlo a Remi.

«Vieni qui!» insistette la sua nuova amica con una risata. «Voglio vedere!»

Non aveva scarpe che si abbinassero all'abito, quindi si incamminò lungo il corridoio scalza.

Non appena apparve sulla porta, Remi spalancò gli occhi. «Porca miseria, Wren... sei... sei *stupenda*!»

Wren si morse il labbro. «Dici?»

«Oh, sì. Assolutamente sì. Girati» le ordinò.

Fece una giravolta lenta, poi guardò di nuovo l'altra donna.

«Non mi interessa cosa farai con l'altra roba, ma questo lo *devi* tenere!»

«Non è molto pratico. Non ho idea di quando o dove potrei indossarlo. Non è che mi invitino a eventi formali. Ed è un po' troppo per andare a cena fuori.»

«No, non lo è. Inoltre, la Marina organizza dei balli ogni tanto. È perfetto!» disse con entusiasmo.

«Sono d'accordo.»

Wren si girò e vide Bo all'ingresso. Erano state così prese dalla loro piccola sfilata di moda che nessuna delle due lo aveva sentito entrare.

Per qualche motivo, si sentì in imbarazzo.

Bo le si avvicinò lentamente, e fu come se fossero le uniche due persone nell'universo in quel momento. Il suo sguardo percorse la scollatura del vestito, il busto, per arrivare alle gambe.

Wren passò i palmi improvvisamente umidi lungo i lati del vestito, rendendosi conto ancora una volta di quanto fosse corto. Arrivava a metà coscia e aveva delle spalline sottili che lo tenevano su.

«Sei bellissima» le disse con dolcezza.

Lei abbassò lo sguardo e mormorò: «Starebbe meglio con le scarpe giuste.»

Sentì il suo dito sotto il mento, e la sollecitò ad alzare la testa per guardarlo. «È perfetto» ribatté, ripetendo le parole di Remi. Bo spostò la mano dal viso al braccio, poi fece scivolare giù il palmo grande e caldo per posarglielo sulla vita. Si chinò a sfiorarle con le labbra l'orecchio, facendola rabbrividire.

«Bellissima» sussurrò. Strinse per un attimo la mano sulla vita, poi fece un respiro profondo e un passo indietro.

Wren si sentì quasi abbandonata per la perdita del suo tocco. Era successo qualcosa tra loro in quel momento, ma non sapeva cosa.

No, era una bugia. Lo sapeva. Tra loro due c'era un'intensa attrazione, e dovette trattenersi per non gettarsi contro di lui e implorarlo di portarla in camera sua, di toglierle quel bellissimo vestito e di darsi da fare con lei.

«Te l'avevo detto, Wren. Perfetto.»

Le parole di Remi la riportarono al presente. Si era dimenticata di lei.

Facendo del suo meglio per fingere di non essere sul punto di sciogliersi ai piedi di Bo, si girò verso il divano. «Se scelgo questo, non so quale degli altri vestiti mettere nelle cose da riportare indietro.»

«Aspetta, perché dovresti farlo?» le chiese Bo.

«Perché sì. Non posso permettermi tutte le cose che Julie mi ha trovato.»

«No» replicò lui, ma non spiegò.

Wren aggrottò la fronte. «No... cosa?»

«Se c'è qualcosa che ti piace tra quello che ha scelto, tienilo.»

Lo fissò per un attimo, poi disse: «Non è così semplice.»

«Certo che lo è.»

«Scusa, mi è sfuggito un albero dei soldi che cresce nel tuo giardino? Perché solo così potrei permettermi tutto quello che ha selezionato. Bo, è tutto firmato. Un solo abito costa centinaia, se non migliaia di dollari. Anche al prezzo di seconda mano non posso permettermi più di un paio di vestiti. I jeans e altra roba casual, sì, ma non le cose firmate.»

Per tutta risposta, lui infilò la mano nella tasca dietro dei pantaloni e tirò fuori il telefono.

«Bo?»

Non le rispose, si limitò a premere un tasto sul cellulare. Ovviamente aveva messo il vivavoce, perché lo sentì squillare.

«Bo!» sibilò.

Ma era troppo tardi.

«Ciao, Safe. Che c'è?»

«Ciao, Julie. Ti ho chiamato per i vestiti che hai fatto portare a casa a Wren.»

«Sì? Le andavano bene? Altrimenti oggi mi sono arrivate altre cose che posso esaminare per vedere se sono più appropriate.»

«No, direi che vanno bene. Sto guardando Wren con indosso un vestito nero. Ottima scelta, tra l'altro.»

«Oh! Speravo che quello le stesse bene!» esclamò.

«Le sta benissimo» replicò con voce roca.

Wren si sentì infiammare le guance per lo sguardo bruciante che le rivolse.

«Allora che c'è?» domandò.

«Wren è preoccupata per il costo dei capi che ha scelto» disse senza mezzi termini.

Avrebbe voluto sprofondare nel pavimento e morire.

«Dille che avrà lo sconto per amici e familiari.»

«Sei in vivavoce, può sentirti» la informò.

«Bene. Wren?»

«Sono qui» riuscì a dire a fatica.

«Safe sta cercando di essere dolce, ma la sua performance fa decisamente acqua. Ignoriamo questa cosa per un momento... non so cos'hai deciso di tenere e cosa no, ma che ne dici di quattrocento?»

Wren deglutì a fatica. Quattrocento dollari erano più di quanto potesse permettersi di spendere per un vestito. Passò in rassegna i capi che aveva provato e che le erano piaciuti, e scartò mentalmente circa tre quarti di quelli che aveva sperato di tenere. «Mi sembra giusto. Probabilmente potrei prendere due dei tailleur pantalone.»

«No» disse Julie con una piccola risata. «Quattrocento per tutto quello che vuoi tenere.»

Wren rimase a bocca aperta. «Cosa?»

«È troppo? Posso farti trecento.»

«Julie, cosa... *no*! Ognuno degli abiti contenuti in quelle borse deve costare almeno il doppio.»

«È vero. Ma non li ho pagati così tanto, in realtà non ho pagato *nulla* perché sono stati donati.»

Wren si sentì girare la testa. Abbassò lo sguardo sul vestito che indossava e il desiderio di tenerlo la travolse. Lo voleva. Voleva tutte le cose che aveva provato. Ma senza approfittare di nessuno. «Ma hai delle bollette da pagare. Non puoi dar via gli abiti del tuo negozio praticamente gratis.»

«Perché no? È esattamente quello che faccio. Wren, tu non puoi saperlo, ma non ho bisogno di soldi. E non ho aperto il negozio per *farne*, ma per ricambiare, come modo per scusarmi di essere stata una stronza nella mia vita precedente. E da quello che ho capito, hai *bisogno* di quei vestiti. Te li darei gratis se pensassi che me lo permetteresti.»

«No» disse Wren con fermezza.

«Come pensavo. Quindi quattrocento per tutto quello che vuoi. Manda Safe a riportarmi la roba che non ti va bene. Ti prego, lascia che ti aiuti. Noi donne dobbiamo restare unite. Quello stronzo che è entrato nel tuo appartamento e ha rovinato le tue cose non deve vincere.»

Le si chiuse la gola. Com'era possibile che quella fosse la sua vita? Aveva lottato per così tanto tempo e, chissà come, era riuscita a trovare non solo un uomo generoso e gentile come Bo, ma anche persone come Remi, Julie e Caroline. «Va bene» riuscì a dire con voce stridula. «Grazie.»

«Non c'è di che. E per favore, fatti una foto con quel vestito nero. Voglio vedere!»

«Gliela farò» rispose Bo. «E se tu e Hurt andrete al ballo della Marina, lo vedrai di persona... se lei verrà con me.»

Remi strillò dal divano, ma Wren non riuscì a distogliere lo sguardo da lui.

«Oh! È fantastico!»

«Cos'è il ballo della Marina?» chiese Wren.

«È un evento che si svolge una volta all'anno, in cui tutti si vestono eleganti e si divertono» rispose Julie. «È spettacolare.»

Bo rise.

«Ottimo, sono davvero felice che i vestiti siano andati bene. Se hai bisogno di qualcos'altro, fammelo sapere» continuò Julie.

«Grazie ancora.»

«Figurati. Safe?»

«Sì?»

«Non sparire. Non ti vedevo da un sacco di tempo prima che arrivasse Wren.»

«È un rischio del mestiere» le disse.

«Già. Be', forse chiederò a Patrick di parlare con il tuo comandante per dirgli di mandare te e la tua squadra a fare meno missioni.»

«Per me va bene!» esclamò Remi.

«Ok. Di' a Hurt che lo saluto. Devo andare.»

«State attenti là fuori. Ragazze, ci sentiamo presto!»

«Ciao!» dissero contemporaneamente le altre due.

Bo spense il telefono e se lo mise in tasca. Si avvicinò a Wren ma guardò Remi. «Grazie per essere venuta ad aiutarla.»

«Figurati. E direi che è arrivato il momento di andarmene» disse lei, alzandosi in piedi con un grande sorriso sul volto.

«Oh no! Non sentirti obbligata ad andare via solo perché Bo è a casa.»

«Non è per questo» ribatté. Ma aveva la sensazione che fosse *proprio* per quello. «Se Safe è a casa significa che probabilmente lo è anche Vincent. E visto che la squadra partirà presto, voglio passare più tempo possibile con lui.»

Wren annuì. Non voleva pensare alla partenza di Bo.

Neanche a farlo apposta, sentì vibrare il suo telefono sul bancone della cucina, dove l'aveva lasciato mentre si provava i vestiti. Bo si avvicinò per prenderlo prima che lei potesse oltrepassarlo, guardò lo schermo e si accigliò. «Sconosciuto» le disse, porgendoglielo.

Wren lo prese, silenziò la suoneria e si girò verso Remi. La abbracciò, la ringraziò per averla aiutata a decidere quali vestiti tenere e la accompagnò alla porta. Percepì, più che vedere, Bo alle loro spalle.

Rimasero sulla soglia finché Remi non salì in macchina e si allontanò dalla casa, poi lui chiuse la porta e si voltò a guardarla. «Chi era al telefono?»

«Non lo so» rispose con la massima disinvoltura possibile. «C'era scritto sconosciuto.»

«Perché ti sei irrigidita quando ho detto che era un numero sconosciuto?»

«È un interrogatorio?» chiese, mettendosi sulla difensiva.

In risposta, fece un passo verso di lei e Wren ne fece uno indietro. Continuarono così finché la sua schiena non toccò il muro all'ingresso. Lui si chinò, appoggiando le mani sulla parete ai lati delle sue spalle. «Cosa c'è?»

«Niente» rispose senza esitare.

«Stronzate. Ti sei irrigidita sentendo vibrare il telefono, e quando te l'ho dato ti sei irrigidita ancora di più. Dimmi che problema c'è, Wren.»

Doveva prendere una decisione. Poteva continuare a mentire, dire che non c'era alcun problema e negare che le chiamate da un numero sconosciuto la stavano spaventando, oppure poteva confessare. Lui avrebbe fatto il possibile per aiutarla, ne era più che certa. Ma era estremamente difficile per lei chiedere aiuto.

Però non aveva più otto anni. E quello era Bo. Nell'ultima settimana si era offerto di aiutarla più di quanto avesse fatto chiunque altro in tutta la sua vita.

Il che era *un altro* problema. Aveva già fatto così tanto.

«Non so chi sia» disse, alzando lo sguardo su di lui. Si rese conto di aver afferrato con entrambe le mani la stoffa della sua giacca mimetica della Marina. «Ma da quando sono uscita con Matt, ricevo due o tre telefonate al giorno, a volte anche di più.»

Con suo grande sollievo, Bo non si arrabbiò. Si limitò ad annuire. «Ok.»

«Ok? Che significa?»

«Significa che parlerò con Tex. Gli dirò delle telefonate. Le localizzerà. Scoprirà chi ha chiamato.»

«Probabilmente sono solo operatori di telemarketing. Hanno preso il mio numero da qualche parte e continuano a chiamare sperando che qualcuno risponda.»

«È possibile. Ci sono stati messaggi?»

Scosse la testa.

«Il che non significa nulla. Hai risposto a qualche chiamata?»

«No» ammise, sentendosi improvvisamente stupida.

«Va bene. Se ne ricevi un'altra, mi lasceresti rispondere?

Forse prima di sentire Tex e sottrarlo a qualcos'altro a cui sta lavorando, posso vedere se riesco a far desistere chi sta chiamando.»

Disse l'ultima parte con foga, e quel po' di rabbia la fece sentire meglio, le fece pensare di non star esagerando. Inoltre, l'ultima cosa che voleva era che Bo chiamasse quel Tex, che da quello che sapeva era estremamente impegnato e apparentemente un genio quando si trattava di tecnologia, se non c'era nulla di strano nelle telefonate.

«È riuscito a scoprire qualcosa su Matt?» gli chiese.

«Niente di utile. Ha scovato il profilo cancellato sul sito di incontri, e non è stata una sorpresa che tutte le informazioni fossero false e che per configurarlo abbia usato il computer di una biblioteca pubblica. Quindi non ha potuto risalire a dove vive. E l'indirizzo usato per creare l'account porta a una stazione di servizio. Quindi non c'è ancora nulla di concreto, ma Tex non si arrende. Se ricevi un'altra chiamata, posso occuparmene io?» le chiese di nuovo.

«Sì. Sarei felice se rispondessi tu. Così vediamo se si tratta di Matt o semplicemente di un operatore di telemarketing.»

«Grazie. Possiamo cambiare argomento adesso?»

Annuì.

Le sorrise e disse: «Questo vestito ti dona davvero molto.»

Wren abbassò lo sguardo d'istinto e si rese conto che se lei poteva vedere chiaramente dentro la scollatura, lui aveva una visuale ancora migliore visto che era più alto.

Bo si chinò e le strofinò con il naso il collo e la spalla.

«Bo?» sussurrò lei, stringendo di più la stoffa della sua uniforme.

«Mmmm?» rispose, provocando una vibrazione contro la sua pelle.

Wren si sentì inturgidire i capezzoli e deglutì a fatica. Aveva dimenticato quello che stava per dire. Riusciva solo a stare contro la parete... e ad assaporare le sensazioni.

«C'è la tua cena nel frigorifero.» Non era quello che aveva voluto dire, ma d'altra parte non riusciva a pensare in quel momento.

Bo sollevò la testa e sorrise di nuovo. «Sì?»

«Mm-mm. Caroline e Wolf mi hanno portata a cena e ho pensato che avresti potuto avere fame quando fossi tornato a casa. Così ho ordinato un panino e un'insalata da portare via. Ma se hai già mangiato...» Si interruppe.

«Non l'ho fatto. Sto morendo di fame. Un panino e un'insalata sono perfetti. Grazie.»

«Non c'è di che.»

Lei non lasciò la sua uniforme e Bo non si allontanò. Si leccò le labbra e vide il suo sguardo seguire il movimento per poi abbassarsi sul suo petto.

I suoi capezzoli fremevano, e aveva la sensazione che lui si stesse facendo un'idea ben precisa di quanto le piacesse stargli così vicino.

Poi tornò a guardarla negli occhi e si chinò. Lentamente. Così lentamente che Wren pensò che sarebbe morta se non si fosse sbrigato, così sollevò il mento e aspettò.

Provò un momento di frustrazione quando lui si fermò con la bocca vicinissima alla sua. «Wren?» sussurrò.

«Sì?»

Poi chiuse la distanza tra loro e le sfiorò le labbra con le sue. Una volta. Due.

Al terzo passaggio le si avvicinò di più e premette il petto contro il suo. Lei lo cinse con le braccia, attirandolo più forte contro di sé.

Era la seconda volta che si baciavano, e fu meglio della prima. Si sentiva al sicuro nel suo abbraccio. Apprezzata. Protetta. Come se fossero le uniche due persone al mondo... e avrebbero potuto esserlo vista la scarsa attenzione che prestavano a ciò che li circondava.

Quando alla fine lui sollevò la testa, ansimavano entrambi.

«Ciao» sbottò lei.

Lui sorrise. «Ciao» ripeté. «Ti ho già detto che questo vestito mi piace *davvero* molto?»

Fu il suo turno di sorridere. «Sì, l'hai detto una o due volte.»

«Bene. Ma credo di dover dire che per quanto mi piaccia perché posso vedere le tue splendide gambe lunghe e le tue tette...»

Wren non riuscì a trattenere lo sbuffo che le uscì dalle labbra. «Non è che sia messa bene nel reparto tette» sostenne con una piccola alzata di spalle.

«Quello che hai è perfetto» le disse con fermezza. Aveva una mano sulla sua vita e la stava accarezzando con il pollice. La sensazione, anche attraverso la stoffa, andava dritta tra le sue gambe. «Ma quello che volevo dire è che anche se mi piaci con questo vestito, mi piaci altrettanto in tuta e con le mie magliette. Amo vederti a tuo agio e con la guardia abbassata, rannicchiata nell'angolo del divano o nella poltrona reclinabile. E amo anche sapere che stai dormendo al sicuro nella stanza accanto alla mia, sempre con la mia maglietta... e non molto altro.»

A differenza del suo tocco, le sue parole arrivarono dritte al cuore. Quale donna non vorrebbe sapere che l'uomo da cui è attratta la apprezza tanto in abbigliamento da relax quanto in abiti eleganti? «Bo» sussurrò, sopraffatta.

«Volevo solo assicurarmi che sapessi che non ti sto baciando per quello che indossi. È per quello che sei. Per quello che hai superato. Perché anche se la vita ti ha riservato delle orribili esperienze, sei sempre una persona gentile, e lavori duramente, e una parte di me muore ogni volta che ti sorprendi quando gli altri fanno qualcosa di carino per te. Voglio dimostrarti che non tutti vogliono fregarti, e che ci sono persone là fuori, come me e i miei amici, che non hanno scopi nascosti quando stanno con te.»

Wren chiuse gli occhi e appoggiò la fronte sulla sua spalla. Sentì la sua mano accarezzarle i capelli. Era bello essere abbracciata da lui, ma aveva avuto bisogno di sentire quelle parole. In qualche modo era riuscito a penetrare le sue barriere. E più tempo passava con lui e i suoi amici, più quelle barriere si incrinavano.

«Non ferirmi» sussurrò. «Mi ucciderebbe se mi stessi prendendo in giro o volessi solo portarmi a letto.»

«Ti dimostrerò che puoi fidarti di me, fosse l'ultima cosa che faccio.»

Wren fece un respiro profondo. Il momento era piuttosto intenso e aveva bisogno di una pausa. «Bene, allora... sembra che io abbia un mucchio di vestiti nuovi da appendere e altri da rimettere nelle borse per riportarli al negozio di Julie. E tu devi cambiarti e mangiare.»

«Ti va di sederti con me mentre mangio?» le chiese.

«Se vuoi» rispose con un'alzata di spalle.

«Lo voglio» la rassicurò.

«Va bene. Mi cambio e ci vediamo in cucina.»

«D'accordo. Wren?»

«Sì?»

«Mi piace tornare a casa da te. Ho pensato che dovessi saperlo.»

Le balzò alla mente un ricordo. Non era sicura di quanti anni avesse, ma era piccola. Era tornata da scuola, la casa era vuota e si era sentita sollevata che sua madre non ci fosse. Aveva mangiato subito qualcosa perché non era sicura se più tardi l'avrebbe fatto, dato che a volte lei le preparava la cena, altre le diceva di andare in camera e di non uscire.

Quella sera in particolare, quando sua madre era rientrata, le aveva dato un'occhiata e arricciato il labbro con disgusto, dicendole di togliersi dalle palle, che l'ultima cosa che voleva vedere quando tornava a casa era la sua brutta faccia.

Le parole di Bo non riuscirono a cancellare i brutti ricordi, ma contribuirono a farli sbiadire un po' di più.

Si alzò in punta di piedi e lo baciò. Fu un bacio breve, ma non meno sentito. Aveva voluto trasmettere quanto le sue parole significassero per lei.

Percorsero insieme il corridoio che portava alle loro camere, e la mano di Bo era calda sulla sua schiena. Lei si fermò nella stanza degli ospiti e lui proseguì per andare nella sua. Arrivato sulla soglia si voltò e le sorrise, poi sparì dentro.

Wren chiuse la porta e vi si appoggiò contro per un attimo, con un piccolo sorriso sul volto. Poi si spinse via e andò con le mani dietro la schiena per tirare giù la cerniera del vestito. Tutti i bei capi che aveva provato erano sparsi sul letto, e non vedeva l'ora di appenderli nell'armadio. Ma era più eccitata all'idea di passare la serata con Bo, a parlare della sua giornata, continuando a conoscerlo, piuttosto che mettere via gli indumenti più belli che avesse mai posseduto.

CAPITOLO UNDICI

LA MATTINA SUCCESSIVA, davanti a una ciotola di cereali, Safe non riusciva a staccare gli occhi da Wren. Indossava uno dei suoi nuovi completi e le stava benissimo. I pantaloni neri facevano sembrare le sue gambe più lunghe, e la giacca abbinata su una camicetta rosa pallido era femminile e professionale allo stesso tempo.

«Ho organizzato la riunione sulla sicurezza per questo pomeriggio» le disse Safe.

«Davvero?»

«Sì, ti va bene alle cinque e mezza? Posso passare a prenderti in ufficio, penso che riusciremo ad arrivare senza problemi alla base per quell'ora.»

«Oh, ok.»

«Non sembri molto sicura» sostenne, cercando di interpretare le emozioni sul suo volto.

«No, lo sono. È solo che... so che non vuoi che vada in Africa, e io stessa sono in ansia per il viaggio, e ho paura che sentir parlare di tutte le cose che potrebbero andare male possa peggiorare il mio nervosismo.»

Gli dispiaceva, ma non aveva torto. Parlare del fatto che avrebbe potuto essere rapita o di finire nel fuoco incrociato tra partiti politici in guerra, non era in cima alla lista delle cose divertenti da discutere di nessuno. Ma bisognava farlo. «C'è la possibilità che qualche tuo collega cambi idea e venga?»

Wren scrollò le spalle. «Ne dubito. Ma oggi proverò a parlare di nuovo con loro. Credo che un paio, forse Luke e Oliver, siano interessati, ma hanno troppa paura di sembrare deboli agli occhi degli altri.»

«Idioti» non poté fare a meno di mormorare.

Proprio in quel momento, il telefono di Wren vibrò sul tavolo.

Entrambi lo fissarono per un attimo, poi lei guardò Safe. «Sconosciuto» sussurrò, come se chiunque stesse chiamando potesse in qualche modo sentire.

«Posso?» le chiese, con la mano sopra il cellulare.

Lei annuì.

Il battito del cuore di Safe accelerò. Se si fosse trattato di Matt, aveva delle parole ben precise da dire a quello stronzo. «Pronto?» tuonò. «Chi parla?»

«Ehm... c'è Wren Defranco?» chiese una voce maschile profonda.

«Ho chiesto chi parla» replicò Safe.

«Mi chiamo Easton Farris. Sto cercando Wren Defranco. È questo il suo numero?»

«Perché vuoi parlare con lei?»

«È una questione privata.»

«E ti dico che se non mi dici cosa diavolo vuoi da lei nei

prossimi due secondi, bloccherà questo numero e non potrai mai parlarle» ringhiò.

Sentì la mano di Wren sul braccio e la guardò. Lo stava fissando mordendosi il labbro. Safe fece un respiro profondo e cercò di rilassare i muscoli.

«Sono il suo fratellastro.»

«Come, scusa?» domandò scioccato. Non era affatto quello che si era aspettato di sentire. «Aspetta un attimo...» Mise il telefono in vivavoce. «Ripeti» gli ordinò.

«Sono il fratellastro di Wren. Abbiamo in comune il padre.»

«Ma... è impossibile» sussurrò lei.

Easton la sentì chiaramente.

«Wren? Santo cielo, non posso credere di averti trovata! E non è impossibile. Mio padre ha conosciuto tua madre in un bar quando aveva vent'anni. È andato con lei in un motel e hanno dormito insieme. Quando si è svegliato, lei non c'era più. Non l'ha più rivista.» Easton parlava velocemente, come se si aspettasse che chiudessero la chiamata da un momento all'altro. «Ho deciso di indagare sulla mia genealogia e ho fatto uno di quei test del DNA. Sono rimasto scioccato di essere stato abbinato come parente stretto a Wren Defranco. E ancora più sorpreso quando è risultato che condividevamo il padre.»

«Ho fatto uno di quei test per gioco qualche anno fa» ammise Wren. Fu il turno di Safe di metterle una mano sul braccio, come supporto. I suoi occhi erano spalancati, come se non fosse sicura di capire quello che stava succedendo. «Mi era stato detto che mio padre era un criminale. Che era stato in prigione per omicidio.»

Easton ansimò. «È una bugia. Quando si è svegliato in quel

motel, si è accorto che il suo portafoglio era sparito, la stronza con cui era andato a letto... oh... ehm... scusa. L'aveva preso tua madre. Quindi, non era di certo mio padre il criminale.»

«*È* una stronza» confermò Wren.

«Senti. So che è uno shock enorme, ma quando ho portato le informazioni che avevo trovato a mio... *nostro*... padre, è stato irremovibile sul fatto di volerti conoscere.»

«Perché?» chiese lei.

«Come perché? Perché sei sua *figlia*. Prima non sapeva nemmeno che esistessi, ma ora che lo sa vuole creare un legame con te. Senti, non vogliamo nulla da te se non un po' del tuo tempo. Nostro padre è una persona fantastica. Vive a Mission Viejo, a sud di Los Angeles. Non so dove vivi tu nello specifico, ma è disposto a viaggiare in qualsiasi posto tu lo voglia incontrare, o a farti venire qui in aereo. Senza alcuna condizione.»

«Mission Viejo?» domandò Wren, suonando sbalordita.

«Sì.»

«Dovrà pensarci» disse Safe a Easton con decisione. «Non puoi aspettarti che venga fino a Los Angeles per incontrare qualcuno di cui non ha alcuna prova di essere realmente imparentata.»

«Hai ragione, ovviamente. Posso mandarti tutte le informazioni che ho scaricato dal sito web in cui l'ho trovata. Inoltre, mio padre non è un tizio qualunque. È Tyler Farris. Uno dei fondatori della Farris Morgan, la società di trasporto di energia.»

«Porca vacca, sul serio?»

«Sì.»

«Ho fatto domanda d'impiego lì» disse Wren.

«Davvero? Wow! Ok, allora. Il mondo è piccolo. Be', mio

padre è sposato da ventisei anni, e anche mia madre è emozionata e nervosa all'idea di conoscerti. Oltre a me hai altri due fratellastri e tre nipoti, due femmine e un maschio. Per non parlare di zie, zii e cugini. Siamo un gruppo numeroso e ci piacerebbe tanto farti conoscere la tua famiglia.»

Famiglia, mimò con la bocca Wren, guardando Safe con le lacrime agli occhi.

«Ti mando il mio indirizzo e-mail, inviami le informazioni che hai. Dopo che avrò chiesto a delle persone che conosco di indagare su di te e su Tyler, per assicurarmi che quello che dici sia autentico, ci faremo sentire» disse Safe.

«Non sto mentendo, e puoi indagare su di noi quanto vuoi. Tutto ciò che vogliamo, tutto ciò che mio padre vuole, è incontrare la figlia che non sapeva di avere. Ha avuto tre figli maschi e credo che abbia sempre voluto una femmina. Wren?»

«Sì?»

«Quello che hai detto di tua madre... è stata... facile la tua vita mentre crescevi?»

Safe allargò le narici agitato mentre la guardava.

«No» rispose semplicemente.

«Merda. Ok, be'... mi dispiace. Mio padre non sapeva nulla, altrimenti avrebbe fatto il possibile per prendersi cura di te.»

Lei annuì con la testa, anche se Easton ovviamente non poteva vederla. E non poteva nemmeno sapere quanto le sue parole l'avessero resa emotiva.

«Invia le informazioni» ripeté Safe. «Ci terremo in contatto.»

«Va bene. Grazie. A nome di mio padre e del resto della nostra famiglia, speriamo davvero che tu prenda in considerazione almeno l'idea di parlarci.»

«Arrivederci» lo salutò Safe, prima di chiudere la chiamata. Mise giù il telefono, poi si alzò subito e tirò in piedi anche lei. La abbracciò forte, capendo che era scioccata solo dalla forza con cui lo strinse a sua volta.

Passarono un paio di minuti, poi lui si tirò indietro per poterla guardare in viso. «È stato intenso. Stai bene?»

Sollevò gli occhi pieni di lacrime. «Ho una famiglia» sussurrò.

«Così sembra. Ma prima di eccitarti troppo devi lasciarmi controllare, per assicurarmi che abbia detto la verità.»

«Sapeva del portafoglio rubato da mia madre. Come avrebbe potuto saperlo se non ci fosse stato suo padre lì?»

Non aveva tutti i torti.

«Ho fatto domanda per lavorare alla Farris Morgan.»

«Ho sentito.»

«Era stata la mia prima scelta, ma avevo già accettato il lavoro qui alla BT Energy prima ancora che la Farris iniziasse i colloqui, così ho ritirato la mia candidatura. Non sarebbe stata una strana coincidenza se avessi incontrato mio padre senza che nessuno dei due sapesse l'uno dell'altra?»

«Per quanto mi riguarda, sono contento che tu sia qui e non a Los Angeles» dichiarò.

Lei gli rivolse un sorriso tremante. «E non è nemmeno molto lontano da qui. È assurdo!»

«Almeno questa cosa ti ha distolto dall'incontro di oggi pomeriggio.»

Wren ridacchiò. «È vero.»

«Vuoi farlo?» le chiese serio.

«Non lo so. Una parte di me è entusiasta, l'altra è cauta. Ho scoperto che se qualcosa sembra troppo bello per essere vero, di solito è così. Ma d'altronde, cos'avrebbero da guadagnarci queste persone a mentire su chi sono? Non è che io valga qualcosa in termini di denaro. Hanno più da perdere loro a rivendicarmi come una di famiglia, che io.»

«Potrebbero usarti per ottenere informazioni sulla BT Energy» le suggerì.

«È vero. Hai davvero intenzione di indagare su di loro?»

«Certo.»

«E se decidessi di incontrarli, verresti con me?»

«Tu provaci a tenermi lontano» praticamente ringhiò.

Wren lo guardò in un modo che non riuscì a interpretare.

«Che c'è?» chiese con voce roca, sentendosi lui stesso destabilizzato da quello che avevano appena appreso.

«È che... *tu*. Tutto. Mi sembra di essere in un sogno. Uno bello» disse rapidamente e con un piccolo sorriso.

«Le cose ultimamente sono state piuttosto folli, tra quel Matt, il tuo appartamento, noi, il tuo imminente viaggio, la mia prossima missione e ora questo. Ma ti dirò una cosa. Non ne cambierei un solo minuto. Supereremo tutto. Forse tra qualche anno ci guarderemo indietro e rideremo. Magari scriveremo un libro su come sono andate le cose.»

Safe stava sfidando la sorte parlando così, ma si rese conto che era quello che desiderava veramente. Lei al suo fianco, anni e anni nel futuro, a ricordare come si erano conosciuti e tutto quello che era successo. Con un po' di fortuna, avrebbero avuto esattamente quello: decenni insieme.

«Già» disse Wren malinconicamente.

«La cosa positiva è che, teoricamente, il mistero del chiamante sconosciuto è stato risolto. E abbiamo cambiato le serrature del tuo appartamento. Alabama e Fiona hanno quasi finito di pulire e...»

«Aspetta, *cosa*? Hanno pulito? Perché?»

«Perché ho parlato con i loro mariti, che hanno raccontato tutto alle loro mogli, e hanno voluto aiutare. Così loro quattro, perché Abe e Cookie non avrebbero mai permesso che le due stessero lì senza supporto considerando che non abbiamo trovato quello stronzo di Matt, hanno passato gli ultimi due giorni a riparare ciò che potevano e a buttare via quello che non era recuperabile. Inoltre, forse dovrei dirti che Summer e Cheyenne sono andate a fare acquisti e hanno sostituito tutti i piatti, le tazze, i bicchieri, e le posate che erano piegate in modo irrimediabile. Mi hanno detto che non c'è nulla che si abbini, ma che è "eclettico, originale e fighissimo". Parole loro, non mie.»

«Bo...»

«Lo so. È molto. So che hai appena detto che ora hai una famiglia, ma tesoro... ne hai già una. *Qui.* Con me e i miei amici, che ora sono anche *tuoi.* Ci prendiamo cura dei nostri, e da quando sei con me, sei una di noi.»

«Non riesco a capacitarmi di tutto questo» ammise Wren, scuotendo leggermente la testa.

«Be', non devi farlo proprio in questo momento. Dobbiamo andare entrambi al lavoro. Verrò a prenderti alle cinque e ci fermeremo a comprare qualcosa di veloce da mangiare prima di andare alla base. La mia squadra ha fatto delle ricerche su ciò che pensano possa servirti e su ciò che possono insegnarti nel poco tempo che abbiamo.»

«Oh, merda! Non ho ancora conosciuto il resto della tua squadra.»

«No, non stressarti per questo. Ti amano già. Non devi preoccuparti» la rassicurò.

«Certo» borbottò.

«Davvero» insistette Safe. «Mi hanno sentito parlare un

sacco di te; Wren di qua, Wren di là. Mi hanno tormentato perché volevano conoscerti di persona. Devi solo essere te stessa. Ti adoreranno.»

«Non credo di poter sopportare altro stress oggi.»

A quello la baciò. Si chinò e le coprì le labbra con le sue. Non fu appassionato, ma l'esperienza non fu meno emozionante. Amava poterla toccare e baciare ogni volta che voleva. Le nuove relazioni erano sempre eccitanti, ma quella era molto di più. Migliore. Si sentiva a suo agio con lei come se fossero insieme da anni, non dal breve periodo trascorso da quando si erano conosciuti.

«Sei l'incarnazione del detto che non si sa mai quanto si può essere forti finché non si ha altra scelta. Ce la farai, Wren. Hai perseverato, a prescindere da ciò che ti ha riservato la vita. E ora hai me. Non devi più affrontare le cose da sola. Puoi appoggiarti a me e ai nostri amici. Ok?»

«Comincio a crederci» disse Wren.

«Bene. Forza. Kevlar mi prenderà a calci nel sedere se arrivo in ritardo. Andiamo.»

«Sei autoritario» scherzò.

«Non ne hai idea» replicò, immaginando le cose che avrebbe voluto fare con lei in camera da letto. Era decisamente troppo presto, ma non sarebbe stato un uomo se non ci avesse almeno pensato.

«Promesse, promesse» gli disse con impudenza.

Il suo cazzo si contrasse nei pantaloni. Dio, quella donna sarebbe stata la sua morte. Ma almeno sarebbe morto da uomo felice.

CAPITOLO DODICI

LA GIORNATA di Wren era passata in un lampo. Aveva avuto molte cose a cui pensare: a suo padre, al fratellastro, all'incontro con Bo e la sua squadra, dove avrebbe dovuto ascoltarli dire cose che non era sicura di essere pronta a sentire sul suo viaggio in Sudan del Sud.

Aveva cercato di convincere i suoi colleghi ad andare all'incontro, ma, come previsto, non erano stati disponibili. Così Wren aveva deciso di prendere più appunti possibili e di inviarli a tutti. Se volevano leggerli, bene, altrimenti sarebbe stato un problema loro. Non capiva proprio perché non fossero interessati ad avere delle informazioni su come comportarsi nel modo più sicuro possibile in potenziali situazioni pericolose, ma non aveva tempo per pensarci, visto che Bo stava arrivando davanti all'edificio.

Uscì e salì sulla sua Jeep. Lui si chinò e la baciò come se lo avessero fatto ogni giorno per anni. Le diede un senso di normalità, ed era confortevole ed eccitante allo stesso tempo.

Le piaceva il modo in cui la loro relazione stava progredendo. Bo non le faceva mai pressioni per ottenere più di quanto lei fosse disposta a dare, e lo apprezzava. Anche se vivevano insieme e lui occupava ogni suo pensiero, non era ancora pronta ad andarci a letto. Era un grande passo, e prima di farlo voleva essere certa che ciò che le mostrava fosse la sua vera natura.

Perché si stava innamorando di lui. E se ci fosse andata a letto per poi scoprire che la stava usando per il sesso, non era sicura che sarebbe sopravvissuta al tradimento. Forse quella linea di pensiero non era giusta nei confronti di Bo, ma nemmeno lui per ora sembrava desideroso di trasformare il loro rapporto appena nato in uno fisico. Quindi, forse era altrettanto insicuro riguardo a lei.

«Ciao» le disse, una volta allacciata la cintura di sicurezza. «Com'è andata la tua giornata? Sei riuscita a convincere gli altri a venire oggi?»

«È andata bene. E no.»

Bo fece una smorfia, ma scrollò le spalle. «Peggio per loro. Ti daremo tutte le informazioni necessarie così, se ce ne sarà bisogno, potrai salvare i loro culi. Ok?»

Wren rise. «Va bene. Avrò anche un mantello?»

«Puoi avere tutto quello che vuoi» le rispose, facendole l'occhiolino. «Ti va bene se passiamo a prendere dei burritos per cena?»

«Mi hai davvero chiesto se mi va bene mangiare messicano?» chiese.

«Be', non sono quelli del ristorante in cui ci si siede, ma tipo fast-food.»

«Un burrito è un burrito. E la risposta è sì, va più che bene.»

«Perfetto.»

Ci vollero circa quindici minuti per arrivare al locale, prendere il cibo e poi raggiungere la base. Bo le prese la mano non appena scesero dall'auto, poi si diressero verso un edificio dall'aspetto anonimo.

«È qui che lavori?»

«Sì e no. A volte usiamo le sale riunioni qui, ma abbiamo delle sale conferenze intorno a tutta la base, e le usiamo a seconda del grado di sensibilità delle informazioni di cui dobbiamo parlare e che riceviamo da fonti esterne.»

Aveva senso.

La condusse al primo piano e lungo un corridoio; tutte le porte sembravano uguali, e arrivati a metà ne aprì una. Wren deglutì a fatica quando vide tutti gli uomini già riuniti intorno al grande tavolo circolare che si trovava all'interno.

Conosceva già Kevlar, ma non gli altri. E mentre li contava mentalmente, si rese conto che c'erano un paio di persone in più rispetto al numero di membri della squadra di Bo.

Mentre gli stava accanto a disagio, si chiese cosa stessero pensando. Se fossero delusi dal fatto che il loro amico fosse con lei. Le insicurezze più profonde del suo passato la travolsero. Voleva disperatamente piacere ai suoi compagni di squadra, o che almeno non odiassero il fatto che stesse con lui.

Ci fu un attimo di silenzio, che le sembrò durare un'eternità, ma che probabilmente furono solo un paio di secondi. Poi un uomo si fece avanti.

«Sono Preacher. Tu devi essere Wren. Devo dire che siamo tutti un po' arrabbiati perché Safe l'altra sera non ci ha chiamati per aiutarti a prendere le tue cose.»

«E *io* devo dire che probabilmente sarebbe stata una buona cosa se fosse stato presente qualcuno di voi. Forse Matt non sarebbe riuscito a scappare» replicò lei con una lieve scrollata di spalle.

«Vedi? Anche la tua ragazza sa che sei stato un idiota quella sera» disse un altro degli uomini a Bo.

Wren non poté impedirsi di fare un piccolo sorriso.

«Mm-mm. Faccio le presentazioni, così possiamo mangiare e iniziare la riunione» disse lui. «Ragazzi, questa è Wren Defranco. Wren, conosci già Kevlar, ovviamente. Questi sono Blink, MacGyver, Flash e Smiley. E quei due» indicò con la testa due uomini vicini «sono Dude e Mozart. Fanno parte della squadra SEAL di Wolf. Ora sono in pensione, ma sono ancora in giro come i soldi falsi.»

«Ciao.» Salutò tutti facendo anche un piccolo cenno della mano, che le sembrò subito una cosa da imbranati.

Ma, con suo grande sollievo, nessuno disse nulla e cominciarono a prendere posto intorno al tavolo. Bo la condusse a una sedia e, con sua sorpresa, Blink diede un colpetto sulla spalla a MacGyver facendogli cenno con la testa di spostarsi; evidentemente voleva sedersi accanto a lei per qualche motivo.

Non ebbe il tempo di pensarci, perché Mozart cominciò a rovistare in una scatola di cartone sopra il tavolo e a chiamare i nomi degli uomini gettando loro quelli che sembravano panini farciti. Wren era grata che anche loro dovessero ancora cenare perché sarebbe stato imbarazzante mangiare il suo burrito davanti a tutti.

Gli uomini si buttarono sul cibo e lo fece anche lei. Stava morendo di fame. Era stata una lunga giornata di lavoro e il burrito era davvero perfetto.

«Stai bene?»

Si voltò verso Blink, studiandolo mentre masticava e poi

ingoiava il boccone che aveva appena preso. Ricordò quello che Bo le aveva detto di lui. Che tutti i membri del suo team erano stati feriti o uccisi in missione. Della difficoltà che aveva avuto a gestire la cosa. Di come era intervenuto e aveva salvato Remi, che stava per essere uccisa da uno dei precedenti compagni di squadra di Bo. «Sì. Perché non dovrei?» gli chiese.

«Ultimamente hai passato dei momenti difficili» le rispose.

Wren sbuffò. «Ammetto che venire drogata è stato terribile, così come scoprire che il mio appartamento è stato messo a soqquadro e sapere che quello stronzo è ancora là fuori, probabilmente a osservare e ad aspettare il momento buono per mettere di nuovo le mani su di me. Ma onestamente, vivere con Bo non è difficile. Essere sempre accompagnata al lavoro... nemmeno quello fa schifo. Tutto sommato, la mia vita è abbastanza bella in questo momento.»

Blink la fissò senza alcuna espressione.

Proprio quando Wren pensava di aver detto qualcosa di sbagliato, le sue labbra si curvarono un po' verso l'alto. «Mi ricordi Remi. Resiliente, pratica, forte.»

Provò una sensazione calda e piacevole dentro di sé. Remi le piaceva, era rimasta impressionata da lei. Soprattutto dopo aver sentito da Bo, la sera precedente quando se n'era andata da casa sua, tutto ciò che aveva passato. Il complimento di Blink la fece sentire bene. «Grazie» disse sommessamente.

Lui annuì, poi riportò l'attenzione sul suo panino.

«Wren?»

Si voltò a guardare Bo.

«Ho bisogno che tu ti ricordi di respirare stasera, ok?»

«Eh?»

«Parleremo di molte cose che potrebbero spaventarti. Ma

questo è ciò che facciamo. Mettiamo in tavola tutti gli scenari peggiori, li analizziamo e discutiamo su cosa fare se dovesse accadere il peggio. Se ci si prepara in anticipo sulle varie situazioni che potrebbero succedere, e se dovesse verificarsene una, sarà più facile affrontare il problema. Hai detto di aver fatto delle ricerche sul Sudan Meridionale, quindi saprai già alcune delle cose che diremo, ma probabilmente ne tireremo fuori altre a cui non avevi pensato. Ho bisogno che non ti faccia prendere dal panico. Ok?»

Wren annuì. «Non sono ingenua. Probabilmente lo sono su alcuni contesti, ma la mia vita non è stata rose e fiori. Sono consapevole che possono accadere cose brutte. E sì, mi sono documentata, ma a essere sincera, nonostante stamattina fossi nervosa, non vedevo l'ora di parlare con te e i tuoi amici. Siete voi gli esperti. Accetterò qualsiasi consiglio. Sono obbligata a fare questo viaggio, ma posso assicurarmi di andarci completamente preparata per qualsiasi evenienza.»

«Andrà tutto bene» disse Bo con fermezza. «Qualunque cosa accada, hai la forza interiore e l'intelligenza per farcela.»

Il secondo incredibile complimento nel giro di pochi minuti la fece quasi piangere. «Lo spero.»

«Io lo so» replicò lui, senza mostrare il minimo dubbio.

I discorsi intorno al tavolo furono rilassati e trattarono di argomenti generici, finché Kevlar non si alzò e si schiarì la gola.

Wren non poté fare a meno di irrigidirsi. Quello non era un semplice incontro per conoscere gli amici di Bo. C'era un motivo molto serio per cui si erano riuniti.

«Ok, penso che possiamo iniziare. Remi mi sta aspettando a casa, come sono sicuro che Cheyenne, Summer e i loro figli stiano aspettando Dude e Mozart. Siamo qui per discutere della sicurezza di Wren, che andrà in Sudan del Sud tra un paio di settimane. Ci siamo già stati tutti in quella Regione e sappiamo che situazione di merda troverà... mi dispiace, Wren, ma è la verità.»

«È tutto ok» lo rassicurò. «Lo so.»

«La cosa *migliore* sarebbe che tu non ci andassi. Spezzati una gamba, prenditi un virus, trovati un nuovo lavoro» suggerì Preacher, guardandola speranzoso.

«Nessuna di queste cose è nei miei immediati programmi» ribatté lei.

«Lo immaginavo. Ma dovevo almeno provarci» disse con un'alzata di spalle.

Wren non si arrabbiò, anzi, lo rispettò per aver detto quello che tutti gli altri dovevano pensare.

Sobbalzò sorpresa quando Bo le prese la mano sotto il tavolo. Non la guardò, si limitò a posare le loro dita intrecciate sulla sua coscia. Era bello avere il suo sostegno, soprattutto quando sapeva che stava per sentire delle cose spiacevoli.

«Sappiamo tutti che c'è un avviso di livello quattro di non viaggiare per quanto riguarda il Susan del Sud» continuò Kevlar. «C'è un conflitto armato tra vari gruppi politici ed etnici. La criminalità e la violenza sono all'ordine del giorno. I cittadini stranieri hanno subito rapine a mano armata, aggressioni sessuali e di altro tipo, furti d'auto, sparatorie, rapimenti e altri crimini violenti.»

Wren aveva letto le stesse cose sul Paese in cui stava per entrare volontariamente, ma sentire Kevlar elencare le varie tragedie che sarebbero potute accadere durante la sua permanenza lì, rese la sua situazione ancora più reale.

«Non sei una giornalista nel senso stretto del termine, ma

dato che lavorerai comunque a contatto con i media, devi ottenere la documentazione adeguata dall'Autorità del Sudan Meridionale preposta ai media. Sai se ce l'avete?» le chiese. Wren si mise a sedere più dritta. «Ce l'abbiamo. Il mio capo, Colby Johnson, ha un referente laggiù che ci ha aiutati con il nostro itinerario e si è assicurato che avessimo tutti i documenti adeguati.»

«Bene. L'altra cosa di cui dovete essere consapevoli è che il nostro governo ha una capacità limitata di fornire servizi consolari di emergenza ai cittadini statunitensi nel Paese. Presumo che sarete sottoposti a un rigido coprifuoco, così come i pochi membri del governo americano che si trovano lì, che devono usare veicoli blindati per tutti i loro spostamenti e non possono viaggiare fuori da Juba. Sai quali sono i vostri piani durante la permanenza?»

Annuì. «Non lasceremo nemmeno Juba. Il gasdotto dovrebbe passare a nord e a sud della città, però non siamo lì per visitare i siti prefissati, ma per spiegare i risultati positivi che il Paese avrebbe con l'installazione del gasdotto. Non so nulla dei veicoli blindati, ma spero che il contatto di Colby abbia tutto sotto controllo.»

«Va bene. Allora... visti i potenziali atti di violenza, per me è scontato dire che non dovresti mai uscire da sola. Non andare a *passeggiare* da nessuna parte, nemmeno in gruppo. Se qualcuno suggerisce di andare in un ristorante che ha visto in fondo alla strada, non fatelo. Rimanete in albergo. Se possibile, assicuratevi che le stanze in cui vi incontrerete non abbiano finestre. Non recatevi assolutamente a manifestazioni o raduni pubblici. Non fate foto o video, nemmeno dall'interno del vostro veicolo. È rigorosamente controllato il fatto di scattare foto, anche nei luoghi pubblici.»

Lo sguardo di Wren era incollato a quello di Kevlar. A ogni parola che usciva dalla sua bocca diventava più tesa. Bo l'aveva avvertita, e sebbene sapesse già la maggior parte di ciò che l'uomo stava dicendo, era comunque difficile credere che la BT Energy avesse pensato che quel viaggio fosse una buona idea.

«Hai un testamento? Sono stati disposti la procura e i beneficiari dell'assicurazione?» chiese Smiley in modo solenne.

Lei annuì. «Sì.»

«Bene. Puoi dirci qual è il programma del viaggio?» domandò Kevlar.

«Durerà quattro giorni. Il primo è praticamente sprecato perché lo passeremo tutto in viaggio. Il secondo abbiamo un incontro con i funzionari governativi che lo hanno approvato. Ci sarà anche una sessione di domande e risposte con alcuni pezzi grossi che hanno contribuito all'approvazione del gasdotto. Successivamente rilascerò una breve intervista alla loro TV di stato riguardo al progetto.

Il terzo giorno verranno a fare domande alcuni membri dei diversi gruppi etnici, in modo da poter spiegare loro esattamente dove verrà installato il gasdotto e i benefici per il popolo sudanese. Condurrò io quella sessione, facendo da moderatore per Colby e gli altri ragazzi, che faranno una presentazione simile a un panel. Nel pomeriggio avremo del tempo libero, poi andremo a cena a casa del Presidente. Non so se lui ci sarà o meno, ma a quanto pare è una cosa importante.

L'ultimo giorno sarà di nuovo trascorso in viaggio; andremo all'aeroporto al mattino e torneremo a casa.»

Nella stanza ci fu un momento di silenzio, poi Dude sussurrò: «Cazzo.»

Wren non aveva idea di quale fosse la parte del programma che lo preoccupava di più, ma non dovette aspettare molto per scoprirlo.

«Gesù, questo programma è un disastro» continuò, passandosi una mano tra i capelli. «Chi diavolo ha pensato che fosse una buona idea riunire nella stessa stanza i rappresentanti di diversi gruppi etnici? Non finirà bene. E andare a casa del Presidente vi renderà solo dei bersagli.»

«Ok, quindi... probabilmente questo è un buon momento per parlare dei dettagli» dichiarò Kevlar. «Prima di tutto, se durante i colloqui esplode la violenza, il tuo primo compito è quello di buttarti a terra e rimanere appiattita.»

«E strisciare a pancia in giù verso l'uscita» continuò Flash.

«Se non riesci a raggiungere una porta, mettiti dietro a un mobile; una sedia rovesciata, un tavolo, qualsiasi cosa. Tieni la testa bassa e coprila con le braccia» aggiunse Mozart.

«Non attirare l'attenzione su di te» le disse Bo. «E questo vale per qualsiasi cosa tu stia facendo e ovunque tu stia andando, dal momento in cui entri nel Paese fino a quello in cui te ne vai. Non urlare, e non ridere troppo forte. Non vestirti in modo appariscente. Lascia tutti i gioielli a casa, anche se non ti ho vista indossarne molti. Devi lasciare persino l'orologio in borsa. *Non* tirare fuori il telefono in pubblico. Tieni la testa bassa, rimani in silenzio.»

Wren non riusciva a distogliere lo sguardo da quello di Bo. Si leccò le labbra nervosamente e annuì.

«Forse è il momento giusto per parlare dei vestiti» disse Smiley.

«Sì» concordò Kevlar. «Non so cosa indossi di solito per questo genere di cose...» Si interruppe, aspettando che lei rispondesse, anche se non era stata una domanda.

«Roba professionale. Gonne che arrivano sotto il ginocchio, giacche, camicette.»

Kevlar stava già scuotendo la testa. «No. Niente gonne. Non metterne in valigia nemmeno una. Se al tuo capo non piace, pazienza. Sarà troppo tardi per lamentarsi una volta che sarete lì. Pantaloni sempre e comunque. Preferibilmente cargo, non gli inutili tailleur pantalone che in Africa ti farebbero comunque soffrire il caldo.»

«E scarponcini» aggiunse Dude. «Quelli da trekking, non calzature firmate e con il tacco alto.»

«Farà caldo, quindi suggerirei magliette traspiranti a maniche lunghe per la protezione, ma probabilmente possono andare bene anche a maniche corte» disse Preacher.

Wren doveva aver fatto una smorfia, perché Dude si alzò, mise le mani sul tavolo e si sporse verso di lei. «Tu e i tuoi colleghi spiccherete comunque come scimmie in Antartide, avrete dei bersagli sulla fronte non appena arriverete in quel Paese. Le probabilità che uno di voi, o tutto il gruppo, sia vittima di una qualche forma di violenza, che sia per dimostrare qualcosa o per cercare di estorcere denaro ai ricchi americani, sono praticamente del cento per cento. Preferisci cercare di metterti in salvo in gonna e tacchi alti o indossando pantaloni e scarpe con cui poter correre?»

«La seconda» rispose Wren calma. «È solo che... ci si aspetta che io abbia sempre una certa immagine. Pensate a un meteorologo o al conduttore del telegiornale delle sei.»

«Ma loro non lavorano nel bel mezzo di un paese nel pieno di una guerra civile» ribatté Preacher.

«Se il tuo capo fosse qui, gli diremmo la stessa cosa. Niente giacca e cravatta. Niente inutili scarpe di pelle. Devi pensare al peggio ed essere sollevata se non succede. Se vieni trascinata nella giungla a sud della città, devi essere preparata. Gli indumenti di cotone non sono piacevoli in un clima caldo come quello africano» le disse Flash.

Finalmente stava capendo che i quattro giorni che avrebbe trascorso nel Sudan del Sud sarebbero stati i più stressanti della sua vita.

«In albergo non dovresti stare in una stanza da sola» continuò MacGyver. «Ti fidi abbastanza di qualcuno dei tuoi colleghi per stare in camera con lui?»

Wren ci pensò un attimo, poi rispose: «Probabilmente Luke. È il più vicino alla mia età e credo che sarebbe venuto stasera se non avesse pensato di essere preso in giro dagli altri.»

Quasi tutti gli uomini alzarono gli occhi al cielo. Era ovvio che non vedessero di buon occhio chi non faceva la cosa giusta in barba ai suoi coetanei che pensavano non la dovesse fare.

«Vedi tu, ma *non* stare da sola di notte. Non è difficile che un dipendente dell'hotel passi informazioni; tipo dire a qualcuno che sei sola, la stanza in cui ti trovi e addirittura dargli la chiave» le spiegò MacGyver.

«E porta con te uno di quegli aggeggi antifurto che assomigliano a dei ferma porta, quelli che si mettono sotto e fanno un rumore terribile se qualcuno cerca di aprirla. Almeno rovinerà loro la possibilità di prenderti alla sprovvista.»

«Dobbiamo parlare dell'eventualità di un rapimento» aggiunse Blink.

«Giusto» disse Kevlar con un sospiro. «Avere lì sette americani di una società energetica di successo sarà come far penzolare una carota davanti a un asino affamato.»

L'analogia era divertente, ma Wren non era in vena di ridere. Per niente.

«Potrebbero colpire in qualsiasi momento; quando lasciate l'aeroporto, quando state andando in albergo, mentre siete in riunione, mentre vi dirigete verso la sede del Presidente... letteralmente in qualsiasi momento, quindi dovrete essere pronti» avvisò Dude.

«Devi essere vigile. Se dovesse succedere qualcosa, ricordati quello che abbiamo detto prima. Non attirare l'attenzione su di te. Sii compiacente. Fai quello che ti dicono di fare» disse Smiley.

«Non dovrei cercare di scappare?» chiese Wren.

«No!» risposero almeno in tre contemporaneamente.

«Altrimenti è probabile che ti sparino addosso» spiegò Kevlar.

«La cosa migliore è stare al gioco in silenzio. So che sembra spaventoso e illogico» disse Mozart. «Ma useremo un sistema per provare che sei viva. Dato che Safe e la sua squadra saranno impegnati, puoi inviare una mail a uno di noi ogni due ore, per farci sapere che stai bene. Se salti un riscontro, possiamo usare le nostre connessioni per scoprire immediatamente cosa sta succedendo.»

Wren lanciò un'occhiata a Bo. Stava fissando l'amico con un piccolo cipiglio sul volto.

«Se ti rapiscono, abbiamo la possibilità di far sì che delle persone ci lavorino su» concordò Dude.

«Posso dire una cosa?» chiese Wren.

«Certo» le disse Kevlar.

«Cosa potreste fare? Non saprete nemmeno dove sono. E non è che voi siate ancora dei SEAL. Dio, è suonato male.

Cioè, lo siete... ma non in servizio attivo. Non potete salire su un aereo e venire a prendermi.»

«Prima di tutto, hai ragione, non possiamo. Ma ciò non significa che non conosciamo altre persone che possano farlo» le disse Dude. «E *sapremo* dove sei.»

Wren aggrottò la fronte, confusa.

«Credo sia ora di passare all'altra parte dell'incontro di stasera» disse Kevlar.

MacGyver si alzò e si avvicinò a un tavolo stretto appoggiato a una delle pareti. Prese una piccola scatola di cartone che non aveva notato prima e la posò sul loro tavolo. «Wren? Puoi venire qui, per favore?»

Guardò Bo, ma lui era concentrato su MacGyver e qualsiasi cosa contenesse la scatola. Si alzò, sentendosi un po' stordita quando dovette lasciargli la mano, e si avvicinò all'altro uomo.

«Abbiamo messo insieme alcune cose per te. Ricorda, questi sono tutti oggetti per sopravvivere agli scenari peggiori, non sono cose che vogliamo che tu debba usare. Ok?»

Per qualche motivo, Wren era piuttosto eccitata all'idea di vedere ciò che quegli uomini consideravano "oggetti di sopravvivenza", e annuì.

La prima cosa che tirò fuori dalla scatola fu una piccola busta di plastica con dentro qualcosa di bianco.

«Questo è cotone idrofilo ricoperto di vaselina. Pensiamo che possa essere infilato nello scarponcino o nella tasca nascosta di questa» disse MacGyver mentre tirava fuori una cintura.

Wren la prese e notò la cerniera nascosta all'interno. Sentendosi un po' come l'Ispettore Gadget o qualcosa del genere, la aprì, prese la piccola busta di plastica e la infilò nella piccola tasca. «Non sarebbe più pratico avere dei soldi o un documento d'identità qui dentro, piuttosto che questo?»

«Se sei nel bel mezzo della giungla, preferisci avere dei soldi e un documento o un modo per accendere un fuoco?» le chiese Kevlar.

«Oh, è a questo che serve il cotone?» domandò, sentendosi stupida.

«Sì. La combinazione di vaselina e cotone idrofilo è un ottimo innesco per il fuoco.»

Wren si accigliò, confusa. «Ma come faccio ad accenderlo? Mi insegnerete a sfregare due bastoncini?»

Gli uomini ridacchiarono. «No. Cioè, *potremmo* insegnartelo, ma quel metodo è complicato. E ci vorrebbe troppo tempo. Guarda la fibbia della cintura» le disse Preacher.

Se la avvicinò agli occhi per ispezionarla. «Non capisco.»

«Posso?» chiese MacGyver, tendendo la mano.

Wren gliela diede senza esitare. Lui girò la fibbia e la indicò. «Vedi questa piccola barretta?»

Annuì.

«È il ferro-cerio.»

Guardò MacGyver sempre più confusa. «Il cosa?»

Notò la sua espressione sorpresa... o forse sgomenta?

«Mi dispiace, ma non so nulla di campeggio o di vita all'aria aperta.»

«Non c'è problema, Wren» disse Bo, alzandosi e mettendosi accanto a lei. Prese la cintura da MacGyver. «Possiamo fare pratica quando torniamo a casa. Ma in sostanza il ferrocerio è una lega metallica che produce scintille quando la si strofina. Questa è minuscola, il che la rende più difficile da usare, ma dato che stiamo puntando alla furtività, è indispensabile che chi ti perquisisce non la trovi o non capisca a cosa serve.»

Le sue parole la fecero deglutire. Il pensiero di qualcuno che la "perquisiva" non sembrava divertente. Per niente.

«In questa fibbia c'è l'acciarino, o ferro-cerio, e la stanghetta che entra nei fori della cintura è quella che userai per strofinare e produrre scintille. Se ammucchi dei rametti, dell'erba di qualsiasi tipo e del cotone idrofilo ricoperto di vaselina, e poi strisci la stanghetta in questo modo...» Bo la sganciò dalla fibbia e la fece scorrere lungo la barretta, facendo schizzare delle scintille sul tavolo, «otterrai il fuoco.»

«Oh!» esclamò Wren. «Che figata.»

Bo sorrise. «Lo è.»

«Ok. Poi si può rimettere a posto la cintura?» gli domandò.

Lui annuì e le mostrò come rimontarla.

«Che altro?» chiese, eccitata di vedere quali altre cose super segrete da Navy SEAL avevano per lei.

«Un rossetto» le disse MacGyver porgendole un tubetto.

Lei aggrottò la fronte. «Di solito non lo metto» lo informò.

«Non è necessario. Questa marca è a base di petrolio. Anche in questo caso, se ne stacchi un pezzetto, o meglio, lo tagli, può aiutarti ad accendere un fuoco.»

«Ok. Ai rapitori probabilmente non importerebbe molto se avessi con me un tubetto di rossetto.»

«Esatto» replicò Smiley dall'altra parte del tavolo.

Wren gli fece un piccolo cenno di assenso, poi si voltò verso MacGyver. Bo non era tornato al suo posto, era rimasto accanto a lei, cosa che apprezzò.

«Safe ha detto che ti porterà a comprare gli scarponcini. Dovrai assicurarti di rodarli prima di partire, per ammorbidirli, il che significa che probabilmente dovrai iniziare a indossarli al lavoro. Poi cambierai i lacci in dotazione con questo ... il paracord 550.»

«Ho visto braccialetti fatti con questa roba» disse Wren mentre prendeva il cordoncino e ci passava sopra la mano. «Per cosa potrei usarlo?»

«Puoi usarlo per costruire un riparo, per legare insieme dei bastoni, per improvvisare un filo da pesca, per un laccio emostatico, per le trappole, per unire qualsiasi materiale trovi e fare uno zaino, per accendere il fuoco – brucia molto velocemente – o per tagliare le fascette.»

«Ok, la maggior parte di queste cose per me è arabo. Non ho idea di come costruire un riparo, e sono sicura che non sarei capace di pescare o costruire trappole. Ma... mi stai prendendo in giro dicendo che taglia le fascette.»

«No» le disse Flash. Non stava sorridendo, era totalmente serio. «Se scopri di avere i polsi legati con delle fascette, puoi prendere i lacci delle scarpe e usarli come una sega per indebolire la plastica fino a romperla; passa la corda tra le fascette, fai un cappio alle estremità e infilaci i piedi. Poi muovi le gambe avanti e indietro come se stessi andando in bicicletta, alla fine l'attrito riscalderà la plastica e potrai romperla.»

«Wow, davvero?»

«Un'altra cosa con cui faremo pratica» le promise Bo, posandole una mano sulla schiena.

«Bene, ok. Che altro?»

MacGyver tirò fuori un piccolo oggetto di metallo nero, e Wren si chinò per guardarlo meglio.

«È un fermacapelli» le spiegò Mozart. «Abbiamo un amico che era nella Delta Force, sua moglie ne aveva uno che è stato usato per farla uscire da una brutta situazione in Egitto. So che hai i capelli corti, ma potresti usarla come accessorio decorativo. O almeno possiamo sperare sia quello che penserebbero gli altri.»

Wren lo prese dal palmo di MacGyver. Si trattava effettivamente di un semplice fermaglio a scatto. Ma anche al suo occhio inesperto poteva dire che era molto di più.

«Può essere un cacciavite, un righello, una chiave inglese, e il bordo seghettato può tagliare ogni genere di cose. Tela, fascette... qualsiasi cosa, in realtà. Il bordo può essere usato anche con il ferro-cerio, se necessario.»

Bo prese il fermaglio e lo aprì. Poi glielo infilò delicatamente nei capelli al lato della testa e lo chiuse. «Si abbina al tuo colore, quindi non è molto evidente.»

Per qualche motivo Wren arrossì. Sentire le sue mani tra i capelli era davvero piacevole. Non era il momento né il luogo per immaginare a come sarebbe stato sentire il suo tocco su altre parti del corpo, ma non riuscì a fermare quei pensieri.

«E poi c'è questo» disse MacGyver, riportando la sua attenzione su di lui. Teneva qualcosa sul palmo che sembrava minuscolo nelle sue grandi mani. Era un coltello: un piccolissimo coltello a serramanico. Fece un movimento del polso e uscì la punta, con un aspetto affilato e letale.

«Abbiamo pensato che anche questo possa starci nello scarponcino» spiegò Dude. «O magari nella tasca nascosta della cintura. Ma è più difficile da nascondere rispetto alle altre cose che ti abbiamo portato. Forse Safe può trovare un altro posto dove infilarlo, che non sia ovvio per chi cerca armi nascoste.»

«Non è abbastanza grande da poter essere usato come arma, e l'ultima cosa che vorrai è avere uno scontro con un rapitore» aggiunse Blink.

«Giusto. Se dovesse capitare il peggio e ti prendessero, come abbiamo detto, sii compiacente. Non parlare se non è necessario. Non urlare, cerca di non piangere. Sii il più stoica possibile. Mangia quello che ti danno perché non sai quando potrai ricevere dell'altro cibo» disse Flash serio.

«E bevi acqua. È un rischio perché non sai se è pulita, ma senza ingerire liquidi ti indebolisci, e potresti non essere abbastanza in forze per cogliere un'eventuale possibilità di fuga se si dovesse presentare» aggiunse Smiley.

«A proposito di fuga, devi essere intelligente al riguardo. Probabilmente verresti portata in un rifugio sicuro in città dove si erano già nascosti i rapitori, oppure nella giungla. È più facile che sia la seconda ipotesi, perché è più semplice da difendere e ci sono meno persone che vedono i loro prigionieri» le disse Preacher.

«La città sarebbe meglio, da lì è più facile fuggire, ma non saresti necessariamente più al sicuro. Una donna americana che vaga da sola non è affatto al sicuro» rifletté Kevlar. «Ma anche la giungla non è proprio il massimo. Dovresti capire da che parte andare per raggiungere la sicurezza, e uso il termine in senso lato, dato che chiunque incontreresti potrebbe potenzialmente farti del male. Poi dovresti trovare acqua, cibo e un riparo.»

«La giungla è decisamente meglio» disse Bo con fermezza. «Può trovare un posto dove nascondersi e aspettare l'arrivo dei soccorsi.»

La mente di Wren era totalmente in subbuglio. Anche se era stato divertente vedere tutte le cose che i ragazzi avevano portato per lei, pensare di trovarsi da sola nel bel mezzo di una giungla in Africa non era affatto allettante. Nessuno aveva parlato di animali e insetti, ma pensava che qualsiasi cosa in mezzo agli alberi avrebbe potuto ucciderla con un solo morso.

Cacciò il pensiero in un angolo della mente e sbottò: «Quali soccorsi dovrebbero arrivare? Il Dipartimento di Stato ha già detto che gli americani si devono arrangiare se vanno in quel Paese, e tu hai sottolineato più di una volta che chiunque incontrerò probabilmente non vorrà portarmi a casa sua per offrirmi un tè e dei biscotti.»

Non aveva voluto essere spiritosa, ma vide qualcuno degli uomini intorno a lei contrarre le labbra.

«Credo che questo sia il momento di far entrare in scena Tex» disse Mozart. Allungò la mano verso un telefono che si trovava al centro del tavolo e premette alcuni tasti.

Nel giro di pochi secondi, Wren sentì uno squillo provenire dall'altoparlante.

«Era ora» si lamentò un uomo all'altro capo della linea, con un lieve accento del sud.

CAPITOLO TREDICI

SAFE NON SI STAVA DIVERTENDO, ma quell'incontro doveva essere fatto. Sarebbe stato meglio se anche i colleghi di Wren fossero stati presenti, ma quei coglioni avevano preferito comportarsi da macho non volendo ammettere che avrebbero potuto imparare qualcosa da un gruppo di Navy SEAL.

Per quanto avesse apprezzato l'evidente divertimento di Wren davanti ad alcune delle cose che i suoi amici le avevano portato, le ragioni per cui avrebbe potuto averne bisogno erano un peso immenso sul suo cuore. Il pensiero che lei si trovasse in una situazione in cui avrebbe dovuto usare uno qualsiasi degli attrezzi di sopravvivenza di cui l'avevano dotata, gli faceva venire voglia di vomitare.

Ma era anche molto orgoglioso del modo in cui lei stava gestendo le enorme quantità di informazioni che le venivano fornite. Uno di quei giorni si sarebbe seduto con lei per rispondere a tutte le altre domande che aveva e per assicurarsi che sapesse come usare tutto l'equipaggiamento. Inoltre, l'avrebbe aiutata a comprare indumenti e calzature adeguati. Avrebbe fatto *qualsiasi cosa* per rendere un po' più sicuro lo stupido viaggio che stava per intraprendere. Con un po' di fortuna, non avrebbe avuto bisogno di nessuno degli oggetti che le erano stati dati quella sera, e tutto ciò si sarebbe rivelato essere solo una contromisura eccessiva.

L'unico motivo per cui non l'aveva pressata di più per rinunciare al viaggio – capiva davvero che se lei avesse insistito per non andare avrebbe rischiato di perdere il lavoro – era l'uomo che aveva appena risposto al telefono.

«Tex! Grazie per aver accettato di unirti a noi stasera» disse Mozart.

«Non ho nient'altro da fare in questo momento» replicò lui.

Tutti ridacchiarono, perché Tex aveva sempre qualcosa in ballo, qualcuno da seguire.

«Wren? Ci sei?»

«Ehm... sì, sono qui» rispose, lanciando un'occhiata a Safe.

Volendo rassicurarla, si avvicinò a lei e le mise una mano sulla schiena.

«Prima di tutto, non devi più preoccuparti di Matt Smith. L'ho trovato.»

«Cosa?»

«Davvero?»

«Dov'era?»

Le domande arrivarono dai suoi compagni di squadra, ed era felice che stessero chiedendo ciò di cui voleva assolutamente conoscere la risposta. Wren ansimò, i muscoli si irrigidirono sotto la sua mano, e lui si avvicinò ancora di più per supportarla.

«Il suo vero nome è Barry Simpson ed è ricercato in due

stati. Ha un mandato di cattura da parte del Wyoming per minacce terroristiche e un altro da Washington per aggressione sessuale e stalking. Seguendo un'intuizione ho cercato tutti i Matt Smith su altre app di incontri e ho fatto un controllo incrociato. L'idiota ha usato le stesse identiche informazioni in tutti i profili. Per crearne uno ha fatto la cazzata di usare il Wi-Fi del motel in cui alloggiava a Chula Vista. La squadra del dipartimento dello sceriffo è andata ad arrestarlo prima dell'inizio di questo incontro.»

«Davvero?» sussurrò Wren.

«Sì.»

«Wow.»

Safe era altrettanto scioccato, ma allo stesso tempo soddisfatto.

«Proseguiamo. Hai tutta la roba che i ragazzi hanno portato per te?» le chiese Tex.

«Mm-mm.»

«E l'anello da mettere al piede?»

«L'abbiamo tenuto per ultimo» disse Dude. «Non gliene abbiamo ancora parlato.»

«Ok. Quindi... se dovessero catturarti e se i rapitori non sono dei completi idioti, si prenderanno tutti i tuoi gioielli. Orologi, orecchini, collane, braccialetti. Tutto. Sono un grande fan dell'inserimento di dispositivi di localizzazione negli orecchini, ma dato che ti sconsiglio di portare con te qualsiasi tipo di gioiello, anche solo l'orologio, e che non voglio che la mia tecnologia venga gettata in un fiume della giungla africana, ho provato qualcosa di nuovo. Un anello da infilare in un dito del piede.»

Safe la vide aggrottare le sopracciglia, confusa.

«Tex è un maestro nel creare dispositivi di localizzazione»

le spiegò. «Ne abbiamo tutti uno quando andiamo in missione.»

«Ce l'avevo nella muta quando sono stato abbandonato nell'oceano alle Hawaii» disse Kevlar. «È per quello che io e Remi siamo stati salvati così rapidamente. Tex si è reso conto che ero rimasto in acqua troppo a lungo per una normale escursione subacquea, e ha contattato un ex SEAL che vive alle Hawaii in modo che venisse a controllare. Per fortuna.»

«Prima hai chiesto quali aiuti potrebbero arrivare se dovesse succedere qualcosa nel Sudan Meridionale» aggiunse Preacher. «Arriveremmo *noi*. Be', forse non proprio noi, ma Tex conosce praticamente tutti. Scoprirà qual è il team più vicino e chi può entrare e uscire senza far incazzare il governo – il nostro e il loro – e verranno a prenderti.»

Wren fissò il piccolo, e quasi delicato, anello che MacGyver le stava porgendo.

«Abbiamo pensato che i rapitori prenderebbero gioielli evidenti... anelli, collane e simili. Ma per trovare quello al piede dovrebbero toglierti non solo le scarpe, ma anche i calzini. E dato che sembra un oggetto semplice e che non vale nulla, le probabilità che lo lascino lì sono alte» spiegò Kevlar.

«Ho alcuni dispositivi che possono essere ingeriti, ma la ricezione non è buona come quella di uno che si indossa. E se si sta via troppo a lungo... be', non voglio essere troppo esplicito, ma il corpo lo espellerebbe a un certo punto, e ciò vanificherebbe lo scopo di poter condurre una squadra direttamente da te» sostenne Tex.

«Se dovesse succedere qualcosa, *non* arrenderti» disse Blink con calma. «Non importa cosa succederà, Tex ti starà osservando. Se finisci in un posto diverso dall'albergo o dal complesso del Presidente, lui darà l'allarme e qualcuno verrà a prendere te e i tuoi colleghi. Capito?»

Wren strinse le labbra e annuì. Safe vide che aveva chiuso le dita intorno all'anello e lo teneva stretto nel pugno.

«Io... non so cosa dire» mormorò.

«Qualunque cosa sia, è meglio che non sia un grazie» borbottò Tex.

Safe e i suoi amici ridacchiarono.

«Tex odia essere ringraziato» spiegò Dude, vedendola confusa.

«Oh, be', ok. Allora, se dovesse succedere qualcosa e questo piccolo anello dovesse funzionare, dovrò semplicemente chiamare il mio primogenito come te» gli disse Wren.

«Un altro?» chiese Tex.

E a quello nessuno riuscì a trattenere la risata.

«Credimi, nessuno vuole essere chiamato Tex» dichiarò Mozart.

«Non c'è bisogno che mi ringrazi o che chiami i tuoi figli come me» disse lui dopo che tutti smisero di ridere. «Non faccio queste cose perché voglio gratitudine o che qualcuno sia in debito con me, lo faccio perché odio vedere il male vincere. Mi fa arrabbiare. E più riesco a contrastare la malvagità nel mondo, più c'è la possibilità che la gentilezza prevalga. E dal mio punto di vista, ne abbiamo sicuramente bisogno.»

«Sono d'accordo» convenne Wren.

«Allora, mentre ti senti tutta piena di sentimenti positivi nei miei confronti, è un buon momento per dirti che ho fatto delle ricerche su tuo padre. Tyler Farris è una persona seria. Ha quarantanove anni, tre figli, si è sposato solo una volta. Vive a Mission Viejo ed è il co-amministratore delegato della

Farris Morgan. La sua azienda è in regola e non accetta contratti loschi.»

Safe si irrigidì. Sì, aveva contattato Tex in proposito e gli aveva chiesto di indagare sul padre di Wren, ma non si era aspettato che agisse così rapidamente. Avrebbe dovuto immaginarlo.

«Gli ho chiesto di vedere cosa poteva scoprire» le disse. «Volevo assicurarmi che fosse una persona onesta. Che non potesse ferirti ulteriormente se avessi deciso di parlargli o di incontrare lui o i tuoi fratellastri.»

Wren lo fissò, ma non riuscì a capire a cosa stesse pensando. Si sentiva nervoso, e si chiese se fosse arrabbiata o contenta.

Poi, mentre la guardava, vide che le si riempirono gli occhi di lacrime. Poi lei si girò, e tenendo le braccia lungo i fianchi appoggiò la testa sulla sua spalla e rimase immobile.

Safe la avvolse immediatamente nel suo abbraccio.

«Wren?» chiese Tex. «Mi hai sentito?»

Lei annuì.

«Ti ha sentito» rispose Safe.

«Bene. Per quanto ne so, Tyler è un brav'uomo. Safe mi ha detto ciò che tua madre ha raccontato di lui, e a quanto pare era una bugia. Non ha mai preso nemmeno una multa per eccesso di velocità in oltre vent'anni. E credimi, ho *cercato* di trovare del marcio su di lui. Ora, per quanto riguarda tua *madre*...»

Wren si rianimò, si girò verso il tavolo e gridò: «No!» interrompendolo. «Non voglio sapere niente. Non voglio più sentire il suo nome. È fuori dalla mia vita, e voglio che ci rimanga.»

«Va bene» replicò con voce gentile.

Lei fece un respiro profondo, poi si afflosciò contro il fianco di Safe, che le cinse la vita con un braccio e la tenne stretta.

«Allora.... c'è qualcos'altro che pensi che Wren debba sapere prima di partire per il suo viaggio la prossima settimana?» Kevlar chiese a Tex.

«Solo di comportarsi in modo intelligente, di stare in allerta. E solo perché Safe e gli altri ti hanno consigliato di essere compiacente, non significa che tu non debba fare il possibile per tenerti al sicuro. E, Wren? Se si presenta l'occasione, allontanati da loro. Non fare la martire rimanendo perché non potete fuggire tutti insieme. Quando arriverà l'aiuto, arriverà per tutti, anche se vi sarete separati. Capito?»

Wren tirò su con il naso, fece un respiro profondo e disse: «Sì.»

«Bene. Devo andare. Mia moglie mi ha appena fatto sapere che la cena è pronta, e non mancherei mai di sedermi insieme alla mia famiglia di sera, se posso evitarlo. Buon viaggio. Ti terrò d'occhio.»

E chiuse la telefonata.

Dude sbuffò. «Buon viaggio. Certo» mormorò.

«Wren?» la chiamò Kevlar.

Lei lo guardò. «Sì?»

«Non hai mai incontrato tuo padre?»

Safe avrebbe voluto interrompere subito la conversazione. Non voleva che Wren parlasse di qualcosa che le creava difficoltà, ma lei rispose prima che lui potesse bloccare le domande del suo leader.

«No. Mia madre mi ha sempre detto che era un pezzo di merda. Un criminale. Un assassino. Io sono stata concepita dopo un'avventura di una notte. Di recente, all'improvviso il mio fratellastro ha iniziato a telefonarmi. Mi ha spaventata, in realtà, perché pensavo fosse Matt. Ha detto che non sapevano nulla di me e che tutti – lui, i suoi due fratelli, mio padre e la mia... matrigna immagino – avrebbero voluto incontrarmi.»

«E vivono a Mission Viejo?»

Annuì.

«Be', basta che tu lo dica, e quando sarai tornata dal tuo viaggio e noi dalla missione, verremo lì con te, se vorrai. Per proteggerti.»

Wren fissò Kevlar con gli occhi spalancati. «Perché?»

«Perché cosa? Perché dovremmo venire con te? Perché ora sei una di noi» le rispose con semplicità.

«Io... io... ciò mi confonde» sussurrò Wren.

«Cosa di preciso?» chiese Smiley.

«Tutto. Voi ragazzi che vi siete incontrati con me per parlarmi di sicurezza. Tutta la roba che mi avete portato. Tex e il localizzatore...» Aprì il pugno e guardò il piccolo anello sul palmo. «Julie e i vestiti, Remi che mi ha aiutata a scegliere cosa tenere, Matt che è stato trovato, Caroline e Wolf che mi hanno offerto il pranzo. Non so come comportarmi con tutte queste cose.»

«Posso dare un suggerimento?» disse Blink con un piccolo sorriso. «Adattati e basta.»

«Giusto. Adattati» ripeté Wren. Poi alzò lo sguardo verso Safe e disse: «Quindi è finita.»

«Non finché non sapremo che è davvero in custodia» la avvertì Kevlar.

«Pensi che ci sia la possibilità che riesca a scappare?» chiese accigliata.

«A dire la verità non credo. Tex suonava sicuro, non te'

l'avrebbe nemmeno detto se non avesse pensato che fosse una questione chiusa.»

Wren si rilassò contro Safe.

Era sollevato che Simpson fosse stato trovato, ovvio... ma provava anche un senso di delusione per il fatto che non c'era più alcun motivo per cui lei dovesse rimanere a casa sua.

«Naturalmente, visto che le tue cose sono andate distrutte, ti consiglio di non tornare subito nel tuo appartamento. Almeno fino a quando non avrai comprato i mobili e il resto.» Kevlar strizzò l'occhio a Safe.

«Sì. Dato che siamo stati occupati con la pianificazione della missione e tu sei stata altrettanto occupata a lavorare per prepararti a questo viaggio, non ha senso che torni a casa tua, considerando quante cose devi ancora ripassare con Safe» concordò Preacher.

«Esatto. Come farai a imparare a usare il ferro-cerio se vivi dall'altra parte della città?» aggiunse Flash.

Safe non poté fare a meno di alzare gli occhi al cielo. Non erano stati molto discreti. Apprezzava che gli facessero da spalla, ma ci erano andati giù un po' troppo pesanti.

«Potete discuterne più tardi. Io voglio tornare a casa da Remi» disse Kevlar.

«E io voglio solo tornare a casa» sostenne Smiley con uno sbadiglio.

«Domani mattina alla solita ora?» chiese MacGyver.

Il loro leader si alzò e annuì solennemente. «Sembra che partiremo tra circa quattro giorni.»

«Merda, credevo che avessimo un'altra settimana» disse Preacher.

«Anch'io» replicò Kevlar con un'alzata di spalle.

Quella era la vita dei Navy SEAL. Erano tutti ben consapevoli di poter essere inviati in qualsiasi momento. Il fatto che avessero avuto un preavviso significativo per quella missione era piuttosto insolito. Ma dato che sarebbero tornati in Ciad, dov'erano stati solo un paio di settimane prima, avevano bisogno di più tempo per assicurarsi che i loro piani fossero estremamente solidi, per essere certi di non dover tornare per una terza missione.

Questa volta non sarebbero rimaste questioni in sospeso.

«Va bene. Guidate con prudenza. Ci vediamo tutti domani mattina» disse Kevlar, di fatto congedandoli.

Safe si allontanò da Wren mentre ognuno dei suoi amici si avvicinava a lei per dirle che se avesse avuto bisogno di qualcosa, se aveva domande o semplicemente se voleva parlare, erano disponibili.

Mozart e Dude furono gli ultimi a dare la buonanotte.

«Mi fido ciecamente di Tex, tanto che gli affiderei la mia vita. E soprattutto, gli affiderei quella di mia moglie» le disse Dude.

«Ha contribuito a salvare tutte le nostre donne, in momenti diversi» aggiunse Mozart. «Se dovesse accadere il peggio, fidati del fatto che ti aiuterà.»

«E se si prendono l'anello dal dito del piede?» chiese nervosamente.

«Ci ha assicurato di aver inserito una tecnologia in grado di rilevare la temperatura della persona che lo indossa. Se viene rimosso lo saprà, e capirà che è successo il peggio. Manderà i soccorsi» rispose Dude conciso.

Mozart annuì.

Wren fece un respiro profondo. «Ok.»

«Ok.»

«Dobbiamo farti incontrare le nostre donne» disse Dude.

«Hanno conosciuto tutte Remi, e la adorano. Ora tocca a te.» Guardò Safe. «Vedi se riesci a farlo quando torna. Portala all'Aces.»

«Non sono sicura...»

«Quando si cade da cavallo, si rimonta in sella» sostenne Dude con dolcezza, interrompendola. «So che lì sono successe brutte cose, ma Jessyka è davvero dispiaciuta e ha fatto dei cambiamenti. Se sei disposta a darle un'altra possibilità, ti prometto che avrai un'esperienza diversa.»

Lei fece un respiro profondo e annuì. «Va bene.»

«Ottimo. Safe organizzerà il tutto. Ci terremo in contatto.» La salutò con un cenno del mento e si diresse verso la porta con Mozart al suo fianco.

Poi nella stanza rimasero solo loro due.

«Wow» disse Wren. «Mi gira la testa.»

«Sì, è stato molto da gestire. Qual è la cosa a cui pensi di più?» le chiese, voltandola verso di sé e mettendole le braccia intorno alla vita. Credeva che avrebbe parlato del localizzatore. O di uno degli altri gadget che le erano stati dati. O magari anche delle informazioni che aveva appreso su suo padre. Ma lo sorprese.

«Non voglio ancora tornare nel mio appartamento. So che Kevlar ha detto che Matt, o Barry, o come si chiama, ormai è già stato arrestato, ma... vorrei restare da te. Almeno finché non te ne andrai.»

«Puoi restare quanto vuoi. Anche dopo che sarò partito per la missione» le disse senza esitazione. In passato, il pensiero che qualcuno stesse nei suoi spazi mentre lui era assente lo avrebbe fatto rabbrividire. Ma sapere che quella donna sarebbe stata lì, in mezzo alle sue cose, a mangiare il suo cibo, a sedersi al suo tavolo, a dormire sotto il suo tetto... gli sembrava giusto.

«Va bene. Posso ritirarti la posta e altro» gli disse.

«Non mi interessa di quello. Posso bloccarla. Comunque non ricevo nulla di importante, è tutta spazzatura. Il fatto è che ti *voglio* lì. Ti voglio al sicuro e a tuo agio. Non sei più sola» le ricordò. «Hai me, il mio team, Remi, la squadra di Wolf e le loro mogli. Hai la famiglia dei SEAL, Wren.»

«Ci siamo appena conosciuti» sussurrò.

«Quando lo sai, lo sai» replicò Safe. «Pensi che l'abbia già fatto prima? Quello di conoscere una donna e nel giro di pochi giorni farla trasferire da me e presentarle le persone più importanti della mia vita? La risposta è *assolutamente* no. Hai qualcosa di speciale. Lo so, e non sono così stupido da voltargli le spalle. Da lasciarmelo sfuggire, da lasciarmi sfuggire *te* senza lottare. Le cose tra noi potrebbero non funzionare... ma se funzionassero? Resta a casa mia, Wren. Ti prego.»

«Ok.»

«Ok» ripeté. «Sei pronta per tornare a casa?»

«Sì.»

«Domani, quando verrò a prenderti, andremo a fare compere. Vedremo di trovare qualcosa che ti dia un aspetto professionale, ma che sia anche funzionale. Rivedremo tutto il materiale di sopravvivenza che ti hanno portato i ragazzi e ci assicureremo che tu sappia usarlo. Va bene?»

«Va bene.»

«Stasera ci riposeremo. Non penseremo a nulla. Guarderemo un po' di TV spazzatura. Ci rilasseremo.»

Lei sorrise. «Mi sembra *perfetto*. A essere sincera mi fa un po' male la testa. Bo?»

«Sì, tesoro?»

«Sono preoccupata per me e per questo viaggio, ma anche per te. E ora anche per tutti gli altri ragazzi. Partirai presto e so che non puoi dirmi nulla della tua missione, ma sono comunque in ansia.»

«Vorrei poterti togliere questa apprensione, ma, onestamente, è bello sapere che qualcuno si preoccupa del mio benessere. È una sensazione nuova per me.» Safe avrebbe voluto rassicurarla che sarebbe andato tutto bene, che la loro missione sarebbe andata a buon fine e che sarebbe tornato a casa forse anche prima che lei partisse per il Sudan Meridionale. Ma non poteva e non voleva dirle una cosa del genere.

Blink era un buon promemoria sul fatto che non tutte le missioni andavano come avrebbero dovuto. Poteva essere ferito o, peggio, ucciso. Lo odiava, ma era una realtà per un Navy SEAL. Certo, lui e i suoi compagni erano ben addestrati... ma ciò non aveva aiutato la squadra di Blink.

Quindi l'avrebbe rassicurata come poteva, sperando che tutto si risolvesse per il meglio. Voleva avere la possibilità di conoscerla di più. Voleva farla sua in ogni modo che contava. Ma prima, entrambi dovevano superare i loro imminenti viaggi. Una volta tornati, si sarebbe impegnato per approfondire il loro rapporto.

«Be, m'importa di te. Mi preoccupo. Non dimenticarlo mentre sei in giro a salvare il mondo dai cattivi.»

Le sorrise. «Fidati, non lo dimenticherò.»

«Bene.»

Safe si girò e l'aiutò a rimettere tutte le cose nella scatola, poi la raccolse, le prese la mano con quella libera e si diresse verso la porta.

Non gli era sfuggito il particolare che se le cose *fossero* andate male per Wren e i suoi colleghi, lui e la sua squadra sarebbero stati sullo stesso continente. Sarebbero stati l'aiuto più vicino disponibile. Lo sapeva lui. Lo sapeva Kevlar. Lo sapevano Dude e Mozart. E anche Tex.

Nessuno aveva detto nulla ad alta voce, ma quella cosa era sempre in un angolo della sua mente. Kevlar e gli altri probabilmente stavano già pensando alle implicazioni. A portare a termine la loro missione il più rapidamente possibile in modo da poter attraversare il confine del Ciad con il Sudan del Sud, se necessario.

Mentre Wren era al suo fianco e gli sorrideva, Safe inviò una preghiera all'alto affinché non le succedesse niente; sarebbe andata in Africa, avrebbe fatto le sue cose e sarebbe tornata a casa in un paio di giorni. E pregò anche che tutte le loro pianificazioni e precauzioni non servissero a nulla.

Ma se essere un SEAL gli aveva insegnato qualcosa, era che niente andava mai secondo i piani. Safe sperava solo che, se fosse successo qualcosa a Wren, sarebbe stata in grado di mantenere la calma e di stare al sicuro fino all'arrivo dei soccorsi.

CAPITOLO QUATTORDICI

WREN ERA NEL PANICO. Erano le dieci di sera e Bo sarebbe uscito entro quattro ore per raggiungere la base navale per la partenza della missione. Non era pronta.

Negli ultimi giorni si era rifiutata di pensarci... al fatto che lui sarebbe partito, che *lei* sarebbe partita. Più si avvicinava la data in cui lei e gli altri membri della BT Energy sarebbero andati nel Sudan del Sud, più aveva paura. E ciò la diceva lunga, perché Wren non si spaventava facilmente.

Aveva superato molte cose terrificanti. Ma quello?

Non era stato tanto brutto quando Bo e i suoi amici Navy SEAL le avevano dato tutti quegli strumenti di sopravvivenza. Anzi, era stata una bella sensazione sapere che si erano preoccupati abbastanza da cercare di aiutarla.

Ma quando le aveva fatto fare pratica con il ferro-cerio, quando aveva tirato fuori delle fascette per vedere se riusciva a usare i lacci delle scarpe di paracord per liberarsi... si era resa sempre più conto di quanto lui fosse davvero in ansia per il fatto che lei andasse nel Sudan Meridionale.

E se lo era Bo, sapeva che avrebbe dovuto esserlo anche lei. Così il terrore era aumentato. A ogni giorno che passava, e più si avvicinava il momento della partenza, più desiderava che il suo capo annullasse il viaggio.

E ora era arrivato il momento per Bo di partire per la sua missione. Ed era preoccupata per lui. Non conosceva i dettagli dell'operazione, dato che non poteva dirlo, ma aveva intuito che qualsiasi cosa il team stesse per fare in Africa, era pericolosa. Più che pericolosa. E il pensiero che quell'uomo non tornasse, di non poterlo più rivedere, non era qualcosa che voleva considerare.

Le ultime settimane le avevano cambiato la vita. Bo era... be', era straordinario. Premuroso, simpatico, affettuoso, rispettoso. E lei voleva di più.

Ma dato che la vita di entrambi stava per essere messa molto a rischio, non era sicura che avrebbe avuto l'opportunità di avere di più. Ed era uno schifo.

«A cosa stai pensando così intensamente?» le chiese.

Erano seduti sul divano, entrambi riluttanti ad andare a letto perché ciò significava che avrebbero dovuto salutarsi. Bo l'aveva già avvertita che non l'avrebbe svegliata quando se ne sarebbe andato, quindi darsi la buonanotte avrebbe significato che non si sarebbero più visti fino al loro ritorno. *Se* fossero tornati entrambi.

Rabbrividì.

«Hai freddo? Tieni» le disse, prendendo una coperta dallo schienale del divano e porgendogliela.

Wren si raddrizzò d'impulso e si spostò vicino a lui. Tirò

su le ginocchia e si accoccolò al suo fianco. «È ok così?» sussurrò.

«Oh, sì» le rispose, con un tono che le fece pensare che forse ne aveva bisogno quanto lei.

Le passò un braccio intorno alle spalle e la strinse a sé, rilassandosi contro i cuscini. Allungò le gambe e sospirò mentre entrambi si sistemavano comodamente l'uno contro l'altra.

Passarono alcuni istanti prima che lui le chiedesse: «Hai sentito il detective oggi?»

Wren annuì. «Matt... scusa, *Barry*, è stato estradato in Wyoming per le minacce terroristiche. Trattandosi di accuse federali, sono più gravi. Poi dovrà recarsi a Washington e dovrà rispondere delle accuse che ha lì.»

«Avranno bisogno che tu testimoni su qualcosa?»

Scrollò le spalle. «Se finisce in tribunale per le accuse di aggressione e stalking, forse sì.»

«Ero serio quando ti ho detto che puoi rimanere qui tutta la settimana fino alla tua partenza. Non hai bisogno di tornare nel tuo appartamento.»

«Lo so. E lo apprezzo molto. Mi piace questo posto. È intimo.»

«Vuoi dire piccolo e un po' malandato» la corresse con una risata.

Ma Wren non rise, sollevò la testa e incontrò il suo sguardo. «Sì, è piccolo, ma è pulito. Non ci sono mozziconi di sigaretta sopra i tavoli e sul pavimento. C'è cibo nel frigorifero e nella dispensa. C'è profumo di detersivo per il bucato e di limone del detergente che usi per pulire i pavimenti. Le porte si chiudono bene e non devo preoccuparmi della muffa sui muri e che gli scarafaggi mi entrino nelle orecchie di notte.»

«Wren» disse Bo in tono triste.

Ma lei scosse la testa. «No, non essere dispiaciuto per me. Crescere in quel modo mi ha permesso di apprezzare meglio le cose che possiedo. Le cose che mi sono guadagnata. È orribile che Barry abbia distrutto tutti i miei averi, ma erano solo oggetti. Non mi ha fatto del male, grazie a te e a Kevlar. E tutti voi avete fatto più del dovuto per aiutarmi. Ma stare qui con te mi ha fatto capire una cosa importante.»

«Quale?» le chiese, stringendo il braccio intorno a lei.

Wren appoggiò la testa sulla sua spalla. «Che ho vissuto un'esistenza molto solitaria. Mi sono illusa di essere più socievole solo perché mi sono iscritta a un sito di incontri. Ma in realtà ho sempre allontanato le persone perché avevo paura di essere ferita, di avere una relazione come quelle che aveva mia madre quando ero piccola. Ero così preoccupata di proteggermi dalle sofferenze, che mi sono isolata. Ho cambiato spesso lavoro perché era più facile che aprirmi e coltivare vere amicizie.

E ora ho fatto quello che in passato mi ero impedita di fare, amicizia appunto. Non so come sia successo, ma finalmente ho capito cosa mi mancava nella vita: la *connessione*. Credo di aver avuto paura che una volta che qualcuno mi avesse conosciuta, avesse conosciuto la vera me, mi avrebbe giudicata e trovata inadeguata. E ciò mi avrebbe fatto molto più male che non avere amici.

Ma tu e i tuoi compagni mi avete accettata. Senza riserve. Avete fatto di tutto per aiutarmi a preparare il viaggio, anche se non siete d'accordo con la mia scelta di farlo. Caroline, Julie, Remi, e altre donne che non ho ancora conosciuto mi hanno aiutata senza volere nulla in cambio. È qualcosa di davvero raro.»

Fece un respiro profondo e alzò di nuovo lo sguardo verso di lui. «Resterò qui fino alla mia partenza. Perché dovrei voler tornare nel mio appartamento quando alcuni dei ricordi più belli della mia vita sono in questa casa? Ridere con te mentre guardiamo la TV, preparare la cena insieme, mangiare cereali zuccherati al mattino al tuo tavolo. Svegliarmi nel cuore della notte per andare in bagno e vederti sbucare dalla tua stanza perché mi hai sentita e per chiedermi con voce assonnata se sto bene. Potrebbe essere difficile convincermi ad andarmene quando entrambi torneremo.»

Wren non aveva avuto intenzione di spifferare l'ultima parte, ma non si pentì di averla detta. Non era abbastanza coraggiosa da rivelargli quanto lui stava diventando importante per lei, ma ciò non significava che non potesse dirglielo in modi più velati.

Bo le prese il viso con una mano e la fissò con uno sguardo intenso. Non parlò, ma si chinò verso di lei, che inclinò avidamente il mento per ricevere il bacio che sapeva sarebbe arrivato. Quando le toccò le labbra con le sue, un fremito la percorse dalla testa ai piedi.

Le sfuggì un piccolo gemito, e ciò fece sì che Bo portasse la mano sulla sua nuca e approfondisse il bacio, accarezzandole la pelle sensibile mentre le divorava la bocca.

Poi si spostò fino a sdraiarsi supino sul divano, tirandola sopra di sé. Aveva ancora la mano sulla sua nuca, mentre l'altra era premuta contro la sua schiena. Wren sentì la sua erezione contro la pancia, ma lui non mosse i fianchi e non fece nulla che potesse farla sentire a disagio tra le sue braccia.

Quando lei scese con una mano sul suo busto per raggiungere la fibbia della cintura, Bo le afferrò delicatamente il polso e se la riportò sul petto.

«Non vuoi... cioè... possiamo...» Avrebbe voluto alzare gli occhi al cielo per non essere in grado di dire ciò che voleva.

«Ti desidero» le disse senza esitazione. «Ma quando farò l'amore con te per la prima volta, non voglio avere fretta. Voglio potermi prendere tutto il tempo necessario. Memorizzare la sensazione di averti sotto di me, sopra di me, e di essere profondamente dentro il tuo corpo.»

Le sue parti femminili si contrassero a quella dichiarazione.

«Quello che *non* voglio è una scopata affrettata e fatta per disperazione perché sto per partire. Torneremo entrambi, Wren. E allora potremo esplorare a fondo l'attrazione e la connessione che abbiamo. Sono felice che ti piaccia casa mia, perché se dipendesse da me, non te ne andresti mai. Ho davvero intenzioni serie con te.»

Non le piaceva la prima parte sulla scopata fatta per disperazione, ma... aveva ragione. Si *sentiva* un po' disperata. «Non puoi sapere cosa succederà. Sei tu che mi hai avvertita di tutte le cose orribili che potrebbero accadermi in quel viaggio.»

«*Tornerai* a casa» sostenne, con così tanta convinzione che Wren non poté fare altro che credergli. «E anch'io. Ho fatto centinaia di missioni. Questa *non* sarà quella che mi farà fuori, soprattutto se devo tornare a casa da te.»

«Bo» sussurrò lei, sentendosi sopraffatta.

«La vita è dura» le disse. «Quando tocchi il fondo, lei cerca di buttarti ancora più giù. Sono le persone che riescono ad alzare il dito medio e a dire "non avrai mai la meglio su di me", a uscirne vincenti. Conto che tu faccia proprio questo.

Spero e prego che il tuo viaggio sia noioso da morire e vada esattamente come previsto. Ma se così non fosse, ricordati tutto quello che ti abbiamo detto, mantieni la calma e pensa che non sei sola. Hai un gruppo di Navy SEAL, in servizio ed ex, che faranno di tutto per arrivare a te.»

«Non penso che sia così facile. Voglio dire, devi avere il permesso di entrare nel Paese, giusto? Dal nostro governo, dai vostri capi e dal popolo sudanese.»

«Se sarai in pericolo, nessuno potrà tenermi lontano.»

Le sue parole le fecero salire le lacrime agli occhi.

«Non piangere» le ordinò in tono roco.

«Non posso farci niente. Sei dolce.»

«Vuoi che faccia lo stronzo?» le chiese.

Wren rise. «No.»

«Così va meglio» le disse con dolcezza, asciugandole la guancia con il pollice.

«Possiamo dormire qui?» gli chiese.

Invece di dire quanto fosse scomodo il divano rispetto a un letto, o di sostenere che aveva bisogno di riposare bene prima di partire per la missione, Bo si limitò ad annuire. La spostò fino a farla accoccolare contro il suo fianco, con la schiena appoggiata ai cuscini, una gamba sulle sue cosce e un braccio sul suo petto. Poi prese la coperta e coprì entrambi.

«Probabilmente dormiresti meglio nel tuo letto» si sentì obbligata a borbottare.

«Non dormirei. Penserei a te.»

«Mi mancherai» ammise Wren.

«Non quanto mancherai tu a me» ribatté Bo.

Passarono un paio di minuti senza che nessuno dei due parlasse, poi lei disse sommessamente: «Pensavo che essere drogata fosse la cosa peggiore che potesse succedermi. Mi ha fatto venire in mente tanti brutti ricordi della mia infanzia, della paura che avevo di mia madre e dei suoi fidanzati. Ma... si è rivelata una delle cose migliori che mi siano mai capitate.»

«No» disse lui con severità. «Essere drogata contro la tua volontà *non* è una delle cose migliori che ti possano capitare.»

«Ma mi ha portata a te» protestò, sollevando la testa per cercare di guardarlo meglio.

«Ti avrei trovata comunque.»

«Come?»

«Non lo so. Ma non è possibile che alla fine non ci saremmo trovati, visto il legame che condividiamo.»

Oh, accidenti, quella era una delle cose più belle che le avessero mai detto.

«Ti avevo già notata» proseguì. «Quella sera all'Aces. Ti ho vista con quello stronzo e mi sono chiesto cosa ci facessi con lui. Avrei trovato il modo di parlarti. Non so come, ma mi sentivo attratto da te anche prima che scambiassimo una sola parola. Quindi il fatto che tu sia stata drogata *non* è stata una cosa positiva. Non è stato il catalizzatore del nostro incontro.»

A Wren ciò piaceva molto. «Ok, Bo.»

«Chiudi gli occhi, Wren.»

Non voleva farlo. Voleva assaporare la sensazione di essere tra le sue braccia. Nessuno dei due sapeva cos'avrebbe portato il futuro e, a essere sincera, avrebbe voluto implorarlo di non partire. Di aiutarla a trovare una soluzione per far sì che lei non dovesse andare nel Sudan Meridionale. Ma non era quel tipo di donna.

Appoggiò la testa sul suo petto e chiuse gli occhi come le aveva ordinato. Aveva programmato di rimanere sveglia finché non fosse arrivata l'ora della sua partenza, ma il calore del suo corpo, il battito del suo cuore sotto l'orecchio, la sensazione del suo petto che si alzava e si abbassava, aiutarono a farla cedere al sonno in pochi minuti.

———

Safe non dormì. Nemmeno per un secondo. Lo avrebbe fatto sull'aereo mentre andava in Ciad. Per il momento era troppo impegnato a memorizzare ogni secondo trascorso tenendo Wren tra le braccia.

Una delle cose più difficili che avesse mai fatto era stata allontanarle la mano dal cazzo. Voleva sentire il suo tocco su di sé. La sua bocca. Voleva spogliarla e perdersi dentro di lei.

Ma non aveva mentito, non c'era abbastanza tempo per fare tutto quello che desiderava fare la prima volta che sarebbero stati in intimità. Aveva bisogno almeno di una notte intera.

Così, invece, la tenne tra le braccia mentre dormiva. Più cose scopriva sulla sua infanzia e sulla sua vita, più rimaneva impressionato da lei. Molte persone non sarebbero state in grado di sopravvivere a ciò che lei aveva subito. Sarebbero ricorse alla droga o all'alcol per affrontare la situazione. Avrebbero fatto amicizie sbagliate. Cose del genere.

Ma la sua Wren aveva una forza interiore d'acciaio.

Non dubitava che avesse avuto delle reazioni emotive intense verso alcune situazioni, dei momenti in cui avrebbe voluto arrendersi. Ma non l'aveva fatto. Continuava a mettere un piede davanti all'altro e a trovare il modo di farcela.

Odiava che dovesse andare nel Sudan del Sud. Aveva un brutto presentimento riguardo a quel viaggio, ma non aveva mentito. Se *fosse* successo qualcosa mentre lei era lì, non avrebbe permesso a nessuno di impedirgli di andarla a cercare. Safe ne aveva già parlato con Kevlar, che aveva discusso l'intera situazione con il loro comandante. Sarebbero stati in Ciad, che era un Paese confinante. Secondo i loro piani molto dettagliati, la missione avrebbe dovuto durare al massimo una settimana. Ciò significava che quando Wren sarebbe arrivata in Africa, loro avrebbero potuto raggiungere il Sudan Meridionale in poche ore, se necessario.

Pregava che non ce ne fosse bisogno. Ma se qualcuno avesse osato farle del male, lui sarebbe stato pronto... e loro sarebbero morti. Punto.

Non aveva problemi a uccidere le persone malvagie. Lo aveva fatto più e più volte senza rimorsi; uomini e donne che avevano scelto di fare del male agli altri, che avevano progettato di uccidere centinaia di creature innocenti. Ma il pensiero che una persona in particolare venisse ferita, la *sua* donna, mandava fuori controllo le sue emozioni di solito equilibrate.

Girò la testa e inspirò profondamente, sentendo il profumo del suo shampoo e della fragranza unica di Wren.

Aveva bisogno di lei.

Strinse le labbra, più determinato che mai a superare quella missione e a tornare a casa per approfondire il loro rapporto. Niente e nessuno gli avrebbe impedito di assicurarsi che lei sapesse come ci si sentiva a essere apprezzati. A essere una priorità in una relazione. A essere amati.

Eccolo lì.

La amava?

Era probabile...?

Non si era mai sentito così per una donna. Non aveva mai

voluto passare ogni momento del giorno e della notte con qualcuno. Non aveva mai avuto così tanto in comune con un'altra donna come con Wren. Non vedeva l'ora di vedere cosa avrebbe riservato loro il futuro. Sapeva che avrebbero superato qualsiasi cosa, lavorandoci insieme.

Le due arrivarono fin troppo presto. Sapeva che era giunta l'ora di andare via ancor prima che il suo orologio vibrasse. Si scostò da Wren, che si mosse a malapena. Era esausta, non solo per le lunghe ore di lavoro ma anche per lo stress delle ultime due settimane; quello per la sua situazione lavorativa, per Barry, per dover decidere cosa fare con il padre che non conosceva e la preoccupazione per la sua missione.

Safe fece una doccia veloce, si lavò i denti e si vestì. Poi tornò sul divano e si chinò su Wren che era ancora addormentata. Le aveva detto che non l'avrebbe svegliata, ma si sentì egoista. Aveva bisogno di parlarle ancora una volta.

Le baciò la fronte e la scosse delicatamente. «Wren?»

«Mmmm?»

«Sto uscendo.»

Quello la svegliò. Sollevò le palpebre e lo studiò con quei begli occhi marrone scuro. «Fai attenzione. Quando torneremo ti farò mantenere la promessa di fare l'amore per tutta la notte.»

Le sorrise. «Ci sto. *Tu* fai attenzione» ribatté.

«Lo farò.»

Si fissarono per un attimo, poi Safe si chinò e le baciò dolcemente le labbra. Voleva di più, molto di più, e quella situazione lo stava già uccidendo.

Si alzò, si girò e andò alla porta senza voltarsi. Se lo avesse fatto, avrebbe potuto non andarsene.

Facendo un respiro profondo, la aprì e uscì, chiudendosela

alle spalle. Rimase lì per un attimo, con gli occhi chiusi, pregando che Wren restasse al sicuro. Che la sua missione andasse come previsto, senza sorprese. Poi si diresse a passo spedito verso la sua Jeep, cercando di far entrare la mente in modalità SEAL. Aveva un lavoro da fare.

Poi avrebbe avuto la sua ricompensa. Wren.

CAPITOLO QUINDICI

WREN NON ERA MAI STATA COSÌ AGITATA in tutta la sua vita. Forse se fosse stata ancora all'oscuro di quanto poteva essere pericoloso quel viaggio, avrebbe potuto goderselo un po' di più. Ma tutto ciò a cui riusciva a pensare erano le storie che aveva letto online e che aveva sentito da Bo e dai suoi amici.

La settimana successiva alla sua partenza per la missione, per lei era stata... difficile. Sebbene sollevata dal fatto che la minaccia di Matt/Barry fosse finita, aveva comunque sentito il bisogno di guardarsi sempre alle spalle. Wolf era stato di grande aiuto procurandole una nuova chiave per la macchina, inoltre le serrature di casa sua erano state cambiate da tempo. Remi era andata con lei all'appartamento una sera e l'aveva aiutata a mettere via tutto ciò che le sue nuove amiche le avevano comprato, e a cercare online alcune delle cose più importanti di cui aveva bisogno, tipo i mobili.

Ma Wren si era sentita sola dal momento in cui Bo era uscito dalla porta.

Il che era assurdo. Al lavoro era sempre circondata da persone. Scambiava messaggi con Remi e Caroline ogni giorno. Aveva anche sentito Mozart, che aveva iniziato a contattarla non appena Bo se n'era andato. Faceva parte del piano "dimostra che sei viva" che lui e Dude avevano pensato; doveva mandare messaggi o mail a uno di loro almeno due volte al giorno. Wren supponeva che alcune donne si sarebbero risentite di doverlo fare così spesso, ma lei non era una di quelle.

Aveva trascorso la maggior parte della vita da sola, quindi sapere che c'erano così tante persone che si preoccupavano di quello che le succedeva era confortante.

Ma anche con tutte le comunicazioni con gli amici di Bo, ora anche *suoi*, Wren non riusciva a smettere di chiedersi dove fosse lui, cosa stesse facendo, se stesse bene. Supponeva che la risposta all'ultima ipotesi dovesse essere positiva, altrimenti Wolf o qualcun altro glielo avrebbe detto. Ma ciò non la faceva preoccupare di meno.

Stare a casa sua senza di lui era strano. Le mancava molto. Rientrare in uno spazio vuoto era diventato molto più difficile ora che aveva conosciuto Bo. Le mancava preparare la cena con lui. Ridere insieme. Chiedergli della sua giornata. Guardare la TV. Parlare.

La sera prima di partire per il Sudan Meridionale, Wren gli aveva scritto una lettera che aveva lasciato a casa sua. Se le fosse successo qualcosa, voleva che sapesse quanto teneva a lui. Quanto le avesse cambiato la vita. Era sdolcinata e probabilmente troppo ricca di informazioni, ma si consolò pensando che lui non l'avrebbe mai vista se non ci fossero stati problemi con il viaggio.

E fino a quel momento era andato tutto bene. I voli erano

stati tranquilli – si era assicurata di non accettare ghiaccio nelle bevande sugli aerei dopo aver sentito quello che era successo a Caroline, Wolf e ai suoi amici anni prima – e ora erano tutti all'hotel nel cuore della città di Juba.

Colby si comportava come se fosse il re del mondo, e voleva tutta l'attenzione su di sé, il che le andava bene. Ricordava gli avvertimenti di Bo sul fatto di mantenere un profilo basso. Di non farsi notare. I due uomini che il suo capo aveva portato con sé come scorta, Bob e Tom – cosa che la faceva ridere visto che si chiamavano come un talk show radiofonico mattutino molto popolare e che a volte ascoltava – si notavano eccome. Vestivano completamente di nero, parlavano tra di loro attraverso piccole radio attaccate a imbracature che portavano al petto, e insistevano per "perquisire" ogni stanza prima di entrarvi.

Secondo lei, si comportavano più come le guardie del corpo dei film che come quelle reali. Non che avesse molta esperienza con quelle vere, ma aveva sperato che non si atteggiassero in quel modo.

Gli altri cinque colleghi che si erano recati nel Sudan Meridionale – Aron, Luke, Dallas, Archie e Oliver – fino a quel momento erano stati piuttosto tranquilli. Archie e Dallas stavano attaccati a Colby, andavano dove lui andava e facevano tutto ciò che lui diceva loro di fare. Gli altri tre avevano sistemato i computer portatili nella stanza che la BT Energy aveva affittato nell'hotel per incontri vari e riunioni, per comunicare con la squadra in California e per continuare a fare ricerche e stilare documenti per il gasdotto. L'inizio dell'installazione era previsto entro tre mesi, se tutto fosse andato secondo i piani.

Ma naturalmente non sarebbe stato così. I combattimenti

a sud della capitale si stavano intensificando, rendendo difficile il reclutamento di lavoratori, e l'esatta collocazione del
gasdotto era ancora oggetto di intense trattative. C'erano
disaccordi perché il governo lo voleva in un punto particolare
e la gente del posto protestava perché si trovava sul "loro"
territorio.

Colby non era stato contento quando Wren era arrivata
all'aeroporto in California e si era accorto che invece delle
gonne e dei tailleur pantalone con cui era abituato a vederla in
ufficio, indossava un paio di pantaloni cargo che Bo l'aveva
aiutata a trovare, una maglia a maniche lunghe in materiale
leggero e traspirante e i suoi nuovi scarponcini. Nell'ultima
settimana li aveva indossati dappertutto, tranne che al lavoro,
per abituarsi.

Ma era stato troppo tardi per fare qualcosa, e ora che
Wren era in Africa, era doppiamente grata per i suggerimenti
del team di Bo. Se avesse indossato una gonna avrebbe attirato molti più sguardi.

«Sei pronta per la conferenza stampa di oggi pomeriggio?»
le chiese Colby.

Al momento erano tutti seduti intorno a un tavolo nella
stanza affittata, per discutere l'ordine del giorno.

«Sì» gli rispose.

«Non puoi deviare dal programma» la avvertì.

Wren fece del suo meglio per reprimere l'irritazione.
«Lo so.»

«Sono serio. Se dici qualcosa che non abbiamo concordato,
potresti essere arrestata. E noi non potremo farci nulla.»

«Lo *so*» ripeté, con evidente impazienza nel tono.

«Volevo solo ricordartelo» disse, accomodandosi meglio
sulla sedia. «E non sono sicuro che il tuo abbigliamento sia

appropriato. Vogliamo mostrarci alla gente di questo Paese come una presenza gentile e sicura. Convincerli che avere questo gasdotto è una cosa positiva, non una conquista militare. E vederti con quegli scarponcini e quei pantaloni, per non parlare della maglietta da uomo e dei tuoi capelli corti, darà un'impressione tutt'altro che gentile. Ti ho assunta per dare un volto femminile alla BT Energy, e non sono sicuro che tu lo incarni in questo momento.»

Wren si irrigidì, ma fece del suo meglio per non far trasparire l'irritazione. Aveva bisogno di quel lavoro, ma anche di essere al sicuro. Se Colby avesse permesso a Bo di parlare al gruppo, avrebbe capito perché era vestita così. E magari lui e gli altri non avrebbero indossato i costosi completi che avevano al momento. Spiccavano decisamente tanto. Erano troppo anche per quell'albergo di lusso.

«Mi dispiace, ma secondo gli esperti che ho consultato, il Sudan del Sud non è un posto sicuro per uno straniero, soprattutto per una donna. Quello che indosso è per la mia sicurezza. E dubito che qualcuno pensi ai miei vestiti quando parlo. Saranno più interessati a quello che dico, a come la BT Energy può aiutarli» disse con la massima calma possibile.

«Sei un'ingenua» ribatté Colby. «Sei stata assunta *perché* sei una donna. Perché vogliamo che le persone siano più interessate a ciò che guardano che a ciò che sentono. Per i viaggi futuri dovrò insistere per approvare il tuo guardaroba.»

Col cavolo! Avrebbe voluto dirgli, ma tenne la bocca chiusa.

Non aveva idea che il suo capo fosse una persona così misogina quando aveva accettato il lavoro. Se pensava che gli avrebbe permesso di rovistare tra i suoi vestiti, si sbagliava di grosso.

Ricordi di quando sua madre le ripeteva in continuazione che doveva avere i capelli lunghi perché era così che si attiravano i ragazzi, quasi la sopraffecero. Da bambina avrebbe usato le forbici sui suoi lunghi capelli neri da sola, se non avesse avuto così tanta paura di ciò che lei avrebbe potuto farle. Ma la prima cosa che aveva fatto quando viveva per strada era stata tagliarli. E non si era mai guardata indietro. Amava tenerli corti. Era più facile prendersene cura e acconciarli, e non si sentiva meno femminile perché non erano lunghi. Inoltre, il fermaglio che aveva tra i capelli poteva anche essere uno strumento pratico di sopravvivenza, ma in tutta onestà la faceva sentire carina.

E ora Colby minacciava di toglierle anche quel piccolo senso di fiducia nel suo aspetto. Che testa di cazzo.

Volendo sorridere a quell'insulto puerile, Wren si assicurò di nascondere qualsiasi emozione dal volto.

«Sono d'accordo con Wren, non credo sia importante quello che indossa» disse Luke. «Vorrei aver messo anch'io dei pantaloni cargo e una maglia più comoda. Questi abiti ci fanno risaltare in modo non molto conveniente.»

«Non me ne frega niente di ciò che è comodo o non lo è» replicò Colby accigliato.

«Quando rappresenti la BT Energy, devi avere un aspetto professionale in ogni momento.»

«Giusto» ribatté Luke in tono sottomesso.

Colby iniziò a fare una conferenza su tutti i dettagli del gasdotto che già conoscevano. Su quanto fosse importante quel viaggio e su quanti soldi avrebbero guadagnato di conseguenza.

Wren guardò Luke e mimò con la bocca *"Grazie"*. Lui annuì, poi riportò l'attenzione sul loro capo.

Sospirò, felice di essere in camera con il membro più giovane della squadra e non con Archie o Dallas. Colby le aveva rivolto uno sguardo allusivo quando aveva chiesto quella sistemazione per dormire, ma, con suo grande sollievo, Bob e Tom erano stati d'accordo che sarebbe stato più sicuro per lei non stare in una stanza da sola.

I minuti trascorsero lenti mentre Colby esaminava ogni aspetto dell'istallazione del gasdotto. Anche se erano tutti perfettamente informati su ogni dettaglio del progetto, il suo capo sentiva comunque il bisogno di ascoltarsi parlare.

Wren supponeva che fosse nervoso per la sessione di domande e risposte che avrebbero tenuto, dato che sarebbero andati a parlare con loro alcuni importanti funzionari governativi. Be', più che altro per parlare con Colby, che avrebbe fornito un aggiornamento sui costi e sullo stato di avanzamento dei lavori.

Lo avrebbero assistito Dallas e Aaron durante la sessione, quindi lei e gli altri furono congedati prima che iniziasse. Wren era sollevata di avere un po' di tempo libero lontano dal suo capo, che ora vedeva sotto una nuova luce. Quando era stata assunta, era stata entusiasta dell'opportunità e lo aveva rispettato come amministratore delegato. Ma ora... voleva solo finire in fretta tutto e andare a casa. Allontanarsi dal suo atteggiamento arrogante e dai suoi sguardi denigratori.

La sessione di domande durava circa un'ora e mezza, e quando, passato quel tempo, Wren tornò nella stanza, trovò gli addetti dell'hotel che stavano preparando per la conferenza stampa che lei avrebbe presieduto.

Il grande tavolo era stato tolto e sostituito da file di sedie. Nella parete avevano collocato un podio e installato dei microfoni. Non aveva problemi a parlare in pubblico, ma per qualche motivo quella conferenza stampa le sembrava diversa. Probabilmente a causa di tutti gli avvertimenti di Bo e della sua squadra che le frullavano in testa, oltre che per le critiche di Colby sui suoi vestiti e sul suo aspetto.

Quando finalmente fu il momento di parlare, Wren si stupì di quanta poca gente si fosse presentata. C'erano cinque persone sui circa trenta posti a sedere, erano tutti uomini e sembravano annoiati a morte.

Si schiarì la gola e si lanciò nella sua presentazione.

Fu impeccabile. Descrisse tutti i vantaggi del gasdotto e cosa avrebbe significato per il Sudan Meridionale. Spiegò come avrebbe funzionato, da dove sarebbe arrivato il gas e dove sarebbe fluito. Pensava di aver fatto un buon lavoro, ma quando finì, gli uomini avevano ancora la stessa espressione annoiata sul volto.

Alla fine si rese conto che il governo aveva probabilmente scelto chi avrebbe potuto ascoltare le informazioni che aveva condiviso. Sebbene fosse in funzione una videocamera di una delle stazioni televisive statali, Wren si chiese se il filmato avrebbe mai visto la luce.

Chiese se qualcuno avesse domande e non fu sorpresa quando nessuno ne fece. La sua prima conferenza stampa internazionale fu un po' una delusione. I cinque spettatori se ne andarono e il silenzio riempì la stanza.

Colby si allontanò dalla parete in fondo alla sala e uscì senza dire una parola, con Bob e Tom al seguito. Archie e Dallas lo seguirono rapidamente.

«Sei stata brava, Wren» le disse Oliver.

«Grazie.»

«Qualcun altro ha pensato che sia stato... be'...strano?» chiese Luke.

«Sì, estremamente» concordò Aaron.

Wren si sentì sollevata di sapere che non era stata l'unica ad aver percepito strane vibrazioni dalla presunta conferenza stampa. «Com'è andato l'incontro con i pezzi grossi?» domandò ad Aaron.

«Bene, credo. Colby ha parlato per la maggior parte del tempo. Noi ci siamo limitati a stare seduti e ad annuire.»

«Hanno dato l'impressione di essere soddisfatti del progetto?» chiese Luke.

«Sì? Cioè, mi è sembrato tutto piuttosto robotico, come se i presenti non avessero voce in capitolo nell'approvazione, o qualcosa del genere» spiegò Aaron.

«Mi sembra che essere qui sia solo una messinscena» disse Oliver. «Cioè che non importa quello che facciamo o diciamo, perché il governo farà quello che vuole a prescindere.»

«Speriamo solo che quello che vogliono sia installare questo gasdotto» borbottò Aaron. «Altrimenti abbiamo fatto un sacco di fatica per niente.»

«Come pensi che sarà la cena di domani sera nel complesso del Presidente?» domandò Luke.

«E chi lo sa» rispose Oliver. «Potrebbe essere come oggi, dove ci saremo noi e poche persone selezionate che non oseranno dire nulla che possa essere considerato controverso, o esserci una ressa.»

Wren era d'accordo. Nonostante tutte le ricerche che aveva fatto e con quello che aveva imparato da Bo su quel Paese, non aveva idea di cosa aspettarsi.

«Dobbiamo restare vigili» sbottò all'improvviso. Quegli uomini non si erano preoccupati di parlare con i SEAL, ma ciò non significava che non volesse che fossero al sicuro. «Quando usciremo dall'hotel, saremo vulnerabili. Un gruppo di americani che lavora per una società energetica sarebbe un ottimo bersaglio per un gruppo che vuole fare soldi in fretta.»

«Non ci rapiranno» disse Oliver alzando gli occhi al cielo.

«Non sto dicendo che succederà» ribatté. «Ma non siamo nemmeno più a Riverton. Dobbiamo stare attenti.»

«Lo faremo» la rassicurò Aaron.

«Stasera usciamo a bere una birra» la informò Oliver. «Vuoi venire?»

Wren spalancò gli occhi. «Cosa? Fuori dall'albergo? No!»

I tre uomini risero.

«Non essere così scandalizzata» disse Aaron. «Andrà tutto bene. Verranno anche Bob e Tom.»

«Non è una buona idea» mormorò Wren. «Perché non rimanere qui e andare al piccolo bar di sotto?»

«Perché no. Vogliamo sperimentare un po' della cultura di questo Paese. Vuoi essere davvero l'americana spaventata che rimane rintanata qui?» la schernì Oliver.

Wren si rifiutò di abboccare all'esca. «Sì.»

«Peggio per te» disse con un'alzata di spalle. Poi si rivolse ad Aaron e Luke. «Ci vediamo nella hall tra un'ora?»

«Va bene.»

«Ok.»

Lei poté solo scuotere la testa per la stupidità dei suoi colleghi. Certo, non avevano sentito tutte le cose che Bo e la sua squadra avevano detto, ma comunque...

Però avevano ricevuto come lei le informazioni dal Dipartimento di Stato sui pericoli del Paese. Non capiva perché si sentissero in una sorta di bolla di sicurezza.

Si avviò verso la sua stanza con Luke, e non appena furono dentro si girò verso di lui. «Ti prego, non andare. Non è sicuro.»

«Andrà tutto bene. È stato Colby a suggerirlo. Ha detto che sarà un modo per mostrare un po' di gentilezza verso la gente del posto. Sai, spendere un po' di soldi, parlare con loro. Far capire che non siamo solo uomini d'affari intoccabili. Ed è la nostra unica serata libera.»

«È una cosa *stupida*. Hai letto gli stessi avvertimenti che ho letto io sul fatto di non andare in giro, soprattutto dopo il tramonto.»

Ma Luke scrollò le spalle. «Saremo in otto. Nessuno si metterà contro tanti uomini. Probabilmente però è meglio che tu non venga, dato che sei una donna.»

Per la prima volta, Wren non sentì l'impulso di prendere a pugni qualcuno che faceva commenti sul fatto che le donne fossero più deboli degli uomini.

«Sul serio, staremo bene. Ci saranno Bob e Tom con noi. Ci faremo una o due birre e poi torneremo. Domani avremo l'incontro con i leader dei vari gruppi etnici e poi andremo a casa del Presidente per fare una chiacchierata.»

Pensare di dover moderare la discussione dell'indomani la rendeva nervosissima. Sarebbe bastata una parola sbagliata e gli uomini avrebbero potuto scannarsi a vicenda. La tensione tra i diversi gruppi del Paese era altissima. Lei sarebbe stata in parte responsabile di mantenere tutti calmi; era una pressione notevole.

«Non credo proprio che sia una buona idea» insistette, non volendo lasciar perdere.

«Ne prendo nota» replicò. «Mi tolgo questo completo e mi metto dei jeans. Puoi guardare» le disse, con un sopracciglio inarcato.

Wren alzò gli occhi al cielo e andò in bagno. Era consapevole che Luke la stava prendendo in giro, ma non voleva incoraggiarlo in alcun modo a pensare che loro due avrebbero avuto un'avventura.

Dopo un po' le gridò che aveva finito di cambiarsi e lei tornò in camera. In seguito non parlarono molto. Lui controllò le mail sul portatile, mentre Wren scorreva i canali della TV, alla ricerca di qualcosa da guardare.

«Devo incontrarmi con i ragazzi. Tornerò tra un paio d'ore. Se così non fosse, significa che siamo stati rapiti, quindi chiama le autorità» disse con un sorrisetto.

«Non è divertente» lo rimproverò.

«Dai, un *po'* sì» ribatté. «Rilassati, Wren. Se vuoi inserirti alla BT Energy, devi lasciarti andare.» Poi la salutò e si diresse verso la porta.

Wren si alzò e andò a bloccare il catenaccio. Era nervosa per il fatto di essere rimasta da sola in albergo, ma non abbastanza da rischiare di andare fuori con il resto del gruppo.

Si sedette sul letto, tirò fuori il telefono e aprì la posta elettronica. Digitò una rapida nota a Mozart, per farsi viva come le aveva chiesto.

Cinque minuti più tardi il telefono suonò per l'arrivo di una mail.

Hai fatto bene a non uscire. Safe e la sua squadra non scherzavano sui pericoli. Ancora un giorno e poi potrai tornare a casa. Domattina aspetto la tua mail.

Wren era esausta. Il viaggio e lo stress degli incontri si stavano facendo sentire, ma sapeva che non sarebbe riuscita ad addormentarsi finché Luke e gli altri non fossero tornati sani e salvi. Non era una grande fan dei suoi colleghi, ma ciò non significava che voleva che accadesse loro qualcosa.

Quattro ore più tardi, sentì bussare piano alla porta. Saltò giù dal letto e guardò attraverso lo spioncino. Il sollievo le fece quasi venire le vertigini quando vide Luke. Sganciò il catenaccio e aprì la porta.

«Scusa se ti ho svegliata» le disse un po' imbarazzato, entrando nella stanza. Puzzava di birra scadente e di sudore, ma era comunque molto contenta di vederlo tutto intero.

«Com'è andata?» gli chiese.

«Tutto ok» rispose con un'alzata di spalle. «Abbiamo speso un sacco di soldi, bevuto tanta disgustosa birra calda e ora siamo tornati. Avresti dovuto venire. È stato bello.»

Wren tornò a letto e si infilò sotto le coperte. Luke invece andò in bagno e una volta uscito si tolse la camìcia e i jeans, lasciandoli sul pavimento. Poi si sdraiò sul proprio letto e qualche secondo dopo lo sentì russare.

Pensò che probabilmente era svenuto, ma era troppo sollevata di riaverlo in albergo per preoccuparsene.

———

«Sta bene» disse Preacher a Safe.

Lui fece un respiro profondo e annuì. Erano ancora in Ciad e avevano portato a termine quello che erano andati a fare. L'obiettivo di alto valore che erano stati mandati a eliminare dopo che aveva preso il posto del fratello, non esisteva più. L'ultima volta avevano eliminato il suo gemello; un gemello di cui nessuno sapeva nulla. Il *vero* leader dei terroristi aveva incaricato il fratello di fare apparizioni pubbliche al posto suo, per motivi di sicurezza. Quell'uomo non era stato del tutto un idiota.

E quando il gemello era stato eliminato da Safe e dalla sua squadra, il leader non aveva avuto altra scelta che uscire allo scoperto per rassicurare i suoi seguaci che, dopotutto, gli americani non erano riusciti ad assassinarlo. E quello era stato il suo unico errore.

L'informazione era arrivata rapidamente negli Stati Uniti e la squadra SEAL era stata inviata in Ciad per completare la missione originale.

Sarebbero dovuti tornare in California il giorno prima, ma il loro comandante aveva usato un po' della sua influenza. Da quando aveva saputo del viaggio della BT Energy nel Sudan Meridionale, era preoccupato quanto Safe e il resto del team. Quindi sarebbero rimasti lì per altre quarantotto ore. Per ogni evenienza.

Era quel "per ogni evenienza" che lo stava quasi facendo impazzire dalla preoccupazione. «Lo so» rispose dopo un po'.

«Ci avrebbero informati se fosse successo qualcosa» concordò Flash.

«Ancora un giorno» aggiunse MacGyver.

Safe annuì. Voleva parlare con Wren, per sapere di persona come stavano andando le cose. Per assicurarsi che stesse bene. Ma non poteva. Doveva fidarsi dell'informazione che lei era al sicuro.

«Ancora un giorno» ripeté sottovoce. Sarebbero state le ventiquattro ore più lunghe della sua vita. Finché il comandante non gli avesse comunicato che i dipendenti della BT Energy erano su un aereo e stavano tornando a casa, non sarebbe riuscito a rilassarsi.

CAPITOLO SEDICI

WREN NON DESIDERAVA altro che dormire per il resto della giornata, ma non poteva. Era obbligata ad andare alla riunione presidenziale, il che era spiacevole, perché dopo la seduta di quella mattina aveva i nervi a fior di pelle.

L'incontro con i diversi gruppi etnici era stato incredibilmente teso. C'erano state molte discussioni e accuse di corruzione lanciate di qua e di là. Wren aveva potuto solo cercare di mantenere tutti abbastanza calmi affinché non iniziassero a litigare proprio lì nella sala conferenze. Aveva fatto del suo meglio per spiegare come il gasdotto avrebbe portato benefici a tutti, ma gli uomini presenti erano stati più preoccupati di quanti soldi avrebbero ricevuto le loro comunità.

Era stato estenuante, e sommato al fatto di aver riposato pochissimo la notte precedente, avrebbe voluto solo dormire. Ma Colby aveva detto a tutti, senza mezzi termini, che sarebbero andati al complesso presidenziale e aveva ordinato loro di incontrarsi nella hall alle sei in punto.

Il solo pensiero di Wren era arrivare all'indomani mattina, quando sarebbero saliti sull'aereo per tornare in California. Non aveva idea se fosse servito a qualcosa andare lì, se erano riusciti a convincere la popolazione e gli uomini al potere che il gasdotto era una valida soluzione. Il progetto era già stato approvato, ma quel viaggio avrebbe dovuto servire per finalizzare i dettagli e per fare una brillante campagna pubblicitaria per convincere i cittadini che la collaborazione con la BT Energy e il governo sarebbe stata vantaggiosa per tutti.

Non sapeva chi sarebbe stato presente alla cena. Non sapeva nemmeno cosa aspettarsi. Supponeva che ci sarebbe stato del cibo, da bere. Ancora interazioni con i pezzi grossi, altri sorrisi allegri per convincere tutti i presenti che procedeva tutto a gonfie vele con la BT Energy e il progetto.

Ma per lei l'entusiasmo era svanito. Desiderava solamente essere a casa.

Voleva vedere Bo. Scherzare con Remi. Voleva organizzare un incontro con suo padre.

Negli ultimi giorni aveva pensato molto a Tyler Farris. Per tutta la vita aveva creduto che non fosse un brav'uomo. Che avesse piantato in asso sua madre. Che avesse persino *ucciso* qualcuno. Scoprire che nulla di tutto ciò era vero, e che in realtà era un uomo d'affari di successo, importante e apprezzato, l'aveva scioccata.

Anche se, con il senno di poi, non avrebbe dovuto esserlo. Sua madre era un essere umano orribile. Il fatto che avesse mentito su suo padre non avrebbe dovuto essere affatto una sorpresa.

Comunque, ora che lo shock della sua esistenza era svanito, Wren era curiosa. Gli assomigliava? Avevano qualche tratto in comune? Inoltre aveva tre fratellastri. Per non parlare di due nipoti femmine e un maschio!

Sapere che suo padre voleva conoscerla era spaventoso ed eccitante allo stesso tempo. Anche lei voleva farlo, almeno una volta. Magari non sarebbero andati d'accordo, forse non gli sarebbe piaciuta, ma era arrivata al punto in cui voleva almeno incontrarlo di persona. Vedere con i suoi occhi che tipo di uomo fosse.

E Wren non aveva dubbi che Bo sarebbe andato con lei. Sarebbe rimasto al suo fianco, proteggendola da chiunque avesse detto o fatto qualcosa di offensivo, mentre lei affrontava una parte del suo passato che pensava non avrebbe mai sperimentato. Che non aveva *voluto* sperimentare.

Inoltre, c'era il suo rapporto con Bo. Voleva molto di più con lui. Dormire insieme sul divano la notte prima che lui partisse era stato qualcosa di così nuovo, di insolito. Certo, aveva già fatto sesso, ma non aveva mai passato la notte con un uomo. Non si era mai fidata abbastanza di qualcuno da abbassare completamente la guardia in quel modo.

Aveva dormito profondamente tra le sue braccia. Desiderava farlo di nuovo, e anche ricevere altri baci, altri tocchi. Voleva essere in intimità con lui. Prenderlo nel profondo del suo corpo e guardarlo perdersi in lei, che a sua volta si sarebbe persa in lui.

«Hai intenzione di prepararti o no?» le chiese Luke uscendo dal bagno.

Wren sospirò. Era assorbita dalla fantasia di come sarebbe stato stare con Bo, e Luke doveva rovinare tutto. «Sì» rispose.

«Partiamo tra quindici minuti. È meglio che ti sbrighi. Io scendo a bermi una birra prima. Spero che se stasera ce ne sarà, sia meglio della merda che abbiamo bevuto ieri.» Rabbrividì. «Sapeva di piscio caldo.»

«Forse lo era» disse Wren con un piccolo sorriso.

«Perfida» mormorò scuotendo la testa. «Non avevo idea che fossi così cattiva quando ho accettato di stare in camera con te.»

Wren rise e fu felice di vedere il sorriso sul volto di Luke. Era bello scherzare. Rilassava un po' la tensione nei suoi muscoli.

«Ok, vado. Ci vediamo dopo. Non fare tardi. Sai quanto è stato teso Colby, e Bob e Tom non sono stati molto meglio.»

«Arrivo subito.»

Luke lasciò la stanza e Wren andò in bagno. Si mise il fermaglio nei capelli e si assicurò che l'anello sul piede destro fosse ancora ben infilato nel secondo dito. Poi andò in camera da letto e indossò un paio di pantaloni cargo puliti e la cintura con il ferro-cerio. Si assicurò che la tasca segreta contenesse ancora il cotone idrofilo ricoperto di vaselina. Si mise il rossetto in una delle tante tasche dei pantaloni, poi si sedette sul letto e prese gli scarponcini. Si accertò che il coltellino fosse ancora nell'inserto sotto la suola della calzatura sinistra all'altezza dell'arcata plantare. Per fortuna non lo sentiva quando camminava.

Infine, dopo aver sistemato tutte le cose super-segrete che i SEAL le avevano dato, fece un respiro profondo e si guardò allo specchio sopra il cassettone. Si morse il labbro. Non aveva l'aspetto di un membro di un commando. Sembrava qualcuno che aveva bisogno di una buona notte di sonno e che era pronto per andare in campeggio, o qualcosa del genere.

Colby non aveva tutti i torti riguardo ai suoi vestiti. Non

assomigliava per niente alla donna elegante e professionale di quando aveva fatto il colloquio con la BT Energy. Ma d'altronde, quella non era la soleggiata California, e lei avrebbe sacrificato volentieri l'aspetto carino per la sicurezza.

Voltò le spalle alla sua immagine riflessa, prese il telefono e inviò una breve mail a Mozart per fargli sapere che stava per uscire per andare all'incontro nella sede del Presidente. Lo rassicurò che ne avrebbe inviata un'altra una volta tornata all'hotel e lo ringraziò per essere stato il suo punto di riferimento.

Infilando il cellulare nella tasca posteriore dei pantaloni, lasciò la stanza e si diresse verso la hall. Ancora un obbligo sociale e poi sarebbe stata libera. Entro dodici ore sarebbero stati in viaggio verso l'aeroporto. Non vedeva l'ora.

———

Salirono tutti su due piccoli minivan; Bob, Tom, Colby, Luke e Aaron su uno e Wren, Dallas, Archie e Oliver sull'altro. Ogni veicolo aveva un autista locale oltre a un altro uomo; i due si erano presentati come membri della squadra di sicurezza del Presidente. Faceva strada qualcuno in uniforme da poliziotto che guidava una moto con i lampeggianti accesi.

Si allontanarono dall'hotel lungo una via molto trafficata. C'erano persone dappertutto, occupate con le lore incombenze, il che la fece sentire meglio. Donne che trasportavano pacchi, uomini che parlavano agli angoli, negozianti che vendevano i loro prodotti. Era tutto così... normale.

Erano in viaggio da una decina di minuti quando Wren percepì che qualcosa non andava. Non erano più nella città vera e propria, ma stavano percorrendo a velocità sostenuta quella che sembrava una strada di campagna.

«Dove stiamo andando? È questo il percorso per arrivare alla casa del Presidente?» sussurrò a Dallas, che era seduto accanto a lei.

«No» le rispose in modo conciso.

«State calmi» disse la presunta guardia di sicurezza presidenziale dal sedile anteriore. Poi si girò e puntò verso gli occupanti del minivan il fucile che teneva in mano, simile a quello che avevano tutti gli ufficiali militari e di polizia del Paese. «Non fate niente di stupido.»

Wren si irrigidì.

Non stava accadendo davvero. Certo, Bo e gli altri l'avevano avvertita di un rischio del genere, ma le sembrava comunque del tutto irreale.

«Dove stiamo andando? Dove ci state portando?» chiese Archie in modo brusco.

«Niente domande!» sbraitò l'uomo.

«Fanculo!» continuò. «Non potete portarci via dal nostro albergo senza dirci dove stiamo andando!»

«Non possiamo?» replicò con un ghigno malvagio. «A quanto pare lo abbiamo fatto. Ora state zitti. Fate quello che vi diciamo e andrà tutto bene.»

«Sì, come no» mormorò Oliver.

«È una stronzata!» esclamò Dallas. «Sapete chi siamo?»

«Certo. Perché pensi che vi stiamo portando via? La vostra azienda pagherà per riavervi indietro. Almeno il capo. Voi? Non ne sono così sicuro.» L'uomo che teneva l'arma puntata su di loro rise.

«Sta succedendo?» chiese Oliver a nessuno in particolare. «Ci stanno davvero rapendo?»

Wren avrebbe voluto prenderlo a schiaffi. *Ovvio* che stava succedendo. Erano stati avvertiti, più e più volte, eppure nessuno aveva preso sul serio quella possibilità. Tranne lei e Bo.

Voleva infilare la mano in tasca e prendere il telefono, ma non sarebbe servito comunque, perché funzionava solo quando c'era il Wi-Fi, e lì, nel bel mezzo del nulla, non c'era di certo.

Si chiese cosa stesse succedendo nell'altro veicolo. Colby stava dando di matto? Bob e Tom stavano cercando un modo per fermare il rapimento? Non era sicura di cosa potessero fare in un minivan con un fucile puntato addosso.

Viaggiarono per quella che le sembrò un'eternità, ma che probabilmente erano stati solo una trentina di minuti. Il tempo sufficiente per lasciarsi molto alle spalle la città di Juba. La strada era di terra battuta, e tutti i passeggeri rimbalzavano come chicchi di popcorn in un microonde. Il territorio pianeggiante e arido fu sostituito da un numero sempre maggiore di alberi, finché la strada sterrata che stavano percorrendo fu completamente circondata da una giungla lussureggiante.

Alla fine il minivan si fermò.

«Non fate niente di stupido» ripeté il loro sequestratore. Poi ordinò: «Scendete.»

Oliver mise la mano sulla maniglia e all'improvviso il veicolo fu circondato da uomini armati. Erano apparsi dal nulla. La portiera venne aperta con uno strattone e qualcuno afferrò il davanti della camicia di Oliver e lo tirò fuori facendolo cadere a carponi. Qualcun altro gli diede un calcio nello stomaco e lui si accasciò con un gemito.

Wren si preparò mentre tutti venivano trascinati fuori dal

veicolo senza tante cerimonie. Riuscì a rimanere in piedi e fece del suo meglio per non guardare nessuno negli occhi. Vennero tutti spinti verso il punto in cui si trovavano gli altri suoi colleghi.

«Esigo che ci riportiate in hotel!» gridò Colby.

Nessuno gli diede retta. Wren si guardò intorno furtivamente e non riuscì a contare tutti gli uomini, ma erano più di una dozzina, più che sufficienti per sottomettere il loro gruppo. Ognuno di loro impugnava un fucile o una pistola di qualche tipo. Indossavano abiti consunti e strappati, e la loro pelle era sporca. Sembrava che vivessero nella giungla da un bel po'.

«Perquisiteli» ordinò l'uomo che era stato sulla moto a guidare il piccolo corteo.

Nel giro di pochi secondi, Wren fu afferrata da dietro e un altro uomo si mise davanti a lei, facendo scorrere le mani su e giù per le sue gambe. Lei rimase immobile, odiando il suo tocco ma sapendo che se avesse protestato – o se lo avesse preso a calci in faccia come avrebbe voluto – le cose sarebbero peggiorate in fretta.

Il tizio le frugò in tasca ed estrasse il telefono con un sorriso, gettandolo su un telo steso a terra lì vicino. Poi infilò la mano in quella lungo la coscia e tirò fuori il rossetto che lei vi aveva messo prima.

Sorrise e disse qualcosa in una lingua che lei non capì. L'uomo che le teneva i gomiti rispose e, con sua grande sorpresa, il rossetto le fu rimesso in tasca. L'altro riprese a perquisirla, non notando o non curandosi del piccolo fermaglio tra i capelli. Le tirò su la maglia e abbassò le coppe del reggiseno, controllando che non ci fosse nulla di nascosto lì.

Si sentì umiliata, ma non si oppose. Rimase immobile e lasciò che lui facesse ciò che gli era stato ordinato.

Alla fine il tizio scosse la testa con uno sguardo disgustato e infilò una mano nei pantaloni.

Wren si irrigidì, pensando che fosse arrivato il momento. Quello in cui sarebbe stata violata.

Invece tirò fuori un paio di fascette di plastica. L'uomo dietro di lei le spinse le braccia in avanti presentandogli i polsi, e l'altro gliele chiuse intorno stringendole forte. Fece una smorfia di disagio, ma tenne a freno la lingua. L'ultima cosa che voleva era far arrabbiare quegli uomini. Era alla loro mercé. Lo sapevano loro e lo sapeva lei. Ed essendo l'unica donna in un gruppo di uomini, era davvero nei guai.

Ripensando a tutti i consigli dei SEAL, fece del suo meglio per essere accondiscendente. Per non attirare l'attenzione su di sé.

Non poteva dire lo stesso riguardo ai suoi colleghi. Colby cercava di respingere gli uomini che lo stavano perquisendo. Imprecò e si indignò quando gli presero il costoso orologio, il telefono, il braccialetto d'oro e tutto ciò che aveva addosso.

Anche gli altri erano stati spogliati di tutto ciò che aveva un valore. Nella documentazione che avevano ricevuto prima del viaggio c'era l'avvertimento di non indossare nulla di costoso o appariscente, ma la maggior parte degli uomini aveva ovviamente ignorato il consiglio.

La pila dei loro averi sul telo era diventata piuttosto grande e quando i loro rapitori furono sicuri di aver preso tutto quello che c'era da prendere, uno di loro legò gli angoli del telo insieme, formando una specie di borsa, e risalì su uno dei minivan per tornare indietro sulla strada che avevano appena percorso.

«Camminate» ordinò il tizio al comando.

Anche tutti i suoi colleghi avevano le mani legate davanti a loro ed erano scompigliati e molto spaventati. Wren pensò di avere anche lei la stessa espressione sul viso.

Con sua grande sorpresa, Bob all'improvviso urlò: «Ora!»

Bob, Tom, Luke e Aaron si staccarono dal gruppo e iniziarono a correre dentro la giungla.

Non ci fu la minima esitazione da parte dei ribelli, e degli spari risuonarono intorno a loro. Wren si accovacciò, cercando di proteggersi come meglio poteva senza alcun tipo di copertura e senza poter usare le mani.

Gli uomini urlarono mentre sparavano, il rumore era assordante, e quando tutto tornò a tacere, aprì gli occhi e si guardò intorno.

Ansimò quando vide quattro corpi che giacevano immobili a terra, a circa quattro metri di distanza dagli alberi. Luke, Aaron, Bob e Tom erano morti. Qualunque strategia avessero escogitato nel minivan mentre andavano lì, chiaramente non era andata come previsto.

Wren si chiese cos'avessero sperato di ottenere. Dove sarebbero andati? Come avevano potuto pensare di poter sfuggire a più di una dozzina di uomini armati? Era stata una cosa stupida e inutile!

Pensare a Luke, alla sua giovane età, a quanto si era emozionato per essere stato scelto per quel viaggio, le fece venire voglia di scoppiare a piangere, ma si sforzò di trattenersi. Sapeva che se avesse fatto una scenata, la successiva a finire in una pozza di sangue sarebbe stata lei.

«Qualcun altro vuole provare a scappare?» urlò l'uomo al comando.

Nessuno disse una parola.

Il capo si avvicinò a Colby e gli puntò la canna del fucile sotto il mento. Lui trasalì e cercò di fare un passo indietro, ma fu fermato da un altro rapitore che si trovava proprio alle sue spalle.

«È bollente» si lamentò, ovviamente riferendosi al metallo della canna contro la sua pelle.

«Perché ho appena sparato ai tuoi amici» sogghignò. «Stai zitto, fai quello che ti diciamo e forse ti lasceremo vivere. Spero che la tua gente sia disposta a pagare per riaverti. Altrimenti...» Sparò un colpo per terra davanti ai suoi piedi.

Tutti loro sobbalzarono per la sorpresa e lo spavento.

«Lo faranno» farfugliò Colby. «Sono l'amministratore delegato. Pagheranno per me!»

Wren aggrottò le sopracciglia quando elaborò cosa implicavano le sue parole. Intendeva che avrebbero pagato per lui... ma non per gli altri?

Non ebbe il tempo di rifletterci perché li fecero marciare dentro la giungla.

Cercando di mantenere la calma, sfruttò con cautela e furtività ogni occasione per guardarsi intorno, finché non riuscì a contare gli uomini che li tenevano in ostaggio. Venti. C'erano quattro rapitori per ognuno dei membri rimanenti del suo gruppo. Al momento non c'era alcuna possibilità di fuga. Ma proprio come Tex aveva previsto, non avevano trovato l'anello al piede durante la perquisizione; il tizio non si era nemmeno preoccupato di toglierle gli scarponcini.

Doveva sperare che ovunque fosse Tex, sapesse che una gita nella giungla non faceva esattamente parte dell'itinerario ufficiale, e che mandasse qualcuno in aiuto.

Wren odiava che il loro rapimento avrebbe messo in pericolo altre persone. Era uno schifo che Colby non avesse ascoltato tutti gli avvertimenti sul fatto di andare lì, e ora le sue guardie del corpo e Luke e Aaron erano morti.

«Fate come vi diciamo e non vi sarà fatto del male» disse uno dei loro rapitori, tirando Archie per un braccio quando inciampò.

Quella era la chiave. Fare ciò che dicevano. Rimanere compiacente. Non attirare l'attenzione su di sé.

Sarebbe stata una delle cose più difficili che avesse mai fatto, ma Wren non aveva vissuto un'infanzia di merda, trovato un uomo con cui poteva finalmente fidarsi di essere sé stessa, e scoperto che suo padre non era un bastardo spiantato, solo per morire ora nella giungla del Sudan Meridionale, dove avrebbero lasciato il suo corpo a marcire. No, avrebbe fatto qualsiasi cosa per sopravvivere.

Tex avrebbe capito che qualcosa non andava. Anche Mozart se ne sarebbe accorto quando non avrebbe ricevuto la sua mail di controllo. Avrebbero mandato gli aiuti. Doveva crederci, altrimenti sarebbe crollata.

CAPITOLO DICIASSETTE

«MM-MM. Ricevuto. Sono già arrivati i dettagli? Ok. Invia le coordinate e tienimi aggiornato. Ci muoviamo subito.»

Safe fissò Kevlar mentre parlava con qualcuno al telefono. Era sicuro al cento per cento che qualsiasi informazione avesse ricevuto non era positiva. E non aveva nemmeno dubbi di chi riguardasse.

Aspettava quel momento dal giorno in cui Wren era arrivata nel Sudan del Sud.

«Wren?» chiese non appena Kevlar riattaccò.

Il leader del suo team annuì.

«Qual è la situazione?» domandò Preacher in tono urgente.

«Il gruppo è stato preso mentre si stava dirigendo verso il complesso del Presidente. Proprio come ci aspettavamo, sono stati portati a sud-est, verso la giungla, dove ci sono più posti per nascondersi» rispose Kevlar.

«Qual è il piano?» domandò Flash.

Safe era contento che i suoi amici facessero quelle

domande, il terrore gli aveva causato un groppo in gola che gli impediva di parlare.

«Tex sta lavorando per ottenere le coordinate. Voliamo fino a Lototuru, in Uganda, troviamo un rifugio sicuro e poi andiamo a nord, attraversiamo il confine più meridionale del Sudan del Sud e ci dirigiamo verso le foreste montane dell'Africa orientale, in direzione del monte Kinyeti. Le informazioni dicono che c'è un accampamento di ribelli nella giungla ai piedi della montagna. Non è detto che riusciremo a intercettarli, anche se sarebbe l'ideale. Dovremo trovare un modo per farli uscire dall'accampamento una volta arrivati.»

«Merda» imprecò Smiley.

«Ci sono vittime?» chiese Blink.

Safe trattenne il respiro in attesa della risposta di Kevlar.

«Non lo sappiamo.»

Non era esattamente quello che voleva sentire, ma supponeva che fosse meglio dell'alternativa.

Safe si chinò e raccolse lo zaino. Era pronto a partire, lo era da quando avevano completato la loro missione. Odiava che si fosse realizzato lo scenario peggiore che avevano ipotizzato, ma aveva fiducia in Wren. Era forte e intelligente. Avrebbe resistito finché non fossero riusciti a raggiungerla.

Qualsiasi altra cosa era impensabile.

———

Wren era abbattuta. Aveva caldo, era stanca, e nonostante a casa avesse usato tanto gli scarponi per ammorbidirli, aveva almeno due vesciche su ogni piede. Una cosa era indossarli con i ventidue gradi che c'erano a Riverton, un'altra era attraversare una giungla e dei corsi d'acqua, con una temperatura che doveva aggirarsi intorno ai trentacinque gradi. La sua maglia era impregnata di sudore, così come i pantaloni. Per non parlare del fatto che aveva le mani intorpidite a causa delle fascette ai polsi.

Insomma, essere rapiti e portati a forza nella giungla era orribile. Il percorso fino al punto in cui erano stati costretti a scendere dai minivan era stato per lo più attraverso la savana; terreno pianeggiante con erba alta che ondeggiava nella brezza. Ma ora erano davvero nella giungla. E sebbene stare all'ombra fosse piacevole, l'umidità era tale che la sensazione era uguale a cercare di respirare sott'acqua.

«Quando ci fermiamo?» chiese Dallas per quella che sembrava la centesima volta.

E come le ultime novantanove volte che aveva posto la domanda, nessuno dei rapitori rispose.

«Fa così caldo» piagnucolò Archie, mentre cercava di asciugarsi la fronte con la spalla.

Per quanto fosse dispiaciuta per sé stessa, lo era di più per i suoi colleghi; erano stati terribilmente impreparati per quell'escursione. Lei non se la stava esattamente godendo, ma per fortuna indossava gli scarponi, e la maglia era fatta di un materiale traspirante. Le stava comunque appiccicata per il sudore, ma era ovvio che gli altri stessero *davvero* soffrendo.

Dovevano essere una vera tortura la camicia di cotone a maniche lunghe e la giacca, che non erano riusciti a togliersi a causa delle mani legate con le fascette, anche se avevano fatto il possibile per scrollarsela giù dalle spalle. Inoltre, i mocassini erano del tutto inappropriati in quell'ambiente.

Ma peggio ancora del fatto di essere a disagio e spaventati, c'era il problema che se non tenevano la bocca chiusa, sarebbero stati uccisi tutti prima di poter essere salvati.

Mentre ci pensava, mosse le dita del piede destro, sentendo l'anello infilato al sicuro dentro lo scarpone. Non si sentì più così sola e indifesa, sapendo che Tex avrebbe visto dove si trovava e mandato i soccorsi.

«Ho bisogno di acqua» ordinò Colby.

Nessuno si mosse per fargli avere ciò che voleva.

«Mi hai sentito?» chiese all'uomo più vicino a lui. «Se non volete che moriamo qui sul suolo della giungla, abbiamo bisogno di bere. Vi sbagliate se pensate di ottenere del denaro per un uomo morto.»

Con sua sorpresa, il tizio che sembrava essere al comando e che camminava in testa alla loro piccola processione si fermò, si voltò e si avvicinò a Colby.

Wren si tenne pronta, perché non sembrava affatto contento.

Senza dire una parola, fece oscillare l'arma verso di lui colpendolo in faccia con il calcio del fucile e facendolo cadere a terra come un sacco di patate. Lui gemette e si mise in ginocchio, ma rimase piegato, tenendosi con le mani il volto ormai sanguinante.

Il ribelle fece un gesto verso gli altri con il fucile. «Qualcun altro ha sete?» chiese.

Tutti scossero rapidamente la testa.

«Maledetti americani deboli» borbottò prima di avviarsi di nuovo verso la parte anteriore del gruppo. «Muoviamoci!» urlò.

Colby stava ancora gemendo per terra.

«Alzati» sussurrò Wren, più per sé stessa che altro.

«Alzati, amico» lo esortò Oliver.

«Non posso» gemette.

«Se non lo farai, ti feriranno di più» aggiunse Archie.

Oliver si abbassò e afferrò goffamente il braccio di Colby. «Ti aiuto io, dai.»

In qualche modo riuscì a tirarlo in piedi. Wren represse il verso che minacciò di sfuggirle quando vide il suo volto. Il calcio del fucile gli aveva fatto uno squarcio sulla guancia lungo almeno cinque centimetri. Non era un'esperta, ma persino lei sapeva che aveva bisogno di punti. E avere una ferita aperta in un ambiente come quello gli avrebbe creato problemi.

Il gruppo riprese a muoversi e Wren fece il possibile per deglutire. Aveva sete come gli altri, ma era più che ovvio che quegli uomini non avevano intenzione di dar loro l'acqua contenuta nelle borracce che portavano intorno al petto.

Doveva essere passata almeno un'altra ora quando il capo finalmente si fermò accanto a un piccolo torrente. «Cinque minuti!» urlò. «Poi ci rimettiamo in marcia.»

«Acqua!» esclamò Archie, e si mise subito in ginocchio sul bordo.

«Aspetta! Probabilmente è contaminata» disse Oliver.

«Se ci viene la diarrea, siamo fottuti» aggiunse Dallas.

«Siamo già fottuti» mormorò Colby, poi si mise in ginocchio accanto ad Archie.

Per una volta, Wren era d'accordo con il suo capo. Si ricordò di quello che le aveva detto Smiley...

Senza ingerire liquidi ti indebolisci, e potresti non essere abbastanza in forze per cogliere un'eventuale possibilità di fuga, se si dovesse presentare.

Ora comprendeva molto meglio quelle parole. Si sentiva debolissima e quasi stordita dalla disidratazione. Visto anche quanto stava sudando, aveva bisogno di liquidi.

Archie e Colby stavano cercando di usare le mani legate

per prendere l'acqua e portarla alle labbra, ma Wren era troppo impaziente per farlo in quel modo. Si sdraiò sulla pancia, con le braccia infilate scomodamente sotto di sé, e bevve direttamente dal torrente.

Vedendo che il suo sistema era molto più efficiente anche gli altri la imitarono, e ben presto tutti e cinque stavano bevendo rumorosamente e con avidità.

Sentì i loro rapitori ridere intorno a loro, ma non le importava. Si concentrò sul bere quell'acqua, che aveva un sapore incredibilmente buono, e non sugli uomini che li prendevano in giro perché erano sdraiati per terra.

Poteva praticamente sentire le sue cellule assorbire il liquido tanto necessario. Le faceva male ogni muscolo del corpo, non era abituata a tutta quell'attività fisica, ma si rifiutò di pensarci troppo. Se lo avesse fatto, non sarebbe stata in grado di rialzarsi e ricominciare a camminare.

«Non credo di poter fare un altro passo» si lamentò Archie.

«Mi fanno malissimo i piedi» concordò Oliver.

«Fa così caldo» aggiunse Dallas.

Wren tenne la bocca chiusa. Era d'accordo con tutti e tre, ma lamentarsi non sarebbe servito a nulla. Lo aveva imparato a sue spese crescendo. Era meglio tenere le labbra cucite, la testa abbassata e sopravvivere di minuto in minuto, soprattutto in quella situazione. Non doveva fare altro, Bo stava arrivando. O uno dei suoi amici delle forze speciali. Tex sapeva che era lì, doveva solo avere pazienza.

Pensò di dire agli altri che gli aiuti stavano arrivando, che aveva con sé un localizzatore... ma non era il momento né il luogo adatto. Erano circondati da ribelli che potevano sentire, e l'ultima cosa che voleva era che qualcuno a un certo punto aprisse la bocca e rovinasse il vantaggio dell'effetto sorpresa provocato da chiunque sarebbe andato a salvarli.

Ma Wren era spaventata a morte. Non le piaceva essere l'unica donna in mezzo a un gruppo di uomini così numeroso. Se uno avesse deciso di aggredirla sessualmente, aveva la sensazione che tutti avrebbero voluto avere il loro turno. Aveva già notato il modo in cui alcuni la guardavano. Non le era piaciuto come il tizio che l'aveva perquisita aveva fissato i suoi seni nudi.

«Voglio fare una telefonata» disse Colby a uno dei ribelli di guardia.

Lei trasalì. Non era certo quello il modo di non attirare l'attenzione. Non aveva già imparato la lezione?

«Davvero?» chiese l'uomo.

«Sì» rispose, suonando più sicuro di sé ora che uno dei rapitori gli stava parlando. «Se ci avete sequestrati per ottenere un riscatto, gli amministratori della BT Energy devono essere avvisati. Posso farlo io.»

«Oh, saranno avvisati» ribatté l'altro. Poi lui e i suoi compagni si misero a ridere.

Il tizio al comando si diresse verso di loro.

«Oh, merda» mormorò Dallas.

Wren era pienamente d'accordo con la sua affermazione.

«Tenetelo» ordinò il capo ai suoi uomini, indicando Oliver.

«Cosa? No! Fermatevi!» urlò lui in tono acuto quando tre ribelli lo afferrarono e lo tirarono in piedi.

«Stiamo per mandare un avviso alla vostra gente» disse il leader con un sorrisetto. «Sapranno con certezza che vogliamo dei soldi. E che li vogliamo presto.» Poi fece un cenno agli uomini che tenevano Oliver, i quali lo costrinsero a inginocchiarsi, gli sollevarono bruscamente le braccia sopra la testa e poi lo spinsero in avanti finché la sua faccia non finì nella terra. Uno dei rapitori si sedette sulle sue spalle, tenendolo fermo. Un altro gli afferrò i polsi e li tenne bloccati giù, allargandogli una mano.

Il terzo tirò fuori un enorme machete.

«Oh Dio, no! Non farlo!» implorò Archie.

Wren non riusciva a muoversi, era paralizzata dal terrore, e vide il ribelle portare il machete alle mani di Oliver e tagliargli con calma e metodicamente l'indice e il pollice.

Il suo collega urlò, mentre dalla sua mano iniziò subito a sgorgare il sangue, ed era certa che per gli anni a venire avrebbe risentito nei suoi incubi i versi che uscirono dalla sua bocca.

L'acqua che aveva appena bevuto minacciò di risalire, ma si costrinse a deglutire con forza. Respirando dal naso guardò i ribelli ridere e giocare con le dita; le calciavano avanti e indietro come se fossero state una palla.

Oliver era ancora piegato, e sentiva i suoi gemiti e i conati di vomito.

Il leader si avvicinò a Colby, che era ancora seduto accanto al torrente. «Hai altre richieste?» chiese sogghignando.

Lui si limitò a scuotere la testa, con lo sguardo fisso su Oliver.

«Come pensavo. Alzatevi. Abbiamo ancora molta strada da fare.»

Wren si alzò ancora scioccata, insieme ad Archie e Dallas. Colby continuò a rimanere seduto e a fissare il povero Oliver.

«Alzati» gli ordinò l'uomo.

Ma lui sembrava essere in una sorta di trance. Probabilmente era sotto shock.

«Alzati» gli sussurrò Wren.

Ma lui non lo fece.

Il leader si mosse rapidamente tirando un calcio sulla spalla di Colby, che si rovesciò, e quando rotolò su un fianco, altri ribelli si avvicinarono e cominciarono a prenderlo a calci.

Wren avrebbe voluto gridare loro di fermarsi, ma l'istinto di sopravvivenza la fece tacere. Si limitò ad allontanarsi dalla mischia, insieme agli altri due colleghi.

Un minuto più tardi i ribelli si fermarono, e rimasero a guardare sorridendo l'uomo a terra, sanguinante e pieno di lividi. Il suo completo elegante e ben stirato era sporco e strappato, macchiato di sudore e ora anche di sangue. Lo squarcio sul viso sanguinava ancora, e adesso aveva ferite su tutto il busto, provocate dalle punte d'acciaio degli anfibi dei loro sequestratori. Poteva vedere i nuovi tagli attraverso la sua camicia bianca sudicia.

«Tiratelo su» ordinò il leader ad Archie e Dallas, che andarono senza esitazione verso il loro capo aiutandolo a mettersi in piedi.

«Se smette di camminare, uccidetelo» disse ai suoi uomini, poi si voltò e proseguì nella giungla.

«Non ce la faccio» mormorò Colby.

«Devi» gli disse Archie.

Mentre i due uomini lo aiutavano, Wren si avvicinò lentamente al punto in cui Oliver era stato tirato in piedi dai ribelli che lo avevano tenuto fermo. Era bianco come un lenzuolo, e vide per terra la bile che aveva vomitato.

«Premi la mano contro la pancia e avvolgici intorno la camicia il più stretto che puoi» gli sussurrò. Quando lui si limitò solo a fissare il sangue che fuoriusciva dove c'erano state le dita, lei passò rapidamente all'azione.

Gli afferrò le mani e gliele premette sullo stomaco. Lui

sibilò per il dolore, ma si impose di ignorarlo e fece del suo meglio per avvolgere la parte inferiore della camicia intorno alla mano ferita, usandola come una benda. Non era il massimo, ma era meglio di niente. «Tienile lì mentre camminiamo» disse con la massima calma possibile.

«Fa male» mormorò lui con voce spezzata.

«Lo so, ma puoi farcela. Devi farlo. Capito?»

«Ti stupreranno» le disse in tono piatto, come se stesse parlando del tempo.

Wren avrebbe voluto rimproverarlo, chiedergli perché diavolo avesse detto una cosa del genere. Ma sapeva perché: era sotto shock. Come lo erano tutti.

Invece si affrettò a seguire i ribelli mentre si inoltravano nella giungla.

Lanciò un'occhiata dietro alle spalle per assicurarsi che anche i suoi colleghi lo stessero facendo, non che avrebbe potuto fare qualcosa se non lo avessero fatto, e vide le dita di Oliver per terra. Era un ulteriore segno che i loro rapitori non avevano alcuna intenzione di fare qualcosa per aiutarli a sopravvivere; li ferivano perché per loro era divertente, perché erano cresciuti circondati dalla violenza e non conoscevano nulla di diverso.

Era ben consapevole che in qualsiasi momento il gruppo avrebbe potuto rivoltarsi contro di lei. Si stavano divertendo a torturare Colby e gli altri uomini, ma alla fine non sarebbero stati in grado di resistere ai loro istinti più bassi. Avevano una donna alla loro mercé, e non dubitava che quando avrebbero rivolto la loro attenzione su di lei, non sarebbe stato per tagliarle un paio di dita.

Rabbrividì, anche se stava sudando abbondantemente, e si pentì di non aver chiesto a Bo e agli altri quanto tempo ci sarebbe voluto perché qualcuno li andasse a salvare se fossero stati rapiti. Perché sentiva che il tempo stava per scadere. Che stava arrivando il suo momento, quello in cui sarebbe stata nel mirino dei rapitori.

Fece un respiro profondo e la sua determinazione si rafforzò.

No. Assolutamente *no*. Avrebbe fatto tutto il necessario per evitare che quello diventasse il suo destino. Avrebbe approfittato della prima opportunità e agito con intelligenza, proprio come le avevano detto di fare i SEAL. Aveva gli strumenti che le avevano dato. Li avrebbe usati. Doveva solo aspettare il momento giusto.

———————

Quando arrivarono all'accampamento, Wren riusciva a malapena a stare in piedi. I suoi colleghi non se la passavano meglio. Soprattutto Colby e Oliver. Erano pallidissimi e non avevano detto molto nelle ultime ore.

Furono portati vicino a un grande albero e spinti a terra; togliere la pressione dai piedi fu piacevole. Wren si spostò più vicino al tronco, lontano dai loro rapitori e dietro ad Archie e Colby.

«Acqua?» chiese piano Dallas, pieno di speranza. Ma gli uomini che li avevano portati lì non sentirono la richiesta o la ignorarono. Si diressero invece verso un grande fuoco, dove si stavano radunando tutti gli altri ribelli.

Guardandosi intorno, Wren notò che non c'erano molti altri uomini nell'accampamento. Sembrava che fossero stati scortati attraverso la giungla dalla maggior parte del gruppo. Era la prima cosa positiva che notò da quando erano stati rapiti. Meno ce n'erano, più facile sarebbe stato sottometterli all'arrivo dei soccorsi.

O magari... sarebbe stato più facile per lei scappare inosservata.

Provò un lieve senso di colpa. Se fosse riuscita a fuggire abbandonando lì i suoi colleghi, i rapitori probabilmente si sarebbero sfogati su di loro. Ma ciò non fu sufficiente a farle desiderare di rimanere.

Guardò i ribelli iniziare a bere qualcosa da delle bottiglie. Immaginò che fosse un liquore di qualche tipo. Se si fossero ubriacati, le loro inibizioni si sarebbero abbassate e la loro già scarsa moralità sarebbe sparita. Se uno di loro si fosse messo in testa di violentarla, l'avrebbero seguito tutti.

No, doveva andarsene da lì il prima possibile.

Si era fatto buio da un po', e sebbene alcune persone potessero essere spaventate dall'idea di trovarsi da sole nella giungla africana nel cuore della notte, Wren non lo era. Preferiva mille volte gli animali della foresta piuttosto che un gruppo di uomini ubriachi.

Il leader si avvicinò a lei e ai suoi colleghi che erano rannicchiati contro l'albero. «Domani contatteremo la vostra gente, per vedere quanto valgono per loro le vostre vite.»

Rise, poi bevve un enorme sorso dalla bottiglia che teneva in mano.

«Fino ad allora... fate i bravi. Non potete fuggire da qui. Non avete idea del percorso da fare, e gli animali in Africa sono molto peggio di qualsiasi cosa vi potrebbe capitare qui. Se pensate che sia brutto perdere un paio di dita e avere qualche livido... aspettate di essere divorati da un ghepardo. Non lo vedrete arrivare. Vi seguirà e vi azzannerà prima che vi accorgiate della sua presenza. Leoni, leopardi, rinoceronti, corrono tutti più veloci di voi. E non fatemi iniziare con i serpenti e gli insetti velenosi. Dormite bene. Parleremo domani mattina.»

Rise di nuovo, poi voltò loro le spalle e tornò dagli altri riuniti intorno al fuoco.

«Ho fame» borbottò Dallas.

«Stai zitto» lo rimproverò Archie.

«Devono tenerci in vita se vogliono un riscatto» obiettò debolmente Colby.

Wren non ne era così sicura. Sì, gli amministratori della BT Energy avrebbero dovuto essere abbastanza intelligenti da non inviare denaro senza avere prove sul fatto che erano vivi, ma probabilmente nel momento in cui i rapitori avessero ricevuto anche un solo centesimo, li avrebbero uccisi.

«Se avessi tenuto la bocca chiusa, avrei ancora le mie dita!» Oliver sibilò al loro capo.

«Non è stata colpa mia» protestò.

«Col cavolo che non lo è stata!» praticamente urlò.

Wren trasalì quando alcuni degli uomini guardarono verso di loro.

«Ho solo detto che potevo contattare gli amministratori.»

«E loro in risposta mi hanno tagliato le dita!» urlò.

Gli uomini intorno al fuoco risero.

«Zitto!» disse Archie a Oliver.

«Perché? È lui che ha deciso che questo viaggio era una fantastica idea. E guardate cos'è successo! Non saremmo dovuti venire. È troppo avido, cazzo!»

Wren era d'accordo con lui, ma ormai era troppo tardi per avere dei dubbi su quel viaggio.

«Sul serio, chiudi quella cazzo di bocca!» sibilò Dallas. «Vuoi che vengano qui a tagliare qualcos'altro?»

Ancora una volta, Wren fu d'accordo con uno dei suoi colleghi.

Oliver e Colby rimasero in silenzio. Nessuno dei due sembrava contento, ma non volevano nemmeno ricevere altre attenzioni dai loro rapitori. Alla fine i ribelli tornarono a concentrarsi sul cibo che stavano mangiando e che non condivisero con i loro prigionieri.

«Moriremo» disse Oliver in tono basso e piatto un minuto dopo.

«No, non moriremo» replicò Colby con altrettanta calma.

«Siamo nel bel mezzo della giungla africana. Tu sei stato picchiato a sangue senza alcun motivo, le mie dita sono cibo per qualsiasi maledetto animale ci sia in questo buco infernale, e Wren sarà violentata da tutti. Preferisco morire piuttosto che scoprire quali altre torture hanno in serbo per noi.»

Wren desiderava davvero che la smettesse di parlare del suo stupro. Riusciva a malapena a non pensare a quelle immagini.

«Nessuno sa dove siamo. Hai letto il materiale sull'argomento; il Dipartimento di Stato non manderà nessuno a salvarci. Ci avevano *avvertiti*. Siamo morti. Preferirei che mi sparassero in testa piuttosto che morire di fame» continuò Oliver. «Penso che le tue guardie del corpo e gli altri siano stati fortunati ad essere stati uccisi. Almeno sono morti in fretta.»

Wren cercò di bloccare i suoi sproloqui. La cosa peggiore che potessero fare era cadere nella disperazione. Un'altra cosa che aveva imparato da Bo e dalla sua squadra; rimanere positivi. Resistere a qualunque costo. Non arrendersi. Sembrava che invece Oliver si fosse già arreso.

«Ho fame» ripeté Dallas, come se non l'avessero sentito la prima volta.

«Smettila. Abbiamo tutti fame» ribatté Archie con rabbia.

I suoi colleghi tacquero. Wren ne approfittò per studiare l'ambiente circostante. Erano stati sistemati contro un enorme albero ai margini del piccolo accampamento. Vicino al fuoco c'erano dei teloni attaccati ad alberi più piccoli, che riparavano i ribelli dalle intemperie. A parte il falò, l'area era completamente buia. Lì nella giungla, senza alcun tipo di inquinamento luminoso, una volta che si fosse allontanata dal fuoco non sarebbe stata in grado di vedere nemmeno a trenta centimetri davanti a sé.

Ma se non ci vedeva *lei*, non lo facevano nemmeno gli altri. Certo, i rapitori avevano delle torce, ma il buio avrebbe dovuto aiutarla... se fosse riuscita a scappare.

La cosa positiva era che i ribelli confidavano nel fatto che i loro prigionieri fossero ammanettati, terrorizzati e disorientati. E se avessero continuato a non farli bere e mangiare, sarebbero stati meno propensi a tentare la fuga.

Al diavolo. Wren se ne sarebbe andata da lì. Non aveva alcun desiderio di vedere cosa avevano in serbo per loro al mattino.

Proprio mentre ci stava riflettendo, iniziò a piovere. E non una lieve pioggerellina; un attimo prima era sereno e quello successivo erano inzuppati fino alle ossa.

Gli uomini intorno al fuoco non si lamentarono dell'improvviso temporale, probabilmente ci erano abituati, ma si dispersero semplicemente nei rispettivi ripari e si sistemarono lì con le loro bottiglie di alcol.

«Porca puttana!» esclamò Colby.

«Mi marciranno le parti basse» si lamentò Archie.

«Odio la pioggia» disse Oliver quasi con tristezza.

«È uno schifo» aggiunse Dallas.

Ma Wren era entusiasta. Sperava che continuasse a piovere. Il rumore avrebbe nascosto la sua fuga. Doveva solo avere pazienza. I ribelli dovevano dormire prima o poi. Forse sarebbero anche svenuti per tutto l'alcol che stavano ingurgitando.

Per il momento era esausta ma non debole. Non aveva senso, ma non aveva intenzione di abbassare la guardia e mettersi a dormire. Sarebbe rimasta sveglia per il tempo necessario, aspettando che si presentasse l'opportunità di fuggire.

Le tornò in mente il consiglio che Bo e la sua squadra le avevano dato sulla fuga nella giungla. Come se lui fosse lì a sussurrarle all'orecchio, lo sentì dire: *"Trova un posto dove nasconderti e aspetta l'arrivo dei soccorsi"*.

Era proprio quello che aveva intenzione di fare. Si sarebbe allontanata il più possibile da quel maledetto posto, poi avrebbe aspettato. Aveva il localizzatore. Chiunque Tex avrebbe mandato nel Sudan Meridionale sarebbe andato dritto da lei. Ormai sapeva sicuramente anche dove si trovava l'accampamento perché doveva aver seguito la sua traccia e visto che non si muoveva più.

Stava facendo un sacco di supposizioni, ma Tex non era stupido. Non lo conosceva personalmente, ma era ovviamente rispettato da Bo e dagli altri. Avrebbe risolto quella situazione di merda. Doveva farlo.

Così come lei doveva andarsene. Non aveva dubbi che più fosse rimasta, più sarebbe stata in pericolo. Aveva il suo equipaggiamento di sopravvivenza. Si sarebbe arrangiata finché non fosse stata salvata e riportata negli Stati Uniti. Poi non sarebbe più partita. Mai più.

CAPITOLO DICIOTTO

SAFE AVREBBE VOLUTO che tutto si svolgesse più velocemente. Kevlar aveva ricevuto da Tex un link con le informazioni del localizzatore inserito nell'anello che Wren portava al piede: si stava spostando nella giungla. La loro squadra si stava muovendo il più in fretta possibile, ma non era abbastanza.

Non riusciva a smettere di immaginare tutti i momenti orribili che lei stava passando. Le aveva insegnato più cose possibili nel poco tempo che avevano avuto a disposizione, ma non era entrato nei dettagli di ciò che i ribelli avrebbero potuto fare a un gruppo di prigionieri. Aveva visto di persona quanto potessero essere brutali, e odiava pensare che Wren fosse alla loro mercé.

Erano arrivati in Uganda senza incidenti. Presto avrebbero superato il confine con il Sudan del Sud, e Kevlar stava organizzando un piano per far sì che li facessero scendere con una corda da un elicottero nella giungla intorno al monte Kinyeti. Ma per Safe tutto procedeva ancora troppo lentamente.

Fissò il GPS portatile che indicava la posizione di Wren. Il punto sullo schermo non si muoveva da un paio d'ore. Il che poteva significare una tra varie cose: avevano raggiunto l'accampamento dei ribelli; lei era morta e il suo corpo era stato abbandonato nella giungla; l'anello aveva funzionato male o era stato trovato.

Nessuna di quelle possibilità era positiva, ma se avesse dovuto scegliere, Safe avrebbe scelto la prima opzione.

«Vedrai che sta bene» disse Blink con calma accanto a lui.

Safe lanciò un'occhiata al nuovo membro del gruppo. «Non puoi saperlo.»

Era vero, e non era in vena di ricevere futili rassicurazioni.

«La maggior parte delle donne avrebbe dato di matto quando abbiamo iniziato a parlare della possibilità di essere rapita, ma Wren ha seguito tutto con attenzione. Ha ascoltato i nostri consigli. Li ha presi a cuore. Starà bene.»

Safe fece un respiro profondo e chiuse gli occhi. Gli scenari peggiori continuavano a passargli per la testa, uno più spaventoso dell'altro, ma si costrinse a liberare la mente.

Blink aveva ragione. Wren *era* una dura. Non sarebbe riuscita a superare la sua orribile infanzia se non lo fosse stata. «Ok» disse buttando fuori il fiato e riaprendo gli occhi.

«Ok» ripeté Blink. Gli strinse la spalla con una mano, poi andò verso Smiley e Flash che stavano esaminando la loro attrezzatura.

Due minuti più tardi, Kevlar disse: «Partiamo tra cinque minuti. Assicuratevi di avere tutto l'equipaggiamento necessario nei vostri zaini. Andiamo veloci e leggeri, quindi portate solo l'essenziale. Facciamolo.»

Safe non ebbe bisogno di controllare il suo zaino. Sapeva cosa c'era dentro fin nei minimi dettagli. Materiale di primo soccorso, due razioni MRE, pastiglie per la purificazione dell'acqua, repellente per insetti, un utensile multifunzione, una bussola, una mini torcia a LED, un kit per accendere il fuoco, una borraccia pieghevole, al momento piena, compresse di elettroliti, uno specchio di segnalazione, una coperta termica, del paracord, spille da balia, un apriscatole, nastro adesivo, una lametta e una chiave per le manette. Gli oggetti del kit di sicurezza che ogni SEAL portava con sé, erano qualcosa che avevano imparato a memoria ai tempi della scuola. Era pronto a tutto e voleva semplicemente sbrigarsi.

Dieci minuti più tardi, i sette uomini scesero dal retro di un vecchio pick-up che li lasciò in un campo buio a circa un chilometro e mezzo dal confine con il Sudan Meridionale, dove li attendeva un elicottero. Salirono a bordo e iniziarono subito a indossare le imbracature che avrebbero usato per calarsi nella giungla. C'era la possibilità che i ribelli sentissero il mezzo avvicinarsi, ma usarlo era molto più veloce che attraversare la montagna per arrivare al punto in cui il localizzatore di Wren stava pingando. Però sarebbero stati calati a pochi chilometri dal punto di rilevamento, in modo da poter sperare nell'elemento sorpresa.

Il piano era stato discusso e concordato durante il volo verso l'Uganda. Safe avrebbe tenuto il GPS con la posizione di Wren, e la sua unica responsabilità sarebbe stata quella di portarla in salvo. Gli altri membri della squadra avrebbero cercato gli otto uomini. Naturalmente, nessuno sapeva chi fosse stato rapito oltre a Wren. Dovevano presumere, sulla base delle informazioni limitate che avevano, che avessero rapito tutto il gruppo. Poi restava da vedere come avrebbero proceduto all'estrazione di tutti, in base alle condizioni in cui li avrebbero trovati.

Quanto ai ribelli... per quanto lo riguardava avevano fatto la loro scelta quando avevano rapito degli americani. Sarebbero stati eliminati senza pensarci un secondo.

Non erano giunte notizie di richieste di riscatto, ma era ancora presto. Non era passato nemmeno un giorno dal sequestro. Safe e la sua squadra pensavano che lo avrebbero fatto l'indomani mattina, se era nelle loro intenzioni.

Si sistemò sul sedile mentre l'elicottero si sollevava da terra. Era calmo. Concentrato. Aveva promesso a Wren che se fosse successo qualcosa sarebbe stata salvata. Non aveva intenzione di rimangiarsi la promessa ora. Lei era parte della sua famiglia e nessuno poteva permettersi di toccare uno dei loro.

———————

Wren deglutì a fatica. Era terrorizzata, ma era giunto il momento. Adesso o mai più. Stava ancora piovendo. Era bagnata fin nelle ossa, ma non se ne accorgeva nemmeno. Lei e gli altri erano riusciti ad allestire un sistema di raccolta della pioggia con le foglie più grandi, in modo da poter bere un po'. Non era abbastanza, nemmeno lontanamente, ma era già qualcosa. Per il momento doveva bastare.

Gli uomini intorno a lei stavano tutti dormendo. Erano sdraiati sulla schiena o su un fianco. Wren si era rannicchiata contro la base dell'albero, cercando di rimanere nascosta dietro ai suoi colleghi.

Magari non vedendola si sarebbero dimenticati di lei.

Sperava fosse così, visto che i ribelli avevano continuato a bere per alcune ore. Con suo grande sollievo, la maggior parte di loro era svenuta o si era addormentata sotto i ripari. Anche il fuoco si era smorzato abbastanza da far sì che la luce non raggiungesse il loro piccolo angolo.

Era arrivato il momento.

Il senso di colpa si fece sentire di nuovo; per non aver detto ai suoi colleghi ciò che aveva pianificato, per le conseguenze che la sua assenza avrebbe avuto su di loro. Non aveva dubbi che i rapitori non sarebbero stati contenti della sua scomparsa.

Molto lentamente, senza fare il minimo rumore, Wren rotolò sulla schiena. Poi si alzò a sedere e si guardò intorno. Nessuno la notò, stavano tutti dormendo. Si spinse con il sedere fino a superare il grande albero, girandogli intorno.

Si sollevò in ginocchio, poi in piedi, rimanendo bassa. Diede un'ultima occhiata ai suoi colleghi addormentati e fu sorpresa di vedere gli occhi di Oliver aperti e fissi su di lei. Era un po' distante dagli altri, più vicino all'albero dietro il quale si era nascosta.

Wren si bloccò, non sapendo cosa lui avrebbe potuto fare se avesse pensato che stava scappando. Era stato ferito a causa di Colby. Avrebbe lanciato un avvertimento impedendole di fuggire, semplicemente per proteggersi?

Fu sorpresa quando le sussurrò: «Vai.»

«Mi dispiace» gli sussurrò a sua volta.

Ma Oliver scosse la testa. «Non dispiacerti. Avremmo dovuto ascoltarti. Avremmo dovuto venire a quell'addestramento o, meglio ancora, dire di no a questo viaggio. Scappa, Wren.»

«Loro stanno arrivando» si sorprese a dire. «Per tutti noi. Ho un localizzatore. Stanno arrivando, Oliver. Devi solo resistere finché non saranno qui.»

Non spiegò chi fossero "loro" e lui non lo chiese. Lo scorgeva a malapena nel buio della notte, ma lo vide annuire.

«Dirò che sei andata a fare i tuoi bisogni, che ho sentito dei rumori e che non sei più tornata.»

Deglutendo a fatica e desiderando di poterli salvare tutti, si limitò ad annuire. «Smuoverò un po' il terreno. Farò in modo che sembri che sia stata attaccata da qualcosa.»

«Buona fortuna» le disse Oliver.

«Anche a te.» Poi, prima di rischiare di cambiare idea, si voltò, restando abbassata fino a quando non si addentrò bene tra gli alberi, poi camminò rapidamente nell'oscurità.

Quando fu abbastanza lontana dall'accampamento da pensare di poter fare un po' più di rumore, trovò un ramo per terra e fece dei solchi nel suolo, strappando anche un po' di vegetazione. Probabilmente non sarebbe stato sufficiente a ingannare qualcuno a lungo, soprattutto chi viveva nella giungla come facevano i ribelli, ma sperava che fossero troppo impegnati a cercare di contattare qualcuno per chiedere un riscatto per preoccuparsi di una stupida donna americana che si era allontanata nel cuore della notte per fare i suoi bisogni.

Wren camminò velocemente con le mani legate davanti a sé, muovendosi a zig zag. Non aveva idea di dove stesse andando, se non lontano dai ribelli. Doveva togliersi le fascette dai polsi, ma soprattutto doveva mettere dello spazio tra lei e il pericolo.

Farsi strada tra gli alberi era molto più difficile di quanto pensasse. Primo perché era buio pesto, e poi perché il percorso che avevano fatto per arrivare all'accampamento era sì solo un sentiero stretto, ma comunque percorribile.

Il tratto che stava facendo ora invece... non era affatto facile. Il sottobosco continuava a farla inciampare, cadeva in ginocchio in continuazione, i rami le sbattevano sul viso, e ogni minuto o poco più era sicura di sentire qualcuno che la inseguiva, così si accucciava il più possibile per cercare di nascondersi.

Non si stava muovendo abbastanza in fretta e lo sapeva, ma non poteva letteralmente andare più veloce. «Un piede davanti all'altro» sussurrò, sperando che il solo sentire la sua voce le desse l'energia e la forza di continuare.

Ma fu solo quando notò che poteva effettivamente vedere dove stava camminando, che fu travolta dalla paura.

Ormai dovevano aver scoperto che se n'era andata. Probabilmente la stavano inseguendo. Sicuramente stava lasciando una traccia facile da seguire. I ribelli potevano muoversi molto più velocemente di lei perché non avevano le mani legate, avevano dei machete ed erano abituati alla giungla.

All'improvviso si sentì girare la testa e si rese conto che stava andando in iperventilazione.

Si chinò, appoggiando le mani sulle cosce, e cercò di rallentare il respiro. «Puoi farcela. Stai bene» mormorò tra sé e sé.

Decise di sedersi. Non si preoccupò dello sporco o del terreno bagnato; era già fradicia.

Armeggiò con i lacci inzuppati delle scarpe faticando a slacciarli. Pensò di usare la piccola lama sotto la suola per cercare di tagliare le fascette, ma scartò l'idea perché non sarebbe mai riuscita a raggiungere la plastica senza farsi male.

Pregando che il paracord bagnato funzionasse bene come

quello asciutto che aveva usato quando aveva fatto pratica con Bo, riuscì a infilare la corda tra le fascette di plastica e annodarla formando un cerchio nel modo in cui le aveva insegnato, vi infilò i piedi e iniziò a muovere le gambe avanti e indietro.

Quando non accadde nulla, le vennero le lacrime agli occhi.

Le scacciò via con rabbia. Non poteva piangere. Non aveva abbastanza liquidi in corpo per sprecarli *così*. E doveva riuscire a romperle. Doveva! Poteva continuare a camminare con le mani legate, ma sarebbe stato difficile difendersi da un uomo o un animale.

Continuò con ostinazione a far scivolare avanti e indietro il paracord sulla plastica. Si stancò molto più velocemente di quando l'aveva fatto in California, ma la determinazione prese il sopravvento e si rifiutò di mollare.

Proprio quando stava per ammettere la sconfitta, sentì i polsi spostarsi.

Abbassò lo sguardo e vide che la plastica si stava rompendo! Proprio come doveva accadere.

Prolungando i suoi sforzi, Wren fece un enorme sorriso quando la fascetta si ruppe del tutto. I suoi polsi erano pieni di lividi, ma era libera.

Sentendo l'urlo di un animale alle sue spalle, l'euforia svanì. Si allacciò velocemente lo scarponcino e infilò i pezzi di plastica in una tasca dei pantaloni. Non voleva lasciare nulla che potesse far pensare a qualcuno che era stata lì. Tirò fuori anche il coltellino; non sarebbe stato un granché come arma contro un ribelle con un fucile o un machete, ma era meglio di niente.

Sentendosi più a suo agio ora che aveva le mani libere,

Wren riprese a camminare cercando di mettere più spazio possibile tra lei e i ribelli.

―――――

Wren era arrivata quasi al punto di non farcela più fisicamente. Era esausta, aveva fame e sete e ormai inciampava più che camminare. Doveva trovare un posto dove nascondersi, ma nulla intorno a lei sembrava sicuro. Non c'erano grotte, né alberi con buchi in cui potersi infilare. Non poteva nemmeno arrampicarsi su un albero e nascondersi come aveva fatto una delle protagoniste di un libro che aveva letto.

Percepì un rumore che la fece paralizzare dal terrore. Le ci volle un minuto prima di riuscire a muoversi di nuovo, e a quel punto riconobbe ciò che aveva sentito.

Acqua.

Camminando quanto più veloce i suoi piedi riuscivano a fare, che non era molto, Wren andò in quella direzione. Per poco non cadde nel torrente quando finalmente lo trovò, fermandosi giusto all'ultimo momento. Sembrava più profondo di quello dove si erano fermati i ribelli per permettere a lei e ai ragazzi di bere. Era anche più difficile raggiungere l'acqua, dato che c'erano degli argini ripidi su entrambi i lati.

Un rumore alla sua sinistra attirò la sua attenzione, e rimanendo al riparo degli alberi sbirciò intorno per guardare. Ciò che vide la lasciò di stucco. Una mandria di rinoceronti. Sapeva che un gruppo di quegli animali si definiva così perché avevano incluso quel dettaglio nel materiale informativo che aveva ricevuto dalla BT Energy prima del viaggio.

Ce n'erano una decina e stavano tutti insieme dentro il torrente, fortunatamente a valle dalla sua posizione. Sembravano rilassati ma attenti. Wren sapeva che avevano la vista debole, così uscì dal suo nascondiglio e scivolò giù dall'argine fino all'acqua, tenendo gli occhi puntati su di loro mentre si chinava per bere. Era sicura che non fosse delle più pulite, ma aveva bisogno di reidratarsi.

Si fermò molto prima di essere completamente dissetata, non volendo sfidare la sorte, e rimase accucciata nell'acqua più bassa vicino alla riva a osservare gli animali.

Aveva già visto un rinoceronte in passato... allo zoo. Quelli che aveva davanti erano molto diversi. Erano animali selvatici, che si dissetavano, si rinfrescavano, stavano insieme prima di andare a fare qualsiasi cosa facesse un rinoceronte. Erano spettacolari, bruttini e spaventosi, ma Wren era impressionata.

Presto cominciarono ad allontanarsi, attraversando il torrente e dirigendosi verso gli alberi.

Il fatto di vederli sparire così rapidamente fece riaffiorare la sua ansia. Era davvero possibile che potesse imbattersi in qualche animale selvatico mentre si aggirava furtivamente. Sperava solo che la sentissero prima di vederla e scappassero via.

Rabbrividendo anche se non faceva freddo, si arrampicò sull'argine e tornò tra gli alberi, sul lato opposto del torrente rispetto a dove erano andati i rinoceronti.

Si guardò intorno e ovviamente non aveva idea di quale strada prendere. O di cosa fare.

Acqua, cibo, riparo.

Quelle parole risuonavano nella sua testa. Aveva trovato l'acqua, non sapeva cosa fare per il cibo, anche se, a essere sincera, in quel momento dormire la attirava di più che mangiare, e aveva bisogno di trovare un posto dove nascondersi. Con quel pensiero in testa, ricominciò a camminare.

———

Proprio quando pensava di non essere in grado di fare un altro passo, Wren vide qualcosa con la coda dell'occhio alla sua destra. Stava camminando da parecchio dato che il sole era ormai alto nel cielo. Brillava tra i folti rami degli alberi, non direttamente sulla sua testa, ma quasi.

Sbatté le palpebre per essere sicura di aver visto giusto, e camminò come una zombie verso un grande gruppo di cespugli. Ne aveva già incontrati altri, ma ora lì ce n'erano una quindicina o una ventina tutti ammassati l'uno contro l'altro.

Raccolse un legno pesante, lo gettò sopra la vegetazione e si preparò ad affrontare qualsiasi cosa potesse uscire dalla sicurezza dei cespugli.

Ma non accadde nulla.

«Ti prego, fa' che sia vuoto» borbottò prima di mettersi carponi e infilarsi nel groviglio di foglie e rami. Non fu facile, i rami erano intrecciati tra loro, ma Wren proseguì. Se aveva difficoltà lei ad arrivare al centro di quelle piante, l'avrebbe avuta chiunque altro. E li avrebbe sentiti arrivare.

Quando raggiunse un punto abbastanza lontano dai lati di possibile uscita, purtroppo non trovò ad accoglierla uno spazio aperto per creare un piccolo giaciglio. Ma non le importava. Per la prima volta dopo giorni, si sentiva al sicuro. Il che era pazzesco, considerando che era da sola nel mezzo della giungla africana, forse con un gruppo di ribelli incazzati alle calcagna che volevano violentarla e ucciderla.

Si dimenò e contorse il corpo fino a sdraiarsi, alcuni rami le pungevano la schiena e altri il davanti. Ce n'era uno che le premeva dolorosamente sulla pancia e un altro che le graffiava la testa, ma non le importava.

Ignorando i potenziali animaletti striscianti che potevano essere in agguato tra i cespugli, chiuse gli occhi, i suoi muscoli si rilassarono e fu sopraffatta dal sonno praticamente subito.

CAPITOLO DICIANNOVE

Safe percepì l'accampamento dei ribelli prima di vederlo.

Sembrava che quegli uomini non considerassero nemmeno l'idea di tenere la voce bassa, di non essere gli unici nella giungla. Ma perché avrebbero dovuto? Avevano scelto bene il loro nascondiglio. Si trovava a chilometri di distanza da qualsiasi strada, e nessuno avrebbe osato avventurarsi in quella parte della giungla, se ci teneva alla sua vita.

Ma Safe non temeva i fucili che quegli uomini portavano. Né gli uomini stessi. Era il *suo team* quello da temere, non gli stronzi che rapivano persone innocenti.

Proseguì e si mise in posizione. Lui e i suoi compagni SEAL avevano circondato l'accampamento e stavano analizzando la situazione prima di agire. Su sua richiesta, Wren gli aveva mostrato sul sito web della BT Energy le foto degli uomini con cui avrebbe viaggiato. Riuscì a vedere Dallas, Archie, Oliver, Colby... e nessun altro.

Lei non era con loro. Ma d'altronde, lo sapeva già grazie al localizzatore GPS. Era a circa cinque chilometri da lì, e si era mossa a passo sostenuto fino a mezz'ora prima.

Safe avrebbe voluto andare immediatamente verso di lei, ma prima doveva assicurarsi che i suoi compagni di squadra avessero la situazione sotto controllo.

«Qualcuno ha visto gli altri? Le guardie del corpo e gli altri due uomini?» chiese Kevlar attraverso gli auricolari.

«Negativo.»

«No.»

«Nessun segno.»

«Merda. È possibile che li abbiano divisi» disse Preacher.

Pochi secondi dopo le parole del suo compagno di squadra, Safe sentì quello che sembrava essere il leader di quel gruppo di straccioni schernire i suoi prigionieri, come se in qualche modo avesse sentito il suggerimento di Preacher forte e chiaro.

«Volete scappare anche voi? Fatelo! Vi sparerò alle spalle proprio come ho fatto con i vostri amici. Ma potrei lasciarvi allontanare un po'. Farvi credere che potreste farcela, e poi BOOM!»

«Cazzo» disse Kevlar. «Immagino che questa sia la risposta. Safe, hai la nostra ragazza sul localizzatore?»

«Positivo» rispose, mentre indietreggiava lentamente allontanandosi dalla radura.

«Ci vediamo al punto di estrazione alle ventidue. Se non ci siete, vi intercetteremo dove possiamo.»

Safe confermò le parole del suo leader, poi si voltò per fare il giro largo intorno all'accampamento e andare nella direzione in cui il localizzatore indicava la posizione di Wren. Anche lui portava uno di quei dispositivi, così Kevlar avrebbe saputo in ogni momento dove si trovava. Quindi, se qualcosa avesse impedito loro – sperava di no – di ricongiungersi con la squadra, avrebbero localizzato *lui*. Non aveva alcun dubbio.

La sua unica missione al momento era trovare Wren. Sperava che fosse riuscita a sgattaiolare via da sola, ma non era disposto a rimanere nei paraggi per scoprire cosa sapevano i ribelli. In definitiva non aveva importanza. In un modo o nell'altro l'avrebbe trovata. E se qualcuno l'aveva portata via dall'accampamento per i suoi scopi nefasti, se ne sarebbe pentito.

Completamente concentrato, si dedicò al compito di farsi strada nella fitta giungla. Il suo rispetto per Wren aumentava a ogni passo. Lui si era aspettato di trovarsi in quella situazione. Era preparato. Aveva un machete per tagliare i rami più robusti sul suo percorso. Lei non aveva altro che il suo ingegno e la sua determinazione.

Grato ancora una volta per tutte le precauzioni che avevano preso per quel viaggio, per il localizzatore, gli scarponi e l'abbigliamento da trekking, Safe divise la sua concentrazione tra dove camminava e lo schermo del GPS con il puntino lampeggiante. Schivò un telotornite, grato di averlo visto. Non esisteva un antidoto per il morso di quel serpente e il suo veleno uccideva impedendo la coagulazione e facendo sanguinare abbondantemente gli organi interni della preda.

Vide anche un leopardo che riposava pigramente su un albero, e che sembrava non avere alcun interesse per lui mentre si muoveva velocemente tra la vegetazione.

Safe rallentò quando arrivò a meno di quattrocento metri dalla posizione di Wren segnalata dal puntino lampeggiante. Camminò con più attenzione, silenziosamente. Se c'era qualcuno che la stava tenendo in ostaggio e che le faceva del male, doveva avvicinarsi con cautela. L'ultima cosa che voleva era che Wren venisse ferita a causa delle sue azioni avventate.

Ogni molecola dentro di lui lo esortava a correre, a chiamare il suo nome, ma continuò a muoversi furtivamente, com'era stato addestrato a fare. Non sapeva cos'avrebbe trovato una volta raggiunte le coordinate dell'obiettivo, ma sperava davvero che fosse lei. Viva. Probabilmente spaventata, ma sollevata di vederlo.

———

Wren non aveva idea di quanto avesse dormito, ma non poteva essere passato molto tempo dato che c'era ancora luce. Si sentiva uno schifo; i brevi sonnellini le facevano sempre quell'effetto. La facevano sentire peggio di quando aveva chiuso gli occhi. Quello, in aggiunta ai rami che cercavano di tagliarla a metà mentre stava scomodamente sdraiata in mezzo ai cespugli, le rendeva impossibile continuare a dormire.

La stanchezza affliggeva ogni cellula del suo essere, ma non poteva permettersi di rimanere in un posto per troppo tempo. Le conseguenze potevano essere mortali.

Cominciò a dimenarsi, cercando di uscire dal nascondiglio di rami, quando le sembrò di sentire qualcosa lì vicino.

Si bloccò e inclinò la testa, cercando di capire cos'avesse sentito.

Poi fu travolta dal panico.

C'era qualcuno là fuori. O qualcosa.

Muovendosi lentamente, tirò fuori il coltellino dalla tasca. Non sarebbe servito a nulla contro uno dei ribelli, ma si sentiva meglio ad avere un'arma in mano. L'unica cosa positiva di quella situazione era che sarebbe stato quasi impossibile trascinarla fuori dal groviglio di rami che la circondava.

«Wren?»

Per un secondo non elaborò il suono del suo nome.

«Wren? Sei lì?»

Porca puttana! Era Bo! Avrebbe riconosciuto la sua voce ovunque! Il suo corpo tremava violentemente mentre cercava di districarsi dai cespugli. Più si sforzava, più sembrava essere bloccata.

«Wren? Dimmi che sei tu lì dentro e che stai bene.»

La sua voce ora era più decisa. Autoritaria.

«Bo!» disse con voce roca.

«Piano, tesoro. Sono qui.»

Anche nel bel mezzo della maledetta Africa, dopo che lei era stata rapita dai ribelli, Bo suonava calmo.

Wren lottò per uscire dai cespugli, e appena riuscì a mettere fuori la testa le venne voglia di piangere. Alzò lo sguardo e vide Bo lì in piedi, con un aspetto maestoso. Indossava un paio di pantaloni mimetici verdi e una maglietta, aveva lo zaino sulle spalle, la barba molto più lunga e folta di quando l'aveva visto più di una settimana prima.

E *non* stava sorridendo. Nemmeno un accenno.

Ciò non la non preoccupò. Era lì! Era andato a prenderla!

Un attimo prima era carponi e quello successivo si ritrovò tra le sue braccia. Wren nascose il viso nello spazio tra il suo collo e la spalla e si aggrappò a lui come se la sua vita fosse dipesa da quello. E a essere sincera, un po' era vero.

«Shhh, ci sono io» le mormorò, mentre la stringeva così forte da farle quasi male.

«Bo...» gli disse contro la pelle sudata.

«Sono qui» la rassicurò. «Sono qui.»

Non aveva idea di quanto tempo rimasero così, con le sue braccia avvolte intorno al corpo, mentre lei gli stava aggrappata addosso come un cucciolo di scimmia con la madre, ma alla fine fece un respiro profondo e sollevò la testa, senza comunque staccarsi.

«Com'è possibile? Non credo siano passate nemmeno ventiquattro ore da quando siamo stati rapiti» balbettò lei.

«Diciotto ore e mezza» le confermò.

«Come hai fatto a essere già qui?»

«Eravamo in zona. Abbiamo finito la nostra missione e non avevamo altro da fare.»

Fu un vero miracolo che Wren riuscisse a trovare qualcosa per cui ridere in quel momento. «Certo.»

«Sul serio, stavamo ammazzando il tempo in Ciad, aspettando che il tuo volo lasciasse il Sudan del Sud, poi saremmo tornati a casa anche noi.»

«Aspetta» disse Wren aggrottando la fronte. «Avevate finito, ma stavate aspettando che io concludessi il viaggio prima di partire?»

«L'ho appena detto, ma sì.»

Fu in quel momento che si innamorò completamente di quell'uomo. Già prima lo era quasi del tutto, ma sapere che si era impegnato in quel modo per assicurarsi che tornasse a casa sana e salva prima di salire lui stesso su un aereo, le fece capire, come nessuna parola avrebbe mai potuto, quanto tenesse a lei. Che qualsiasi cosa stesse accadendo tra loro non era casuale.

«Bo» sussurrò, quasi senza parole.

«Respira, Wren. So che questo è... molto da gestire, ma ho bisogno che tu sia forte. Dobbiamo andare. Riesci a camminare? Sei ferita? Hai fame?»

Scacciando lo sbigottimento che provava per il fatto che quell'uomo e la sua squadra non avevano lasciato di proposito il Paese perché lei era ancora lì, Wren fece un respiro profondo e disse: «Sì, no, e più che altro ho sete. Ho bevuto un po' d'acqua stamattina presto, ma non molta perché ero preoccupata degli eventuali sgradevoli insetti o creature striscianti.»

A quella risposta Bo lasciò cadere le braccia e si tolse lo zaino. Wren lo osservò rovistare un po' e poi estrarre una borraccia, togliere il tappo e porgergliela.

Lei la prese senza dire una parola e se la portò alla bocca. L'acqua era calda, ma dannatamente buona. Bevve qualche sorso e poi si costrinse a fermarsi. «Ne vuoi un po'?» gli chiese.

Non riuscì a interpretare lo sguardo che le rivolse mentre scuoteva la testa. «No, sei tu che ne hai bisogno.»

Era vero. Wren sentì il suo corpo assorbire quel liquido salvavita alla stessa velocità con cui lo beveva. Non le ci volle molto per finirlo tutto. Le fece un po' male la pancia, ma anche essere piena era una sensazione incredibilmente bella.

Bo ripiegò la borraccia e la rimise nello zaino, poi tirò fuori quella che Wren sapeva essere una razione MRE e la aprì. Stava per dirgli che non aveva fame quando lui estrasse un piccolo involucro di plastica verde, rimettendo il resto dell'MRE nello zaino, che poi richiuse e si rimise sulle spalle. Lo aprì e le porse ciò che c'era dentro. «Mangia questo.»

«Non ho fame.»

«Lo so, ma hai bisogno di calorie. Hai camminato tutta la notte e sei sfinita, il tuo corpo ne ha bisogno.»

Sapendo che aveva ragione, Wren prese la fetta quadrata. «Che cos'è?» gli chiese.

«Torta quattro quarti ai semi di papavero e limone.»

Ne diede un piccolo morso e poi lo guardò sorpresa. «È buona.»

Le sue labbra ebbero un guizzo. «Già. Alcuni dolci sono meglio di altri, ma ho sempre avuto un debole per questo. Ti farà venire sete, ma ho dell'altra acqua.» Si toccò una delle tasche dei pantaloni.

Ogni muscolo del suo corpo protestò per il fatto di dover stare in piedi e camminare; era sicura di aver camminato più nell'ultimo giorno che in tutta la sua vita. E ora che aveva bevuto un po' d'acqua, aveva cominciato anche a sudare. Era spaventata, sofferente ed esausta, ma dalla sua bocca non sarebbe uscita la minima lamentela, perché Bo era lì.

«Presumo che l'anello al piede abbia funzionato» affermò, mentre lui la guidava attraverso la giungla. Non aveva idea di dove stessero andando, ma non aveva problemi a lasciargli il controllo riguardo alla loro destinazione e ciò che sarebbe accaduto in seguito.

«Ha funzionato» confermò. Poi, dopo un attimo di esitazione, disse: «Puoi dirmi cos'è successo?»

Wren sospirò. «Stavamo andando a quell'evento a casa del Presidente, ma invece di essere portati lì, ci hanno condotti fuori città, in questa giungla.»

«Per un riscatto?»

Lei annuì. «Sì.»

«So che tutto ciò è difficile, ma devo chiedertelo. Dove sono gli altri? Siete stati separati?»

Wren deglutì a fatica, mentre la torta ai semi di papavero si depositava come un masso nella sua pancia. «No. Credo che abbiano escogitato il piano di scappare non appena fossimo scesi dai veicoli. Sono morti.»

Bo si fermò così bruscamente che quasi gli andò addosso. Si voltò e la abbracciò di nuovo. Con forza. «Mi dispiace.»

«Anche a me» mormorò nel suo collo.

Poi la prese per le spalle e si chinò per poterla guardare negli occhi. «Ti porterò via da qui.»

Lei annuì. Che altro avrebbe potuto fare?

«Sei stata brava, tesoro. Hai mantenuto la calma e ti sei tolta le fascette.» Il suo sguardo andò sui polsi contusi. Gli aveva appoggiato le mani sul petto e i segni erano chiaramente visibili. «E ti sei nascosta finché non sono riuscito a raggiungerti. Sono davvero orgoglioso di te.»

Wren lo fissò. Quante volte in vita sua qualcuno le aveva detto di essere orgoglioso di lei? Mai. Non ricordava proprio che qualcuno lo avesse fatto. Si impregnò delle sue parole, ne godette. Poi la realtà prese il sopravvento.

«Che mi dici degli altri? Temevo che i nostri rapitori si sarebbero sfogati su di loro a causa della mia fuga.»

«Stanno bene. Il resto della mia squadra li sta portando via.»

Wren aveva molte domande. Che sarebbe successo ai ribelli? E ai corpi degli altri uomini? Che ne sarebbe stato delle loro cose all'hotel? Come avrebbero fatto a lasciare il Paese senza il passaporto? Il progetto del gasdotto sarebbe proseguito? I suoi colleghi erano arrabbiati con lei perché li aveva abbandonati in quella radura?

Ma le trattenne tutte. Non era il momento di chiedere nulla. «Ok.»

Bo la studiò. Come se si fosse accorto che la sua testa era piena di domande, le disse: «Ora andremo a incontrarci con la squadra e poi voleremo fino in Uganda. Tex ha già predisposto la consegna dei passaporti sostitutivi per tutti voi.»

Ovvio che il misterioso Tex avesse accesso ai passaporti. Probabilmente li aveva già consegnati all'ambasciata americana in Uganda prima ancora che loro lasciassero gli Stati Uniti, ma non poteva essere irritata per quello. Se solo Colby avesse usato un po' di buonsenso e avesse annullato il viaggio...

Si accorse che Bo la stava ancora osservando con attenzione, come se stesse aspettando che dicesse qualcosa.

«Ok» ripeté.

«Se hai bisogno di fare una pausa, dimmelo. Abbiamo un po' di tempo prima di incontrare la squadra.»

Wren annuì. La verità era che avrebbe voluto sdraiarsi nel bel mezzo di quella dannata giungla e dormire per giorni. Ma dato che non era un'opzione praticabile, avrebbe fatto qualsiasi cosa Bo le avesse detto di fare o sarebbe morta provandoci.

«Dura come l'acciaio» le disse, poi si sporse lentamente in avanti. Posò le labbra sulle sue e fu una cosa piacevole. Le diede stabilità. Le fece credere che forse sarebbero riusciti ad andarsene da lì.

Senza dire altro, Bo prese la mano che non teneva il dolce e riprese a camminare.

———

Safe non era mai stato così sollevato di vedere qualcuno in tutta la sua vita. Non potendo sapere in che condizioni avrebbe trovato Wren, aveva immaginato così tanti scenari terribili che, anche se era ammaccata, graffiata, sporca e con le occhiaie, vederla viva e in piedi lo aveva fatto quasi crollare.

Aveva avuto il terrore che le avessero fatto del male... o

che l'avessero violata. Non aveva dubbi che nella mente dei ribelli quell'idea era stata presente, ma per fortuna Wren, per il suo bene, aveva preso in mano la situazione e se n'era andata da quell'accampamento prima che potesse succedere.

Ovviamente non sapeva con certezza che non fosse stata violentata, ma aveva visto le conseguenze di un numero sufficiente di aggressioni sessuali da essere in grado di riconoscerne i segni. Wren non aveva esitato a farsi toccare, non aveva negli occhi lo sguardo vuoto che aveva visto in quelli di tante, troppe vittime. Dovevano parlare a lungo e in modo approfondito di ciò che aveva passato, di ciò a cui era sopravvissuta, ma prima dovevano arrivare al punto d'incontro. Non aveva problemi a rimanere da solo nella giungla, ma ora in particolare, si sarebbe sentito meglio se avesse avuto i suoi compagni che gli coprivano le spalle... e anche quelle di Wren.

Perché non erano ancora fuori pericolo. Tra quegli alberi si annidava ogni sorta di minaccia, umana e animale. Mancavano circa tre chilometri al punto d'incontro. Safe non era troppo preoccupato dei grandi animali della giungla, ma lo era di quelli più piccoli, come i serpenti e gli insetti velenosi. E non aveva dubbi che nella zona fossero accampati anche altri gruppi di ribelli.

Gli uomini che avevano preso Wren e i suoi colleghi non erano gli unici a usare quella foresta come nascondiglio. Se avessero incontrato qualcun altro, le cose si sarebbero potute mettere male in fretta.

Safe non avrebbe voluto lasciarle la mano, ma aveva bisogno di averle entrambe libere nel caso avesse dovuto proteggerli. «Tieniti al mio zaino» le disse. «Stammi vicina.»

«Sei pazzo se pensi che mi allontani più di mezzo metro da te» ribatté lei.

Safe accennò un sorriso ma poi tornò serio. Attraversare la giungla fino al punto d'incontro non sarebbe stato facile. Avrebbe voluto che Wren non fosse costretta a fare quella scarpinata, ma come le aveva detto, era una donna forte. Poteva farcela.

Voleva parlarle, sentire la sua voce per rassicurarsi che stesse davvero bene, ma doveva ascoltare i rumori intorno a loro. Stare all'erta per qualsiasi tipo di pericolo. Non fu troppo sorpreso dal fatto che lei sembrasse averlo capito e non tentasse di fare conversazione. D'altra parte, era possibile che fosse semplicemente troppo stanca per parlare.

Camminavano da trenta minuti e Safe stimava che avessero percorso meno di un chilometro. Camminare nella giungla era molto diverso dal fare una passeggiata in un quartiere o su un sentiero battuto. Ci voleva più tempo per farsi strada, e dato che non potevano spostarsi in linea retta, aggiungevano passi e metri man mano che procedevano.

Un rumore alla loro sinistra lo fece fermare, e Wren gli andò addosso, ma lui la trattenne allungando una mano dietro.

«Che c'è?» gli sussurrò.

Safe sentì un fruscio quasi impercettibile di qualcuno che si avvicinava e capì subito che non avevano tempo di nascondersi. Infatti si ritrovarono circondati da una mezza dozzina di uomini, tutti con i fucili in mano.

Cazzo.

Wren gemette dietro di lui.

«Mani in alto» ordinò uno di loro.

«Bo?» sussurrò lei.

«Fallo» le disse. Era bravo, ma non abbastanza da poter far fuori sei uomini armati. Gli avrebbero sparato prima che potesse limitare la minaccia. La cosa migliore era fare ciò che era stato chiesto loro. Lei portava ancora l'anello al dito del piede e lui stesso aveva un localizzatore.

Wren gridò quando fu strappata via da lui, e gli ci volle tutta la sua forza di volontà per non scagliarsi contro l'uomo che l'aveva afferrata e che la tratteneva mentre gli toglievano lo zaino, il fucile, l'auricolare e gli svuotavano tutte le tasche.

«Chi siete? Perché siete nella nostra giungla?» chiese l'uomo che aveva detto loro di alzare le mani.

«Ce ne stavamo andando» rispose Safe, incontrando il suo sguardo e ignorando le armi puntate contro di loro.

«E perché eravate qui? Questa non è esattamente una destinazione per turisti... e voi sembrate *tutt'altro* che turisti.»

Safe si mise a pensare a tutti i possibili scenari. Poteva dire a Wren di scappare, ma per come la teneva l'uomo, non sarebbe andata lontano. Poteva mentire e insistere sul fatto che erano turisti, ma il tizio che lo stava interrogando era ovviamente troppo intelligente per crederci.

Decise che dire la verità era la cosa migliore in quella situazione.

«Lei era nel vostro Paese con i suoi colleghi. Stavano lavorando con il governo per la costruzione di un gasdotto. Sono stati rapiti ieri sera. Sono stati portati qui. Io e il mio team siamo venuti a salvarli.»

Il silenzio accolse le sue parole... e per un attimo temette di aver preso la decisione sbagliata.

Poi l'uomo fece un grugnito disgustato e sputò a terra. «Fammi indovinare. Il governo dice che quei soldi saranno utili per il Sudan Meridionale. Per la nostra economia.»

Distolse lo sguardo dal leader del piccolo gruppo e guardò Wren. Aveva il viso bianco come un lenzuolo e tremava. Il tizio che l'aveva presa era dietro di lei e la teneva per i bicipiti forzandole le braccia dietro la schiena. Sembrava a disagio e spaventata, ma non stava soffrendo. Per fortuna.

«È così» disse lei con un lieve tremore nella voce.

«Bugiardi! Sono tutti *bugiardi*! Portano via i soldi ai cittadini. Stiamo morendo di fame, non abbiamo abbastanza acqua o cibo per vivere. Mentre loro vivono da re! Chi li ha rapiti?» chiese l'uomo a Safe.

«Non lo so» rispose.

«Erano una ventina. Pensavamo ci stessero portando alla residenza del Presidente per una cena, invece siamo stati condotti qui, nella giungla. C'era un uomo che ci scortava, su una moto» spiegò Wren.

Il leader sputò di nuovo per terra. «Quelli sono corrotti come il governo» disse amareggiato. «Ricevono informazioni dall'interno, e soldi per comprare armi.»

Safe non era sicuro se l'odio di quel gruppo per l'altro fosse una cosa positiva o negativa. «È riuscita a scappare dall'accampamento durante la notte. L'ho trovata e la sto riportando dove la mia squadra ci aspetta per lasciare il Paese.»

Il leader lo fissò per un lungo e preoccupante momento. Guardò Wren e poi di nuovo lui. «Dev'essere importante perché gli Stati Uniti mandino qualcuno a prenderla.»

«È importante per me» ribatté Safe con fermezza.

«È tua?»

«Sì.» Non ci fu esitazione nella sua risposta. Perché Wren *era* sua. Sua da apprezzare. Da proteggere. Da amare. Non nel modo in cui quell'uomo intendeva con la sua domanda, ma comunque sua.

«Devo consultarmi con i miei uomini. Venite con noi. Vi uccideremo se proverete a fare qualcosa» lo avvertì.

Non era certo quello che voleva sentirsi dire, ma non era così male come l'alternativa... essere fucilati sul posto.

L'uomo che teneva Wren la lasciò andare con uno spintone e lei barcollò in avanti. Safe la afferrò prima che potesse cadere e la tenne contro il suo fianco.

Il leader iniziò a camminare nella direzione opposta a quella in cui avrebbero dovuto andare per incontrare la squadra.

Sospirando tra sé e sé, Safe non lasciò trasparire l'irritazione e la preoccupazione. I diversi gruppi etnici del Paese non andavano d'accordo tra loro. E se quegli uomini erano incazzati con quello che aveva preso Wren e i suoi colleghi, ciò poteva giocare a loro favore. Non voleva commettere l'errore di pensare che fossero i "buoni", ma visto che non avevano semplicemente sparato a vista, la prese come una vittoria.

Nessuno parlò mentre arrancavano nella giungla verso quello che Safe poteva solo supporre fosse un altro accampamento di ribelli. Nel momento in cui lui e Wren non si fossero presentati in orario al luogo dell'incontro, Kevlar avrebbe pensato al piano B. Molto probabilmente avrebbe mandato via i civili con l'elicottero, mentre lui e il resto del team SEAL sarebbero andati a cercarli.

Dovevano solo essere pazienti. Rimanere calmi. Era lo stesso consiglio che aveva dato a Wren nel caso fosse successo qualcosa.

Camminarono per un bel po', e a ogni passo Safe la sentiva afflosciarsi sempre di più contro di lui. Era completamente sfinita, e odiava il fatto di non poter fare nulla per lei in quel momento.

Alla fine costeggiarono un piccolo corso d'acqua e si imbatterono in quella che sembrava una gigantesca grotta. Era quasi nascosta nel fianco di una collina e, cosa più importante per i ribelli, completamente difendibile. Nessuno poteva arrivare alle loro spalle e potevano ripararsi dalle piogge quotidiane che caratterizzavano quella parte del Paese.

Si unirono a circa un'altra dozzina di uomini, e si sorprese di vedere che c'erano anche alcune donne. Furono condotti all'interno della grotta, verso la parte più in fondo, e il leader indicò un punto vicino a una parete. «Restate qui. Io vado a parlare con gli altri.»

Safe annuì. Avrebbe potuto perorare la loro causa, ricordare all'uomo che non erano lì per fare del male a qualcuno, che volevano solo andarsene, ma prima doveva occuparsi di Wren.

La abbassò a terra e si accovacciò davanti a lei. «Come va?» Conosceva la risposta alla sua domanda – male – ma la fece lo stesso.

«Sto bene.»

Safe sbuffò. Non stava bene. Neanche lontanamente. Ma non avrebbe dovuto sorprendersi che lei avesse minimizzato come si sentiva.

«Vado a prenderti del cibo. E dell'acqua» le disse.

«Ma ha detto di restare qui» protestò Wren.

«Non ho intenzione di starmene qui mentre tu soffri. Torno subito.» Si alzò e si girò verso il grande spazio. Il leader era all'imboccatura della caverna e stava parlando con diversi uomini. Uno era stato lasciato lì a sorvegliarli, e alzò il fucile che impugnava quando Safe fece un passo verso di lui.

Allargò immediatamente le braccia mostrando di essere disarmato, e disse: «Per favore. Mi serve il mio zaino. La mia donna è esausta. Ha bisogno di acqua e cibo. Ho entrambe le cose lì dentro.»

«No» replicò l'uomo in tono duro.

Safe non aveva intenzione di accettare un no come risposta. «Ascolta. Non mi interessa se mi prendete tutto quello che possiedo, ho con me cose che potranno esservi utili, ma per favore, è stata rapita, legata, spaventata a morte, poi è scappata e ha camminato per ore nella giungla. Ora ha dovuto camminare ancora più a lungo. Non è abituata a questo caldo, non mangia da chissà quanto tempo. Per favore, lascia che mi prenda cura di lei.»

Non fu l'uomo con il fucile a rispondere alle sue suppliche, ma una delle donne, che si avvicinò al ribelle e lo rimproverò. «Mettilo giù. Lasciagli nutrire la sua donna.»

«Probabilmente ha delle armi nello zaino» obiettò.

Safe non si mosse di un millimetro. Il fatto era che *aveva* delle armi; alcuni coltelli e una pistola.

«Ci penso io» affermò la donna avvicinandosi allo zaino che era stato lasciato al centro della grotta.

«Grazie» le disse Safe. «Ci sono due MRE, pasti pronti da mangiare, ce ne serve solo uno. Puoi prendere l'altro. Mi serviranno anche alcune compresse per purificare l'acqua. Sono in una piccola busta in quella tasca esterna. Sì, quella. E se non è troppo un problema per te riempire quella borraccia pieghevole, sarebbe di grande aiuto.»

Stava sfidando la fortuna, lo sapeva, ma la donna sembrava abbastanza disposta ad aiutarlo, così pensò che non poteva far male chiedere. Con sua grande sorpresa e sollievo, lei gli si avvicinò e gli porse la razione MRE e le compresse. La ringraziò con un cenno, poi la donna uscì dalla grotta; sperava che stesse andando a prendere un po' d'acqua al torrente.

Quando si voltò verso Wren, la vista che lo accolse lo fece sentire sollevato e allo stesso tempo frustrato. Si era sdraiata per terra e si era addormentata. Era contento che finalmente stesse riposando, ma era frustrato per non essere in viaggio su un elicottero per uscire da quel Paese e andare in un posto più sicuro.

Gli dispiaceva svegliarla, ma doveva farle assumere un po' di calorie e altra acqua. Poi l'avrebbe lasciata dormire vegliando su di lei.

Le si sedette accanto, le mise una mano sulla spalla e la scosse dolcemente. «Wren. Ho bisogno che ti svegli.»

«No» gemette.

«Solo per un po'. Ho del cibo per te.»

«Non ho fame» borbottò.

«Lo so, ma ripeto, hai bisogno di mangiare. Dai, siediti. Questa roba non è male. Maccheroni al chili con carne. Hai già mangiato la parte migliore, il dolce ai semi di papavero, ma il formaggio al jalapeno spalmato sui cracker non è male. Anche se ti consiglio di non mangiare i bastoncini di manzo, sanno di cibo per cani.»

A quello si guadagnò un piccolo sorriso. Wren sospirò e si raddrizzò a sedere. Safe la spostò in modo che fosse davanti a lui, con la schiena contro il suo petto e le gambe all'interno delle sue. L'avvolse con le braccia mentre apriva la razione.

La donna tornò con l'acqua che aveva chiesto, ed entrambi la ringraziarono.

Safe versò un po' d'acqua nella busta che serviva a riscal-

dare il chili e i maccheroni, e mise una compressa nella bottiglia insieme alla bevanda in polvere al gusto di arancia fornita
con l'MRE; aveva un sapore strano, ma la miscela conteneva
carboidrati ed elettroliti, e il corpo di Wren aveva bisogno di
tutta la carica possibile. La situazione era migliore di quanto
avrebbe potuto sperare dopo essere stati circondati da un
gruppo di ribelli, ma non erano ancora fuori pericolo.

Mentre aspettavano che la pasta si riscaldasse, Safe spalmò
un po' di formaggio su un cracker e lo porse a Wren. Lei
mangiò senza dire una parola, muovendosi quasi come un
automa, come in trance. Pensò che fosse ancora mezza addormentata, allo stremo delle forze. Ma andava bene così. Finché
fosse riuscito a farle ingerire un po' di calorie e di acqua,
l'avrebbe lasciata dormire il più a lungo possibile prima di
affrontare qualsiasi cosa fosse successa in seguito.

Le tre donne che aveva visto fuori entrarono nella grotta e
si sedettero di fronte a loro, osservandoli in silenzio. Safe le
ignorò. La sua unica preoccupazione al momento era quella
accasciata tra le sue braccia.

Appoggiò il mento sulla sua spalla, prese la busta dei
maccheroni, ne raccolse una cucchiaiata e ci soffiò sopra, assi-
curandosi che non le bruciasse la bocca, poi portò il cucchiaio
alle sue labbra. Wren le aprì senza dire una parola, e Safe non
poté fare a meno di provare dentro di sé la soddisfazione di
essere riuscito a provvedere a lei.

Condivisero il cibo mangiando a turno piccoli bocconi, e
si assicurò che lei bevesse molta della bibita al gusto di arancia
tra una cucchiaiata e l'altra. Quando arrivarono quasi alla fine
della busta, lei sospirò, si girò su un fianco nel suo abbraccio e
gli posò la testa sul petto, proprio sopra il cuore.

«Posso dormire ora?» biascicò.

«Dormi, Wren. Io sono qui» la rassicurò. Le baciò la fronte mentre si accoccolava a lui. Si addormentò in pochi secondi, e i suoi respiri profondi le alzavano e abbassavano il petto sotto le braccia che le aveva avvolto intorno.

«Sta bene?» chiese il leader andando verso di loro.

Safe non si mosse. Gli avanzi del pasto erano sparsi intorno a lui, ma tutta la sua attenzione era rivolta all'uomo che teneva il loro destino nelle sue mani. «È esausta» gli rispose.

Lui annuì, poi chiese: «Quanto vale? Per la sua azienda. Quanto pagherebbero per riaverla?»

Safe si irrigidì. La conversazione non era iniziata come aveva sperato. «Quanto vale? Non ha prezzo» disse. «Quanto pagherebbe la BT Energy per riaverla? Non lo so. È stata assunta poco più di un mese fa. Non è una dei loro dirigenti.» Stava facendo del suo meglio per far sembrare che Wren fosse una dipendente qualsiasi. Nessuno di importante.

«Allora perché era qui?»

«È la loro addetta alle pubbliche relazioni. Parla con i media. Spiega il progetto, ne evidenzia i vantaggi.»

Il leader arricciò le labbra. «Quindi è una bugiarda come tutti i giornalisti.»

Scosse la testa. «No. Magari si concentra più sui pro di un progetto che sui contro, ma non mente.»

L'uomo lo fissò a lungo. Safe aveva il sudore che gli colava sulla nuca. Sentiva che quel momento era un punto di svolta. Le cose per loro potevano andare in due modi.

«E tu? Quanto pagherebbe il governo americano per riavere indietro uno dei suoi soldati?»

Era un bene che quell'uomo non sapesse che era un SEAL. Safe scrollò le spalle. «Considerando che io e la mia squadra non dovremmo essere qui, non sono sicuro che pagherebbero qualcosa per riavermi.» Non era esattamente vero. Il comandante aveva usato la sua influenza per ottenere il permesso di attraversare il confine, salvare i loro connazionali e andarsene da lì, ma per quanto riguardava il Presidente e gli altri pezzi grossi... non sapevano nulla e non avrebbero approvato quella missione di salvataggio.

«Ah» borbottò il leader facendo un verso di disappunto. «Quanti ce ne sono come te? Verranno a prenderti?»

«Sei. E sì, verranno.»

«Sanno dove siete?»

Non si disturbò a mentire. «Sì.»

«Come?»

«Ho un localizzatore addosso. Anche lei» rispose, indicando Wren con la testa.

«Quindi, anche se adesso vi uccidessimo, arriveranno comunque.»

Safe annuì, trattenendo il respiro.

Era arrivato il momento. Quello della decisione.

«Quando?»

«Quando cosa?» chiese confuso.

«Quando arriveranno?»

Facendo mentalmente qualche rapido calcolo, rispose: «Direi entro tre ore.»

«Allora è meglio se vi mettete in viaggio. Magari li incontrate lungo il percorso» disse il leader voltandosi di scatto.

«Aspetta!» sbottò Safe.

«Cosa vuoi?»

Non riusciva a credere che stesse per chiederlo, ma vedeva

e sentiva la pioggia cadere all'esterno. «Possiamo restare per un paio d'ore? Adesso non riesce più a camminare. È troppo stanca.»

«E la tua squadra? C'è il rischio che sparino a vista?»

Era una valida domanda. «No. Staranno a osservare. Poi si metteranno in contatto con me prima di fare qualsiasi cosa.»

L'uomo inclinò la testa. «Non sei un normale soldato, vero?»

«No.»

Si fissarono per un attimo prima che il leader dicesse: «Non farmene pentire.»

«Al contrario, farò il possibile per ricompensarti per averci aiutato.» In realtà quell'uomo non li aveva aiutati davvero. Li aveva semplicemente intercettati. Se non fossero stati trattenuti, in quel momento avrebbero potuto essere su un elicottero e lontani dal Sudan Meridionale. Ma non aveva fatto loro del male. Per lui ciò era sufficiente.

Il tizio annuì e si allontanò, seguito da quello che li aveva sorvegliati con il fucile.

Per la prima volta da quando aveva saputo che Wren e i suoi colleghi erano stati rapiti, sentì i muscoli rilassarsi, e appoggiò la testa alla parete dietro di sé. Wren era rannicchiata tra le sue braccia, profondamente addormentata, vulnerabile come non mai, ma Safe non avrebbe permesso che le accadesse qualcosa. Non avrebbe dormito, a prescindere da quanto fosse stanco. Non aveva nemmeno l'impulso di chiudere gli occhi. Sarebbe rimasto vigile e l'avrebbe sorvegliata fino all'arrivo della sua squadra.

E non aveva dubbi che sarebbe successo. Pregava solo di non aver mentito al leader di quella marmaglia di ribelli.

Se Kevlar e gli altri avessero sparato prima di capire la

situazione, sarebbero stati belli che morti. Ma erano bravi nel loro lavoro. Molto bravi. Avrebbero perlustrato l'area, raccolto tutte le informazioni possibili prima di fare una mossa. Safe doveva solo aspettare il loro segnale e inviare a sua volta il via libera. Le cose si sarebbero risolte bene. Non c'era alternativa.

CAPITOLO VENTI

WREN SI SVEGLIÒ DI SOPRASSALTO. Non sapeva cosa l'avesse spaventata, ma si rilassò subito quando Bo le sussurrò all'orecchio: «Calma, tesoro. Va tutto bene.»

Guardandosi intorno, vide che si trovavano nella grotta in cui ricordava vagamente di essere stata condotta dal nuovo gruppo di rapitori. Ricordava anche che Bo le aveva dato da mangiare, ma era tutto confuso, come se si fosse trattato di un sogno, non della realtà.

In quel momento all'ingresso della grotta c'erano circa una dozzina di ribelli dall'aria molto tesa e con i fucili in mano.

«Cosa sta succedendo?» gli chiese in un sussurro.

«Ci sono i ragazzi» le rispose con calma.

«Cosa? Quali ragazzi?» domandò, voltandosi a guardare l'uomo che la stringeva. Le fece male girarsi perché aveva i muscoli rigidi, ma doveva prepararsi a muoversi. A correre. A fare *qualcosa*.

Ma Bo sembrava rilassato. Be', per quanto poteva esserlo considerando la situazione in cui si trovavano.

«I *nostri* ragazzi. Kevlar, Preacher e gli altri.»

Si girò di nuovo per guardare l'entrata della grotta, e non riuscì a vedere nulla oltre la fila di ribelli.

«Dove sono?»

«Là fuori. Ho sentito il verso dell'uccello che Flash usa come richiamo. Ho risposto. E ora stanno aspettando che io faccia la prima mossa.»

«Allora perché siamo ancora seduti qui?»

«Perché stavi dormendo.»

Lo fissò come se avesse avuto due teste. «Aspetta, la tua squadra è qui per salvarci e tu non hai fatto nulla perché *stavo dormendo?*»

«Sì» rispose. «Eri esausta. Faticavi a tenere la testa dritta. Sei riuscita a malapena a mangiare. Avevi bisogno di dormire.»

«Adesso non lo sto facendo» gli disse lentamente, come se pensasse che lui fosse impazzito mentre lei riposava.

Le sorrise. «No.»

«Bo?»

«Sì?»

«Sono confusa.»

«Giusto, scusa. Ho parlato con il loro leader mentre tu dormivi. Ha accettato di farci rimanere mentre ti riprendevi un po'. Gli ho detto che la mia squadra li avrebbe ricompensati. Ora i ragazzi sono qui, quindi torneremo nella giungla sperando di arrivare all'elicottero prima che qualcun altro decida di "intrattenerci".»

In quel momento, tutti gli uomini nella grotta alzarono i fucili e li puntarono verso la vegetazione.

Bo, sempre con nonchalance, disse: «Puoi spostarti, tesoro?»

Wren si affrettò ad allontanarsi da lui per permettergli di mettersi in piedi. Lo imitò, notando che si era assicurato di stare tra lei e gli altri.

«Sono i miei uomini!» disse Bo ad alta voce e con fermezza. «Non vi faranno del male. Kevlar, stiamo bene!»

«Avete dieci secondi per deporre le armi prima che iniziamo ad eliminarvi!» urlò da dietro gli alberi una voce profonda e minacciosa.

Nessuno disse una parola, ma uno dei ribelli si girò e puntò il fucile contro Bo.

Forse perché era ancora mezza addormentata, o per pura follia, ma Wren si ritrovò a frugare nella tasca dei pantaloni cargo e a tirare fuori il minuscolo coltello che vi aveva messo prima... ieri? Quella mattina? Non aveva idea di quando, sapeva solo che non avrebbe permesso che gli accadesse qualcosa. Non a causa sua.

Girò intorno a Bo e puntò il coltello contro il ribelle. «Stai indietro!» urlò quasi isterica.

Era ridicolo. Aveva in mano una lama non più lunga della metà del suo dito mignolo e la stava puntando contro un uomo armato di fucile, mentre una dozzina di suoi amici – armati anche loro – stavano dietro di lui. Non aveva idea di cosa pensasse di fare con quel piccolo coltello, ma era stanca di sentirsi impotente. Degli stronzi che puntavano le pistole alla testa delle persone.

«Calma, Wren» disse Bo dietro di lei.

«No!» esclamò, senza distogliere lo sguardo dal tizio che aveva di fronte. «Voglio solo andare a casa! Ho incontrato delle persone fantastiche qui nel Sudan Meridionale, ma sono stanca, spaventata, ho fame e desidero solo avere un cheese-burger gigante e un materasso morbido che non sia bagnato fradicio.»

«E li avrai» la rassicurò. Poi lo sentì premersi contro la sua schiena. Non le tolse il coltellino. Non fece nulla, se non metterle le mani sui fianchi e appoggiarsi a lei. Il suo respiro caldo le solleticò l'orecchio. «Va tutto bene, Wren. È tutto ok.»

Non andava bene *per niente*. La mano le tremava, ma non poteva cedere.

L'uomo che le puntava il fucile contro lo abbassò, e le sue labbra ebbero un guizzo mentre la fissava.

Quella fu l'ultima goccia; venire *derisa*. Cercò di fare un passo avanti, per dimostrare a quel tizio che la guardava con un sorrisetto che non avrebbe esitato a pugnalarlo. Certo, la piccola lama probabilmente non sarebbe nemmeno riuscita a penetrargli la pelle, ma avrebbe fatto il possibile per ferirlo.

Ma Bo strinse la presa e le circondò il petto con un braccio, tenendola contro di sé.

Lei si dimenò, ma lui non la mollò. «È finita, Wren.»

«Ehi.»

Sorpresa dal suono di quella voce familiare, Wren alzò lo sguardo e vide Kevlar all'ingresso della grotta. Non era esattamente sorridente, ma non sembrava nemmeno sul punto di massacrare chiunque gli capitasse a tiro. Gli altri cinque uomini del team erano dietro di lui. Avevano un'espressione cauta e in allerta, ma nessuno stava sparando a nessuno, quindi la prese come una vittoria.

«Ehi» rispose Bo.

«State bene?» chiese Preacher.

«Sì.»

«È ora che ve ne andiate» ordinò il leader dei sequestratori. A dire il vero, non erano stati trattenuti, avevano ricevuto dell'acqua, e ora che tutti avevano abbassato le armi, non sembravano pronti a iniziare a sparare da un momento all'altro.

«Grazie per l'ospitalità» gli disse Bo.

Wren avrebbe voluto sbuffare, ma riuscì a trattenersi.

L'uomo lo guardò troppo a lungo, ma poi annuì.

«Posso parlare un attimo con il mio amico... da solo?» gli chiese Bo.

Pensò che fosse una richiesta esagerata, quindi rimase sorpresa quando il leader annuì e disse: «Lei resta lì.»

L'ultima cosa che voleva era essere separata da Bo, ma rimase immobile quando lui annuì e lasciò cadere il braccio che la cingeva.

«Torno subito. Cerca di non accoltellare nessuno mentre sono via.»

Wren lo fissò. «Non è divertente.»

«No, non lo è» replicò con un'espressione solenne. «Ma dammi tre minuti e saremo fuori da qui.»

«Se sparano a te o a qualcun altro, non ti perdonerò mai» lo avvertì.

Poi, proprio lì davanti alla sua squadra, alla dozzina di ribelli e alle donne, la baciò. Non in modo appassionato né a lungo, ma non esitò a chinarsi e a coprirle le labbra con le sue.

«Ne prendo nota» le disse quando sollevò la testa. Le accarezzò la guancia con un tocco lievissimo, poi si girò e si diresse verso Kevlar.

Wren poteva ancora sentire le sue dita sul viso mentre lo guardava parlare con il suo leader. Nel giro di pochi secondi,

Kevlar si voltò per dire qualcosa agli altri uomini e tutti e sei si tolsero gli zaini e iniziarono a svuotarli.

Razioni MRE, bende, barrette di ferro-cerio, filo da pesca, paracord, nastro adesivo e altre cose furono ammucchiate vicino all'ingresso della grotta.

Mentre lo facevano, Bo tornò da lei. «Pronta ad andare?» le chiese.

«Perché stanno tirando fuori la loro roba?» gli chiese.

«Perché ho promesso di ricompensarli se ci avessero aiutato. Non preoccuparti, non avremo bisogno di razioni o altro perché usciremo da questa giungla tra meno di un'ora.»

«Davvero? Come lo sai?»

«Lo so e basta.»

Non era una risposta, ma pensò che non era il momento di entrare nei dettagli. Voleva andarsene; da quella grotta, da quella giungla, da quel Paese. «Ok.»

«Bene» concordò lui con un cenno del capo. Poi si avvicinò allo zaino che aveva lasciato dove erano stati seduti e se lo mise in spalla.

«Vi hanno seguiti?» chiese il leader dei ribelli a Kevlar, mentre Wren e Bo si dirigevano verso l'imboccatura della grotta.

Lui sbuffò. «No. E presumo che tu sappia dove si trovava l'altro accampamento. Se vi sbrigate potete andare a raccogliere tutto ciò che ritenete utile per la vostra causa.»

L'uomo inarcò le sopracciglia. «Davvero?»

«Sì» gli rispose. «Non avranno più bisogno delle loro provviste.»

Quelle parole sembrarono cambiare l'atteggiamento del capo nei confronti di Kevlar e della sua squadra. «C'erano venti uomini in quell'accampamento.»

«Esatto... c'erano» concordò.

L'uomo fece un cenno con il capo e non disse altro.

«Sei pronta?» chiese Bo a Wren.

Lei annuì con impazienza.

Mettendole una mano sulla schiena la spinse verso l'uscita. La giungla era calda e umida come la ricordava, ma all'improvviso fu felice di essere tornata tra gli alberi. Lei e Bo non erano stati minacciati, non proprio. Eppure aveva la sensazione che gli uomini che si stavano lasciando alle spalle fossero letali quanto quelli che l'avevano rapita il giorno precedente.

«Gli altri? Colby, Dallas, Archie e Oliver?»

«Sono al sicuro» le rispose Flash.

Wren annuì, poi si accigliò. «Ci stanno aspettando da qualche parte nella giungla?»

Sentì qualcuno sbuffare, ma era stata una domanda spontanea.

«No. Li abbiamo caricati su un elicottero. Sono in Uganda, ci stanno aspettando lì.»

«Ma come? Non siete andati con loro? Perché?» chiese.

«I SEAL non abbandonano i SEAL. Punto» le rispose Blink.

Si voltò verso l'uomo che sembrava non parlasse molto. Non la stava guardando, era concentrato ad attraversare la giungla verso la loro destinazione. Deglutì a fatica, colpita dalla consapevolezza di ciò che quegli uomini avevano fatto. Erano entrati nel Paese che le avevano detto di non visitare perché non era sicuro, e non solo avevano salvato i suoi colleghi, ma erano andati a cercare lei e Bo semplicemente perché non volevano abbandonare uno dei loro.

Aveva pensato di sapere cos'era la lealtà. Il coraggio. Invece non ne aveva avuta la minima idea.

«Avevi davvero intenzione di pugnalare quel tizio con quella minuscola lama?» le chiese MacGyver con un piccolo sorriso.

Wren si sentì infiammare le guance. Ripensando a ciò che aveva fatto, si rese conto di quanto fosse stato stupido. Avrebbe potuto facilmente far degenerare la situazione già tesa fino al punto in cui i ribelli e i SEAL non avrebbero avuto altra scelta che iniziare a sparare. Per fortuna nessuno l'aveva presa sul serio.

«Ha minacciato Bo» borbottò.

«È proprio quella giusta per te» disse Smiley al suo compagno di squadra.

«Sì» concordò lui. «Ce l'hai ancora il coltello?»

Wren annuì.

«Bene. Tienilo.»

«Pensi che avrò bisogno di usarlo?» gli chiese allarmata.

«No. Ma il pensiero che tu ce l'abbia e che sia disposta a usarlo per proteggermi, mi fa provare una piacevole sensazione dentro.»

Non riusciva a credere di poter sorridere in quella situazione. Puzzava, aveva le vesciche ai piedi, stava attraversando una giungla in Africa con un team di Navy SEAL, non aveva un passaporto, non aveva un cambio di vestiti e la sua pancia brontolava per la fame o con la minaccia di una scarica di diarrea, eppure si sentiva incredibilmente calma.

«Come vuoi» replicò.

Bo le tese la mano e Wren la prese volentieri. I loro palmi erano sudati e sporchi, ma niente era così confortante come tenersi stretta a lui. Era andato a prenderla proprio come aveva detto. Erano successe cose orribili, alcuni dei suoi poveri colleghi erano stati uccisi, eppure, chissà come, lei era ancora viva.

Aveva sempre fatto il possibile per rimanere forte, per andare avanti a dispetto degli altri, tipo sua madre, ma stava cominciando a rendersi conto di essere davvero più forte di quanto pensava.

Ovviamente, più camminavano, più faceva caldo, più i muscoli le facevano male, e meno forte credeva di essere. Riusciva solo a pensare a farsi un bagno caldo e poi dormire per tre giorni di fila. Decise che non avrebbe mai più lasciato Riverton. Sarebbe diventata volentieri una gattara casalinga, se ciò le avesse permesso di non affrontare mai più nulla di simile a quello che stava vivendo in quel momento.

Proprio quando pensava di non poter fare un altro passo, Kevlar si fermò. «Siamo arrivati.»

Wren si guardò intorno confusa. «Arrivati dove?» chiese.

«Dove rimedieremo un passaggio.»

Vedeva solo alberi. Non c'era una piattaforma di atterraggio, né una strada percorribile da un'auto.

Poi sentì un rumore inconfondibile. Un elicottero.

«Ti fidi di me?»

Si voltò verso Bo e rispose senza nemmeno pensarci. «Sì.»

Smiley ridacchiò. «L'ha detto senza esitazione. Ma vedremo come si sentirà quando vedrà come *prenderemo* il passaggio.»

Guardò Bo preoccupata mentre lui entrava nel suo spazio personale e le cingeva il collo. Dentro di sé rabbrividì, perché era madida di sudore e l'ultima cosa che lui avrebbe dovuto fare era toccare il suo sgradevole collo sudato. Ma lui non sembrò nemmeno accorgersene. Teneva lo sguardo fisso sul suo.

«I ragazzi dell'elicottero getteranno una corda e ci solleveranno. Cinque minuti e ce ne andremo da qui.»

Non sembrava divertente, e si sentì in dovere di precisare: «L'ultima volta che ho provato a salire su una scala di corda è stato alle medie, e credimi, non è andata bene. Per niente.» Più di una persona rise, ma lei tenne gli occhi su Bo.

«Ci penso io.»

Avrebbe voluto protestare di più, ma la verità era che si *fidava* di lui. Ciecamente. Come non avrebbe potuto? Era andato nel Sudan Meridionale per salvarla dai rapitori. Se le avesse detto che sarebbero saltati giù da una grande scogliera e atterrati sani e salvi, gli avrebbe creduto.

«I Night Stalkers fanno bene il loro lavoro» disse Blink accanto a loro.

Distolse lo sguardo da Bo e si rivolse all'altro uomo. «Come, scusa?»

«I Night Stalkers. Fanno parte dell'esercito, ma sono ok.»

I SEAL ridacchiarono.

«Mio fratello lo è» le disse Blink.

«Uno stalker?» chiese Wren.

«Un Night Stalker. Sono il meglio del meglio quando si tratta di pilotare un elicottero.»

«Hai un fratello?» domandò MacGyver, inarcando un sopracciglio.

«Sì. È il mio gemello» rispose.

«Sul serio?» chiese Flash.

«Sì.»

«Wow. Scommetto che la partita di football Esercito-Marina è piuttosto stressante a casa vostra» scherzò Smiley.

«No, sappiamo che la Marina è superiore» replicò con un'alzata di spalle.

«Ma che cazzo? Era una battuta?» domandò Smiley. «Fatta da *Blink*?»

Ma Wren era troppo preoccupata per quello che le stavano per chiedere di fare, e del rischio di non riuscirci, per scherzare sulle partite di football. Mise una mano sul braccio di Blink. «È lassù?»

«Mio fratello?» Scosse la testa. «No. Da quello che so è su una nave in Medio Oriente, a trasportare avanti e indietro soldati delle forze speciali in luoghi in cui non dovrebbero ufficialmente essere. Ma garantisco che chiunque sia lassù sa ciò che fa. Ci porteranno via da qui in un battibaleno.»

«Porca puttana, ha detto *"battibaleno"*. Siamo tutti morti e questo è un universo alternativo, vero?» scherzò Smiley.

Kevlar diede uno schiaffo sulla nuca all'amico. «Chiudi il becco, Smiley. Sul serio.»

Ma le loro battute la fecero rilassare un po' di più. Se fossero stati davvero preoccupati per quell'estrazione, non si sarebbero presi in giro a vicenda.

«Ha ragione» le disse Bo, riportando la sua attenzione su di lui. «Quei piloti sono il meglio del meglio. Scenderanno il più in basso possibile prima di calare la corda. Non appena sarai ben fissata, ti tireranno su fino in cabina.»

Wren annuì. Che altro poteva fare? Non aveva letteralmente altra scelta che assecondare quel folle piano. O veniva issata su un velivolo che si librava sopra la giungla, o tornava in città a piedi, cosa che non voleva proprio fare.

Il rumore dell'elicottero si fece sempre più forte e presto i rami alti sopra di loro cominciarono a sventolare. Socchiuse gli occhi guardando il cielo. Non riuscì a vedere chiaramente il mezzo, lo intravide solo attraverso gli alberi.

Balzò indietro spaventata quando una lunga corda apparve come dal nulla, e cadde contro Bo.

«Piano» le disse, spingendola comunque verso la fune.

Wren non voleva andare per prima. Non voleva essere legata all'estremità di una corda e trascinata nel vuoto. Ma non voleva nemmeno comportarsi come una bambina.

Con sua sorpresa, Blink iniziò ad assicurarsi alla corda. Poi Bo fece lo stesso, lasciandone circa un metro tra di loro. Si girò verso di lei e le tese la mano. «Vieni qui, Wren.»

Lei fece un passo avanti come in trance. Kevlar si avvicinò e cominciò ad avvolgere l'estremità della corda intorno a lei e a Bo. Fece un cappio e le disse di infilarci il piede.

«Questo farà da leva, ti darà modo di sostenere il peso del tuo corpo mentre vieni sollevata. Tieniti a Safe. Andrà tutto bene.»

Non ne era sicura. Sì, la fune era stata avvolta intorno a Bo, che la teneva con le braccia stretta a lui, ma in ogni caso, tutto ciò che la separava da una morte certa spiaccicata al suolo era un misero pezzo di corda!

«Guardami» le ordinò, proprio quando lei la sentì muoversi.

Lo fece, deglutendo a fatica. I suoi occhi castano dorato erano fissi su di lei. «Sono orgoglioso di te.»

Wren sussultò quando la corda si strinse intorno alla sua vita. Il suo ginocchio si piegò ma riuscì a irrigidirlo facendo sì che il suo peso fosse sostenuto dal cappio intorno al piede. Si sollevarono dal suolo, prima lentamente, poi con velocità crescente. Bo le aveva già detto che era orgoglioso di lei, ma ogni volta che lo diceva la faceva sentire sempre meglio.

«Dico sul serio» le disse all'orecchio, mentre venivano tirati verso l'elicottero. «Non hai idea di che crisi isteriche abbiamo dovuto affrontare durante il salvataggio di ostaggi.»

«Lo dici per farmi sentire meglio» ribatté, cercando disperatamente di distogliere la mente da ciò che stava accadendo.

«No, non è vero» insistette. «Una volta abbiamo dovuto tirare su un funzionario governativo dal tetto di un edificio, e lui non solo se l'è fatta addosso – cosa che onestamente non gli rinfaccio dato che stavamo schivando anche il fuoco dei cecchini – ma mi ha afferrato per il collo così forte che quando siamo arrivati a bordo mi aveva quasi strangolato. Kevlar ha dovuto dargli un pugno e stenderlo per fargli allentare la presa in modo che potessi respirare.»

«Porca miseria!» sussurrò Wren.

«Già. Quindi credimi quando ti dico che stai andando alla grande, tesoro.»

Guardò verso il basso e si irrigidì quando si rese conto di non vedere più il suolo. Poi guardò in alto, e fu quasi peggio. Riusciva a vedere solo la parte sotto e i pattini dell'elicottero. Non aveva idea di come diavolo avrebbero fatto a entrare in quell'affare, e non rimanere a penzolare su quella minuscola corda come stavano facendo.

«Quando arriveremo a casa, ci chiuderò in camera mia e farò l'amore con te per ore. Non dormirai più nella stanza degli ospiti. Dicevo sul serio a quel ribelle nella grotta. Sei mia... e te lo dimostrerò in continuazione, finché non sverrai spossata dagli orgasmi.»

Quello attirò la sua attenzione, come supponeva fosse nelle intenzioni di Bo. «Non è una cosa possibile» protestò, ma nel profondo non poteva fare a meno di sperare che lo fosse.

«Certo che lo è. E ho intenzione di dimostrarti anche questo. Ti amo, Wren Defranco. Sei la donna con cui voglio passare il resto della mia vita. Hai dimostrato più volte di essere dura come l'acciaio. Stare con un SEAL non è facile, ma non ho alcun dubbio che tu possa farcela.»

«Bo» sussurrò.

«Devo presentarti la mia famiglia. Susie, suo marito, i bambini. I miei genitori. Dobbiamo organizzare un incontro con tuo padre, in modo che tu possa conoscere lui e i tuoi fratelli. Dobbiamo parlare di cosa ne pensi di avere dei figli nostri. Io ne desidero, ma vorrei averti tutta per me per un po' prima di pensarci. E se tu non ne vuoi, me ne farò una ragione.»

La sua mente era in subbuglio. «Voglio dei bambini» sbottò.

Lui le sorrise. «Bene. Ora tieniti e lascia che facciano loro tutto il lavoro.»

Per un attimo Wren rimase confusa. Doveva lasciare che i loro figli non ancora nati facessero tutto il lavoro? Ma fu riportata alla realtà quando sentì qualcuno che le tirava la corda intorno alla vita. Per un millisecondo andò nel panico, finché non si sentì afferrare con forza la parte superiore delle braccia e tirare verso l'alto. Pochi istanti dopo, anche Bo era lì, a sorreggerla mentre la esortava a spostarsi all'indietro, lontano dal portello aperto.

Blink era accovacciato vicino all'apertura e le fece il gesto del pollice alzato. La corda si stava abbassando di nuovo, e Wren sapeva che era solo questione di tempo prima che il resto della squadra fosse a bordo con loro e che si mettessero in viaggio.

Bo era riuscito a distrarla da ciò che stava accadendo... e

quasi subito cominciò a temere che le sue parole fossero state solo quello. Una distrazione.

Finché lui non si avvicinò e le appoggiò le labbra all'orecchio. All'interno dell'elicottero c'era molto rumore e conversare era quasi impossibile, ma lei lo sentì quando le parlò.

«Sono fiero di te. Ti amo.»

Non esisteva una combinazione di parole migliore che potesse immaginare di sentire dall'uomo che amava. E anche se lei non gliel'aveva detto a sua volta, sentiva nel profondo del cuore che lui era suo. Come poteva *non* amarlo?

Gli altri membri della squadra furono rapidamente issati sull'elicottero, che poi virò e li portò via.

Chiuse gli occhi e si concesse di rilassarsi completamente per la prima volta da quando era atterrata in quel Paese. Non aveva idea di quale fosse il suo futuro, quello della BT Energy e del progetto del gasdotto a cui tutti avevano lavorato duramente, ma qualunque fosse, non aveva dubbi che avrebbe avuto Bo al suo fianco.

CAPITOLO VENTUNO

IL VIAGGIO per attraversare il confine filò liscio, e Safe ne fu felice. Non tutte le estrazioni andavano bene come quella. Non aveva mentito quando aveva raccontato a Wren di essere stato quasi soffocato a morte da qualcuno che stava salvando, ma avevano ancora molta strada da fare prima di tornare in California.

Wren barcollava ancora mentre gli camminava accanto per raggiungere il pick-up che avrebbe portato la squadra nel luogo in cui Dallas, Archie, Oliver e Colby si sperava fossero ancora rifugiati. Kevlar aveva saputo da un contatto in Uganda che erano arrivati e al sicuro, ma finché non li avessero visti, nessuno si sarebbe rilassato. Accidenti, non avrebbero abbassato la guardia finché non fossero stati in aereo per tornare a Riverton.

Avrebbero passato la notte in Uganda, poi sarebbero andati all'aeroporto per prendere un volo per la Germania, dove tutti sarebbero stati controllati in un ospedale militare, per poi ritornare finalmente negli Stati Uniti.

Percepiva la forte tensione di Wren mentre avanzavano, ma non interruppe i suoi pensieri. Le aveva detto molte cose quando li stavano issando sull'elicottero, ma ogni singola parola era arrivata dal cuore. Voleva un futuro con lei, ma dovevano affrontare parecchie cose prima di capire se fosse possibile.

Kevlar li fece salire sul retro del pick-up e poi si diressero verso la città più vicina per incontrarsi con i colleghi di Wren. Mentre viaggiavano verso la loro destinazione, continuò a essere tesa seduta in mezzo alla squadra, anche se era il posto più sicuro per lei. Erano tutti in allerta. Nonostante non fossero più nel Sudan Meridionale, l'Uganda non era esattamente più sicura per i soldati e i civili americani.

Raggiunsero la casa dove avrebbero dovuto trovarsi i suoi colleghi, e Safe tirò un sospiro di sollievo quando la porta si aprì e uscirono Archie e Oliver. Lui e la squadra saltarono giù dal pianale del pick-up, e Safe aiutò Wren a scendere. Mentre il veicolo si allontanava, lei notò i due uomini, e praticamente corse da loro e li abbracciò forte, uno dopo l'altro.

«State bene?»

«Sì. E tu?» le chiese Oliver.

«Sto bene. Mi dispiace tanto di avervi abbandonati. Erano... erano arrabbiati?» Wren incespicò sulle parole.

«Molto» rispose Archie. «Ma hai fatto la cosa giusta. Avevano intenzione di... sai... farti del male. Quindi è un bene che tu sia riuscita a scappare.»

«Grazie, Archie. So che la maggior parte delle volte ti irrita la mia presenza e che eri stanco di sentirmi parlare di sicurezza, ma sono felice che non se la siano presa con voi per la mia fuga.»

«È stato solo grazie ai tuoi amici» disse Oliver. «Ci avrebbero uccisi, solo che non ne hanno avuta la possibilità. Quando si sono accorti che eri sparita, hanno mandato sei uomini nella giungla per trovarti e riportarti indietro. Poi hanno discusso su cosa fare di noi. Il capo ha tirato fuori una videocamera. Una di quelle degli anni Ottanta, e ha ordinato a Colby di dire qualcosa. Lui si è rifiutato, così un gruppo di ragazzi ha ricominciato a picchiarlo. Erano così impegnati che non hanno nemmeno visto i tuoi amici entrare nell'accampamento, e prima che qualcuno si rendesse conto di ciò che stava accadendo, era tutto finito. Erano tutti morti.»

Wren spalancò gli occhi. Lanciò un'occhiata a Safe prima di voltarsi verso i suoi amici. «Porca miseria!»

«Già. E immagino che i sei tizi che hanno mandato a cercarti abbiano avuto la stessa sorte, perché non sono tornati... e direi che non ti avevano nemmeno trovata.»

«No» concordò Wren.

«Li abbiamo intercettati noi» disse Smiley senza alcuna emozione.

«Ecco» ribatté Oliver. «Comunque, ci hanno dato dell'acqua, mi hanno fasciato la mano, hanno aiutato Colby come potevano, poi ci siamo diretti nella giungla verso il punto di estrazione.»

«Quando voi due non vi siete presentati, ci hanno mandati avanti e sono venuti a cercarvi... ed eccoci qui» concluse Archie.

«Dove sono Colby e Dallas? Stanno bene?» chiese Wren.

«Colby è messo male, l'hanno picchiato di brutto. Si è

anche infettato quel taglio sul viso. È dentro, sdraiato a letto. Dallas è con lui. Lo sta sorvegliando.»

«Intendi dire che gli sta leccando il culo» borbottò Oliver.

Si voltò verso Oliver. «E la tua mano?»

«Mi mancano due dita e fa un male cane. Ma sono vivo» le rispose.

«Be'... sono felice che stiate bene.»

«Già. Avremmo dovuto prendere tutti più seriamente le tue preoccupazioni» disse Oliver.

Wren si limitò a scrollare le spalle.

«Possiamo continuare dentro?» domandò Safe.

«Siamo ancora in pericolo?» si informò Archie.

«No. Ma sono sicuro che a Wren piacerebbe mangiare e bere qualcosa. E fare una doccia.»

«Doccia?» gli chiese in un sussurro, fissandolo.

Lui ridacchiò. «Sì, con acqua e tutto il resto.»

I suoi colleghi si fecero da parte mentre Wren li travolgeva nel tentativo di entrare in casa e, presumibilmente, arrivare al bagno.

«Mai mettersi tra una ragazza e la sua doccia» scherzò Oliver.

Ma quando furono dentro Safe la vide esitare.

«Cosa c'è?» le domandò, prendendola da parte. Il resto della squadra stava già frugando negli armadietti e tirando fuori oggetti, probabilmente per preparare un pasto per tutti.

«Non ho niente di pulito da mettere.»

Safe si rilassò. La prese per mano e la tirò verso una delle quattro piccole camere da letto, dove il team aveva riposto le proprie cose. Quando erano arrivati in Uganda dal Ciad, erano rimasti lì in attesa di un elicottero disponibile che li portasse nel Sudan Meridionale. Si avvicinò al suo borsone appoggiato alla parete.

Aprì la cerniera e tirò fuori una maglietta pulita, un paio di boxer e dei pantaloni della tuta. Glieli porse e disse: «Ti saranno grandi, ma almeno sono puliti. Non c'è una lavatrice qui, ma sul retro c'è una vasca che gli altri hanno usato per lavare le loro cose. Mi occuperò io della tua roba mentre sei sotto la doccia.»

Wren lo fissò senza dire nulla e senza prendere gli indumenti.

«Wren?»

«Hai intenzione di lavare i miei vestiti?»

«Sì» rispose, non capendo cosa ci fosse di sbagliato.

Lei chiuse gli occhi, aggrottò la fronte e ondeggiò lievemente.

Allarmato, Safe gettò i vestiti sul letto più vicino e la prese tra le braccia. «Che c'è? Parlami, Wren.»

Lei aprì gli occhi e lo guardò. «Da che ho memoria, mi sono sempre arrangiata da sola per lavare gli indumenti. Mi ricordo che a cinque anni dovevo salire su una sedia per raggiungere i pulsanti della nostra vecchissima lavatrice. Anche quando ero in affidamento ero responsabile dei miei vestiti. Nessuno si è mai offerto di lavarmeli prima d'ora. E lo farai a mano?»

«Ti amo. Farò del mio meglio per provvedere a te per qualsiasi cosa tu abbia bisogno. Cibo, acqua, un riparo, vestiti puliti... tutto.»

Lei lo fissò a lungo e Safe poté vedere un turbinio di emozioni passare nei suoi occhi. Poi gli spezzò il cuore quando sussurrò: «È questo che si prova a essere amati?»

Le accarezzò la testa, e fece un piccolo sorriso quando la mano si impigliò nel fermaglio dei capelli. «Sì, direi di sì.»

«È travolgente» replicò lei con un lieve cipiglio.

«Be', abituati» le disse, tirandola vicino a sé e appoggiandole la guancia su un lato della testa.

Lei si strinse forte; sembrava aver bisogno di quel momento tanto quanto lui. Poi gli borbottò contro il collo: «Puzzi.»

Safe ridacchiò. «Nemmeno tu sei esattamente pulita e fresca come una margherita, tesoro.»

Con suo sollievo, lei si tirò indietro sorridendo. «Vuoi fare la doccia per primo?»

«No. Prenditi il tuo tempo. Non c'è molta acqua calda, quindi immagino che non starai a lungo, ma d'ora in poi verrai sempre tu per prima. L'acqua calda, l'ultimo bicchiere di vino, il posto migliore sul divano. Sono tuoi.»

«Bo?»

«Sì, tesoro?»

«Grazie per non avermi detto "Te l'avevo detto".»

«Non lo farei mai» replicò con fermezza. «Avresti dovuto andare nel Sudan del Sud? No. Hai avuto scelta? Non proprio.»

«Avrei potuto rifiutarmi» ammise con tristezza.

«Ne abbiamo già parlato. E tutti gli argomenti che avevi prima per non esserti rifiutata sono ancora validi.»

«Non so se posso tornare a lavorare lì» sussurrò, come se avesse temuto che pronunciare quelle parole ad alta voce avrebbe potuto in qualche modo fargli cambiare opinione su di lei.

«Allora non farlo.»

«Non è così facile» protestò.

«Sì e no» ribatté con un'alzata di spalle. «Hai ragione, la California è costosa, ma io ho uno stipendio decente. E dei discreti benefit. Staremo bene finché non troverai qualcos'altro, un altro lavoro.»

Lei si irrigidì tra le sue braccia e lo fissò.

«Che c'è?»

«Staremo... noi?»

Lui annuì. «Non sono stato abbastanza chiaro quando eravamo appesi a quella corda? Ti voglio in casa mia. Nel mio letto. Nella mia vita. Ti amo. Sei mia, e io mi prendo cura di ciò che è mio. Se vuoi lasciare il tuo lavoro e stare a casa a collezionare ghiande per creare decorazioni e venderle su internet, bene. Perfetto. Ti sosterrò. Vuoi continuare a lavorare per la BT Energy? Va bene anche questo. Vuoi trovare un altro lavoro come PR? Non c'è problema. So che ci vorrà un po' di tempo prima che tutto questo si realizzi, ma non sei più sola, Wren. Non sei più la bambina che si nascondeva sotto il letto per sfuggire alla madre cattiva. Hai me. La mia squadra. Remi. Caroline e le sue amiche. Wolf e la sua squadra. Le cose non andranno sempre lisce, perché entrambi abbiamo vissuto da soli per un bel po', ma ce la faremo. Insieme.»

«Ho paura.»

«Lo so.» Ed era vero. Fare affidamento su qualcun altro era qualcosa che lei non aveva fatto spesso, se non mai, nella sua vita. Ma le cose sarebbero cambiate. Da subito.

«Non ti merito» gli disse.

«Hai ragione» ribatté senza esitazione. «Meriti qualcuno migliore di me. Qualcuno che possa darti tutte le cose più belle della vita, con un lavoro più sicuro. Qualcuno da cui tu possa tornare a casa ogni giorno, senza eccezioni. E io non sono quell'uomo. Ma *sono* quello che si farà in quattro per renderti felice. E quando non potrò esserci per te, farò in modo che ci sia qualcun altro a proteggerti finché non tornerò a casa.»

Wren deglutì a fatica. «Ti amo» sussurrò.

Safe ebbe la sensazione che il suo cuore stesse per esplodere. «E io amo te. Ora... per favore, vai a farti una doccia prima che ti cresca il muschio tra i capelli e che la tua puzza impregni la stanza.»

Lei sorrise e gli diede uno schiaffo sulla spalla, poi sospirò. «Non ho idea di come sia successo.»

«È perché sono irresistibile» scherzò.

«Vero.»

Wren si alzò in punta di piedi e lo baciò. Safe avrebbe voluto approfondire il bacio. Gettarla sul materasso dietro di loro, spogliarla e seppellirsi nel profondo del suo corpo. Ma non era il momento né il luogo adatto. Avrebbe aspettato di averla in casa sua e nel suo letto, dove non sarebbero stati interrotti, per dimostrarle con e senza parole quanto fosse serio il suo amore per lei.

Si tirò indietro, raccolse i vestiti e glieli porse di nuovo. «Metti la tua roba fuori dalla porta così la laverò mentre fai la doccia.»

Wren annuì e prese gli indumenti. Safe la condusse nel corridoio e poi nel bagno. C'erano un WC, un lavandino e una doccia. Non era un box, solo un tubo che usciva dal muro e uno scarico in mezzo al pavimento piastrellato.

Safe le mise una mano sulla guancia e lei vi si appoggiò. «Grazie per essere stata intelligente, tenace e per aver mantenuto la calma. Non so cosa avrei fatto se ti avessero fatto del male.» Poi le diede un bacio sulla fronte e uscì dalla stanza, chiudendo bene la porta dietro di sé.

Andò nella zona giorno e annunciò: «Wren è in bagno. Se qualcuno la disturba, ne risponderà a me.» Si sentiva scontroso e protettivo. Il solo fatto di non vederla, anche se sapeva esattamente dove si trovava, lo destabilizzava.

«Nessuno la disturberà» disse MacGyver. «Vieni a mangiare qualcosa. Ti renderà meno scorbutico.»

Tutti risero, ma Safe non era dell'umore di mangiare. Si sentiva nervoso, inquieto. Udì la porta del bagno aprirsi e chiudersi, si girò e vide il mucchietto di vestiti nel corridoio. Sapere che Wren era nuda dall'altra parte della porta gli fece infiammare la pelle. La desiderava. Ma poteva aspettare. Per tutto il tempo necessario.

Tornò indietro e raccolse la maglia e i pantaloni, notando che non c'era la biancheria intima. Attraversò la zona giorno e uscì nel piccolo patio posteriore senza dire una parola.

«Ehi, vuoi lavare anche i miei?» gridò Flash.

Safe gli mostrò il dito medio. Nella stanza dietro di lui risuonarono delle risate, e per la prima volta dopo giorni si rilassò un po'. Era al sicuro, e anche Wren e i suoi amici. Mancava poco al loro ritorno a Riverton e non vedeva l'ora.

———

Qualche ora più tardi, Wren si guardò intorno nella stanza e dovette darsi un pizzicotto. Non era passato molto da quando era seduta per terra nella giungla, con le mani legate, a chiedersi se lei e i suoi colleghi sarebbero sopravvissuti un altro giorno.

E ora eccola lì, bella pulita – be', il più pulita possibile data la doccia a malapena funzionante e l'acqua fredda – con la pancia piena, abbracciata a Bo, mentre tutti gli altri uomini erano seduti a parlare dei loro programmi televisivi preferiti. Sembrava quasi un sogno.

Non si era ancora rimessa i suoi vestiti, che a dirla tutta avrebbe bruciato non appena ne avesse avuta l'occasione una volta tornata a casa, perché erano ancora umidi e si stavano asciugando. Aveva lavato lei il reggiseno e le mutandine, sotto la doccia, troppo a disagio per farlo fare a Bo. In quel momento era seduta sulle sue ginocchia, usando il suo petto come schienale, e lui l'aveva circondata con le braccia per tenerla contro di sé.

Era comoda e rilassata.... e si sentiva dannatamente in colpa. «Come sta Colby?» chiese a Dallas durante una pausa della conversazione.

«Male, ma tutto sommato bene» le rispose. «E si sente di merda. Non era nei suoi piani che Bob, Tom, Luke e Aaron scappassero, ma ha detto anche di non averli scoraggiati. Pensava sinceramente che non ci sarebbero stati problemi, che non sarebbe successo nulla a nessuno di noi. Quindi, che siano stati...» Dallas si schiarì la gola prima di continuare «... uccisi, è stato uno shock.»

Wren annuì e sentì le braccia di Bo stringersi intorno a lei.

«Mi chiedo cosa si farà ora con il progetto» rifletté Archie.

«Chi cazzo se ne frega» sbottò Oliver con veemenza. «Sono morte delle persone. Non è sicuro per nessuno lavorare lì finché le cose non si risolveranno. Se mai succederà.»

Tutti rimasero in silenzio, persi nei loro pensieri.

Poi Wren disse: «Per quello che vale, penso ancora che il gasdotto possa portare benefici al Sudan del Sud, ma finché non fermeranno la corruzione del governo, tutti i soldi guadagnati andranno nelle tasche di chi è al potere, non ai cittadini che ne hanno più bisogno. Non dirò mai che il rapimento e l'estorsione siano la soluzione giusta, ma... posso capire perché lo hanno fatto. La disperazione porta le persone a fare cose disperate. Nessuno di noi conosce la fame e la sete come la gente di qui.»

«Sono d'accordo» disse Dallas a bassa voce.

«Anch'io» ribatté Oliver annuendo.

«Già» aggiunse Archie dopo un attimo.

«Vado a controllare Colby. Quando partiamo?» chiese Dallas.

Kevlar guardò l'orologio. «Più o meno tra cinque ore.»

Quello sembrò essere il segnale di cui tutti avevano bisogno per alzarsi e andare a dormire. Sarebbe stato un lungo viaggio fino in Germania e poi in California.

Wren si ritrovò nella stanza dove Bo aveva messo il borsone. Le fece cenno di salire su un materasso a due piazze che si trovava sul pavimento contro una parete, e la raggiunse subito. Lei si girò su un fianco e lui si accoccolò dietro.

Blink si distese sull'altro materasso della stanza e Kevlar si sdraiò vicino alla porta. Non le faceva minimamente strano dormire accanto a Bo con i suoi amici in camera. Anzi, era quello di cui aveva bisogno. Essere circondata non solo dall'uomo che amava, ma anche da altri due che lui considerava fratelli. Nessuno l'avrebbe portata via da lì.

Safe. Era il soprannome dell'uomo che la stringeva tra le braccia, ma era anche il modo in cui si sentiva quando era vicino a lui. Non aveva mai sperimentato la vera sicurezza nella sua vita fino a quando non si era imbattuta in lui in quel corridoio dell'Aces Bar and Grill. In un certo senso, nel profondo della sua anima, aveva capito fin da allora che quell'uomo l'avrebbe protetta. L'avrebbe tenuta al sicuro.

CAPITOLO VENTIDUE

WREN NE AVEVA ABBASTANZA.

Dei voli in aereo. Di essere esaminata e punzecchiata dai medici militari in Germania. Delle persone che le facevano sempre le stesse domande e degli sguardi turbati dei suoi colleghi. Di essere ignorata dal suo capo e della preoccupazione e l'attenzione di Bo.

Ne aveva abbastanza di tutto.

Voleva essere a casa. Da sola. Dentro una vasca da bagno o sotto una doccia bollente. Senza quei maledetti vestiti che sembravano ancora umidi anche dopo tante ore di viaggio.

Era irritata, stanca, indolenzita e molto triste per Luke e Aaron. E per Bob e Tom, anche se le veniva ancora da sorridere sentendo i loro nomi pronunciati insieme perché le ricordavano l'omonimo talk show.

Era persino irritata con sé stessa per essere irritata. Avrebbe dovuto sentirsi grata. Riconoscente. Sollevata di essere tornata sul suolo americano. Invece voleva urlare. Allontanarsi da tutti quegli... *uomini*.

E non era giusto. Non erano stati altro che gentili e delicati con lei. I SEAL le avevano salvato la vita. Lei e i suoi colleghi ora condividevano un legame più profondo, cosa che poteva derivare solo da un trauma condiviso.

Eppure, voleva urlare a tutti loro di lasciarla in pace.

Erano atterrati alla base di Riverton dopo il tramonto e, fortunatamente, i suoi colleghi se n'erano andati subito per tornare alle loro rispettive case. Non avevano potuto recuperare i corpi dei deceduti, ma le famiglie avrebbero certamente voluto onorare i loro cari. Immaginava che nelle prossime settimane si sarebbero tenute le esequie, e Wren era terrorizzata al pensiero.

Ora era nell'hangar, in disparte, mentre Bo e la sua squadra si incontravano con il loro comandante. Capiva che era qualcosa che dovevano fare, ma più stava lì più aveva voglia di scappare.

Una porta si aprì in fondo all'enorme spazio e si voltò per vedere chi fosse entrato. Con sua grande sorpresa, vide Caroline con suo marito Wolf.

La sua amica andò dritta da lei, mentre lui si diresse verso il gruppo di SEAL.

«Forza» le disse, mentre si avvicinava. «Ti porto a casa.»

Per quanto fosse stata irritata pochi secondi prima, all'improvviso non era sicura di volersi separare da Bo.

«Wolf gli sta dicendo che ti portiamo a casa sua. Così ti sistemi. Credimi, ci sono passata anch'io; esausta e sofferente, sia fisicamente sia mentalmente. E per quanto amassi Wolf e la sua squadra, avevo bisogno di un po' di tempo per me stessa. Per elaborare tutto quello che mi era successo.»

«Oh.» Wren ricordava la storia di ciò che era accaduto a Caroline, e le si strinse il cuore per lei.

«Già, oh. Forza ora. Ti porto a casa, ti sistemo nella vasca da bagno con un enorme bicchiere di vino, così potrai rilassarti. Safe resterà qui per un po' per fare rapporto. Io e Wolf rimarremo con te finché lui non tornerà. Non ti disturberemo, ti lasceremo fare le tue cose, ma almeno non sarai da sola. Anche perché non credo che Safe sarebbe d'accordo. E per quanto senti di aver bisogno di un po' di spazio, credo che nemmeno tu voglia stare da sola. Sai, il risveglio dei demoni interiori e tutto il resto.»

Tornò a guardare Bo e vide Wolf accanto a lui con la mano sul suo braccio, come per trattenerlo. Sembrava preoccupato e stressato, e si rese conto per la prima volta di quanto tutta quella situazione fosse stata dura anche per lui. Aveva sottovalutato la cosa perché era un SEAL forte e letale. «Sto bene» gli mimò con la bocca.

«Sicura?» mimò lui a sua volta.

Wren annuì. Lo vide rilassare le spalle, poi dire qualcosa a Wolf, che gli fece un cenno con il mento e si diresse verso di lei e Caroline.

«Visto? È tutto a posto. Andiamo.»

Non poté fare a meno di sorridere al pensiero di essere "rapita" di nuovo. Solo che questa volta voleva andare con i suoi rapitori.

Prima che se ne rendesse conto, Wolf stava parcheggiando il suo enorme SUV davanti alla casa di Bo.

«Torno subito» disse loro, chinandosi a baciare Caroline prima che lei scendesse dall'auto.

«Dove va?» chiese Wren mentre lo guardavano uscire dal vialetto per immettersi in strada.

«A prendere cibo al ristorante messicano.»

«Davvero?» Non riuscì a trattenere l'eccitazione.

«Sì. Safe ha detto che è il tuo preferito, ed è ciò che avrai per festeggiare il tuo ritorno a casa» le disse Caroline.

Sorrise all'amica. «Fantastico.»

«Già. Ora vieni, quella vasca da bagno ti sta chiamando.»

Due ore più tardi, le sue dita erano talmente raggrinzite da essere irriconoscibili, e si sentiva finalmente pulita dopo essersi strofinata bene il corpo, depilata e lavata i denti cinque volte. Si era infilata un paio di pantaloni di pile, una maglia larga a maniche lunghe della Marina che aveva rubato dal cassetto di Bo, e un paio di calzini morbidi. Poi si era rimpinzata di patatine e salsa e di un burrito grande quanto la sua testa, e finalmente si sentiva più sé stessa.

Era comunque stanca come lo era stata in quella giungla africana, ma sapeva che non sarebbe mai riuscita ad addormentarsi. Non finché Bo non fosse tornato a casa. Caroline e Wolf stavano dormendo sul divano, e russavano lievemente l'uno nelle braccia dell'altra. Wren aveva apprezzato che non le avessero fatto pressione per parlare del suo calvario. Si erano limitati a chiacchierare del più e del meno mentre mangiavano, poi avevano acceso la televisione lasciandole un po' di spazio.

Per quanto Wren fosse grata della loro presenza e del fatto che l'avessero riportata a casa, era pronta per il ritorno di Bo.

Proprio mentre lo pensava, sentì la chiave girare nella serratura. Evidentemente l'aveva percepita anche Wolf, perché aveva spostato delicatamente Caroline di lato ed era già in piedi, come se avesse saputo esattamente quando Bo sarebbe rientrato.

Si trovava tra lei e la porta d'ingresso quando lui entrò. I due uomini si fecero un cenno con la testa, e senza dire una parola Wolf si chinò e prese sua moglie in braccio.

«Che c'è? Safe è tornato?» chiese lei assonnata.

«Sì. Ce ne andiamo» le disse in modo conciso.

«Ok. Ci sentiamo, Wren. Sono felice che tu sia a casa e stia bene» mormorò Caroline, poi appoggiò di nuovo la testa sulla spalla del marito, confidando che la portasse in macchina e a casa loro sana e salva.

Bo chiuse a chiave la porta, poi si voltò verso di lei. Sembrava esausto.

«Hai fame? Ti abbiamo tenuto da parte delle enchiladas» gli disse con dolcezza.

Ma lui scosse la testa. «Abbiamo mangiato. Ho bisogno di fare una doccia.»

Wren annuì, sentendosi in imbarazzo per qualche motivo.

«Vieni qui» le ordinò, tendendole le braccia.

Si precipitò da lui e lo strinse forte, e fu come se tutto nel suo mondo fosse andato a posto ora che era chiusa nel suo abbraccio.

«Scusa se mi sono comportata da stronza! Credo di non essere abituata ad avere tanta gente intorno. È stato opprimente.»

«Shhh, non sei stata una stronza. Sei stata brava.»

Non era vero, ma lo amò ancora di più per non averla rimproverata per il suo comportamento stizzoso.

«Hai un profumo fantastico.»

Non poté fare a meno di ridere. «È perché non puzzo più di "eau de jungle".»

«È vero. Ma probabilmente io sì.»

«No, non è così.» Era una piccola bugia.

Bo ridacchiò e Wren lo sentì su tutto il corpo, soprattutto perché era ancora incollata a lui.

«Ucciderei per una doccia e per dormire un po'» le disse dopo un attimo.

Si staccò da lui con riluttanza. «Allora vai.»

«Sarai nel nostro letto ad aspettarmi?»

Le sue parole le fecero venire i brividi sulla nuca. «Sì.»

«Bene.» Poi si girò quasi come uno zombie e percorse il corridoio.

Wren si assicurò che la porta d'ingresso fosse chiusa a chiave, poi lo seguì. Quando arrivò in camera lui era già in bagno con l'acqua della doccia che scorreva. Si tolse i pantaloni della tuta e si cambiò la maglia, mettendone una a maniche corte, sempre di Bo, si tolse i calzini e si infilò sotto le coperte.

Cinque minuti più tardi, lui apparve sulla soglia del bagno con addosso un paio di boxer... e basta.

Il cuore le salì in gola quando iniziò ad avvicinarsi a lei, deviando un attimo verso la parete per spegnere la luce prima di raggiungerla sotto le coperte. Si sdraiò sulla schiena e lei gli si accoccolò subito contro, drappeggiando un braccio sopra il suo petto e posando la testa sulla sua spalla.

«Proprio questo» disse lui.

Quando lui non continuò, Wren sussurrò: «Proprio questo, cosa?»

«Questo è ciò che sognavo. Tu tra le mie braccia, nel mio letto. Al sicuro. In salute. Viva.»

Chiuse gli occhi. Aveva sognato più o meno le stesse cose. «Anch'io» ammise.

Ma Bo stava già dormendo.

Sorrise per la rapidità con cui era riuscito ad addormentarsi, ma si rese conto che doveva essere stato estremamente esausto per riuscire a farlo così in fretta, oltre a sentirsi del tutto al sicuro lì. Altrimenti non avrebbe abbassato la guardia così rapidamente.

Aveva vegliato su di lei da quando l'aveva trovata nella giungla fino a quel momento.

Cacciò indietro le lacrime e si accoccolò meglio al suo fianco, e fu ricompensata da una stretta del suo braccio e dalle sue labbra sulla testa.

«Ti amo» le mormorò assonnato.

«Ti amo anch'io» replicò lei, prima di cadere in un sonno profondo.

Safe aprì gli occhi e seppe esattamente dove si trovava e con chi era.

Wren.

Era davvero lì.

Nel suo letto.

Si mosse prima che il suo cervello potesse dirgli che quello che stava facendo probabilmente non era una buona idea.

Scivolò lungo il suo corpo e si sistemò tra le sue gambe. La maglia che indossava, la *sua*, le si era arrotolata intorno alla vita mentre dormivano, e tutto ciò che la copriva era un minuscolo paio di mutandine di cotone.

Gli venne l'improvviso desiderio di tirarle di lato e seppellire la bocca nella sua fica, ma non avrebbe mai fatto nulla senza il suo consenso. E al momento sembrava dormisse ancora profondamente.

Safe strofinò il naso contro la parte bassa della sua pancia, aprendole delicatamente le gambe. Le accarezzò l'interno delle cosce con i pollici, mentre aspettava che si svegliasse. Wren lo fece gradualmente, allungandosi e inarcando la schiena, spingendo così la sua fica verso di lui.

«Buongiorno» le disse sommessamente.

Lei si bloccò, poi si sollevò un po' abbassando lo sguardo su di lui. «Bo?»

«Sì?»

«Cosa stai facendo?»

«Niente... per ora. Ma ci sono molte cose che *voglio* fare.»

«Oh. Ehm... adesso?»

«Hai qualcosa di meglio in programma?»

«No.»

Safe la fissò, continuando ad accarezzarle la pelle sensibile dell'interno delle cosce. Quando non disse altro e non cercò di allontanarsi, lui propose: «Possiamo alzarci, mangiare dei cereali e continuare con la nostra giornata. Oppure posso mostrarti quanto ti adoro leccandoti fino a portarti all'orgasmo, per poi fare l'amore con te in modo lento e dolce finché non mi implorerai di farti venire.»

Le sfuggì un verso strozzato prima di riuscire a dire: «Opzione due, grazie.»

Safe sorrise e afferrò subito l'elastico delle sue mutandine. Gliele fece scivolare lentamente lungo le gambe, poi si sistemò di nuovo al suo posto. «Non sarà una cosa veloce» la avvertì. «È da troppo che penso di trovarmi in questa situazione. Mi prenderò il mio tempo, scoprirò cosa ti piace, cosa ti eccita di più. Ci vorranno almeno due orgasmi prima che io sia soddisfatto.»

«Bo» sussurrò lei.

Ma Safe aveva finito di parlare. Abbassò la testa e la leccò tra le pieghe e fino al clitoride. Poi lo fece ancora. E ancora. Alzò lo sguardo e vide che si era sdraiata di nuovo e stava fissando il soffitto. «Guardami» le ordinò.

Lei alzò subito la testa e lo fissò.

«Guardami amarti. Guarda come siamo perfetti insieme.» Senza interrompere il contatto visivo le coprì il clitoride con la bocca, mentre con una mano le stuzzicava il sesso fradicio.

Vide il suo petto alzarsi e abbassarsi mentre tremava tra le sue braccia. Aveva ancora la sua maglia, ma in qualche modo era più eccitante che se fosse stata nuda. Poteva vedere i capezzoli premere contro il cotone. A dirla tutta quella maglia stava meglio a lei che a lui.

Le spinse le cosce, aprendola ulteriormente, mentre continuava a usare la lingua per stimolarle il clitoride, oltre a succhiarlo per tormentare quel piccolo punto sensibile.

Non passò molto prima che si contorcesse dondolando i fianchi. Vederla perdere un po' del controllo che portava sulle spalle come un sudario, lo fece sentire in cima al mondo. Staccò la bocca abbastanza a lungo da dirle: «Così. Mostrami quello che vuoi.» Poi abbassò di nuovo la testa.

Mentre la portava sempre più vicino al culmine, lei cominciò a muovere i fianchi più forte e più velocemente, cercando essenzialmente di scopare la sua bocca. Il suo cazzo pulsava contro il materasso. Desiderava quella donna. Amava quanto fosse disinibita. Strinse la presa sulla sua coscia e affondò l'indice in profondità nel suo corpo. Quello gli valse un lungo gemito.

Quel verso gli arrivò dritto all'uccello, e sapeva che non sarebbe stato in grado di resistere ancora a lungo. Il suo sapore, l'odore, sentirla cercare l'orgasmo che percepiva essere vicinissimo... la amava così tanto.

Desideroso di vederla venire, le leccò il clitoride come un uomo posseduto. Lei si irrigidì e allargò le gambe spingendosi verso l'alto, cercando di avvicinarsi ancora di più a lui. Poi cominciò a tremare in modo incontrollato, i suoi muscoli interni si strinsero intorno al suo dito e volò nell'estasi quasi con violenza.

Safe dovette metterci tutto sé stesso per tenere la bocca sul clitoride. I suoi umori gli ricoprivano il viso, gli colarono sul dito e bagnarono le lenzuola sotto di lei... e lui voleva di più.

Sollevò la testa e aggiunse un altro dito nel suo sesso. Sentire i suoi muscoli contrarsi intorno a loro gli rese quasi impossibile aspettare di entrare in lei. Ma le aveva promesso almeno due orgasmi prima di fare l'amore... e lui non era un uomo che si rimangiava la parola.

Ma ora voleva anche guardare. Si mise in ginocchio, si avvolse le sue gambe intorno alla vita e si sistemò tra le sue cosce. In quella posizione il bacino di Wren era inclinato verso l'alto così da dargli una visione diretta della sua fica. Si era depilata, e non aveva mai visto niente di più sexy dei suoi umori su tutto l'interno delle cosce e che colavano lungo il suo sedere.

Incapace di resistere, Safe estrasse le dita e se le portò alle labbra, leccandole per bene. «Meravigliosamente deliziosa» disse.

Lei arrossì e lo fissò. E all'improvviso Safe sentì il bisogno di vederla nuda sulle sue lenzuola. «Levati la maglia» le ordinò, mentre riportava la mano tra le sue gambe.

Wren ebbe difficoltà a togliersela dato che era sdraiata

sulla schiena, ma vederla dimenarsi per cercare di riuscirci fu uno spettacolo erotico, e sentì i suoi muscoli interni stringergli le dita mentre lui le muoveva pigramente su e giù nel suo sesso.

«Non è giusto che tu possa vedermi nuda mentre io no» disse facendo il broncio.

Guardando in basso Safe vide la forma del suo cazzo nei boxer. Sorrise, e con la mano spostò il tessuto finché la punta non uscì dalla fessura. Era quasi viola per il desiderio e luccicava di liquido preseminale. «Contenta?» chiese con un sorriso.

Wren cercò di toccarlo, ma non riuscì a raggiungerlo in quella posizione. «No» brontolò.

«Fidati, è meglio così. Se mi toccassi adesso, esploderei prima del tempo. Ora sdraiati e lascia che ti faccia venire di nuovo come ti ho promesso.»

Wren si risistemò sul letto, mettendo un altro cuscino sotto la testa in modo da poter vedere cosa stava facendo senza dover sforzare il collo.

«Sei così bella» le disse, fissandola tra le gambe. «Così bagnata. Calda. Reattiva.»

«Sono troppo magra» mormorò lei.

«No, non è vero. Sei quello che sei, e ciò che sei è perfetto.»

Lei chiuse gli occhi alle sue parole, così si ripromise di farle più spesso dei complimenti. La società era malvagia. Se pesavi troppo non eri considerata bella. Se non ti truccavi, idem. Se eri troppo magra, troppo alta, troppo bassa, avevi i capelli troppo corti o troppo lunghi o troppo crespi, o qualsiasi altra diversità rispetto alle sembianze delle modelle in TV e sulle riviste, non eri considerata una donna "ideale".

Erano tutte stronzate. Ognuna aveva la sua forma e il suo fisico, e sebbene Safe non potesse negare di aver avuto la sua buona dose di esperienze con l'altro sesso e di aver riconosciuto la bellezza unica di ognuna di loro, non era mai andato a letto con nessuna solo per l'aspetto. Era attratto dalla loro intelligenza e personalità.

E Wren era tutto ciò che desiderava in una donna. Non avrebbe mai voluto che lei si trovasse nella situazione che aveva dovuto affrontare in Africa, ma non poteva negare di essere molto orgoglioso di come l'aveva gestita.

Safe si chinò su di lei, mettendole il pollice sul clitoride e spingendo due dita dell'altra mano tra le sue pieghe scivolose. Poi cominciò a strofinare. Con intensità. Basta preliminari. Aveva bisogno di essere dentro di lei. Subito.

«Bo!» esclamò Wren, afferrandolo per le braccia.

«Ecco. Tieniti a me mentre ti abbandoni al piacere.» Adorava sentire le sue unghie penetrare nella pelle. Amava il modo in cui si contorceva contro di lui. Wren cercò di chiudere le gambe, ma non ci riuscì perché il suo corpo glielo impedì. Era alla sua mercé, e le avrebbe dato esattamente ciò di cui aveva bisogno.

Non ci volle molto; l'aveva caricata con l'orgasmo precedente. Leccandosi le labbra, Safe osservò con una brama a malapena celata le contrazioni della sua pancia, mentre ancora una volta iniziava a scuotersi sotto di lui.

Wren aprì la bocca, inarcò la schiena ed esplose di piacere. Il modo in cui il suo corpo gli stringeva le dita era erotico da morire, e l'unica cosa a cui riusciva a pensare era a come sarebbe stato essere dentro di lei quando sarebbe venuta di nuovo.

Safe si sollevò e si tolse i boxer. Probabilmente faceva

ridere mentre si dimenava senza ritegno sul letto per sfilarseli, ma non gli importava. Si sporse verso il comodino, aprì il cassetto e tirò fuori la scatola di preservativi che aveva comprato prima di partire per la missione.

Armeggiò con l'involucro imprecando; sembrava fosse la prima volta in vita sua che apriva un preservativo.

Poi sentì una risatina. Abbassò lo sguardo e vide Wren che sorrideva. La parte superiore del suo petto era arrossata dagli orgasmi, e i capezzoli turgidi sporgevano sui seni piccoli e sodi. Aveva un'espressione più che soddisfatta.

Era merito *suo* se aveva quell'aspetto. Quella vista calmò un po' la sua brama.

Non avevano parlato di contraccettivi, ma non aveva intenzione di mancare di rispetto alla sua donna chiedendole di farlo senza preservativo la prima volta. Avevano tempo, prima o poi sarebbe venuto dentro di lei, ora era il momento del piacere. Per entrambi.

Safe se lo infilò, poi si allungo, imprigionandola, e la osservò. Il suo cazzo pulsava contro la sua pancia, ma non aveva fretta di spingersi dentro di lei. Aveva bisogno che lo desiderasse quanto lui.

———

Wren non si era mai sentita così... sottosopra dopo il sesso come in quel momento. Un attimo... non aveva ancora fatto sesso. Bo era piuttosto rilassato nella vita di tutti i giorni, ma lì nel suo letto sembrava sapere esattamente cosa voleva da lei e come ottenerlo. Non era mai venuta così intensamente in vita sua. Sì, si era masturbata spesso, ma *niente* l'aveva fatta sentire come quando Bo l'aveva portata all'orgasmo.

Avere le sue dita dentro di lei mentre veniva era stata una sensazione incredibile. Ma voleva di più. Aveva solo intravisto il suo cazzo, ma era bastato a farle leccare le labbra per la trepidazione. Era lungo. Non era eccessivamente grosso, ma per lei andava bene così.

Stava aspettando che la penetrasse, ma quando si limitò a rimanere sospeso su di lei a fissarla, Wren si acciglò.

«Che c'è?» gli chiese.

«Sto solo memorizzando questo momento. Tu. Nel mio letto...nel *nostro* letto. Arrossata per gli orgasmi che ti ho procurato. L'odore dei tuoi umori sulle lenzuola, sul mio viso, sulle mie dita. È un sogno che si avvera e non riesco a credere che tu sia qui.»

«Non dovrei esserci?» non poté fare a meno di chiedere.

«Probabilmente no» rispose con un'alzata di spalle.

Wren si irrigidì. C'era qualcosa che non sapeva di lui? Stava commettendo un errore?

«No, non ti spaventare. Voglio solo dire che sono un SEAL. Sono spesso via. Stare con un militare non è facile, e stare con un SEAL è ancora peggio. La tua vita è già stata dura, non voglio renderla ancora più difficoltosa.»

Si rilassò. «Posso gestire il tuo lavoro, Bo. E non ti chiederei mai di smettere di fare quello che evidentemente sai fare bene. Dimentichi che l'ho visto di persona. Sono orgogliosa di essere tua. Di essere qui con te.»

Lui chiuse gli occhi e inspirò profondamente.

Wren si prese il tempo per studiarlo. I suoi capelli erano scompigliati e sparati in alto, probabilmente perché non li aveva pettinati dopo essere uscito dalla doccia. Aveva le guance arrossate, come se vederla venire fosse stato eccitante quanto se l'avesse fatto lui stesso. I suoi bicipiti erano gonfi mentre si reggeva sopra di lei. Era un uomo magnifico, ed era *suo*.

Vederlo un po' nervoso le diede il coraggio di portare una mano tra loro e accarezzargli il cazzo.

Lui sussultò e aprì gli occhi di scatto. «Non farlo. Ci sono troppo vicino» la avvertì.

Ma Wren lo ignorò. Allargò le gambe e si sollevò un po', in modo da poterlo portare dove lo voleva. Lui rimase immobile sopra di lei per tutto il tempo, fissandola con un'intensità che un po' la spaventava ma allo stesso tempo la eccitava molto.

Si passò la punta del suo cazzo sul clitoride e si dimenò un po'; era ancora molto sensibile per gli orgasmi precedenti. Poi la infilò tra le pieghe bagnatissime della sua fica, facendola scorrere su e giù, per lubrificarla con i suoi umori.

«Mettimi dentro, tesoro. Prendimi.»

E così fece. Sollevò i fianchi e accolse Bo nel suo corpo. Lui si abbassò mentre lei spingeva verso l'alto, e gemettero per la sensazione che provarono.

Le braccia di Bo cedettero, e seppellì il viso nel suo collo.

«Porca puttana... dammi un secondo» mormorò.

Wren sorrise e contrasse i muscoli pelvici, stringendolo il più possibile con il suo corpo.

«Cazzo! Fallo di nuovo» le ordinò, mentre rabbrividiva di piacere contro di lei.

Amando il controllo che aveva, lo rifece. E poi ancora, accarezzandogli il cazzo dall'interno.

Bo si sollevò sui gomiti e la fissò. «Non hai idea di che sensazione incredibile sia.»

Lei sorrise mentre faceva scorrere le mani su e giù sul suo busto. «E tu non hai idea di quanto sia bello sentirti dentro di me.»

«Che ne dici se lo rendiamo ancora più bello?» le chiese, muovendo i fianchi.

L'ondata di piacere la colse di sorpresa. «Più forte» gli ordinò, conficcandogli le unghie nella pelle.

Lui la accontentò. Tenendosi sollevato iniziò a muoversi dentro e fuori di lei con spinte dure e misurate. Era una bella sensazione... ma per Wren non era abbastanza.

«Bo, *di più*» gemette.

«Voglio che duri» le disse.

«Perché? Se vieni, puoi farlo di nuovo. E lo scopo non è quello di raggiungere l'orgasmo?»

Lui ridacchiò, e Wren lo sentì dalla fica fino alle dita dei piedi. «Be', sì, ma nel frattempo voglio farti sentire bene.»

«Mi sento bene. Mooolto bene. Di più. *Ti prego.*»

Per fortuna lui cominciò a muoversi più velocemente.

«Oh sì, ecco! Ti sento così in profondità» ansimò.

«Farò in modo che non desideri mai più nessun altro» le promise.

«L'hai già fatto» sussurrò Wren.

Lo sguardo serio di Bo si fece più intenso. Puntò i piedi sul materasso, il suo corpo forte si librò su di lei. «Guardami mentre ti prendo per la prima volta» le ordinò.

Praticamente non la stava toccando da nessuna parte, tranne che nel punto in cui il suo cazzo scivolava avanti e indietro nella sua fica. Abbassò lo sguardo e si sbalordì da quanto era erotico e incredibilmente eccitante guardarlo mentre la prendeva.

Non poté fare a meno di sollevare i fianchi per assecondare le sue spinte.

«Proprio così. Prendi il tuo uomo nello stesso momento in

cui lui prende te. Ci stiamo rivendicando a vicenda, Wren. Non si può più tornare indietro.»

«Non voglio tornare indietro» disse ansimando. Non c'era alcun *posto* dove tornare. Aveva l'impressione che nel momento in cui aveva visto quell'uomo era stata spacciata. Era *suo*. Era giusto. Era destino.

Bo si tenne in equilibrio su una mano, dimostrando la sua forza e agilità mentre continuava a scoparla con vigore. Portò l'altra tra loro, la posò sulla sua pancia e con il pollice iniziò a strofinarle il clitoride, continuando a muoversi nel suo corpo.

Wren sussultò e cominciò a contorcersi, bombardata da mille sensazioni contemporaneamente. Bo aveva un cazzo così lungo che sembrava le colpisse la cervice a ogni affondo. Quel lieve dolore, unito al piacere delle sue spinte e al pollice sul clitoride ancora molto sensibile, fu sufficiente a darle l'impressione di esplodere in mille piccoli pezzi.

Chiuse gli occhi, pronta a venire.

«No!» sbraitò Bo con voce roca. «Guardaci. Guardati venire sul mio cazzo.»

Fu incapace di negarglielo. Aprì gli occhi e abbassò lo sguardo, ansimando. Era lucido dei suoi umori, e a ogni passaggio lo tirava fuori fino alla punta per poi spingersi dentro ancora e ancora. Vedere quanto era lungo, quanto ne stava prendendo, non fece altro che eccitarla ancora di più.

«Sto per venire» lo avvertì ansimando.

«Bene. Ci sono vicino anch'io. Voglio sentirti spremere il piacere dal mio cazzo. Prendimi, Wren. Prendi tutto di me.»

E a quello si lasciò andare. La sua vista si oscurò, ma non distolse lo sguardo da Bo che faceva l'amore con lei.

Lui riportò la mano sul materasso accanto alla sua testa, le allargò le gambe con le ginocchia e cominciò a scoparla più velocemente. Wren aveva il corpo scosso dalle sue spinte, e gli afferrò il sedere amando la sensazione. Voleva tutto quello che lui aveva da dare. Bo grugnì una volta, due, poi si spinse così forte e a fondo che la fece venire di nuovo.

Tremò sopra di lei, contraendo il sedere mentre rilasciava il suo orgasmo nelle sue profondità.

«Il tuo corpo, è... *cazzo*, Wren... sentirti intorno a me è... è...» Si interruppe e lei poté solo sorridere.

Le sembrava di galleggiare. Quello era stato davvero il miglior sesso che avesse mai fatto in vita sua. E ne voleva ancora. Magari non proprio in quel momento, ma voleva provare tutto il possibile in camera da letto con quell'uomo. Voleva stare sopra, che lui la prendesse da dietro, voleva succhiarglielo, sentirlo venire sulle sue tette... voleva tutto. Ma solo con Bo. Solo e sempre con Bo.

«A cosa stai pensando?» le mormorò contro il collo. Era crollato sopra di lei, ma anche in preda al piacere si era assicurato di non schiacciarla.

«Solo che sono felice.» Sospirò.

Ciò gli fece sollevare la testa. Era ancora dentro di lei e Wren poteva sentire quanto era bagnata tra le gambe. Le sue cosce erano coperte dai suoi stessi umori, ma non era imbarazzata, non si sentiva minimamente sconvolta per quello che avevano fatto.

«Ah sì?» le chiese.

Wren annuì. «Quando ero piccola e mi nascondevo sotto il letto, spaventata dai fidanzati di mia madre e persino da lei, non avrei mai pensato che un giorno sarei stata così felice. Ero troppo traumatizzata. Avevo tanta paura di tutti. Eppure... eccomi qui.»

Bo aveva aggrottato le sopracciglia mentre la ascoltava, ma

poi si rilassò e si chinò a baciarle la fronte. «Eccoti qui» confermò. «Ti amo.»

«Ti amo anch'io.» Non erano parole facili da dire. Davano potere all'altra persona. Ma per una volta nella vita, sentì che la persona a cui le aveva rivolte non avrebbe usato quel potere contro di lei. L'avrebbe tenuta al sicuro. Letteralmente.

«Devo alzarmi e occuparmi del preservativo» disse lui dopo un attimo.

Wren arricciò il naso e sospirò. «Ok, ma... ho un impianto sottocutaneo. L'ho messo quando ero adolescente e ho continuato. Inoltre, non sono stata con nessuno per anni.»

Lui sembrò sorpreso. «Ma stavi uscendo con qualcuno.»

«*Cercavo* di uscire con qualcuno» lo corresse. «Matt... o Barry, è stato il primo tentativo dopo parecchio tempo. Come sai, non è andata molto bene.»

«Stai dicendo che posso venire dentro di te?» le chiese.

Wren arrossì. Non avrebbe dovuto sentirsi in imbarazzo, quella conversazione faceva parte dell'essere adulti e delle relazioni. «Hai fatto le analisi di controllo?»

Bo non sembrò offeso dalla domanda. «Le faccio ogni tre mesi con la Marina. E non sto con una donna da ben più di un anno.»

Lei fece un respiro profondo e disse: «Allora sì. Puoi venire dentro di me.»

Senza dire una parola, lui si tirò fuori dal suo sesso ed entrambi fecero una smorfia. Balzò giù dal letto e corse in bagno. Wren si spostò sul materasso e fece un'altra piccola smorfia sentendo esattamente quanto era bagnata ora che Bo non era più dentro di lei.

Poi la sua attenzione tornò a lui, che stava attraversando

velocemente la stanza. Il suo uccello ballonzolava, duro come quando glielo aveva preso in mano per infilarlo nel suo corpo.

Saltò praticamente sul letto, salendo sopra di lei. «Adesso?» le chiese.

«Adesso cosa?» domandò, confusa.

«Posso venire dentro di te adesso?»

Lei ridacchiò. «Pensavo che gli uomini avessero bisogno di un po' di tempo per riprendersi.»

«La donna che amo mi ha appena detto che posso venire dentro di lei. Mi sono già ripreso» le disse con un piccolo sorriso.

Wren sorrise a sua volta e premette le mani contro il suo petto. Lo fece rotolare finché non fu sopra di lui... anche se in realtà fu Bo a fare tutto. «Solo se posso stare sopra.»

«Tesoro, puoi stare sopra, dietro, sotto, di traverso o in qualsiasi altro modo tu voglia, purché il mio cazzo sia dentro la tua fica calda e bagnata.»

«Oh, come sei romantico» disse ridendo.

Ma quando Bo la prese per i fianchi e la sollevò per poi farla cadere con forza sul suo uccello, la sua risata si trasformò in un piccolo suono sorpreso.

«Tutto bene?» le chiese con aria preoccupata, le dita piantate nella sua pelle.

Le sembrava che fosse altrettanto in profondità di pochi minuti prima, se non di più, ma non le faceva male. Wren sollevò i fianchi e poi scese con la stessa intensità, prendendolo completamente.

«Cazzo!» esclamò Bo.

«Va più che bene» mormorò lei, rispondendo alla sua domanda.

Trascorsero il resto della giornata dentro e fuori dal letto.

A ridere, a creare un legame, a mangiare, a fare l'amore... e Wren non riusciva a ricordare un momento in cui era stata più felice. Stare con Bo era tutto ciò che aveva sempre desiderato nella vita e che non si sarebbe mai aspettata di avere. In poche parole, lui era destinato a lei.

La vita reale si sarebbe intromessa prima che uno dei due fosse pronto, ma per il momento si stavano godendo l'amore che avevano trovato l'uno nell'altra.

CAPITOLO VENTITRÉ

DUE GIORNI PIÙ TARDI, mentre era seduta nella Jeep di Bo, Wren aggrottò la fronte. Erano rimasti chiusi in casa per quarantotto ore, ad amarsi. E nel mezzo di tutto ciò che avevano fatto per rafforzare il loro legame, Bo le aveva tenuto la mano mentre lei chiamava il fratellastro per dirgli che voleva conoscere non solo lui e i suoi fratelli, ma anche suo padre. Easton ne era stato felicissimo e aveva detto che si sarebbe fatto vivo presto per discutere i dettagli.

Bo si era goduto la pausa dal lavoro, ma quel giorno entrambi avrebbero dovuto affrontare la realtà. Wren sarebbe tornata in ufficio per vedere cosa doveva essere fatto per limitare i danni del disastroso viaggio nel Sudan del Sud, e lui doveva tornare a essere un Navy SEAL.

Per quanto avrebbero voluto rimanere a casa e fare l'amore giorno e notte per il prossimo futuro, non era esattamente una cosa pratica.

«Chiamami quando vuoi» le disse, stringendole la mano.

«Rivedere i tuoi colleghi farà sicuramente riaffiorare qualche brutto ricordo.»

«Andrà tutto bene» lo rassicurò. Ma in fondo non ne era sicura. Aveva la nausea, i cereali mangiati a colazione erano come un blocco nello stomaco, e temeva di vomitare da un momento all'altro.

«Guardami» le ordinò.

Girò la testa e incontrò il suo sguardo.

«Quando capitano cose come quelle che hai dovuto affrontare, a volte le conseguenze ti travolgono giorni, settimane o addirittura mesi dopo. Puoi sentirti bene sul momento, ma poi, quando sei al sicuro, ti assalgono di soppiatto. Se dovesse accadere, chiamami. Posso venire a prenderti o possiamo parlarne. Va bene?»

«Ma oggi hai delle cose da fare.»

«*Niente* è più importante di te. Kevlar e gli altri capiranno. Ci siamo passati tutti.»

«Davvero?»

«Sì, Wren. Non siamo macchine. Quello che vediamo e facciamo ha un impatto su di noi. A volte le ripercussioni si vedono subito, altre volte a distanza di mesi. I flashback sono un grosso problema, e gli incubi sono quasi scontati con il nostro tipo di lavoro.»

Wren si sentì in colpa. Non aveva nemmeno pensato che Bo potesse soffrire a causa delle cose che vedeva e faceva. Gli strinse la mano. «Tipo Blink, che ha dovuto affrontare la perdita di una parte della sua squadra.»

«Già.»

Negli ultimi due giorni le aveva parlato degli altri membri del suo team. Di quanto fossero uniti, i dettagli delle loro vite, e qualcosa in più su ciò che era successo a Blink nell'ultima missione prima che si unisse alla loro squadra SEAL, e quanto ne avesse sofferto. Si era sentita addolorata per Bo e i suoi amici.

«Quindi chiamami se hai bisogno, ok?»

Wren annuì.

«Ti amo. Non essere troppo severa con te stessa. Hai vissuto una situazione traumatica. Ti è permesso di sentirti turbata e di prenderti tutto il tempo che ti serve per guarire.»

Avrebbe voluto avere qualcuno come Bo al suo fianco quando stava crescendo. Avrebbe reso molto più facile gestire i sentimenti che l'avevano oppressa.

«Grazie.»

«Se non ti sento, vengo a prenderti alla solita ora. Pensavo che potremmo andare a mangiare messicano prima di tornare a casa.»

«Mi sembra perfetto.»

Bo si chinò e la baciò a lungo e con passione. Quando si ritrasse Wren era eccitata. Lui sorrise come se potesse leggerle nel pensiero, poi si sistemò il cazzo nei pantaloni.

Sorridendo, scese dalla Jeep e chiuse la portiera. Lo salutò con la mano e si diresse verso il palazzo in cui si trovava il suo ufficio.

Appena aprì la porta dell'atrio si sentì rimescolare la pancia. Salì in ascensore fino al suo piano, e quando vide Dallas le venne la pelle d'oca sulle braccia e sentì la bile salirle in gola. Gli fece un cenno con la testa e andò al suo cubicolo. Si sedette e fece un paio di respiri profondi.

Fu l'unico momento di pausa che riuscì ad avere, dato che le si avvicinò subito uno degli stagisti per dirle che Colby voleva vederla nella sala conferenze.

Il terrore le rimescolò di nuovo lo stomaco. Non aveva

idea di cosa volesse parlare, ma il solo pensiero di vedere l'uomo che aveva ignorato tranquillamente tutte le sue preoccupazioni e i suoi avvertimenti sul viaggio, le faceva venire voglia di vomitare.

Facendosi coraggio, prese un blocco di carta e una penna e percorse il corridoio.

Quando aprì la porta si bloccò.

All'interno della stanza c'erano Dallas, Archie, Oliver e altri due uomini che aveva visto in giro per l'ufficio ma che non conosceva. Colby era seduto a capotavola. Aveva una benda sopra il taglio sulla guancia, dei lividi sul viso e portava un tutore al polso, ma per il resto era vestito in modo impeccabile, in giacca e cravatta.

«Bene, è arrivata Wren. Ora possiamo iniziare» disse un po' impaziente.

Lei si sedette rigidamente sul bordo della sedia più vicina.

«Le cose non sono andate come previsto nel Sudan Meridionale, ma la buona notizia è che l'accordo è ancora valido. È stata fatta un'ottima pubblicità e gli investitori sono ancora interessati a procedere a pieno ritmo. Quindi, detto questo, noi...»

Quello bastò. Wren si alzò bruscamente in piedi, e la sua sedia stridette in modo assordante mentre scivolava sul pavimento di piastrelle.

«Wren? Dove stai andando?»

Sentì la domanda di Colby, ma la ignorò. Uscì dalla porta, andò dritta al suo cubicolo, raccolse tutti gli oggetti personali che aveva sulla scrivania – che non erano molti – e si diresse verso l'ascensore. Stava andando in iperventilazione, ma non poteva fermarsi.

Colby aveva intenzione di ignorare quello che era

successo. Non avrebbe ammesso di aver commesso un grave errore. Non avrebbe parlato delle *due dita* che Oliver aveva perso a causa di quel viaggio disastroso. Sarebbe andato avanti con il progetto.

Luke e Aaron erano *morti* e sembrava che nemmeno gli importasse! Senza contare che anche gli uomini incaricati di proteggerlo erano deceduti. E a lui interessava solo quello stupido accordo.

Forse non si stava comportando in modo corretto. C'erano molti soldi legati al progetto del gasdotto, ma non poteva andare al lavoro ogni giorno e far finta che non fosse successo nulla. Che non fossero stati rapiti. Che non fossero morte delle persone. Quante altre ne dovevano morire prima che Colby si rendesse conto che qualsiasi guadagno avrebbe potuto derivarne non ne valeva la pena?

Non voleva farne parte. Non poteva.

Quando arrivò nell'atrio, le mani le tremavano così tanto che riuscì a malapena a premere il tasto giusto per chiamare Bo.

Lui rispose dopo uno squillo.

«Wren? Cosa c'è che non va?»

Non riusciva a parlare. Non riusciva a far entrare l'aria nei polmoni.

«Respira, Wren. Inspira dal naso, espira dalla bocca. Piano. Dentro... fuori... dentro... fuori... bene. Così.»

Quando le sembrò di poter finalmente parlare, gli chiese: «Puoi venire a prendermi?»

«Sono già in strada, tesoro. Resisti ancora un po'. Sto arrivando.»

Stava arrivando. Certo che sì. Wren chiuse gli occhi e si

appoggiò alla parete dell'edificio. Non si ricordava nemmeno di essere uscita, ma era lì fuori.

Non ci volle molto prima che vedesse la Jeep sfrecciare da dietro un angolo. Bo parcheggiò in doppia fila e le andò incontro prima ancora che lei potesse staccarsi dall'edificio. La prese per le spalle e si piegò leggermente per fissarla negli occhi.

«Tutto bene?»

Annuì debolmente. «Non potevo farlo» sussurrò. «Ha iniziato subito a parlare di continuare il progetto, ha persino portato due persone per sostituire Luke e Aaron. Non potevo restare!»

«Va tutto bene» la tranquillizzò Bo. «Vieni, ci penso io.»

Si lasciò condurre alla Jeep e vi salì senza dire altro. Dopo un attimo gli chiese: «Dove stiamo andando?»

«Alla base.»

«Oh, ma tu devi lavorare. Puoi portarmi a casa.»

«No. Non voglio lasciarti sola. Puoi venire con me, farci compagnia.»

Non aveva idea di cosa facesse Bo tutto il giorno, ma non era sicura che "fare compagnia" a un gruppo di Navy SEAL appena tornati da una missione fosse una cosa consentita. In ogni caso, non poteva negare che stargli vicino la facesse sentire meno turbata.

«Va bene.»

Bo continuava a lanciarle occhiate, probabilmente per assicurarsi che non stesse per perdere la testa, ma ora che era lontana dall'ufficio e accanto lui, si sentiva sempre meglio. Aveva molte cose da capire. Probabilmente doveva licenziarsi ufficialmente e trovare un nuovo lavoro, avrebbe dovuto chiamare il suo padrone di casa e dirgli che si sarebbe trasferita.

Ma per il momento non doveva fare nulla. Bo si sarebbe preso cura di lei.

Safe era preoccupato per Wren. Quando poco dopo averla accompagnata lei lo aveva chiamato, aveva subito girato l'auto per andare a prenderla. Sembrava che ora stesse bene, ma sapeva meglio di chiunque altro quanto gli eventi traumatici potevano tormentare qualcuno per giorni, settimane o addirittura anni dopo l'accaduto.

L'aveva portata alla base e sistemata in un ufficio, mentre lui faceva alcune riunioni obbligatorie con il suo comandante e la squadra. Ogni volta che era andato a controllarla, era sembrata a posto. A pranzo gli aveva chiesto di portarla a casa di Kevlar e Remi per stare con lei. L'aveva fatto, e quando era andato a prenderla quella sera era stato sollevato di vedere che sembrava un po' più rilassata. Come se lasciare il lavoro fosse stato proprio ciò che le serviva per superare quello che era successo.

Gli aveva detto di aver inviato per mail le sue dimissioni ufficiali a Colby, e che ciò l'aveva fatta sentire bene. Erano andati a mangiare messicano, come avevano programmato, e ora erano a casa, ed era più silenziosa del solito.

Erano seduti sul divano quando lei all'improvviso si girò a guardarlo con un piccolo cipiglio.

«Non ho più un lavoro.»

«Lo so, tesoro.»

«Sto solo dicendo che per un po' non guadagnerò soldi. Non ho mai voluto essere quel tipo di persona, la fidanzata che scrocca al suo uomo. Ma non posso...»

Safe la fermò sollevando una mano. «No» le disse, scuotendo la testa.

«No, cosa?» gli chiese, aggrottando di più la fronte.

«Non ti è permesso sentirti in colpa se stai qui con me. E non stai scroccando. Puoi prenderti un momento per recuperare. Per respirare. Quello che ti è successo è stato *brutto*. Hai visto cose orribili. E averti qui non è un sacrificio per me. Proprio per niente. Prenditi il tuo tempo. Riorganizzati. Poi potrai decidere cosa fare. Non ti farò pagare una parte del mio mutuo, o il cibo, o qualsiasi altra cosa.»

«Aspetta, perché no? Se vivo qui, dovrei pagare la mia parte.»

Safe scosse di nuovo la testa. «Sono *quel* tipo d'uomo, Wren. Quello che vuole che la sua donna non paghi nulla. Vuoi comprare degli snack? Roba per fare i biscotti? Quadri per le pareti o cuscini per il divano? Fai pure. Ma sarò io a occuparmi delle utenze, del mutuo e di tutte le altre cose legate al possesso di una casa.»

Lo fissò torva, e gli fece venire voglia di trascinarla per terra e scoparla con forza. Era adorabile quando era arrabbiata. Ma si trattenne, sapendo che dirle quanto la trovava carina in quel momento non lo avrebbe portato esattamente dove voleva: sotto di lui nel loro letto.

«Devi sapere, Bo Cyders, che non ho mai fatto biscotti in vita mia e non ho intenzione di iniziare adesso. Soprattutto quando in fondo alla strada c'è un ottimo negozio che li vende già pronti da mangiare.»

Safe non riuscì a trattenersi e scoppiò a ridere. Quando riprese il controllo, disse: «Me ne ricorderò.»

«Ma sul serio, Bo. Voglio pagare la mia parte.»

«E lo farai. Essendo esattamente chi sei. Essendo qui

quando torno a casa dal lavoro. Parlando con me, raccontandomi la tua giornata. Facendomi ridere e desiderare di tornare subito a casa quando lascio la base. Ti amo, Wren. Non c'è nulla che non farei per te. Dimmi una cosa e la farò... tranne che vuoi pagare metà del mutuo, perché non succederà.» Aggiunse l'ultima parte in fretta, perché aveva la sensazione che lei avrebbe sfruttato ogni cavillo possibile per fare ciò che voleva.

Gli sorrise, poi si rabbuiò. «Verrai con me quando andrò a Mission Viejo per incontrare mio padre?»

Safe la fissò confuso. «Pensavi davvero che saresti andata da sola?»

«Be'... forse? Tu hai un lavoro, e ora che io non ce l'ho più pensavo di andare lì tipo a pranzo o qualcosa del genere. Così, se la situazione si fa imbarazzante, posso andarmene prima senza sentirmi a disagio.»

«Tesoro, non solo verrò con te, ma anche Remi e Kevlar hanno già detto che ci saranno.»

«Davvero?» disse con un'espressione confusa.

«Certo. E questo dopo che la squadra ha tirato a sorte per vedere chi si sarebbe unito a noi. Volevano venire tutti, ma ho detto che era eccessivo. Preacher era arrabbiato. Voleva *davvero* venire, ma Kevlar ha vinto, e ha proclamato che avrebbe portato anche Remi perché avere una donna al tuo fianco ti avrebbe fatta sentire più a tuo agio. Sai, tipo se devi andare in bagno potete andarci insieme e decidere se hai bisogno o meno che ti portiamo via da lì o altro.»

Gli occhi di Wren si riempirono di lacrime.

«No! Non piangere» le disse, passandole i pollici sulle guance e asciugando quelle che erano scese. «Non sopporto quando lo fai.»

«Non sono lacrime di tristezza» replicò. «Sono... non so cosa siano.»

«Te l'ho già detto e continuerò a ripetertelo: non sei più sola, Wren. Hai una famiglia. E a proposito, devo dirti che mia madre e mio padre mi stanno già assillando per incontrarti. E anche Susie mi sta addosso. Quindi dovremo organizzare un viaggio in Ohio per vederli.»

«Ti amo» gli disse, gettandosi tra le sue braccia.

Safe la prese e la strinse forte. «Anch'io ti amo.»

Poi si tirò indietro. «Sei tanto pieno dopo quella cena?»

«Sto per scoppiare» ammise.

«Ok, allora puoi startene lì sdraiato mentre io faccio tutto il lavoro» dichiarò con un luccichio negli occhi.

Safe si alzò e si mosse prima che lei avesse finito di parlare. Solo il pensiero di Wren che glielo succhiava mentre lui le infilava le mani tra i capelli setosi era stato sufficiente a farglielo diventare duro in pochi secondi.

Lei ridacchiò mentre la trascinava verso la loro camera da letto. Poteva dire con certezza di essere innamorato di quella donna. E non per il sesso. Era già spacciato prima ancora di aver pensato di andare a letto con lei. Wren era la sua anima gemella in tutti i sensi, e avrebbe fatto di tutto per assicurarsi che sapesse ogni giorno della sua vita quanto la apprezzava e la amava.

CAPITOLO VENTIQUATTRO

WREN ERA NERVOSA. Era arrivato il momento. Quel giorno avrebbe conosciuto suo padre. Dopo aver pensato per tanti anni che fosse uno spiantato e una persona orribile, aver scoperto che era un rispettato e normale membro della sua comunità di Mission Viejo la sorprendeva ancora.

La prima volta che gli aveva parlato al telefono, con Bo accanto che le teneva la mano nonostante gli stesse lasciando i segni delle unghie sulla pelle da quanto forte la stringeva, c'era stato imbarazzo e tensione per diversi minuti, ma poi si era rilassata sempre più man mano che la conversazione proseguiva.

Lui sembrava... gentile. E addolorato per non aver saputo di lei e per il fatto che aveva avuto un'infanzia così orribile.

Il piano prevedeva che Bo lavorasse mezza giornata, poi sarebbero andati a sud di Los Angeles con Remi e Kevlar e avrebbero fatto un pranzo tardivo/cena anticipata con suo padre e il suo fratellastro. Se fosse andato tutto bene, avrebbero organizzato un altro incontro per conoscere anche gli altri fratelli, i nipoti e la matrigna.

Le girava quasi la testa. Era così difficile credere di essere passata dall'essere completamente sola al mondo ad avere non solo una famiglia numerosa, ma anche i parenti e i compagni di squadra di Bo al suo fianco. Si sarebbe sentita completamente sopraffatta se non fosse stato così fantastico.

Dopo aver lasciato il lavoro alla BT Energy, non aveva più sentito il suo ex capo. Nemmeno qualcuno degli uomini con cui aveva passato quella brutta esperienza. Nessuno si era fatto vivo per assicurarsi che stesse bene. A quanto pareva erano tutti tornati al lavoro come se nel Sudan del Sud non fosse accaduto nulla.

Era andata al funerale di Luke e Aaron, ma si era sentita a disagio e fuori posto. Nessuno le aveva detto niente di sgarbato, ma aveva ricevuto un sacco di occhiatacce dai suoi ex colleghi.

Ora stava cercando di voltare pagina, e con l'aiuto di Bo le sembrava che ogni giorno andasse sempre meglio.

Ma era molto nervosa per quell'incontro. Anche se le poche telefonate con suo padre erano andate bene, aveva ancora paura che lui la respingesse. Che in qualche modo si accorgesse di ciò che sua madre aveva visto in lei e se ne andasse senza voltarsi indietro. Bo l'aveva rassicurata più volte che quella donna era una stronza e che il suo comportamento non aveva nulla a che fare con lei come persona... ma era difficile liberarsi della sensazione che il modo in cui era stata trattata fosse per certi versi colpa sua.

Era così persa nei suoi pensieri e in preda al panico per l'imminente viaggio, che quando ci fu un forte bussare alla porta d'ingresso sobbalzò per lo spavento.

Si accigliò. Chi poteva bussare con così tanta foga? Bo non riceveva molte visite e di certo non apriva ai venditori.

Era rimasta talmente sorpresa che non andò subito ad aprire la porta. Stava riordinando la dispensa – perché chi *non* lo faceva quando era stressato? – e quindi era ferma in mezzo alla cucina quando sentì un forte tonfo.

Sobbalzò di nuovo, rimanendo per un attimo confusa. Ma quando il rumore si ripeté, capì cosa stava succedendo.

Chiunque fosse là fuori, stava cercando di sfondare la porta.

Wren si fiondò al bancone dove aveva posato il telefono. Il suo primo pensiero fu quello di chiedere aiuto. Non sapeva chi stesse cercando disperatamente di entrare, ma se qualcuno stava sfondando la porta a calci non era di certo per qualcosa di positivo.

Riuscì a premere il pulsante che avrebbe chiamato il 911 proprio mentre la porta si spalancava.

Wren gridò per lo spavento e indietreggiò più all'interno della cucina.

E nell'ingresso si trovava l'ultima persona che si sarebbe aspettata di rivedere.

Matt.

No, si chiamava Barry. Indossava un paio di jeans sporchi e una maglietta a maniche lunghe. I suoi capelli castani erano unti e tirati all'indietro. Quando la vide socchiuse gli occhi.

«Tu, puttana!» esclamò, andando verso di lei.

«Aiuto!» urlò Wren al telefono, pregando che ci fosse qualcuno all'ascolto. Sapeva, perché l'aveva visto nei programmi polizieschi, che anche prima che l'operatore rispondesse la chiamata veniva registrata, quindi sperava che qualcuno sentisse quello che stava dicendo.

«Barry Simpson è entrato in casa mia! Ha violato l'ordine restrittivo! Sono al 432 di West Oak...»

Non riuscì a finire, perché Barry le strappò il telefono di mano, che volò contro il muro per poi cadere per terra. Si era chiaramente rotto perché vide lo schermo nero e crepato.

Prima che potesse fare o dire altro, lui le afferrò le braccia e la scaraventò contro il bancone di granito. Il bordo le si conficcò nel fianco, ma non sentì alcun dolore. L'adrenalina le scorreva nelle vene, e sapeva che se non si fosse allontanata da quell'uomo sarebbe morta.

Cercò di abbassarsi per schivarlo e oltrepassarlo, per uscire dalla porta d'ingresso che lui aveva stupidamente lasciato aperta, ma la afferrò prima che potesse fare più di qualche passo.

Wren lottò come una furia. Lo prese a calci e pugni dove poteva, ma lui era troppo forte. Superava di almeno trenta centimetri il suo metro e sessantacinque, ed era grosso e muscoloso. Inizialmente era rimasta impressionata dal suo fisico, ma era stato prima che lui la drogasse per cercare di violarla e di venire a conoscenza del suo passato violento.

«Mi hai fatto arrestare!» sibilò, mentre le stringeva le mani intorno alla gola e la spingeva di nuovo con la schiena contro il bancone.

Wren cercò freneticamente di spingerlo via, di staccargli le mani dal collo, ma fu inutile. Era troppo forte e troppo alto perché lei potesse fare leva. I suoi piedi scivolarono sulle piastrelle mentre lottava per tenerli sul pavimento, ma lui la inclinò ancora di più indietro sul bancone.

Quando guardò i sui occhi neri, capì che era la fine. Non avrebbe potuto incontrare suo padre e i suoi fratellastri. Avrebbe perso la possibilità di conoscere la famiglia di Bo, di vederlo con sua madre e sua sorella. Si sarebbe persa un'intera vita con lui.

Visioni dei loro futuri figli le balenarono nella testa...

E nel profondo di lei la rabbia sostituì la paura.

No. Non se ne sarebbe andata così. Aveva vissuto troppe cose orribili per farsi uccidere in quel modo da quello stronzo.

Andando a tentoni con la mano, alla ricerca di una cosa qualsiasi da usare per cercare di allontanare Barry da lei, fece cadere qualcosa di pesante sul bancone. Sotto le dita sentì il blocco dei coltelli e ne afferrò disperatamente uno, mentre il buio iniziava a insinuarsi nella sua visione periferica. Sarebbe svenuta entro pochi secondi, e quando fosse successo, quell'assassino non avrebbe esitato a continuare a soffocarla fino a toglierle la vita. Non aveva alcun dubbio.

Nel momento in cui avvolse la mano intorno al manico di uno dei sofisticati e troppo costosi coltelli che Bo era così orgoglioso di usare quando cucinava, Wren sentì quello che le sembrò il ruggito di un leone.

La sua mente non funzionava bene, probabilmente per la mancanza di ossigeno. Non era possibile che ci fosse un leone in cucina. Ma ebbe una breve visione del grosso felino che staccava a morsi la testa di Barry, proprio un attimo prima di affondare il coltello che stringeva come se la sua vita fosse dipesa da quello – ed era così – nel collo del suo aggressore.

Lui lanciò un urlò che le fece fischiare le orecchie, ma la lasciò subito andare portandosi entrambe le mani al collo, completamente sciccato.

Wren non aveva la forza di reggersi in piedi e si accasciò sul pavimento. L'ultimo pensiero prima di perdere i sensi fu che avrebbe dovuto pugnalarlo di nuovo, per assicurarsi che non potesse strangolarla una seconda volta.

Safe si acciglió quando Kevlar entró nel suo vialetto. Si era offerto di guidare fino a Mission Viejo e lui aveva accettato volentieri, perché voleva dedicare tutta la sua attenzione a Wren. Per tenerla calma durante il tragitto e poi per discutere nei dettagli com'era andato l'incontro una volta sulla via del ritorno.

Ma vedere la porta di casa spalancata gli fece volare via tutto dalla mente. Non sapeva cosa stesse succedendo, ma aveva la sensazione che qualcosa non quadrasse.

Percepì vagamente il suo amico dire a Remi di rimanere in macchina, ma Safe era già fuori dal sedile posteriore e in movimento ancor prima che Kevlar parcheggiasse.

Mentre correva verso la porta sentì le sirene in lontananza, ma le ignorò, focalizzato sul pensiero di entrare e assicurarsi che Wren stesse bene.

Il verso che gli sfuggì dalla bocca quando vide un uomo che le stringeva le mani intorno al collo fu un misto di rabbia e disperazione. Sentì Kevlar arrivare alle sue spalle mentre si lanciava verso la cucina con l'unico obiettivo di allontanare il tizio da lei.

Con sua grande sorpresa, prima ancora che riuscisse ad afferrarlo, lui urlò e lasciò andare Wren, che cadde a terra come un sasso. Dal collo dell'uomo il sangue stava schizzando sul pavimento e sul bancone, e Safe lo afferrò e lo lanciò con più forza possibile lontano dalla sua donna.

L'aggressore atterrò violentemente per terra. Prima ancora che potesse provare a muoversi, Kevlar lo girò a pancia in giù, gli puntò un ginocchio tra le scapole e gli bloccò le mani dietro la schiena.

«Wren!» urlò Safe, ignorando gli schizzi di sangue sul pavimento e sulla fronte della donna che amava.

La sua vita gli passò davanti agli occhi mentre cercava freneticamente di trovare la pulsazione nel suo collo. Per un attimo non sentì nulla e avrebbe potuto giurare che la sua anima fosse letteralmente morta avvizzita, ma dopo aver spostato un po' le dita, lo percepì: un flebile *tum, tum, tum*.

«Così. Respira, tesoro. *Respira*» la implorò, sdraiandola sul pavimento. Rimase con lo sguardo su di lei a osservare il lento alzarsi e abbassarsi del suo petto. Mentre le teneva le dita sulla gola per assicurarsi che il cuore continuasse a battere, dai suoi occhi scesero delle lacrime che caddero sulla maglia di Wren.

«È Simpson» gli disse Kevlar.

Quello attirò la sua attenzione. «Ma che *cazzo*! Pensavo fosse stato estradato in Wyoming.»

Il suo amico scosse la testa e scrollò le spalle.

«Sì, siamo al 432 di West Oak Street. Qualcuno è entrato in casa della mia amica e ha cercato di ucciderla. Sembra che lei sia riuscita ad accoltellarlo e che il suo ragazzo lo abbia allontanato da lei. Sì, il mio fidanzato lo ha sottomesso. Ma c'è molto sangue. Credo che lei stia bene... è svenuta. Sì, respira. Ma il tizio... è messo male.»

Safe sentì la voce di Remi come se provenisse da lontano. Le sirene si fecero più forti, fino a quando fu evidente che erano proprio davanti a casa sua.

Remi uscì di corsa, urlando quello che era successo e dicendo alla polizia di entrare ad aiutare.

I minuti successivi furono puro caos. I poliziotti entrarono ad armi spianate, costringendo Safe e Kevlar ad alzarsi e a uscire dalla cucina. Barry Simpson giaceva immobile sul pavimento di piastrelle, troppo vicino a Wren per la tranquillità di Safe. L'unica cosa che gli impedì di perdere la testa, e probabilmente di venire arrestato, era che anche dal punto dove si trovava in soggiorno riusciva a vedere il petto di Wren muoversi su e giù.

Arrivarono anche i paramedici, e dopo aver esaminato rapidamente Barry, avvolsero con una benda il coltello che ancora sporgeva dal collo, caricarono l'uomo su una barella e lo portarono fuori dalla casa, con un agente di polizia al seguito.

Un paramedico e i suoi assistenti erano inginocchiati intorno a Wren quando riprese conoscenza. Lei iniziò subito a dimenarsi sul pavimento, scalciando e lottando contro gli uomini e le donne che cercavano di aiutarla.

Senza esitare un attimo, Safe entrò in cucina, che ora era molto affollata. «Va tutto bene, Wren! Sono io, Bo! È tutto ok!»

Due poliziotti cercarono di trascinarlo via, ma si oppose con forza, avendo bisogno di stare al fianco della sua donna. Per calmarla.

«Bo?» chiese Wren, bloccandosi.

«Lasciatelo qui» disse il paramedico con severità agli agenti. Poi, rivolgendosi a Safe, gli ordinò: «Si alzi, vada dietro alla sua testa e non ci intralci.»

Non aveva intenzione di protestare. Andò dove gli aveva ordinato di stare, si chinò su di lei in modo che potesse vederlo e le mise le mani sulle guance. «Sono io. Va tutto bene, Wren. Capito?»

«È stato Barry!» La sua voce era roca e la vista dei lividi intorno alla gola gli fece venire voglia di dare la caccia allo stronzo che le aveva fatto del male, e di torcere il coltello che gli usciva dal collo per assicurarsi che morisse dissanguato.

«Shhh, lo so. È stata una cosa intelligente chiamare il 911. Siamo arrivati nello stesso momento.»

«L'ho colpito?» gli chiese, con gli occhi castani fissi nei suoi.

Non sapeva se mentire e dirle che l'aveva mancato o ammettere che molto probabilmente aveva sferrato un colpo mortale con quel coltello.

Le sue parole successive gli resero più facile decidere.

«Ti prego, dimmi che l'ho preso!»

«L'hai preso. È crollato come un sasso. Sei stata brava, tesoro. Avrei solo voluto arrivare un minuto prima. Quando sono entrato e ho visto che ti aveva piegata indietro sul bancone, io...» Non riuscì a continuare. Era una visione che lo avrebbe perseguitato per il resto dei suoi giorni.

«Ho sentito il ruggito di un leone... eri tu?» gli chiese con un piccolo sorriso.

Safe chiuse gli occhi per un momento. Che donna... era così incredibilmente forte da essere sconcertante. Riaprì gli occhi e la guardò. «Sì. Ero così furioso. Volevo urlargli di lasciarti andare, di fermarsi, *qualcosa*, ma tutto quello che mi è uscito è stato una specie di urlo ringhiato.»

«È stato eccitante» ammise sfacciatamente.

«Signore, se può stare indietro, siamo pronti ad andare» gli disse uno dei paramedici.

«Posso venire?»

«Può venire anche lui?»

Dissero all'unisono.

«Mi dispiace, ma la politica aziendale non consente ai familiari di entrare nell'ambulanza, a meno che la vittima non abbia meno di cinque anni» rispose loro mentre trasferivano Wren su una barella.

Safe avrebbe voluto protestare, ma Kevlar gli toccò la spalla. «Ti porteremo noi. Rimarremo attaccati all'ambulanza per tutto il tragitto.»

Annuì, poi guardò Wren. Era pallida, i capelli puntavano in tutte le direzioni, aveva le mani sporche di sangue – fortunatamente non il suo – e ogni volta che deglutiva, trasaliva. Ma era viva. E ne era estremamente grato.

«Ci vediamo all'ospedale» le disse.

Lei annuì, poi fece una smorfia e sussurrò: «Ok.»

Non riuscendo a trattenersi, Safe si chinò e le baciò la fronte. «Ti amo» le sussurrò.

«Ti amo anch'io.»

Mentre la portavano verso la porta, la sentì dire ai paramedici di fermarsi. Si precipitò da lei. «Cosa c'è che non va?» chiese con urgenza.

«Niente» rispose. «Ma mio padre si chiederà dove siamo. Se gli abbiamo dato buca.»

«Lo chiamerò, non preoccuparti. Me ne occupo io.»

«Grazie.»

«Non c'è bisogno di ringraziarmi. Ti avverto... presto sarai *molto* stanca di me, perché per il prossimo futuro sarai servita e riverita, e non ti perderò mai di vista.»

Lei si lasciò sfuggire una piccola risata. «Sì, certo. Ok, continua a crederci.»

Safe non riusciva a credere di star sorridendo mentre Wren veniva trasportata fuori. La guardò finché non fu al sicuro dentro l'ambulanza, che qualche minuto dopo si allontanò lentamente dal marciapiede.

«Forza, dobbiamo muoverci se vogliamo arrivare prima di

loro all'ospedale» disse Kevlar. «Ho chiamato Wolf e Dude. Verranno qui e resteranno finché la polizia non avrà finito le indagini. Preacher e il resto della squadra, insieme ai detective che hanno bisogno di conoscere la nostra versione dei fatti, ci raggiungeranno all'ospedale.»

Safe annuì. Ora che sapeva che Wren era al sicuro e sarebbe stata bene, la scarica di adrenalina che lo aveva travolto vedendo le mani di quello stronzo attorno al suo collo stava rapidamente svanendo. Fu contento quando il suo amico gli circondò le spalle con un braccio. Si sentiva debole come un neonato. Senza dubbio quello era stato il momento più spaventoso della sua vita.

«Sta bene» gli disse Kevlar, come se potesse leggergli nel pensiero. «Quando ho scoperto che Remi era scomparsa, ho provato la stessa cosa. Ti capisco.»

Era confortante rendersi conto che il suo amico sapeva esattamente come si sentiva. Facendo un paio di respiri profondi, salì di nuovo sulla Subaru di Kevlar. Non appena si sedette tirò fuori il telefono. Doveva chiamare Tyler Farris e fargli sapere cos'era successo a sua figlia.

CAPITOLO VENTICINQUE

LA MENTE di Wren era in subbuglio, ma stranamente, nonostante avesse un mal di testa infernale, le sembrasse che mille api le avessero punto la gola dall'interno e avesse una fame pazzesca, anche se non riusciva davvero a immaginare di ingerire qualcosa, era felice.

Il medico del pronto soccorso le aveva detto che sarebbe guarita completamente, raccomandandole però di rimanere almeno una notte in osservazione. Lei aveva protestato, ma Bo era stato d'accordo con il dottore, quindi aveva perso.

Aveva mantenuto la promessa, e quando era arrivata al pronto soccorso, lui la stava già aspettando. Non sapeva come avesse fatto, ma in qualche modo aveva ottenuto il permesso di restare al suo fianco per tutto il tempo in cui sarebbe rimasta lì. Per fortuna.

Quando era rinvenuta sul pavimento della cucina, era stata confusa e disorientata, ma non appena aveva sentito la voce di

Bo, si era ricordata quello che era successo. Un detective era andato a porle delle domande e gli aveva raccontato tutto. Aveva ammesso di aver accoltellato Barry, ma non aveva provato il minimo rimorso. Il ricordo del buio che lentamente si impossessava della sua vista era ancora vivido come quando era accaduto. Aveva avuto due opzioni: accoltellarlo e far sì che le lasciasse il collo, o morire. E lei non aveva avuto assolutamente nessuna voglia di morire. Aveva troppe cose per cui vivere.

Sorrise guardandosi intorno nella piccola stanza d'ospedale. Sì. *Quello* era il motivo per cui aveva lottato così disperatamente per sopravvivere. I compagni di squadra di Bo si aggiravano per la camera come un gruppo di modelli di *GQ*, e le infermiere che entravano per controllarla rimanevano a bocca aperta, chiaramente sorprese che ci fossero così tanti begli uomini.

Inoltre, l'incontro con suo padre che aveva atteso e temuto non era stato rimandato, dopotutto.

Quando Bo aveva chiamato Tyler per informarlo dell'accaduto, lui era andato a Riverton per verificare di persona che lei stesse bene. E si era sbagliata di grosso a pensare che sarebbe stato imbarazzante.

Tyler Farris era entrato nella stanza e alla prima occhiata lei aveva capito *subito* chi era. Si somigliavano così tanto da far quasi impressione. Aveva i capelli neri, proprio come lei. Certo, i suoi erano leggermente striati di grigio, ma non sembrava affatto vecchio. Dalle loro conversazioni ricordava che non aveva ancora cinquant'anni. E non era eccessivamente alto, il che spiegava perché lei era solo un metro e sessantacinque.

Ma più che l'altezza e i capelli, erano stati i suoi lineamenti a farla crollare e piangere. Aveva lo stesso naso, le stesse labbra e gli stessi occhi che lei vedeva ogni mattina riflessi allo specchio. Non si poteva negare che quell'uomo fosse suo padre.

Avevano pianto entrambi. Sdraiata in un letto d'ospedale non era il modo in cui aveva previsto di incontrare suo padre, ma a essere sincera, alla fine, era solamente grata che non fosse uno spiantato come sua madre aveva sempre insinuato, e che sembrasse sinceramente felice di averla trovata.

Anche il suo fratellastro Easton aveva viaggiato in auto con il padre, e l'incontro con lui le era sembrato quasi naturale.

La stanza era piena di persone, tutte lì per assicurarsi che stesse bene. Avere degli amici così era qualcosa che qualche mese prima non avrebbe nemmeno potuto immaginare. Le cose brutte succedevano continuamente alle brave persone. Per anni si era chiesta perché sembrava che a lei ne fossero accadute di più orribili che ad altri. Ma alla fine l'aveva capito: per poter apprezzare meglio ciò che aveva ora nella sua vita.

«Ok, gente, Wren ha bisogno di dormire. È ora di andare!» annunciò Bo.

Sorrise ai vari borbottii nella stanza, ma gli fu riconoscente per il fatto di prendersi cura di lei. Era esausta, riusciva a malapena a tenere gli occhi aperti. Per quanto amasse avere lì tutti i suoi amici, suo padre e suo fratello, non le sarebbe dispiaciuto se fossero andati via, così avrebbe potuto chiudere gli occhi senza sentirsi maleducata.

Ci volle un po' perché tutti lasciassero la stanza, dato che andarono a salutarla a uno a uno.

Suo padre e suo fratello furono gli ultimi. Tyler si avvicinò al letto e la guardò con quello che Wren poteva solo immaginare fosse orgoglio paterno. «Il tuo ragazzo ci ha raccontato quello che è successo nel Sudan Meridionale. Tutto quello che hai passato. Probabilmente non è il momento o il luogo adatto... ma volevo che sapessi che ho controllato il curriculum che hai mandato alla Farris Morgan. Ero davvero arrabbiato che non fossimo riusciti a farti i colloqui prima della BT Energy, perché ti avrei assunta in un batter d'occhio. E questo non ha *nulla* a che vedere con il fatto che tu sia mia figlia.

E perdona questo vecchio ficcanaso, ma so anche che hai dato le dimissioni dalla BT. Se vorrai o avrai bisogno di un lavoro, ci sarà sempre un posto per te alla Farris Morgan.»

Wren lo fissò sorpresa. «Oh.» Guardò Bo, che era rimasto in disparte per lasciarle una parvenza di privacy per salutare tutti, pur non avendo ovviamente alcuna intenzione di andarsene, cosa di cui era grata. «Non so cosa dire» balbettò alla fine.

«Non devi dire nulla in questo momento. E non ci aspettiamo che tu ti allontani da Riverton, ovviamente, dato che Safe è di stanza qui. Decideremo i dettagli, se è una cosa che ti interessa.»

Era estremamente generoso da parte sua farle quell'offerta, e sapeva che sarebbe stata un'idiota a rifiutarla. Anche senza sapere ciò che avrebbe fatto, o come avrebbe funzionato dal punto di vista logistico se non avesse vissuto a Mission Viejo, la verità era che tra le aziende per cui lavorare, la Farris Morgan era stata la sua prima scelta. Solo che il colloquio e l'offerta della BT Energy erano arrivati prima.

«Grazie. Davvero.»

Tyler annuì. Poi sembrò incerto per un momento prima di chiederle: «Posso abbracciarti?»

Lei annuì e aprì le braccia. Suo padre si chinò e avvolse le sue intorno a lei con molta attenzione.

«Non mi spezzerò» gli sussurrò.

La strinse di più e Wren chiuse gli occhi. Era difficile credere che quel momento stesse davvero accadendo. Di essere lì con suo padre e che lui non fosse un idiota, un assassino, né nessuna delle altre cose che sua madre aveva affermato in continuazione.

Quando Tyler indietreggiò, la abbracciò anche Easton. «È davvero bello conoscerti... sorellina. Papà ha sempre voluto una figlia. Noi maschi siamo stati una tale delusione.»

«Zitto» gli disse Tyler, dando uno schiaffo sulla spalla al figlio.

«Almeno ora le feste di famiglia saranno più belle con la presenza di Wren» continuò Easton con un sorriso.

Lei deglutì a fatica, sul punto di piangere. Non si era mai permessa nemmeno di sognare di poter avere una famiglia con cui sedersi intorno a un grande tavolo il giorno del Ringraziamento. O con cui ridere e festeggiare a Natale. O di nascondere gli ovetti di Pasqua e guardare tutti insieme i piccoli andare alla ricerca.

Non appena il padre e il fratello se ne andarono, Wren fece un respiro profondo.

«È stato troppo?» le chiese Bo, sedendosi sulla sedia accanto al letto.

Lei scosse la testa. «No. È solo... incredibile. Hai visto quanto mi assomiglia?»

Le sorrise mentre le accarezzava il dorso della mano con il pollice. «Ho visto.»

«So che sembra stupido, ma finalmente sento di appartenere a un posto. Di non essere in giro per il mondo da sola. So che ora ho te e tutti gli altri, ma è diverso avere un padre. E dei fratelli. Una famiglia biologica.»

«A proposito... i miei genitori stanno arrivando. Saranno qui domani. Ho detto loro di raggiungerci a casa, visto che domattina ti dimetteranno.»

«Cosa?»

«Li ho chiamati per aggiornarli sull'accaduto. Non erano contenti. In realtà è una bugia. Erano incazzati neri per il fatto che qualcuno avesse osato farti del male. Sono in volo proprio ora. Stanotte staranno in un albergo vicino all'aeroporto e Flash andrà a prenderli domattina per portarli a casa nostra.»

«Ma non mi conoscono nemmeno» protestò Wren.

Bo ridacchiò. «Tesoro, ti conoscono. Ogni volta che ho telefonato loro, dal giorno in cui ci siamo incontrati, non ho fatto altro che parlare di te. Di quanto sei fantastica, intelligente e bella. Sanno tutto del tuo lavoro, del viaggio in Africa, persino di come sei stata in gamba laggiù per sfuggire ai tuoi rapitori. E ora vogliono vedere con i loro occhi che stai bene. Susie è dispiaciuta di non poter venire, ma per lei è un po' più difficile viaggiare con i figli così piccoli.»

Wren era sopraffatta. Non solo aveva trovato il padre biologico, una matrigna, dei fratelli, due nipoti maschi e una femmina, ma ora aveva anche una seconda madre e un secondo padre. E anche una cognata, e due nipoti.

«Ti amo.»

Bo scosse la testa. «Non hai idea di quanto ti amo io. Vederti in quel modo in cucina... non ho mai avuto così tanta paura in tutta la mia vita.»

«Quando lui... quando ho capito che stavo morendo, ero veramente addolorata» ammise. «Stavo per perdere la possibilità di passare la vita con te. Poi mi sono arrabbiata. È stato allora che sono riuscita a trovare il blocco dei coltelli.»

«Farò incorniciare quella dannata cosa» disse Bo. Poi sospirò. «Scusa. Che stronzata. Non è un bel ricordo.»

Ma Wren scosse leggermente la testa. Le faceva ancora male muoversi più di così. «No. Non ho rimpianti. Sono *felice* che sia morto. Ha cercato di uccidermi. Sono sicuri che lui lo sia, vero?» non poté fare a meno di chiedere.

Il detective l'aveva informata che Barry Simpson era morto per le ferite riportate durante la colluttazione con lei in cucina, ma che a causa degli evidenti segni di strangolamento intorno al collo, della chiamata al 911 e di ciò che Bo aveva visto quando era entrato in casa, con testimoni Kevlar e Remi, non sarebbe stata avanzata alcuna accusa contro di lei.

«È morto» le assicurò con fermezza.

«Come ha fatto ad arrivare qui? In California, intendo» chiese Wren.

«Pare che si sia arrampicato attraverso un condotto d'aria nella prigione del Wyoming e sia salito sul tetto. Si è infilato in una conduttura di scarico e ha rubato un camion. Una volta lontano dalla città, l'ha abbandonato e ha rubato un'auto. Poi è venuto direttamente a Riverton.»

Wren strinse le labbra e sospirò. «Be'... è finita.»

«Già» concordò. «Ora, cosa posso fare per te? Vuoi un altro cuscino? Altre coperte? Acqua?»

«Sono tanto stanca. Ma ho anche fame. Pensi di riuscire a procurarmi un frappé? È freddo, quindi dovrebbe intorpidirmi la gola, e anche riempirmi un po' la pancia in modo da non sentirmi così vuota. Poi forse riuscirò a dormire.»

«Certo. Alla vaniglia?»

«Perfetto.»

«Tornerò il prima possibile. Dormi se ci riesci» le disse.

«Bo?»

«Sì, tesoro.»

«Rimarrai? Stanotte, intendo.»

«Niente potrebbe portarmi via da qui.»

«Sono sicura che le brande che hanno non sono molto comode.»

Lui rise. «Tesoro, se avessi visto alcuni dei posti in cui ho dormito, non ti preoccuperesti di una branda. Fidati, andrà tutto bene. Inoltre, stanotte non dormirò molto, se non affatto.»

«Perché?»

«Perché rimarrò a guardarti respirare.»

«Bo» sussurrò lei in tono angosciato.

Lui si limitò a scuotere la testa. «Quando sono arrivato a te... vedere il tuo petto sollevarsi e abbassarsi è stato lo spettacolo più bello che abbia visto in vita mia. Non posso perderti. Non quando ti ho appena trovata.»

A quello Wren allungò la mano e gli tirò la maglietta finché non fu chinato su di lei, poi si spostò per fargli spazio sul piccolo materasso.

«Wren, non dovrei.»

«Non mi interessa» borbottò contro il suo petto.

«Ma il tuo frappé...»

«Non mi interessa nemmeno quello. Ho solo bisogno di te. Di sentirti contro di me. Di sentire il tuo cuore battere sotto la mia guancia. Oggi sono quasi morta, Bo. Lo so io e lo sai anche tu. Accidenti, Barry aveva tutte le intenzioni di farlo.

Nessuno oserà dire una parola sul fatto che tu sia stretto a me così.»

Una piccola risatina rimbombò sotto la sua guancia. «Probabilmente hai ragione» ammise, mettendosi il più comodo possibile nel letto con lei.

«*Ho* ragione» replicò con fermezza. Si sistemò tra le sue braccia e finalmente, *finalmente*, si sentì al sicuro. Le sue labbra si contorsero al pensiero. «Alla fine ho capito davvero perché il tuo soprannome è Safe.»

«Ti ho già detto perché.»

Ma lei scosse la testa. «No. Cioè, sì, l'hai fatto, ma non è per quello. Non è per una partita di softball, è perché intorno a te la gente si sente al sicuro. Protetta. Era così per i tuoi amici all'addestramento SEAL, lo è per i tuoi compagni di squadra. E per me.»

«Con me *sei* al sicuro» giurò Bo. «Farò tutto il necessario per assicurarmi che tu ti senta sempre così quando sei accanto a me. Mentalmente e fisicamente.»

«Mi sento così» disse Wren con un sospiro. «Ora mi metto a dormire» mormorò, biascicando le parole.

Percepì la mano di Bo sfiorarle la nuca mentre la teneva contro il suo petto. «Dormi, tesoro. Veglierò su di te e terrò lontane le infermiere cattive finché potrò.»

Wren ridacchiò. «Grazie. Il mio cavaliere dall'armatura scintillante.» Quella fu l'ultima cosa che ricordò di aver detto, mentre cadeva in un sonno profondo e ristoratore.

————

«Cavaliere dall'armatura scintillante un corno» disse Wren

sottovoce, mentre camminava avanti e indietro nella camera da letto.

La prima cosa che aveva fatto appena tornata a casa dall'ospedale era stata quella di prendere la lettera che aveva lasciato a Bo. Non si vergognava che lui potesse leggerla, ma aveva pensato di nasconderla e conservarla per un'occasione futura. Per dimostrargli quanto teneva a lui già da prima di quel viaggio in Africa.

Da quando era tornata aveva goduto delle attenzioni e dell'affetto di Bo. Incontrare i suoi genitori era stato spaventoso, ma anche sorprendente, perché si erano dimostrati gentili e accoglienti come le aveva detto sarebbero stati.

Anche i rapporti con il padre e i fratellastri stavano progredendo, e aveva accettato di lavorare per la Farris Morgan.

Era stata ufficialmente scagionata per la morte di Barry Simpson e il caso era stato chiuso. In qualche modo Bo era riuscito a chiudere il contratto d'affitto dell'appartamento con il suo precedente padrone di casa, e insieme alla sua squadra avevano sistemato tutti i buchi nei muri e gli altri danni che Barry aveva fatto quando era entrato in casa e l'aveva distrutta, così lei aveva anche riavuto indietro il suo deposito cauzionale.

Tutto sommato, le ultime tre settimane della sua vita erano state molto positive... tranne per il fatto che Bo era troppo protettivo. Non voleva che lei andasse da nessuna parte, non voleva che guidasse, non pensava che fosse una buona idea per lei stare alzata fino a tardi.

E, cosa peggiore, si rifiutava di fare altro se non tenerla stretta a sé di notte.

Era guarita. I lividi intorno al collo erano finalmente

spariti. Non era più indolenzita, poteva mangiare tutto quello che voleva. Eppure Bo si rifiutava ancora di fare l'amore con lei perché non voleva farle del male.

Al diavolo. Stava *bene*. Ed era ora che il suo ragazzo lo capisse.

Quel giorno era andato alla base dopo averle fatto promettere di non uscire. Wren amava la loro casa, ma era stanca di vedere solo quattro mura.

La settimana successiva avrebbe dovuto recarsi a Mission Viejo per l'orientamento con la Farris Morgan. Il viaggio durava circa un'ora e mezza, e non vedeva l'ora di conoscere un nuovo gruppo di persone e di iniziare a lavorare per la società di suo padre. Avrebbe continuato nell'ambito delle pubbliche relazioni, ma non davanti alle telecamere. Il suo compito sarebbe stato quello di scrivere comunicati stampa, di aiutare a progettare e pianificare campagne pubblicitarie, di essere la persona di riferimento per interviste telefoniche e via Zoom, e di contribuire a sviluppare approcci di gestione delle crisi.

Wren sapeva che Bo era nervoso per il viaggio. Anche se Remi e Caroline avevano detto che l'avrebbero accompagnata – non vedevano l'ora di fare shopping mentre lei era in riunione – lui era ancora restio a perderla di vista.

No. Era ora di finirla.

Quella sera, decise. Quella sera gli avrebbe fatto superare il suo bisogno di tenerla in una bolla protettiva... altrimenti nota come la loro casa.

Sorridendo tra sé e sé, si spogliò rapidamente e si diresse verso il letto, con il sangue che già le pompava nelle vene mentre apriva il cassetto del comodino. Voleva farlo. Le era mancata la loro connessione sessuale. Lui non sarebbe stato in grado di resisterle... sperava.

Sentendo la Jeep fermarsi puntuale all'esterno, si affrettò a mettersi in posizione.

La porta d'ingresso si aprì e Bo gridò: «Wren? Sono a casa!»

«Sono in camera nostra!» gridò a sua volta.

Trattenne il respiro mentre aspettava che lui apparisse sulla porta.

La sua reazione quando la vide fu tutto ciò che aveva sognato e anche di più.

Era completamente nuda sul letto, con la schiena appoggiata alla testiera, le gambe spalancate... e il vibratore che aveva ordinato online dentro il suo sesso.

Senza dire una parola, lui iniziò a liberarsi della mimetica. Vederlo con quella divisa la faceva sempre eccitare, ma senza era ancora meglio.

In un attimo fu completamente nudo e stava salendo sul materasso. Il suo cazzo era duro e lo vide gocciolare di liquido preseminale. Bo ne aveva bisogno quanto lei, forse di più. Era consapevole che aveva vissuto il suo stesso inferno quando aveva visto l'altro strangolarla.

Senza parlare, le allontanò la mano dal vibratore e cominciò a muoverlo lui stesso, chinandosi per attaccare la bocca al suo clitoride. Era già stata sul punto di venire prima che lui entrasse nella stanza, quindi nel momento in cui glielo succhiò con forza, lei esplose. Le endorfine le inondarono il sangue.

«Ancora!» lo implorò, prendendogli la testa tra le mani.

Lui non esitò. Un attimo dopo stava di nuovo tremando sotto la sua lingua e le sue mani esperte.

Poi Bo estrasse il vibratore, senza nemmeno preoccuparsi

di spegnerlo, e si spostò in su sul materasso. Infilò il suo cazzo tra le sue pieghe ed esitò.

«Sei sicura?»

«Sono più che sicura. Ti amo, Bo. Sto *bene*. Sono guarita. Ho bisogno di te. Più di quanto tu possa immaginare.»

«Oh, lo so» ribatté, poi affondò completamente in lei con una rapida spinta.

Ansimarono entrambi... e in quel momento Wren venne di nuovo.

A quanto pareva era anche lui al limite, perché si spinse altre due volte e poi contorse il viso e contrasse il sedere mentre svuotava il suo piacere nel suo corpo.

Wren non poté fare a meno di ridacchiare. «Be'... è stato più veloce di quanto pensassi.»

«Ho appena iniziato» la rassicurò.

E, sorprendentemente, mentre lui cominciava a muoversi pigramente avanti e indietro nel suo sesso ormai completamente lubrificato, si accorse che era ancora duro.

Trenta minuti più tardi, erano sudati e completamente esausti. Wren non aveva idea di quante volte avesse raggiunto l'orgasmo, ma le sembrava di aver corso una maratona o qualcosa del genere. E Bo appariva altrettanto distrutto.

Era sopra di lei, con il cazzo ancora nel suo corpo. Ora era flaccido, ma grazie alla sua lunghezza era riuscito a rimanere dentro anche dopo essere venuto. Si sollevò sui gomiti e le osservò il viso.

Le piaceva molto. Amava essere circondata da lui. Schiacciata contro il materasso. Averlo dentro di lei.

«Ho esagerato ultimamente, vero?» le chiese.

«Un po'» rispose con un piccolo sorriso.

«È solo che... mi hai spaventato, tesoro. Per una frazione

di secondo ho visto cosa sarebbe stata la mia vita senza di te... e non mi è piaciuto.»

«Lo so. Ma ora sto bene. Sono completamente guarita, come credo di avere appena dimostrato. Inoltre, non puoi tenermi rintanata qui per sempre.»

Bo annuì. «Ma qui sei al sicuro.»

Wren scosse la testa. Sapevano entrambi che non era vero. Accidenti, erano bastati pochi calci e Barry era riuscito a entrare. Certo, ora Bo aveva sostituito la porta d'ingresso con una in acciaio massiccio e serrature e cerniere rinforzate. Nessuno sarebbe riuscito ad aprirla a calci. A meno che non venisse utilizzato un ariete.

«Può capitare che si incendi il forno, un corto circuito elettrico, potrei scivolare e spaccarmi la testa. Potrei...»

Bo le mise una mano sulla bocca. «Ok, ho capito. Sono stato iperprotettivo e pazzo. Mi darò una calmata.»

Wren gli tolse la mano. «Ti amo. Mi piace che tu sia protettivo, che tu voglia tenermi al sicuro. Ma devo comunque vivere, Bo. E... la prossima volta che mi negherai il sesso perché pensi che sia per il mio bene, non sarò gentile.»

Le sorrise. «Ok.»

«Ok» ripeté lei. «Ora ho fame. Penso che dovremmo andare a mangiare messicano.»

«Oppure potremmo ordinarlo a domicilio...» suggerì, dando una piccola spinta con i fianchi.

Wren sentì il suo cazzo già indurirsi dentro di lei.

«Di nuovo?» chiese incredula.

«Ehi, sono state tre settimane lunghe» protestò.

«E di chi è la colpa?» sbuffò.

«Completamente mia» rispose senza esitazione.

«Pensi di poter ordinare la cena e fare l'amore con me allo

stesso tempo?» lo stuzzicò. «Perché non ho intenzione di muovermi, ma *ho* fame.»

«Vedremo» disse Bo con una risata, mentre prendeva il telefono di Wren dal comodino accanto al letto.

Finirono per mangiare una vaschetta di crema di fagioli messicana, queso e otto tacos presi a caso dal menu, perché Bo mentre cercava di ordinare si era completamente distratto. Ma Wren non si lamentò. Neanche un po'.

EPILOGO

BLINK AVEVA lo sguardo perso nel vuoto.

Kevlar e gli altri non sarebbero stati contenti. Proprio per niente.

Accidenti, nemmeno lui era contento di dover viaggiare in Medio Oriente senza la sua nuova squadra SEAL e di tornare nel luogo in cui aveva visto uccidere e ferire il suo vecchio team.

Ma quando il comandante lo aveva chiamato nel cuore della notte per dirgli di preparare la borsa, aveva obbedito. Dato che era già stato nello stesso posto in cui un'altra squadra si stava recando, e che la loro missione era esattamente la *stessa* di quel fatidico giorno da cui sembrava essere passata una vita, Blink era dovuto andare con loro.

Visioni dei suoi amici e compagni fatti a pezzi minacciavano di sopraffarlo, ma si costrinse a fare gli esercizi di respirazione per calmarsi che aveva imparato dal suo terapeuta. Questa volta le cose sarebbero andate diversamente. Erano più preparati. Più intelligenti. Meno propensi a sottovalutare le persone con cui avrebbero avuto a che fare.

Ma nulla di tutto ciò aveva importanza. Blink avrebbe voluto che ci fosse Kevlar lì. Maledizione, che ci fossero tutti; Safe, Preacher, MacGyver, Flash e Smiley. Aveva già legato con loro e si fidava del fatto che gli coprissero le spalle senza riserve.

Anche se gli uomini con cui stava viaggiando erano colleghi SEAL, non erano la sua squadra. Ma avrebbe fatto il suo dovere, poi sarebbe tornato a casa sperando che nessuno si arrabbiasse troppo con lui. Non che avesse avuto scelta.

La sua mente andò a Remi, e si chiese come stesse andando il suo nuovo fumetto. Non aveva capito il fascino del personaggio del taco parlante, ma aveva iniziato a leggere le sue strisce più vecchie e a volte si ritrovava a ridere di gusto. Pensare alla donna che aveva salvato da morte certa lo faceva sentire bene nel profondo. Non era riuscito a farlo per suoi ex compagni di squadra, ma aveva fatto ciò che andava fatto per salvare Remi.

E Wren... era una dura. Safe aveva raccontato a tutti ciò che aveva passato da bambina, che era stata drogata dalla madre per tenerla tranquilla e fuori dai piedi mentre lei aveva gli uomini in casa. Era una cosa incredibile e disgustosa.

Era felice che i suoi amici avessero trovato delle compagne forti.

Era quello che desiderava anche lui. Una donna con cui poter abbassare la guardia. Che fosse a suo agio con le sue stranezze... con il fatto che non gli piacesse parlare in continuazione. Una donna a cui poter confidare i suoi demoni più intimi. Ma non era sicuro di potersi fidare di *qualcuno* in quel modo. Nemmeno dei suoi compagni di squadra. Avrebbe dato la vita per loro, ma confessare le cose che gli turbinavano in testa?

No.

«Atterraggio tra trenta secondi!» disse uno dei SEAL.

Blink non era sicuro di ricordare i nomi di tutti. Era stato mandato in quella missione senza alcuna nuova informazione e aveva trascorso gran parte del volo a farsi dare il maggior numero di dettagli possibile dagli altri SEAL. Ora stava tornando nell'unico posto che non sapeva se era pronto ad affrontare di nuovo.

Ma d'altronde, in quanto dipendente del governo degli Stati Uniti, non aveva scelta. Era stato deciso che ci sarebbe andato, e quindi eccolo lì.

Stringendo i denti, fece del suo meglio per cacciare tutte le emozioni il più possibile nel profondo di sé. Quello era l'unico modo per poter superare i giorni successivi.

———

Josie England aveva spinto tutti i sentimenti e i pensieri che aveva in un angolo remoto della sua mente. Stava solo cercando di vivere. Accidenti, quello che stava facendo non era affatto vivere. Non era nemmeno sicura del perché stesse ancora lottando per rimanere in vita in quell'inferno.

Aveva tentato di tenere traccia dei giorni passati lì, ma era diventato quasi impossibile, così aveva rinunciato da tempo.

Quando Ayden l'aveva implorata di andare a trovarlo mentre lui era in licenza ad Al-Kuwait, si era rifiutata. Ma lui glielo aveva chiesto di nuovo, e poi di nuovo ancora... incessantemente.

La loro relazione era finita, e non perché Ayden era stato

dislocato. Era più giovane di lei di cinque anni e sapeva per certo che andava a letto con una delle donne del suo plotone. Non aveva capito perché avesse voluto che attraversasse il mondo per vederlo, quando scopava già abbastanza.

Ma si era lasciata convincere, dicendosi che sarebbe stata un'avventura. Quando le sarebbe ricapitato di poter visitare il Kuwait? Mai.

Così era andata, con l'intenzione di parlare a cuore aperto con lui. Non si amavano, ma per qualche motivo restavano aggrappati a quel rapporto.

E come risultato della sua debolezza, eccola lì. In una cella buia e diroccata nel cuore dell'Iran. Lì il tempo non aveva alcun senso. Vi era stata gettata dentro e praticamente dimenticata. Non ricordava l'ultima volta che qualcuno le aveva portato cibo o acqua. L'unico motivo per cui era ancora viva era il lento gocciolare dell'acqua lungo una parete della cella. Le ci volevano tre giorni per riempire la tazza di metallo che uno dei suoi carcerieri le aveva lanciato quando era arrivata, facendola rimbalzare sulla sua testa; era sicura di aver bisogno di alcuni punti di sutura per chiudere la piccola lacerazione provocata dal bordo tagliente, ma ovviamente non sarebbe successo lì.

Quindi aveva l'acqua, un buco per terra da usare come bagno, e nient'altro. Indossava ancora il bikini e il copricostume che aveva quando lei e Ayden erano stati fatti prigionieri.

Abbassò lo sguardo su di sé e si accigliò. Era pelle e ossa. Con il suo metro e cinquanta era già una persona minuta. Ma ora stava letteralmente deperendo.

La sua nuova vita era un misto di noia e momenti di terrore estremo. Ogni volta che qualcuno apriva la porta del suo inferno, si aspettava di morire. Si sentiva più un animale che un essere umano. Ringhiava a chiunque mostrasse la sua faccia, scoprendo letteralmente i denti. Faceva del suo meglio per sembrare più pericolosa di quanto fosse.

Perché la verità era che non aveva possibilità di difendersi. Era completamente alla mercé dei suoi rapitori. Nessuno sarebbe andato a liberarla. Josie non era nemmeno sicura che qualcuno sapesse che era lì... o che gliene importasse qualcosa. Non era un soldato, non era un'attrice, non era in politica. Era una persona normale che si era trovata in una situazione orribile.

Si raggomitolò contro il muro alle sue spalle. Il rumore dell'acqua che gocciolava nella tazza, che all'inizio l'aveva infastidita da morire, ora era il suo unico compagno, l'unica cosa che la teneva appena un po' sana di mente.

Fissando le dita dei piedi incrostate di terra, pregò che accadesse qualcosa per porre fine al suo tormento. Un terremoto, la terza guerra mondiale, qualcuno che si ricordasse della sua presenza e andasse a ucciderla. A quel punto non le importava. Sapeva solo che non poteva continuare così, a deperire in quella cella, abbandonata e dimenticata. Avrebbe preferito morire piuttosto che rimanere lì un altro minuto, un giorno, un secondo.

Proprio mentre lo stava pensando, la porta in fondo a una sorta di corridoio si aprì di scatto. Si spaventò a tal punto che sobbalzò, sbattendo la testa sul cemento alle sue spalle. La luce che filtrò le fece male agli occhi.

Sbattendo le palpebre per cercare di schiarirsi la vista, Josie si preparò. Era giunto il momento. Stava arrivando qualcuno. Le opzioni erano che stessero andando a ucciderla, a torturarla, a portarle del cibo... o forse, magari, a liberarla.

Con sua sorpresa, nessuno guardò nella sua piccola cella. Era ancora rannicchiata in un angolo, quindi magari non l'avevano vista? Di certo si comportavano come se non sapessero della sua presenza. Stavano parlando animatamente tra di loro in persiano mentre entravano nella cella accanto alla sua, lasciavano cadere qualcuno a terra con un forte tonfo e poi procedevano a prenderlo a calci.

Si fermarono solo perché qualcuno, fuori dalla porta del corridoio, li chiamò. Un uomo sputò sulla persona che avevano portato, poi se ne andarono con la stessa rapidità con cui erano apparsi. Lasciandola ancora una volta lì.

Buttò fuori un respiro. Ok, era contenta che non l'avessero notata. Perché l'ultima cosa che voleva era essere trattata come chi avevano messo nell'altra cella. Ma... avrebbe fatto praticamente qualsiasi cosa anche solo per una piccola crosta di pane.

Ora sembrava più buio. Essere ripiombata nell'ombra dopo aver visto la luce per la prima volta dopo... giorni?... le fece venire voglia di piangere. Adesso sembrava più opprimente. Più pericoloso.

Poi sentì qualcosa dalla cella accanto.

Un gemito sommesso.

Si affrettò a mettersi in ginocchio, ignorando il dolore provocato dai ciottoli sparsi sul pavimento di cemento, e si sforzò per riuscire a vedere dentro la cella. Si chiese se chi era stato portato lì fosse un uomo o una donna, un militare o un civile, o un povero abitante del posto che si era trovato nel posto sbagliato al momento sbagliato.

«Cazzo.»

Josie si bloccò. Quello rispondeva alla sua domanda. Era un uomo. E, sorprendentemente, parlava la sua lingua.

La vita come la conosceva era stata improvvisamente stravolta. Di nuovo. Finalmente c'era qualcun altro lì con lei. Un altro prigioniero. Il pensiero la terrorizzò e al tempo stesso le diede speranza. Ma la speranza era una cosa pericolosa per una persona nella sua situazione. Un'americana dimenticata, non importante per nessuno.

Solo il tempo avrebbe detto cosa avrebbe significato quella nuova aggiunta al suo inferno.

———

Riuscite a credere che non vi farò aspettare fino all'ultimo libro della serie per avere la storia di Blink? Ma tenetevi forte... sarà qualcosa di pazzesco! Blink deve trovare un modo per farli uscire entrambi da quella prigione... il che sarà più facile a dirsi che a farsi! Scoprite come andrà a finire nel prossimo libro della serie, Proteggere Josie!

Soccorrere Caite
Soccorrere Brenae
Soccorrere Sidney
Soccorrere Piper
Soccorrere Zoey
Soccorrere Avery
Soccorrere Kalee
Soccorrere Jane

Mercenari di Montagna

Difendere Allye
Difendere Chloe
Difendere Morgan
Difendere Harlow
Difendere Everly
Difendere Zara
Difendere Raven

Delta Force Heroes

Salvare Rayne
Salvare Emily
Salvare Harley
Il Matrimonio di Emily
Salvare Kassie
Salvare Bryn
Salvare Casey
Salvare Sadie
Salvare Wendy
Salvare Mary
Salvare Macie
Salvare Annie

Armi e Amori

Proteggere Caroline

Proteggere Alabama

Proteggere Fiona

Il Matrimonio di Caroline

Proteggere Summer

Proteggere Cheyenne

Proteggere Jessyka

Proteggere Julie

Proteggere Melody

Proteggere il Futuro

Proteggere Kiera

Proteggere i figli di Alabama

Proteggere Dakota

Ace Security

Il riscatto di Grace

Il riscatto di Alexis

Il riscatto di Bailey

Il riscatto di Felicity

Il riscatto di Sarah

Una raccolta di storie brevi

Un momento nel tempo

BIOGRAFIA

L'autrice

Susan Stoker è annoverata da *New York Times*, *USA Today* e *Wall Street Journal* quale scrittrice di successo, le cui collane di libri includono Badge of Honor: Texas Heroes, SEAL of Protection e Delta Force Heroes. Sposata con un sottufficiale dell'esercito in pensione, Stoker ha vissuto in ogni dove negli Stati Uniti - dal Missouri alla California e al Colorado - e attualmente vive sotto i grandi cieli del Texas. Quale vera sostenitrice del "vissero felici e contenti", Stoker ama scrivere romanzi in cui una relazione romantica si trasforma in amore.

Per ulteriori informazioni sull'autrice e il suo lavoro, visita il sito web www.stokeraces.com

BIOGRAFIA

Susan Stoker

Susan Stoker è un'autrice da *New York Times*, *USA Today* e *Wall Street Journal*, quale scrittrice di successo, le cui collane di libri includono *Badge of Honor: Texas Heroes*, *SEAL of Protection* e *Delta Force Heroes*. Sposata con un sottufficiale dell'esercito in pensione, Stoker ha vissuto in ogni dove – negli Stati Uniti – dal Missouri alla California e al Colorado – e attualmente vive sotto i grandi cieli del Texas. Quale una sostenitrice dei "lieto fine a tutto, costi", Stoker crea sempre romanzi in cui una relazione romantica si trasforma in amore. Potete trovare informazioni sull'autrice e il suo lavoro presso il suo sito web www.stokeraces.com.

www.ingramcontent.com/pod-product-compliance
Lightning Source LLC
Chambersburg PA
CBHW011143100726
47899CB00010B/3150